LUZ DO DIA

Jamie M. Saul

Luz do dia

Tradução
Sibele Menegazzi

Copyright © 2005 *by* Jamie M. Saul
Publicado mediante contrato com William Morrow, um selo da Harper Collins Publishers

Título original: *Light of Day*

Capa: Simone Villas-Boas
Foto do Autor: Deborah Lopez

Editoração: DFL

2009
Impresso no Brasil
Printed in Brazil

CIP-Brasil. Catalogação na fonte
Sindicato Nacional dos Editores de Livros, RJ

S274L	Saul, Jamie M.
	Luz do dia/Jamie M. Saul; tradução Sibele Menegazzi. — Rio de Janeiro: Bertrand Brasil, 2009.
	378p.
	Tradução de: Light of day
	ISBN 978-85-286-1364-3
	1. Romance americano. I. Menegazzi, Sibele. II. Título.
08-4977	CDD – 813
	CDU – 821.111 (73)-3

Todos os direitos reservados pela:
EDITORA BERTRAND BRASIL LTDA.
Rua Argentina, 171 — 1º andar — São Cristóvão
20921-380 — Rio de Janeiro — RJ
Tel.: (0xx21) 2585-2070 — Fax: (0xx21) 2585-2087

Não é permitida a reprodução total ou parcial desta obra, por quaisquer meios, sem a prévia autorização por escrito da Editora.

Atendemos pelo Reembolso Postal.

Este livro pertence a Marjorie Braman.

I

A estrada que conduz à cidade de Gilbert, no estado de Indiana, é a Rodovia 40. É uma estrada antiga que corta a cidade de leste a oeste, alguns quarteirões ao norte da Main Street. Quase ninguém passa por ali hoje, a não ser que seja de Gilbert ou das cercanias. Ninguém que esteja com pressa, e a maior parte das pessoas que cruza a cidade de carro está com pressa, rasgando a rodovia interestadual a caminho de algum outro lugar.

Construíram a rodovia interestadual, assim como o centro comercial próximo à saída, há uns trinta anos. As lojas menores da cidade teriam fechado, as maiores teriam ido embora, atrás do dinheiro, e o centro da cidade teria ficado às moscas, não fosse por algumas pessoas de visão na câmara municipal que tiveram a idéia de salvar o centro da cidade transformando-o num shopping center a céu aberto. Agora, existem estacionamentos nas ruas laterais e calçadas limpas e espaçosas à sombra das árvores, com bancos nos quais as pessoas podem se sentar e conversar; dessa forma, podem gastar seu tempo caminhando pela rua, olhando vitrines, fazendo compras e passeando, e não procurando vaga para estacionar o carro.

E, é claro, a universidade ajuda a manter a cidade viva. Alunos e professores fazem compras em todas as lojas e comem nos restaurantezinhos, como o Paul's, perto da Main Street, onde servem sanduíches de filé em pãezinhos macios, com fatias finas de pepino em conserva, ou carne assada com purê de batatas, regada com o molho marrom que é preparado no café do Gilbert Hotel, que nem é mais um hotel, e sim um prédio de escritórios. Não que Gilbert fosse conhecida por sua culinária ou por seu conveniente centro comercial. O que todos notam é o ar, ou notavam, até que os ventos da mudança soprassem pela cidade e a Agência de Proteção Ambiental tivesse que ajudar a limpar as coisas.

Porém, independentemente da direção em que sopra o vento, no ar há sempre um toque de enxofre, que é um dos subprodutos do carvão, tema central do industrializado estado de Indiana. Não fosse pelo carvão, Gilbert seria exatamente igual a todas as cidades pós-industriais — que extraem carvão de minas superficiais do leste. São as usinas termelétricas de queima de carvão que, à noite, fazem brilhar as luzes do estado inteiro. A maior parte desse carvão vem de Gilbert. No entanto, é o enxofre que define a questão.

À luz do sol, o enxofre faz com que o ar adquira um tom sépia, como se fosse uma fotografia antiga, em daguerreótipo, ou um filme mudo. O matiz cor-de-rosa e os cálidos tons amarronzados são tão suaves e acolhedores que se deseja mergulhar neles, cobrir com eles a cabeça e se esconder do novo milênio. Pode-se até pensar que o passado não é um lugar tão ruim. Então, vêem-se os veteranos, que parecem recém-saídos deste passado, caminhando a passos vacilantes pela Main Street, enrugados e desgastados como couro antigo, enfisêmicos e alquebrados, como os tempos difíceis, retorcidos e grisalhos. Isso faz pensar que nossos tempos é que não são tão ruins assim.

A Rodovia 40 atravessa a Rodovia 41 — outra velha estrada que conduz diretamente de Chicago a Miami, na Flórida — na altura da Third Street, passando depois pelos trilhos da ferrovia próximos ao rio Wabash e cruzando a ponte sem nome que balança e treme, como uma rede que se pendura nas árvores no fim de maio e apenas se recolhe quando as folhas começam a cair, no final de setembro. Mas, se você não estiver com muita pressa, quando chegar à interseção das rodovias e olhar para o sul, verá as ruínas surgindo, como uma aparição.

11 ✺ Luz do Dia

As ruínas se erguem, grandiosas e decadentes, aos pés de uma pequena colina acima das margens lodosas do rio Wabash, dentro do Fairmont Memorial Park. É apenas uma fachada, uma réplica do Parthenon, que nunca foi concluída. Era para ser a nova agência dos correios, em 1936, quando os trabalhadores da WPA* chegaram à cidade. A princípio, foram trabalhar na universidade, construíram o edifício de Belas-Artes e colocaram as lindas calçadas de tijolo, as lâmpadas a gás e a grama do pátio criado por algum arquiteto há muito esquecido, apaixonado pela Inglaterra do século XVIII. Então, os operários transferiram seus equipamentos até o rio e começaram a trabalhar na construção das ruínas e do parque onde elas se localizam.

Sessenta anos depois, todos os tijolos estão esburacados e quebrados. As colunas dóricas corroídas lutam para sustentar a entrada majestosa. As quatro janelas esplêndidas estão obstruídas por lajes de concreto, protegidas contra o ar úmido que vem do rio. Uma águia norte-americana em baixo-relevo — prestes a levantar vôo para cruzar a eterna América — fixa sua mirada estóica para além do pátio quebrado e dos degraus de cimento deteriorados. Anacrônicas e decrépitas, as ruínas são um memorial a um passado que, se não eficiente, certamente foi ambicioso.

As pessoas da cidade e os estudantes da universidade vêm até o parque para se sentar à sombra dos sicômoros ou nos degraus das ruínas; vêm se deitar no gramado, perto do rio, com suas namoradas; recostar-se nas muralhas sólidas e acalentar os pensamentos particulares que as pessoas têm quando sua vida está se despedaçando ou tomando forma, ou ainda quando precisam resolver preocupações ou arquitetar planos. É o lugar tranqüilo aonde as pessoas vêm quando querem passar algum tempo sem fazer nada, ou, pelo menos, nada mais interessante do que observar o fluir do rio, pensando em sua boa sorte ou em sua mais recente infelicidade. Quando desejam se sentir confortados pelo passado ou quando não têm qualquer outro lugar para ir. Foi ali que encontraram o corpo.

---

* WPA (Works Progress Administration): agência criada sob o governo de Franklin D. Roosevelt (1933-1937) com o objetivo de recuperar e reformar a economia norte-americana e de dar assistência aos prejudicados pela Grande Depressão. (N.T.)

II

Quando Jack Owens bocejou, sua mão esquerda derrubou a fita de vídeo de cima da escrivaninha. Ele não se mexeu para apanhá-la. Apenas virou-se para olhar, pela janela de seu escritório, a calçada de ladrilhos vermelhos por onde estudantes e membros do corpo docente começavam a aparecer, como num filme acelerado: em dois e três, seis e oito, e então, às dúzias, numa massa dinâmica cheia de determinação e propósito, movida a cafeína e anfetamina, vibrante, após uma noite inteira de estudo. Era um avançar nervoso, uma confusão de braços e pernas, de vozes privadas de sono. Cérebros sobrecarregados tentando guardar todas as informações em ordem, apenas mais duas horinhas — por favor, Deus...

Jack ergueu a vidraça da janela e inspirou o ar matutino. Colocou a cabeça para fora para ver um pedacinho de sol, um canto de céu azul, enquanto observava o fluxo invariável e constante de roupas largas, jaquetas e suéteres que seguia em direção aos prédios antigos, de pedra escurecida pelo tempo.

O sol se ergueu mais alguns centímetros e sua luz se espelhou nas janelas do outro lado do pátio, refletindo-se sobre a escrivaninha de Jack. A porta do escritório estava aberta e uma brisa suave soprava pela sala. Seria mais um dia fresco e luminoso de maio em que os deuses da meteorologia conspiram para enlouquecer os professores e Jack precisava de apenas mais um minuto — exatamente o que ele havia pensado na manhã do dia anterior — ou fora no dia antes daquele? Ele havia perdido a noção do tempo, trancado durante dias a fio no escritório, lutando para acabar de corrigir e avaliar os projetos finais dentro do prazo. Fazia quase uma semana que não tinha uma conversa decente com Danny. Mal haviam se falado durante os jantares rápidos ou os corridos cafés-da-manhã. Porém, tudo seria diferente dentro de uma semana, a contar da próxima terça-feira. Eles sairiam em férias de verão. Iriam fazer rafting e acampar na Pensilvânia. Iriam a Nova York para ver o time do Yankees jogando em casa. Passariam duas semanas em Cape Cod. Duas semanas no Maine. Mais duas semanas em Nova Scotia. Estendeu a mão para o telefone e ligou para casa, mas Danny não atendeu. Parece que escolhera justamente aquele dia para começar a tomar o ônibus escolar na hora certa. — Sou eu de novo. Seu pai sumido. — Jack soltou uma risada na secretária eletrônica. — Me desculpe por não aparecer hoje no café-da-manhã. Vou te buscar amanhã à noite, tá? Lá pelas seis horas. E não esqueça que você tem jogo de softbol no sábado que vem; portanto, passe óleo na sua luva, amigo. Te amo.

Sobre a escrivaninha de Jack havia uma fotografia de Danny, em pé, junto ao leme de um veleiro, contra o vento, o rosto animado e iluminado pelo sol, exibindo um sorriso pleno de férias. Jack olhou para aquele rosto apenas por um momento, serviu-se de uma xícara de café e foi até o sofá, com a mais leve das dores começando a latejar por trás dos olhos. Ligou o videocassete e se sentou.

Havia sempre uma expectativa agradável ao se assistir a um trabalho de Natasha Taylor; mas, ao ver este vídeo pela primeira vez, tinha ficado decepcionado, pois estava muito abaixo da média. Começava lento demais e não tinha foco temático suficiente; além disso, agora que assistia pela segunda vez, podia ver claramente todos os erros que um estudante é capaz de cometer em noventa minutos. Porém, ao começar a redigir sua crítica, assegurou-se de manter um tom moderado.

Havia acabado de soar o toque das nove e meia no edifício Union quando o telefone tocou. Jack se levantou devagar para atendê-lo, grato pela interrupção.

— Não te vi essa *semana inteira*. Estou com saudade de conversar com você. — Era Lois. Ele ficou mais contente ainda. — Só queria saber como você está.

— Tentando domar a fera.

— Parece cansado.

— Cansado é pouco. Passei a noite inteira aqui e, mesmo que trabalhe no fim de semana, pode ser que ainda me atrase. No próximo semestre não vou ensinar *nada* além de teoria. Prefiro mil vezes corrigir trabalhos escritos.

— Você adora sua aula de vídeo, você sabe disso.

— Vou adorar mais ainda quando as notas tiverem sido entregues.

Lois disse mais alguma coisa, mas Jack não estava ouvindo. Ele queria voltar ao trabalho e estava a ponto de dizer-lhe exatamente isso quando ela perguntou sobre Danny. Foi o nome de Danny que atraiu a atenção de Jack. Ela queria saber se Danny tinha ficado muito chateado por haver perdido o "grande jogo". Jack disse que ele parecia estar levando o assunto numa boa.

Lois disse que, logicamente, Danny sempre parecia levar as coisas numa boa, as palavras dela deliberadamente pausadas — como fazia na época em que era a professora e Jack, seu aluno, há mais de vinte anos — quando queria certificar-se de que ele estava prestando atenção.

— Ele não parece estar levando o pai ausente numa boa — Jack lhe disse. — Anda me tratando como um pária. Acho que ele não entende.

— Ele entende. Você faz isso consigo mesmo todos os anos. Você vai compensá-lo. Exatamente como fez no verão passado e no anterior.

— Este é o último verão. Depois, acabou. Há algumas semanas ele me disse que, no próximo verão, quer arrumar um emprego. Perguntei qual era a pressa. Ele disse, e eu repito: "Estamos em 1996, pai. Se liga". Perguntei o que ele queria dizer com isso e, de novo, suas palavras foram: "Tenho quinze anos. Dããã". Que diabo significa isso?

— Você sabe o que significa.
— Mas nem por isso tenho que aprovar.
— Supõe-se que não aprove mesmo.
— E você, como é que está?
— Estou bem. Se eu disser mais do que isso, você vai me odiar.
— Quer dizer que já entregou suas notas e me ligou só para tripudiar.
— Não é por isso que estou ligando. Eu e Tim queremos convidar você e Danny para um churrasco, aqui em casa, no próximo sábado. Com algumas pessoas que trabalham com Tim. Você vai gostar delas.
— Temos o jogo de softbol.
— *Neste* sábado?
— Vamos depois do jogo.
— Diga ao Danny que ele é um menino maravilhoso com um pai maravilhoso e dê-lhe um abraço bem apertado por mim. — E, então, desligou.

Não eram nem onze horas quando Jack saiu no corredor para encher novamente sua cafeteira com água e voltou para preparar um pouco de café fresco. Ele tentaria concluir a crítica ao vídeo de Natasha no final da tarde. Aquilo o deixaria ainda com uma dúzia de vídeos para avaliar e não o deixaria tão mal para o jantar do dia seguinte com Danny. "Ele está velho demais para ser visto na companhia do pai, mas jovem o bastante para se ressentir do tempo que passo longe dele", pensou Jack. Será só mais este verão, e depois, chega.

Ele não gostava de pensar sobre aquilo e voltou apressadamente ao trabalho, cumprindo com mais uns quarenta e cinco minutos antes que Sally Richards passasse por ali e colocasse uma sacola de papel sobre a escrivaninha: — Comida para animar um pouco. Eu sei que você sempre se esquece de comer. — E perguntou: — Danny disse alguma coisa sobre Mary-Sue?

Jack respondeu que Danny não estava falando muita coisa, ultimamente.

— Eles são horríveis, não? Ah, Jack, antes que eu me esqueça: Howard e eu estamos organizando um jogo de pôquer amanhã à noite. Será que você vai poder ir? É dinheiro fácil.

— É o meu tipo favorito. Mas, infelizmente, não vou poder.

— Só trabalho, sem nenhuma diversão... — Ela sacudiu o dedo na frente dele.

Indo e vindo, alguns professores começavam a trabalhar, enquanto a maioria já tinha publicado as notas e estava encerrando o expediente. Tudo que Jack queria era sair de férias com o filho.

Quando os sinos bateram uma hora, trouxeram consigo Carl Ainsley.

— Vou te dizer uma coisa, Owens, você está com uma aparência medonha. — Ainsley encostou-se ao batente da porta, os pés cruzados na altura do tornozelo. Os cabelos negros, penteados uniformemente sobre a cabeça, o rosto bem barbeado e bronzeado de sol. Vestia uma calça de linho fino, um suéter cor-de-rosa sob um casaco bege esportivo. — Você está perdendo seu tempo. Eles não querem saber sua opinião — ele entrou no escritório. — Limite-se a dar uma nota, é apenas isso que importa para eles. Se não gostarem, vão reclamar com o chefe do seu departamento ou avançar sobre você. De qualquer forma, é tudo bobagem.

— Vá embora.

Ainsley riu baixinho. — Por que você acha que eles permitem que a gente tenha alunos-assistentes? Desde que Samantha começou a avaliar trabalhos e a preparar minhas tarefas, meu *backhand* no tênis melhorou absurdamente e já consegui reduzir em três tacadas meu jogo de golfe. — Ele deu uma tacada numa bola de golfe imaginária e, então, olhou para Jack e sorriu de forma agradável, como era de seu feitio, exatamente como devia ter sorrido a seus alunos, que, como ele gostava de lembrar a Jack, o adoravam: um sorriso inofensivo, sem um traço sequer de maldade ou arrogância; e, quando ele dizia que dar notas, ou ensinar, o que fosse, era bobagem, não era com intenção de contestar a avaliação de qualquer outro professor, nem de denegrir seus métodos ou motivos.

Jack apenas podia sorrir de volta. — Você é um sujeitinho preguiçoso.

— Acho que, na verdade, sou ousado. Mas, convenhamos, Owens. Você está se matando desnecessariamente e, se não se importa com o que está fazendo consigo mesmo, pense no que está fazendo *comigo*.

— Com *você*?

— É. *Comigo*. Saber que você está no seu escritório trabalhando, sozinho, noite adentro, me deixa completamente mal-humorado. Mandy e eu saímos ontem à noite para tomar uns coquetéis e jantar. Como eu posso me divertir sabendo que você está aqui trabalhando até ficar cego, como um pobre funcionário das histórias de Dickens? Não é justo. Não está certo.

— Acho que é mesmo muita falta de consideração da minha parte.

— Claro que é. E só há uma coisa a fazer a esse respeito. Você e eu vamos sair hoje à noite. Para beber. Apenas para que eu possa ficar tranqüilo.

— Não posso.

— Não seja ridículo, é claro que pode. "Amor-próprio não é um pecado tão vil quanto negligenciar a si mesmo."

— Não posso.

— Então, pelo menos, vá para casa dormir um pouco.

— Você é um pé-no-saco, Carl, mas um pé-no-saco muito charmoso. Isso, eu reconheço.

— Vou aceitar como um elogio.

— Aceite do jeito que você quiser, mas, *por favor*, vá fazer isso em outro lugar qualquer. Estou tentando terminar meu trabalho.

Ainsley riu, um pouco mais alto que antes, foi até Jack e sussurrou, brincalhão: — Já te contei sobre a garota da minha aula de Shakespeare? Aquela com a boca... — Ele beijou a ponta dos dedos. — Ela não fez nada o semestre inteiro. Mal tirou um D. Porém, na semana passada, disse: "Tem *alguma coisa* que eu possa fazer para melhorar minha nota?" E aí, o que se supõe que um homem faça? — Ele sorriu e, por um breve momento, Jack se perguntou se Ainsley daria aquele mesmo sorriso a Mandy quando chegava em casa de madrugada ou quando ela o pegava numa mentira mal contada.

— Ah, não me olhe com esta cara — disse Ainsley. — Eu não fiz nada. Se fizesse, você jamais me deixaria escapar ileso.

— Por que você está me contando isso?

— Por que é que eu *sempre* me sinto compelido a te confessar meus pecados? — Ele empurrou os papéis de Jack para o lado e se sentou na beira da escrivaninha. — Porque Jack Owens jamais faria algo semelhante. Porque eu sei que te irrita. — Ele se inclinou para a frente. — Ou, talvez, seja porque você acha que não tenho um pingo de moral, enquanto eu acho que você é o homem mais correto que conheço e, portanto, sou responsável por fornecer o padrão para a avaliação desta sua moralidade. — Ele deu um tapinha no rosto de Jack. — Nós *precisamos* um do outro, Owens. Isso faz com que nos mantenhamos honestos. Você do seu jeito, eu do meu. — Começou a se levantar, mas parou e perguntou: — Carl Jr. passou essas últimas noites na sua casa?

— Não que eu saiba. Mas não tenho estado muito em casa, ultimamente. Por quê?

— Não sei. Mandy pediu para que eu te perguntasse. Parece que ele está numa daquelas *fases*. Espero que arrume uma namorada neste verão e sossegue um pouco.

Conhecendo Carl Jr. — C.J. — como ele conhecia, Jack achava aquilo tão improvável quanto engraçado, e disse isso a Ainsley.

— Nunca se sabe — disse Ainsley —, ele pode ser um magrelo molóide, mas acabou de completar quinze anos e o verão é a época em que os meninos tímidos se transformam em jovens confiantes, com seus surtos de testosterona... De qualquer forma, resta a esperança. — E ele se levantou e caminhou até a porta. — Por favor — gritou —, chega de se matar por causa dessa molecada. Não vale a pena. Nada vale tanto sacrifício.

Depois não houve mais interrupções. Nenhum aluno. Ninguém de passagem para um papo rápido. Apenas sons da vida acadêmica no corredor. Passos suaves no escritório do andar de cima. Um telefone tocando em algum lugar. Os sons do vídeo, as imagens vacilantes na tela. A história de Natasha estava tomando forma e uma narrativa real começava a se materializar.

Quando os sinos das duas horas tocaram, Jack distraidamente enfiou a mão na sacola de papel e retirou um dos sanduíches que Sally Richards havia preparado. Pasta de queijo com pimenta vermelha no pão de forma sem casca.

19 ✦ Luz do Dia

Escutou baterem à porta.
— Estou procurando a sala 217.
Jack se virou. — Aqui é a 217.
— Você é Jack Owens?
Jack baixou o sanduíche. — Isso mesmo.

Não era alguém muito velho, provavelmente trinta e poucos anos, altura e peso medianos, cabelos louros rareando, terno cinza, sem gravata, mãos enfiadas nos bolsos. Parecia alguém que passara a maior parte da vida vendendo seguros; ou poderia ser o pai de algum aluno, que havia errado o caminho pelos corredores e tentava se achar. Disse que era o Detetive Hopewell e perguntou: — Posso entrar? —, fechou a porta atrás de si e se deslocou lentamente pelo escritório, olhando em volta para as estantes de livros, o aparelho de vídeo e o monitor de tevê.

Jack observava em silêncio, pensando somente no pior, ao mesmo tempo que sua mente tentava desesperadamente encontrar uma explicação lógica para que um detetive viesse ao seu escritório no meio do dia. Nos três segundos que levou para que o Detetive Hopewell entrasse, Jack decidiu que seu carro devia ter sido roubado... ou que Draper, no final do corredor, finalmente sofrera um infarto... ou que alguém lhe estava pregando uma peça... Mas a expressão no rosto de Hopewell não era a que acompanhava a notícia de um colega doente ou de um carro roubado. A expressão em seu rosto não estava para brincadeira.

A nuca de Jack ficou úmida e fria. Ele teve aquela sensação terrível e fugidia de quando o telefone toca às três da manhã ou quando não toca até o meio-dia ou quando a cama ainda está vazia pela manhã. Sentiu um gosto em sua boca que começava no estômago e subia, escuro e amargo, pelo fundo da garganta, chegando ácido à língua, atávico e aterrorizante. Sentiu mesmo antes de saber que sentia. Antes que o detetive dissesse outra palavra, os olhos de Jack foram até a fotografia sobre mesa e ele murmurou: — Danny.

— Danny Owens é seu filho? — Foi tudo que Hopewell disse, como se fosse tudo que existia para dizer.

— Sim, Danny é meu filho. — A boca de Jack havia ficado seca, sua garganta queimava.

— Sinto muito ter de lhe dizer isso. — Hopewell pôs a mão no ombro de Jack. Ele o pressionava para baixo com força, como se Jack pudesse dar um salto e sair correndo do escritório. — Seu filho está morto. Foi encontrado perto das ruínas no Fairmont Park. Por volta do meio-dia. Parece suicídio.

III

O necrotério exalava cheiro de morte, produtos químicos e odores pré-embalsamamento. Todo sopro de vida havia sido retirado daquele lugar. Fedia a necrose. Jack deu as costas para a chapa de metal com o lençol branco. Olhou para a parede cinza e nua no outro lado da sala, para o piso com as marcas negras deixadas pelas rodinhas. Voltou o rosto para o teto, onde as luzes se refletiam, insensíveis e frias, e quando conseguiu se mover, encontrou-se num canto, balançando a cabeça, cruzando os braços em volta do peito e agarrando a si mesmo.

Hopewell afastou o lençol e Jack viu o corpo, o corpo azulado, Danny — não, não era realmente Danny. Apenas o que havia sobrado de Danny.

Hopewell perguntou: — Este é seu filho?

— Sim — disse Jack —, é meu filho — e afastou os cabelos escuros e encaracolados da testa de Danny, deslizou a palma da mão por seu rosto macio. Traçou o contorno dos lábios de Danny e acariciou o queixo forte, que ocultava a vulnerabilidade. Foi, então, que viu o vergão arroxeado ao redor do pescoço. — O que é isto?

— É do saco plástico.

Jack segurou o rosto de Danny entre as mãos. — Havia... havia alguma carta?

— Não havia carta alguma — respondeu Hopewell. — Ele pode ter deixado em casa. Preciso que o senhor telefone para mim se encontrar alguma coisa. — Um instante depois, disse: — Sinto muito.

Mas Jack não percebeu qualquer sentimento na voz de Hopewell, apenas o tom imparcial, desprovido de qualquer inflexão, em desacordo com as palavras que dizia. Não havia sequer uma aparência de tristeza, ou de compaixão, nem na voz nem nos olhos de Hopewell nem na expressão de seu rosto. Mas havia algo ali, não que Jack pudesse identificar; e, o que quer que fosse, era perturbador ver aquilo no rosto de um homem que lhe observa enquanto você está ao lado do corpo de seu filho morto; algo perturbador de se ouvir em sua voz. Hopewell disse: — A bicicleta dele estava ao seu lado.

— Jack sentiu o estômago revirar. Ele queria dizer alguma coisa. Queria fazer perguntas, mas não sabia o que perguntar. Não sabia o que pensar. Não estava conseguindo assimilar aquilo. Sua cabeça parecia ter sido enchida de hélio e flutuava longe de seu corpo, como quando se está com febre e tudo parece acontecer a distância e mais lentamente.

Hopewell perguntou: — Tem alguém que... O senhor quer telefonar para sua esposa?

— Como você o encontrou?

— Uma mulher o encontrou e nos chamou.

— Que mulher?

— Uma mulher. A história dela faz sentido, se você está pensando que ela pode ter tido alguma coisa...

— O *nome*. Quem é *a mulher*?

— Sinto muito, mas não posso informar.

— Estamos falando de *Danny*. Estamos falando do meu...

— Eu sei. Mas ela tem direito à privacidade. É nosso procedimento padrão.

— E eu tenho direito de saber que tipo de pessoa encontrou meu filho.

— Sinto muito — foi tudo que Hopewell disse.

— Não quero que ele fique aqui.

— Infelizmente, o senhor terá que esperar até depois da autópsia.
— Como assim, autópsia?
— É o procedimento.
— Ele está morto.
— Temos que seguir o procedimento. Sinto muito, Dr. Owens.
— Quando posso retirar Danny? — Jack queria abraçar seu menininho e niná-lo, sentir o peso do corpo de Danny. Queria atirar-se ao chão e chorar. Mas não iria chorar. Não ali.
— Depende do médico-legista — Hopewell explicou. — Nós o compartilhamos com três outras cidades. Não deve passar de depois de amanhã, talvez até antes.
— Quero as roupas do meu filho.
— Tenho que mantê-las aqui.
— São do Danny.
— Preciso delas por causa das provas forenses. Olha, sei que não é fácil para o senhor, Dr. Owens. Vou enviá-las ao senhor assim que possível.
— Não amasse a jaqueta dele. — Jack afagou a cabeça de Danny. — Ele era muito exigente com isso.
— Claro. O senhor tem alguém que o leve para casa?
— Não quero que ele fique aqui.

No final da tarde, Jack foi de carro até as ruínas. Ele tinha ido para casa e procurado em todos os lugares óbvios, mas Danny não havia deixado nenhuma carta, nenhuma explicação e não havia outro lugar para ir senão às ruínas, onde seguraria uma das camisetas de Danny apertadas contra o coração, ficaria parado no alto da colina onde Danny havia passado os últimos minutos de sua vida e tentaria sentir sua presença e os vestígios de sua morte.

Jack contemplou o céu sem nuvens acima dos sicômoros que se inclinavam, exuberantes e pesados, sobre a margem do rio. Pensou em Danny sentado ali, sozinho, encolhido contra o muro, escondido pela moita de cenoura-brava, sozinho com seus últimos pensamentos. O ar frio deve tê-lo feito estremecer.

Jack conhecia a expressão no rosto de Danny — séria e solene, da mesma forma que quando havia algo em sua mente sobre o que ele tinha de conversar, mas que não sabia como começar. No entanto, ele sempre dava um jeito de se expressar — eles conversavam sobre tudo. Bem, pensou Jack, obviamente não. Um saco plástico na cabeça? Não é algo em que um adolescente de quinze anos pense de uma hora para outra. Há quanto tempo vinha pensando naquilo? E para onde diabo estava olhando Jack durante todo esse tempo? Ele acreditava ser capaz de ler aquele rosto nos mínimos detalhes. Então, como foi que não viu ali o suicídio?

Jack tentou se lembrar de cada detalhe, com relação às duas últimas semanas. Seus quinze minutos de café-da-manhã, as poucas noites em que haviam jantado juntos. O que Danny dissera. A expressão que tivera.

Tinha a expressão de sempre. A expressão de Danny. Ou, talvez, Jack não soubesse o que estava vendo.

Eles haviam jantado juntos, duas noites atrás, mas Jack não vira nada estranho. Ao estender a mão para afastar os cabelos dos olhos de Danny, ele não havia mostrado nenhuma expressão diferente. Ficava sem graça quando Jack lhe dava esse tipo de atenção, o que fazia com que se sentisse constrangido, mas Jack sabia que Danny gostava, como sempre havia gostado.

Ao tomar o café-da-manhã juntos, há alguns dias, Danny não comera, e limitara-se a empurrar o cereal de um lado a outro da tigela. Ele perguntou:

— O que é mais importante, pai, honestidade ou lealdade?

O que havia na voz de Danny?

Qual fora a expressão no rosto de Danny?

O que Jack tinha visto? O que ele via, agora?

Danny estava sentado à mesa da cozinha, olhando para a tigela de cereal empapado, no sábado de manhã, sem falar nada. Bocejava. Parecia cansado.

— Não está cansado por estudar demais? — Jack perguntou.

Sem resposta.

— Cansado demais para conversar?

— Acho que sim.

— O fato de eu ficar no escritório até tarde não te dá permissão para ficar acordado a noite toda.

— Eu sei a hora de ir para a cama — disse Danny. — Já tenho quinze anos, sabe?

O que havia em sua voz? O que Jack tinha ouvido?

Danny parecia irritado, mas ele parecera irritado muitas outras vezes.

Estavam jantando no drive-in da Rodovia 41, na noite de quinta. Danny tinha *aspirado* seu hambúrguer com queijo... Estavam jantando no mesmo drive-in, quatro dias depois, e Danny havia deixado a metade do hambúrguer no prato. Jack nunca monitorava o comportamento de Danny e tampouco o fez naquela noite. Deduziu que Danny tinha almoçado tarde naquele dia.

Uma semana antes estavam sentados, tomando o café-da-manhã, e Danny não estava bocejando. Comera seu cereal, não com grande entusiasmo, já que o café nunca fora uma refeição oficial para ele. Estavam conversando sobre o fato de ele ser o arremessador nos jogos das semifinais. Danny dissera que estava nervoso. Jack lhe advertira: — Se não estiver nervoso, é porque não está preparado. — Danny lhe dera um sorriso e correra para tomar o ônibus escolar.

Jack apoiou o corpo nos pilares de cimento. Baixou os olhos para os três terraços e para os velhos degraus de pedra que desciam em saltos amplos até a estrada. As ruínas sempre haviam sido um lugar seguro. Fora ali que havia tomado coragem para falar com Anne pela primeira vez. Antes de morarem no *loft* da Crosby Street. Antes de terem Danny. Foi a este lugar que ele havia trazido Danny quando os dois se mudaram para Gilbert, depois de Anne ter ido embora.

Jack não tinha consciência de ter caminhado, mas agora se encontrava na lateral da estrada, acima da margem enlameada do rio, onde a luz do sol se entrelaçava com o barro e com as flores silvestres; era ali que ele e o filho brincavam de lançar a bola de beisebol quando Danny estava com cinco anos e tinha medo da bola. — Não vai te machucar. Não precisa ter medo. — Ou quando se sentavam à sombra dos sicômoros e das ruínas grandiosas e decadentes e Jack contava histórias para ele, quando Danny ainda era pequeno o bastante para caber em seu colo.

— História velha ou nova?
— Velha — respondeu Danny.
— Algum pedido especial?
— A de Casey.
— Casey, o rebatedor?

Danny assentiu enfaticamente.

— Mas essa é uma história tão triste. Você não se lembra? O poderoso Casey falha ao rebater a bola. Acabava a alegria na cidade de Mudville. Você não iria querer escutar uma história decepcionante num dia tão lindo como hoje.

— Não é decepcionante se você estiver torcendo pelo outro time — Danny respondeu.

Jack não podia abraçá-lo com força suficiente quando ele disse aquilo, nem amá-lo com tanta intensidade. Ele riu um pouco e sentiu não apenas orgulho e espanto, mas também ficou maravilhado.

Como Danny havia pensado aquilo? Como encontrara aquela brecha?

Este era o lugar no qual Jack havia segurado seu menininho e o observado enquanto ele dormia. O lugar em que lhe havia contado histórias e recitado versinhos que não rimavam. Onde Jack havia feito os planos que todos os pais fazem, com a fé inabalável dos convertidos. Planos que se propagavam no tempo. Foi este o lugar que Danny escolhera para morrer.

O que ele estivera mostrando que Jack não vira? Jack pensou: "Por que Danny se mataria?"

Danny fora o arremessador nas semifinais do colégio há apenas duas semanas. Posicionara-se sobre a base do arremessador, alto e com os ombros largos, olhando fixamente para o receptor, como havia visto fazer os arremessadores das ligas profissionais, aparentando calma. Jack se lembrava da bola saindo da mão de Danny e do rebatedor girando o bastão, lenta e fracamente, a bola baixa rebatida encontrando a brecha entre a interbase e a terceira base e respingando para fora do diamante. Um single fácil, a olhos vistos, marcando o ponto vencedor. O time de Danny perdera por 2 a 1.

Parecera que Danny havia levado a derrota numa boa. Não chorou, pelo menos não na frente dos colegas e nem mais tarde, no carro, a caminho de casa. — Estava em minhas mãos decidir se ganharíamos ou perderíamos e eu fui responsável pelo ponto final. — Ele dissera que estava decepcionado. Que queria ter levado o time à vitória. Mas que tinha feito o melhor que podia e que o garoto havia rebatido a bola mandando-a para fora.

— Eu diria que foi o melhor jogo em que te vi arremessar — Jack disse.

— Estou muito orgulhoso por você.

— Queria ser o arremessador nas finais.

— Sempre há o próximo ano — Jack prometeu. — E você estará melhor ainda e, acredite ou não, maior e mais forte. Mais ou menos da minha altura, aposto. E uns três quilos mais pesado, tranqüilamente; talvez cinco.

— Eu queria mesmo ter ganhado o campeonato — Danny respondeu.

— Chegar até as semifinais não é nada mau. — Mas Jack sabia que Danny pensava alto. Ele achava que era bom o suficiente para levar seu time até a final.

Danny havia olhado pela janela do carro por um momento, antes de dizer: — Espere até o ano que vem — com a mesma equanimidade que havia mostrado durante o jogo. Não muito diferente do garotinho que encontrara uma brecha na história de "Casey, o rebatedor".

Jack pensou: Mas talvez não tenha havido brecha naquela derrota, ou Danny não pôde encontrá-la. Talvez não tenha encontrado nenhuma brecha quando a mãe o abandonou. Talvez existisse menos compostura do que ele demonstrava. Talvez fosse apenas uma fachada, porque era aquilo que ele imaginava que as pessoas esperavam dele. O que ele achava que Jack esperava dele.

Jack se questionou: "Haveria tanta pressão assim sobre ele? Haveria tanto sofrimento em seu interior?"

Jack se questionou: "Isso foi suficiente para que ele quisesse se matar? Danny perdera o sono e o apetite — por ter perdido o jogo? Não era assim tão importante para ele."

Jack se sentou no banco do carro, apoiou o queixo no volante e observou as sombras azuladas que caíam e se estendiam sobre as ruínas e o solo pintalgado. Começou a chorar. Cerrou os olhos e ergueu a cabeça. As lágrimas correram quentes por seu rosto e pescoço e o fizeram estremecer. Ele queria bater em Danny por ter se matado. Queria voltar no tempo, como se fosse uma fita de vídeo, entrar no passado e puxar Danny de volta da morte. Queria penetrar em qualquer segredo silencioso que pudesse ter existido no peito de Danny e se alimentado dele. Vencer as próprias falhas como pai e fazer com que tudo ficasse bem; voltar no tempo e enxergar além da conversa de Danny, além de seu silêncio.

Na segunda-feira anterior, eles estavam na cozinha. Danny não havia falado muito. Empurrara a torrada e os ovos para longe. Era a terceira manhã consecutiva que ele recusava o café-da-manhã. Jack fez algum comentário a respeito.

Danny respondeu: — Estou comendo, estou comendo. — Esfregou os olhos. Seu rosto estava pálido, como sempre acontecia quando não dormia o suficiente.

Mutt começou a latir. O motorista do ônibus escolar buzinou. Jack disse: — Pode ficar, eu te levo de carro.

— Não posso, pai. — Danny apanhou os livros e saiu correndo. Jack ficou um pouco surpreso, um pouco magoado pelo fato de Danny não querer passar mais meia hora com ele. Mas, como Danny ressaltara apenas alguns dias antes, ele já tinha "quinze anos, sabe?".

— Velho demais para ser visto em minha companhia? — Jack gritou para ele.

Danny não respondeu.

Jack trabalhou até tarde na segunda-feira e dormiu até mais tarde na terça. Não viu Danny — e também não jantaram juntos.

Na noite seguinte, compartilharam uma pizza no centro da cidade. Foi um tanto apressado por parte de Jack, que tinha dois dias para acabar de avaliar seus projetos finais. Depois, havia levado Danny para casa e voltado ao escritório. Não conversaram muito no restaurante e também nenhum dos dois comeu muito. Jack tinha a sensação de que havia algo incomodando Danny. Até lhe perguntara a respeito disso. Danny limitara-se a balançar a cabeça.

— Parece que tem alguma coisa...

— Não tem nada me incomodando, certo?

— Se tiver alguma coisa...

— Você se preocupa demais.

Estava escuro quando ele subiu os degraus de entrada da sua casa e parou na varanda. O reflexo da meia-lua flutuava nas janelas vazias. Mutt estava latindo no quintal, mas Jack não se mexeu. Não deu a volta até o quintal e não entrou, não ainda. Não estava preparado para a noite sem Danny. Pôde apenas ficar parado ali do lado de fora mais um minuto, esperando que sei-lá-o-quê acontecesse, antes de empurrar a porta da frente com as pontas dos dedos, suavemente, como se tocasse numa ferida.

Caminhou até o piano. Ali estava o livro de partituras que Danny havia deixado. Jack não tocou nele. Começou a se sentar, parou; começou a andar e parou novamente. Descansou os dedos em cima das chaves e percebeu que a mão estava tremendo. Apoiou-se contra a parede e sentiu os joelhos baterem um contra o outro.

O que tenho que fazer agora é não ficar parado. Acender as luzes. Me lavar. Dar comida para Mutt. Servir uma bebida. Não ficar parado.

Andou pelo vestíbulo acendendo as luzes; pela sala de estar, acendendo as luzes. Passou em frente à parede das fotografias. A "parede de Danny", eles a chamavam. O arranjo das molduras em cromo polido, laca e madeira. Molduras redondas e quadradas. Molduras compradas em lojinhas de beira de estrada, em butiques de Manhattan e em camelôs em Florença: Danny em sua primeira bicicleta de duas rodas. Danny no Zoológico do Bronx. Danny na praia. Danny e Jack num jogo. Danny e Jack na Feira Estadual de Indiana. Danny no primeiro dia de aula. Danny em seu primeiro recital de piano, os olhos arregalados, a gravata um pouco torta, as mãos cruzadas no colo. E no recital do último mês de março, no colégio, tão bonito em seu terno azul e tão confiante, os olhos profundamente concentrados...

Jack foi correndo pelo corredor até a cozinha, como um homem perseguido. Estava suando. Parecia não ter parado de suar desde que saíra do necrotério. Acendeu as luzes da cozinha, abriu a porta dos fundos e deixou Mutt entrar.

A luz vermelha da secretária eletrônica piscava: o recado que havia deixado para Danny estava esperando, no outro lado da sala, feito um assassino. A louça do café-da-manhã, de sabe-se lá quantos dias atrás, ainda estava na pia — cereal ressecado ainda na tigela, suco ainda no copo. As coisas em que Danny havia tocado e deixado para trás.

Danny se matara naquele mesmo dia. Havia colocado um saco plástico na cabeça — Jack perdeu o controle. Chorou, enquanto andava pelos cômodos do andar térreo da casa. Pensava: "Danny ainda está vivo nessa casa."

Estava suando e chorando. Então, viu-se em seu escritório, acendendo as luzes. Na sala de tevê, acendendo as luzes. Na varanda atrás da casa e na frente, acendendo as luzes. Subindo as escadas, acendendo as luzes. Em seu quarto, acendendo as luzes. No quarto de hóspedes, acendendo as luzes. No quarto de Danny — ele não podia ficar longe do quarto de Danny —, onde as roupas estavam espalhadas como se fossem trapos. Camisetas, cuecas e meias, jeans, calças, jaquetas, sapatos e gravatas amontoados fora do closet, por cima da escrivaninha e do computador. Cadernos, livros escolares e papéis espalhados pelo chão, destroços que Jack deixara quando viera procurar pela carta de suicídio, quando havia encontrado apenas o silêncio —

ele não se lembrava de sua busca ter sido tão violenta, não se lembrava de ter provocado tamanha desordem. Agora Mutt estava deitado em meio às roupas de Danny, ganindo.

Jack se sentou na cama e deslizou a palma da mão pela colcha. Encarou as fotografias na parede. Fotografias de Danny, os olhos de Danny, as pernas de Danny e o corpo de Danny. Jogando bola, fazendo bodyboard. O rosto a ponto de sorrir, a risada a ponto de acontecer. Porém, o que mais havia naquele rosto? Estaria o suicídio escondido ali, logo abaixo da superfície, como naquelas antigas fotografias com dupla exposição, o segundo rosto parecendo ectoplasma ao fundo? Estaria ali, se você soubesse onde procurar? Estaria ali, se você tivesse coragem suficiente para ver? Coragem para admitir que estava ali, uma vez que Jack tinha certeza de que havia responsabilidade sua na morte de Danny. Que fora a vida que ele criara para Danny que o filho não pudera viver.

Jack afundou o rosto no travesseiro e sentiu o cheiro das manhãs e das noites de Danny. Soluçou copiosamente até que sua garganta doesse e não restassem mais soluços.

Isso não deveria acontecer.

Mutt arranhou as roupas, como se estivesse procurando seu menino perdido. Jack não podia suportar ver aquilo. Gritou para que ele parasse, droga. Gritou uma segunda e uma terceira vez, mas Mutt continuava arranhando freneticamente.

— Pare com isso — Jack gritou.

Ele se ergueu da cama e, agarrando Mutt nos braços, carregou-o até o corredor e fechou atrás de si a porta do quarto. Mutt se soltou, contorcendo-se, e arranhou a porta para voltar a entrar. Jack o agarrou pela nuca e o puxou. Mutt se soltou novamente e se postou em frente ao quarto de Danny.

Jack desceu as escadas, pensando: "Danny se matou hoje. Ele pôs um saco plástico..."

Viu a silhueta no outro lado da porta de tela, silenciosa e imóvel contra a luz da varanda. Jack ficou olhando, sem dizer uma palavra sequer — incerto sobre o que estava vendo, sobre o que pensar. Incerto se deveria se mexer ou ficar parado e sentindo a urgência de gritar ou chamar e de acreditar na existência de fantasmas. Deu um passo cauteloso à frente e estava prestes a falar o nome de Danny quando escutou: — Dr. Owens? — A voz soava baixinho, não mais alto que a brisa da noite. — Dr. Owens, o Danny está?

Jack olhou mais intensamente para a escuridão.

— Dr. Owens?

Era C.J., o filho de Carl Ainsley.

Jack abriu a porta e o convidou a entrar. Mas C.J. apenas disse: — Posso esperar aqui fora. Só vim dizer um olá para Danny.

— Danny. Danny está... é melhor você entrar — e Jack saiu do caminho.

C.J. respirava pesadamente, como se houvesse corrido. Olhou para a sala com uma expressão impertinente no rosto — sua expressão habitual. Baixou os olhos, ergueu-os até Jack e os baixou novamente. — Só vim dar um olá para Danny.

— Entre.

Mas C.J. deu um passo atrás. — Aconteceu alguma coisa?

— Entre. — Jack o conduziu à sala de estar. — Sente-se. Por favor.

C.J. parecia mais magro do que Jack se lembrava. Havia círculos escuros em volta de seus olhos, como se tivesse compartilhado as noites insones com Danny, e suas roupas, a camiseta e o jeans, estavam precisando ser lavadas. — Danny não foi à escola hoje — ele disse, sem rodeios.

Jack hesitou antes de lhe contar: — Danny está morto. — Era a primeira vez que ele articulava aquelas palavras para outra pessoa. O fundo de sua garganta queimava e as pontas dos dedos estavam adormecidas. — Ele se matou. Lá perto das ruínas.

C.J., mais do que sentar-se, caiu sobre o sofá. Seu corpo perdeu a firmeza e começou a chorar em silêncio. Jack sentou-se a seu lado e colocou o braço em seus ombros. C.J. parecia tão delicado e frágil que Jack tomou o cuidado de não apertá-lo com muita força, com receio de esmagá-lo como se fosse um pedaço de vidro fino — Jack poderia estar segurando Danny, a parte frágil de Danny, que ele fora tão cuidadoso em esconder.

C.J. chorou, tremeu e murmurou baixinho para si mesmo algo que soava como "azar" ou "estragar". E, depois que Jack o soltou, C.J. balançou-se para a frente e para trás, falando baixinho, sussurrando palavras indiscerníveis, uma e outra vez, como se fosse um encantamento.

— O que é? O que você está falando?

C.J. apenas se balançou e chorou, os braços ao redor do próprio corpo.

— Eu sinto tanto — gemeu. — Sinto tanto, Dr. Owens — e um momento depois — Não posso... Danny... Sinto tanto. — Ele enxugou os olhos e o nariz com o braço. Quando disse: "Estive com ele ontem à noite", soou como uma confissão.

— Ontem à noite? Você *conversou* com Danny ontem à noite?

— Mais ou menos.

— Mais ou menos? Mais ou menos sim? Mais ou menos não? Mais ou menos o quê?

A cor desapareceu por completo do rosto de C.J. — Só passamos algum tempo juntos, apenas isso.

— E ele não disse nada sobre... ele estava se comportando como se estivesse deprimido ou preocupado com alguma coisa?

C.J. balançou a cabeça. — Ele disse que tinha que fazer algumas coisas para se preparar para as férias, as férias de verão, e então eu fui para casa.

Jack cruzou a sala e olhou pela janela, para o campo do outro lado da estrada e para o céu, que havia escurecido, e para uma pequena porção da lua. Virou-se para C.J. — Danny deve ter dito *alguma coisa*.

— Não. Não sei. Eu não sei por que... — C.J. começou a chorar, baixinho.

— Danny se matou — disse Jack, com uma grande dose de descrença, e C.J. começou a se balançar para a frente e para trás novamente e a falar baixinho. Jack sentiu-se incomodado ao vê-lo daquele jeito.

Passado algum tempo, C.J. perguntou: — Brian e Rick estão sabendo?

— Não contei a ninguém. Não quero que mais ninguém saiba. Ainda não.

Depois de um momento de silêncio, C.J. disse: — Não vou contar. Sei guardar segredo. — Era impressionante como ele parecera triste ao dizer aquilo e também arrependido. Isso fez com que Jack olhasse longamente para ele.

C.J. deve ter se assustado, ou talvez tenha sido a expressão no rosto de Jack, pois ele se levantou rapidamente e disse: — É melhor eu ir.

Mas Jack lhe disse para esperar. — Tem uma coisa que não entendo. Danny cometeu... cometeu suicídio hoje de manhã e ontem à noite ele apenas falou em se preparar para as férias de verão?

— Foi só o que ele disse, Dr. Owens. Eu só vim porque ele não foi à escola hoje. Só isso, Dr. Owens. — C.J. começou a chorar e saiu da casa correndo.

Jack ficou parado sob o chuveiro. Estava pensando que teria de telefonar para seu pai de manhã. Teria de tomar as providências para o enterro de Danny.

"O enterro de Danny." E, então, pensou em Danny completamente sozinho, naquela noite, no necrotério. Uma onda de vômito subiu à sua garganta e jorrou sobre as paredes do boxe, escorrendo por seu queixo e por suas pernas. Coagulou-se como uma poça fétida num cano de esgoto. A água era lenta demais para levá-lo embora.

IV

Jack estava em seu escritório. Não ouviu a porta abrir, mas sentiu que se abria. Sentiu um momento *antes* que se abrisse. Alguém estava ali. Era Danny. Jack pôde sentir o coração inchar como se uma ferida houvesse cicatrizado.

— Danny — ele suspirou. — Danny, eu pensei que...

— Estou aqui agora, pai. — Ele usava camisa verde e short preto.

Jack o agarrou e apertou. — Nunca mais faça isso.

— Eu te amo — Danny lhe disse.

— Também te amo. Prometa que nunca mais vai embora.

— Prometo.

Era um sonho cruel, mais cruel ainda pelo despertar, contra o qual Jack resistiria se realmente estivesse adormecido. Estava deitado no sofá, nu, a cabeça no travesseiro de Danny. O pescoço doía, seus olhos tinham crostas nos cantos e ardiam. Havia um copo intocado de uísque na mesa atrás dele. Sentou-se lentamente e olhou para o relógio. Eram quatro horas da manhã e ele estava sozinho.

Esticou a mão para pegar o roupão, saiu da casa e se deteve na varanda dos fundos. Apoiou-se contra a balaustrada e olhou para além da cerca, através da extensão formada pelo pasto e pelos campos de soja e alfafa, até a luminescência urbana no horizonte. Pensou nas carretas percorrendo a rodovia interestadual e em como a estrada é tranqüila e privativa, às quatro da manhã, com a escuridão à frente, os faróis iluminando o caminho para casa, para o lugar *chamado* casa, porque lá alguém está esperando por você, alguém cujo rosto é tão familiar que você não consegue se lembrar até segundos antes de ela vir à porta e, então, tudo volta: a forma como ela olha para você e o desenho de sua boca. A maneira como o cabelo dela está amassado pelo travesseiro, mas e daí? O que importa é que ela esteja ali esperando; e há uma criança no andar de cima lutando desesperadamente para ficar acordada, apenas para ouvir a porta da frente se abrindo e o som da sua voz.

Bem, Jack não tinha uma esposa esperando por ele ali e não havia criança alguma dormindo, mas este era o lugar que ele chamava casa. O lugar para onde viera há dez anos, com um filho de cinco, depois que as coisas deram errado com Anne. Quando ele e Danny precisaram de um porto seguro.

As árvores eram silhuetas contra a linha reta da cerca. Além delas, do outro lado do campo, uma luz se acendeu numa janela do andar de cima da casa dos Richards e, por um momento, a sensação de solidão de Jack desapareceu, por saber que havia mais alguém acordado nessas primeiras horas da manhã. Ele sempre gostara da privacidade daquele lugar, com os pastos e campos, mas esta noite desejava que houvesse pessoas numa casa vizinha, revirando-se no sono, acendendo luzes. Queria ouvir o ruído de uma cortina se arrastando na casa da frente, da água borbotando nos canos.

Apertou o roupão contra o peito e percorreu a extensão do quintal, uma e outra vez. Pensava em seu menino e em quanto sentia sua falta. Pensava que Danny jamais veria este novo dia. Que ele fora privado de sua juventude por duas vezes em sua curta existência. Uma, quando a mãe o abandonou, levando consigo sua ilusão infantil de que a vida é lógica e indolor, e, novamente, quando privara a si mesmo de simplesmente envelhecer. Nunca iria acontecer. Danny nunca cresceria e nunca se tornaria um homem. Estava congelado no tempo, para sempre um garoto de quinze anos. Dali em diante, as pessoas o conheceriam como o garoto que havia se matado no Fairmont Park. Não conheceriam o Danny que fora arremessador no colégio, sem sentir qualquer vergonha. Ou o Danny que tocava piano nas tardes de quarta-feira no centro de veteranos. Ou...

Do campo elevaram-se o aroma da escuridão e o cheiro almiscarado da terra, do fertilizante e do ar úmido da noite; o cheiro verdejante de colheitas frescas e do solo arado, cultivado e semeado. Era um cheiro de campo, que esvoaçava na brisa como a pipa de uma criança. O sol ainda não havia surgido, mas a borda azul-marinho do amanhecer se encaminhava para o que, como Jack sabia, seria uma manhã completamente diferente de todas as outras de sua vida. E depois? Pêsames, é claro. Pais de garotos pensando "antes você do que eu". A expressão de pena nos rostos. Os olhares condescendentes de solidariedade e compaixão.

Ele precisava conversar com alguém. Era cedo demais para telefonar para Lois. Ele receava telefonar para o pai. Começou a percorrer novamente o quintal. A grama estava fria sob seus pés descalços. O ar começava a mudar, como acontece antes do amanhecer. O apito de um trem soou a distância e recaiu sobre a extensão dos trilhos silenciosos. Jack se sentou nos degraus da varanda e observou a luz amarela na janela dos Richards dissolver-se como um losango na luz da alvorada.

Mutt continuava deitado em frente ao quarto de Danny. Levantou os olhos ao ouvir Jack se aproximando e ganiu, indiferente, quando Jack o chamou.

— Venha, Mutt. Dá um tempo. — Jack estalou os dedos e assobiou. — Dá um *tempo*. — Mutt deu-lhe as costas. Jack desceu as escadas, apagando as luzes, erguendo as venezianas. Foi até a cozinha e preparou um bule de café.

Quando levou uma xícara até seu quarto, Mutt o seguiu e se deitou na cama. Jack pegou o telefone.

— Alô, Grace...

— Jackie. Que surpresa!

Havia mais do que surpresa na voz de sua madrasta. Havia um toque de medo, o espasmo de apreensão que fica preso na garganta como um caroço.

O telefone toca às seis da manhã e é o filho do seu marido; ela tinha de saber que só podia ser má notícia. Seus olhos estavam provavelmente fazendo aquela dança nervosa de costume, olhando para toda parte, exceto para onde realmente queriam olhar: para o homem idoso com mãos trêmulas — atualmente mais composto por química que biologia, com metade dos órgãos do corpo dependendo da dosagem correta na hora exata para continuar bombeando, ingerindo e processando — sentado na cama ou no sofá da sala do apartamento em Manhattan, onde a luz do sol se quebrava nas janelas amplas, cintilando sobre os móveis e objetos de arte. Onde não havia qualquer sinal das quinquilharias típicas das pessoas de idade, apenas os aromas limpos e frescos de conforto e cuidado, os quais a simpática jovem irlandesa era muito bem remunerada para manter, cinco vezes por semana.

— Espero não ter te acordado — Jack respondeu.

— *Acordado*? Já estamos em pé há *horas*. — Quando não havia nada mais para ser dito, ela declarou: — Vou passar para o Mike.

É melhor que os remédios estejam cumprindo sua função, rezou Jack, ou seu pai não sobreviveria ao telefonema.

— O que aconteceu? — foi a primeira coisa que seu pai disse. A voz dele ainda podia soar forte.

— É má notícia. — E Jack deixou que o pai assimilasse aquilo.

— Que má notícia?

Jack lhe contou qual era a má notícia. Contou-lhe o que havia acontecido e de que forma, onde havia acontecido e quando. Contou-lhe lentamente. Contou-lhe todos os detalhes, não de forma descritiva, mas sem deixar qualquer informação de fora. Era assim que seu pai teria feito. Era como Jack havia aprendido a fazer: ele disse o que devia ser dito. Respondeu a todas as perguntas.

— Cristo Todo-Poderoso, Jackie. — A voz pareceu desaparecer antes que a última palavra fosse dita. Houve uma arfada profunda e então: — Danny? Morto? — com tristeza, fraqueza, como se a simples notícia tivesse drenado o que restava de suas energias. Jack podia ouvir Grace dizendo "Oh, meu Deus", enquanto o velho perguntava: — Como ele pode estar morto? — com a voz falhando. — Não consigo compreender. Cristo Todo-Poderoso.

Havia mais do que descrença em sua voz, mais do que tristeza, mais do que sofrimento, embora tudo isso estivesse ali; porém, foi outra coisa que nasceu no fundo de sua garganta: um som pesaroso, gutural, que veio com a expiração. Era o som de um homem velho sentindo a morte de seu único neto. — Meu Deus, Jackie, suicídio... Meu Deus... — a voz estava cheia de dor e de mágoa. — Talvez tenha sido um acidente.

— O detetive acha que não. — Jack segurou o telefone e não disse mais nada. Ouviu seu pai soluçando, arfando e soluçando de novo, Grace chorando e dizendo coisas abafadas e inaudíveis. Então, a voz idosa disse: — Danny era um garoto muito complexo. Complexo e complicado para sua idade, diabos, desde o dia em que nasceu. Mesmo antes de Anne ir embora. — Ele fez uma pausa para pigarrear. — Ela bagunçou a vida dele ao abandoná-lo daquele jeito.

Jack se espantou ao ouvir o nome de Anne. Eles nunca falavam nela, pelo menos não quando conversavam sobre Danny.

Seu pai disse: — Eu não sei... quem sabe *o que* estava se passando na cabeça dele? Quem pode saber, depois disso? Mas um garotinho não supera um abandono destes. Sua mãe sempre disse que Anne havia causado um dano irreparável em Danny. — Ao inspirar, o som foi como o de folhas secas sendo espalhadas pelo vento. — E ele sofreu muito. Mais do que nós podemos imaginar. — Novamente, ele lutou para respirar. — Meu Deus, Jackie, eu amo tanto esse menino. — Jack chorou junto com ele.

Choraram por Danny, que havia considerado a vida insuportável, e choraram também um pelo outro: o pai, que havia sobrevivido ao filho, o avô, que havia sobrevivido ao neto. Era uma conversa que jamais poderiam ter previsto. Era Danny que, um dia, teria de receber a notícia de que o avô havia morrido, e não isto, que era o que o velho estava dizendo enquanto chorava, perdia o fôlego, começava a tossir, a espirrar e a emitir ruídos secos do fundo do peito até que não houvesse mais qualquer som.

— Pai? — Jack gritou ao telefone.

O homem não respondeu.

— *Pai?*

O homem tossiu algumas vezes e pigarreou. Disse: — Você não deveria ficar sozinho numa hora dessas, Jackie. Quero que você tome um avião e venha para cá. Vai ficar aqui conosco. Vamos tomar conta um do outro.

— Tenho que ficar aqui. — Jack enxugou os olhos, ajeitou o travesseiro sob a cabeça, enquanto Mutt tocava com o focinho a dobra de seu braço.

Seu pai disse: — Agora não é o momento de estar sozinho, Jackie. Devemos ficar juntos.

— Não posso.

— Claro que pode.

— Tenho que ficar aqui.

— Deveríamos passar por isto juntos. Você vai ficar como barata tonta sozinho aí na sua casa.

— Estaria feito barata tonta aí em Nova York também. Não posso ir.

— Tome um avião...

— Escute o que estou dizendo...

— Escute *você*. Você vai ficar se debatendo, de um lado para o outro, se remoendo até ficar em carne viva e enlouquecer. Quero você aqui comigo. Você não tem que fazer nada. Meu agente de viagens vai comprar a passagem. — Podia ser que sua voz não estivesse das mais fortes naquele dia, mas o velho ainda era capaz de brigar e não havia forma de apaziguá-lo, não havia como ser condescendente com ele. Mas também havia outra razão: o pai precisava do próprio filho.

Jack insistiu: — Não posso.

— Não seja assim, Jackie.

— Não posso ir a Nova York. Não até conseguir tirar Danny do necrotério.

— Eu sou um idiota — o velho respondeu. — Claro. Então eu vou para aí.

— Preciso de você em Nova York. Preciso que tome as providências para o... para o funeral de Danny.

Silêncio, por um momento, no outro lado. Então: — Vou telefonar para Harry Weber. Ele cuidou do funeral da sua mãe. Ele vai providenciar tudo. Jack esfregou os olhos com as pontas dos dedos. — Sim, Harry está bem.

Depois que desligou, ficou deitado na cama, com Mutt encostado em seu braço. Não fechou os olhos, não tentou dormir. Simplesmente ficou ali deitado, olhando para a brancura do teto. Um minuto se passou. Telefonou para Lois e contou para ela.

— Meu Deus, Jack — ela disse, baixinho. — Estou indo para aí.

Então caiu o silêncio. Jack pensou: "Então é assim, sem o Danny", enquanto ficava ali deitado, não fazendo nada; e, um instante depois, pensou que seria melhor ir até o quarto de Danny para ver se ele estava se aprontando para a escola, mas se sentou rapidamente, o corpo alerta, pronto para se mover, todo reflexos, como a rã na experiência de biologia, que é puro sistema nervoso. No mesmo instante, com o mesmo reflexo, ele voltou a cair sobre a cama e ficou deitado, absolutamente imóvel.

Pensou: "Então é assim, sem o Danny". Pensou: "Ele ainda está vivo nesta casa."

Jack arrumou alguns pãezinhos num prato para quando Lois chegasse, uma bandeja com manteiga e queijo e a colocou na mesa com o jarrinho de creme e o açucareiro. Preparou um bule de café fresco. Ele ainda não era capaz de se obrigar a lavar a louça do café-da-manhã de Danny, mas lavou a própria xícara de café e a colocou para secar.

Do lado de fora da janela da cozinha, a luz do sol passava entre os galhos das árvores. Pássaros faziam algazarra no meio do bosque e lá perto do riacho. O jornal matutino atingiu a porta de entrada.

Já é outro dia, pensou Jack, e achou aquela perspectiva aterrorizante. Apanhou o telefone e ligou novamente para o pai.

— Não sei por que estou ligando — ele disse quando o velho atendeu.

— Você não tem que saber.

— Só queria ouvir sua voz.

— Você não tem que explicar.

Jack remexeu o cereal seco na tigela de Danny.

O pai disse: — Estava pensando nele. Em algo que conversamos quando vocês estiveram aqui, no Natal passado. — Ele inspirou novamente com dificuldade e tossiu mais uma vez. — Ele me perguntou algo que achei realmente extraordinário. Ele parecia estar tentando entender, entender a vida, eu diria, se tivesse que descrever. Não quero dizer que ele estivesse tentando encontrar sentido nas coisas, mas... espere um segundo, eu tenho que... espere. — Quando voltou: — Danny estava tentando *entender*. Ele me perguntou a respeito de Anne e de você, apenas generalidades. E me perguntou de onde eu achava que as *idéias* vinham.

— O quê?

— Se eu achava que elas vinham de dentro de nós ou de fora. Se eu acreditava em Deus e se era Ele quem colocava as idéias na cabeça das pessoas para que elas fizessem coisas e se comportassem da forma como se comportavam. — Seu pai se deteve para recuperar o fôlego. — Ele me perguntou de onde vinham as idéias para minhas invenções. De dentro ou de fora de mim, ou se vinham de Deus e como poderíamos saber a diferença. E se as idéias de Anne para suas pinturas vinham de dentro ou de fora dela. Se ela tinha tirado a idéia de ir embora de...

Jack afastou o fone do ouvido, olhou pelo corredor até as fotografias na "parede de Danny" e, então, levou o fone até a boca. — Danny disse a um amigo que tinha que se aprontar para as férias de verão e então se matou na manhã seguinte. De onde ele tirou *essa* idéia?

— Não sei.

— Ele não teria decidido uma coisa assim num impulso. Num momento de... de quê? Ele não teria feito desse jeito.

— Não, Jackie, ele não teria feito desse jeito.

Jack escutou a respiração do pai no outro lado da linha. Um minuto depois, se despediu e esperou por Lois.

V

A expressão no rosto de Lois não era de pena nem comiseração, e sim de paciência. Exatamente aquela expressão que Jack queria ver, olhando-o do outro lado da mesa da cozinha. Permitia que tivesse seus pensamentos, que não dissesse nada, e Lois deve ter compreendido isso. Ela não era uma pessoa dada a atitudes inapropriadas.

— Eu sinto tanto — ela disse. — Oh, Jack, sinto tanto, tanto.

Ele não respondeu, apenas tamborilou os dedos na mesa e, quando o ruído deu-lhe nos nervos, disse: — Sou um cara muito egoísta.

— Você sabe que isso não é verdade.

Jack balançou a cabeça. — Estou aqui sentado pensando em quão gratificante deve ser para o meu pai o fato de saber que, apesar de estar doente, ainda é capaz de me ajudar; que ainda pode fazer as coisas que os pais fazem por seus filhos e em como se sente próximo a mim ao fazê-las. Mas, quando eu for um homem velho não terei essa experiência. Tudo em que consigo pensar agora é em como me sentirei sozinho, enquanto deveria estar pensando em Danny. Foi Danny que ficou sozinho.

— Ele é seu filho e você sente falta dele. Isso não é egoísmo.

— É sim, uma vez que ele cometeu suicídio — Jack disse, com amargura. — É sim, uma vez que passei semestres inteiros me preocupando com os filhos dos outros e nem notei que meu próprio filho estava planejando a forma mais eficiente de se matar. Estou começando a me perguntar se não estive pensando apenas em mim mesmo, todo esse tempo.

— Não faça isso com você — ela disse baixinho.

— Não sei se ele queria ter se mudado de Nova York. Só presumi... ele não sabia o que era certo para ele, mas eu sabia, ou deveria ter sabido. Eu disse a mim mesmo que sabia. Mas talvez apenas tenha feito o que era melhor para mim, já que não suportava mais ficar lá.

Lois, vagarosa e meticulosamente, começou a enrolar as mangas de sua blusa cor-de-rosa como se fosse se dedicar a uma tarefa árdua. Ou talvez estivesse dando a si mesma tempo para pensar. Estendeu a mão por cima da mesa e a colocou sobre a mão de Jack. Ele começou a retirá-la, mas ela segurou firme.

— O que você está dizendo não é justo — Lois disse a ele. — Nem para você nem para Danny.

— E *todas* as outras coisas que aconteceram com ele foram justas? Cara, eu me sinto completamente revirado por dentro.

— Eu sei. — Lois apertou os dedos de Jack de leve. — Eu sei. — Desta vez, ele não tentou retirar a mão.

— Pensei que realmente o entendia. Não tinha idéia. Ele deve ter me mostrado e eu simplesmente não vi. Deveria ter visto. Deveria ter estado ali para salvá-lo.

— Você pode sentir toda a tristeza que quiser, mas, por favor, tente não...

— Alguma coisa fez com que sua vida fosse insuportável e eu era o responsável por mudar aquilo. Mas não mudei. Como pude ter ficado cego à sua dor? Como pude deixar que ele fizesse isso consigo mesmo?

Lois tirou um pedacinho de um dos pães, mas apenas ficou olhando para ele e deixou que caísse no prato. — Não vou deixar você pensar que negligenciou Danny.

— Ele se matou. Isso não veio do nada.

— Ninguém disse que veio do nada. — Quando Jack virou para o outro lado, ela disse: — Escute o que estou falando, Jack. Você fez tudo que podia fazer.

— Eu pensei que tinha conseguido desfazer os danos.

— Houve um monte de danos. Mas não foi por nada que *você* tenha feito.

— Isso não tem nada a ver com Anne — ele gritou e a sensação de gritar foi boa, mesmo que fosse com Lois, mesmo que ela não merecesse, mesmo que ele a fizesse recuar quando puxou a mão de baixo da dela e se levantou, balançando as xícaras de café e derrubando o creme. Mesmo que tivesse tudo a ver com Anne ou mais do que ele jamais tivesse admitido. — Não tem nada a ver com Anne.

Lois começou a limpar a sujeira sobre a mesa com o guardanapo. — Oh, Jack, pode sentir o que você quiser e dizer o que você quiser — enquanto limpava com gestos rápidos e abrangentes. — Penso que estou tentando te proteger e apenas estou conseguindo ser insensível.

Ele caminhou até a janela e virou as costas para ela. Suas pernas estavam tremendo novamente e ele não queria que ela visse.

Ela disse: — Parece um monte de bobagem de psicólogo, eu sei —, num tom que não era de amor maternal e que, provavelmente, não era mesmo para ser —, mas é que não quero que você imploda.

— Quero meu menino de volta. — Jack falou com simplicidade, com calma, mas sentia o impulso de atravessar o vidro da janela com o punho ou de agarrar o bule e despedaçá-lo, apenas para ouvir o barulho e ver os cacos voando e o jorro de café preto espirrando nas paredes amarelas. Aquilo afastaria a ameaça de implosão. — Estou destroçado.

— Você tem todo o direito de estar destroçado.

— Desculpe-me por ter gritado com você. — Ele se voltou para encará-la.

— Você também tem o direito de gritar.

Jack cruzou os braços sobre o peito e respirou fundo. — Não sei o que vou fazer.

— Haverá tempo para pensar nisso.

— Confiei nos meus instintos.

Lois assentiu.

— Eu tinha *certeza* de saber o que estava fazendo. Tudo estava indo bem. Mas só tive sorte por algum tempo, só isso. — Seu corpo se enrijeceu. — Eu o deixei morrer.

— Não acho que você esteja em condições de julgar isso. — Ela caminhou até ele e segurou as mãos dele nas suas. — Escute — ela sussurrou. — Você o trouxe para o lugar mais seguro que conhecia e criou um mundo encantado para ele, cheio de pessoas interessantes e estimulantes. Você o levou a lugares instigantes. Você fez dele o centro do seu universo e do universo dele. — Ela esperou um momento, como se estivesse se assegurando de que seu aluno prestava atenção. — Você abriu mão da sua vida por ele.

Jack disse que não queria discutir os méritos dos argumentos dela ou da tristeza dele. Disse que estava cansado de conversar.

Lois desviou os olhos com constrangimento, ou constrangida por si mesma, ainda que apenas por um momento. Quando olhou para ele, disse:

— Você foi um bom pai. É só isso que estou tentando dizer.

— Não bom o suficiente.

Eles estavam na sala de estar quando o telefone tocou. Lois perguntou: — Quer que eu atenda?

Jack balançou a cabeça e se levantou.

Era Eileen, ligando porque era uma boa assistente, uma assistente eficaz. Ela havia encontrado a porta do escritório destrancada, a pasta de Jack aberta e o aparelho de vídeo ainda ligado. Ela queria saber se estava tudo bem.

— Tive alguns probleminhas. Vou chegar mais tarde. — Jack se voltou para Lois e ergueu as sobrancelhas com desespero enquanto dizia a Eileen: — As notas dos alunos do último ano têm que ser entregues hoje, minha lista dos alunos para o próximo semestre precisa ser colocada no computador e levada...

Eileen lembrou-lhe de que já conhecia o procedimento. — Tem certeza de que está tudo bem com você?

— Estou bem.

— Precisa de alguma coisa?

— Estou bem.

— Eu te ligo mais tarde, então.

— Está bem. Está tudo bem. — Jack desligou o telefone e foi até a cozinha, esqueceu-se de por que havia ido e voltou. Na volta para a sala de estar, parou para olhar as fotografias de Danny. Havia uma do dia em que tinham trazido Mutt do abrigo de animais. Danny acabara de completar seis anos. "Os dois filhotes", Jack os havia chamado. Danny tinha a palma da mão sob o queixo de Mutt, erguendo a cabeça do cão. O sol se refletia em seus olhos, e então tanto o menininho quanto seu cão tinham os olhos semicerrados ao sorrirem para a posteridade, frente à câmera.

Havia a foto tirada no último mês de abril, quando tinham ido a St. John, o Jeep abastecido com equipamentos para a prática de mergulho livre, algumas garrafas de água, sanduíches e biscoitos, percorrendo as estradas de terra.

Danny havia gostado daquela foto e Jack, de vê-la pendurada na parede. Gostara de saber que naquela tarde, no Caribe, Danny havia sido capaz, sentira-se compelido a olhar para a câmera, sorrir e dizer que aquele era um dos melhores dias de sua vida. Danny também deveria ter gostado de saber aquilo. Agora Jack não suportava olhar para aquela fotografia nem para qualquer uma delas. Voltou rapidamente para a sala.

— É tão arbitrário — ele disse a Lois —, não é?

Lois olhou-o por cima dos óculos. — O quê?

— Danny... o que aconteceu com Danny. Assim, num piscar de olhos... — ele estalou os dedos — a vida vira de cabeça para baixo. — Ele se sentou no sofá, de frente para ela. — Não que eu achasse que as coisas não poderiam... que alguma coisa, *algo*, nunca poderia dar errado. Não que eu pensasse isso apenas porque Anne fez o que fez, e que dali em diante Danny e eu estaríamos isentos, que ele já tinha tido sua cota de sofrimento e que o resto seria moleza. Eu sabia que tudo podia se desmoronar, senão, qual seria a finalidade disto tudo? — Ele cortou o ar com um gesto da mão. — As fotografias. Os vídeos. As férias. Gilbert. Essa droga de estrutura toda.

— Não sei se entendo o que você está falando.

— *Disto* — ele disse, fazendo um círculo no ar com o dedo. Isto que você chama abrir mão da minha vida por Danny. Era tudo parte do trato.

— Trato?

— Fiz um trato comigo mesmo. Se eu fizesse isso, não iria acontecer nada de ruim, ou aconteceria alguma coisa *boa*. Agora isso parece tão infantil — ele disse, com ironia. — Se eu for bom, irei para o céu. Mas, realmente, pensei que se eu fosse um bom Dr. Owens, nada de ruim aconteceria a Danny. É um tique neurótico, só isso. Me fez pensar que tinha algum controle, o que não era verdade. Foi apenas uma aposta tola. Pensei que se pusesse Danny à frente de todo o resto, então ele estaria bem. Se fosse um bom pai, e fizesse o melhor possível, fizesse meus pequenos sacrifícios, tudo daria certo. — Ele se recostou, mas não conseguiu se acomodar; apoiou o quadril no braço do sofá, o que pareceu um pouco melhor, e disse baixinho: — E parecia estar funcionando. — Passou a mão pelos olhos. — Lembro-me, uma vez, de ter ficado bem irritado porque ele reclamou da minha comida. Eu ainda estava tentando provar a mim mesmo, a ele, na verdade, que podíamos ser uma família normal sem Anne. Decidi que iria preparar todas as nossas refeições. Estava completamente *fanático* por aquilo. Então, fiz filé recheado *a la* Wellington para nós dois. Já tentou fazer esse filé? Danny comeu uma garfada e cuspiu de volta no prato. Disse que cozinhar era coisa que só as mães sabiam fazer. Eu fiquei furioso. Fiquei magoado. Acima de tudo, fiquei decepcionado comigo mesmo, mas também com ele, por não ser um pouco generoso. Disse a ele que os pais eram cozinheiros tão bons quanto as mães. Eu sabia o que ele estava realmente pensando, mas lhe disse: "Eu me matei o dia inteiro na cozinha e você trata a comida feito lixo?" Agíamos como os dois velhos rabugentos do filme *Um estranho casal*. Danny tinha só seis anos, mas ele pegou a piada. Ele sempre pegava. Nós dois caímos na risada. — Por um momento, Jack estava novamente na cozinha com o garotinho de camiseta verde, que batia os pés nas pernas da cadeira de tanto dar risada. — Estava mesmo com um gosto horrível. Danny me fez prometer que só faria experiências com minha própria comida. Virou uma piada entre nós. Toda vez que estragávamos alguma coisa, dizíamos: "Xi, o filé Wellington ataca novamente." O pior é que eu nem gostava de filé Wellington.

— Então por que você fez?

— Anne era uma cozinheira fantástica e suponho que estava tentando vencê-la de maneira simbólica, suplantá-la. Tentava superar seu poder de entristecer a mim e a Danny. Tentava tomar o controle. Não muito tempo depois disso, contratei uma *au pair* para Danny e me assegurei de que ela soubesse preparar as coisas que ele gostava de comer. É, pensei que tinha tudo sob controle. Mas foi tudo filé Wellington. — Ele apoiou os pés na mesinha de centro e fechou os olhos. — A última vez que vi Anne foi no *loft* da Crosby Street. Ela carregava uma sacola de papel com sei-lá-o-quê dentro. Ela se abaixou para dar um abraço em Danny e para dizer-lhe que Mamãe, a *Mamã*, sempre o amaria. — As palavras saíram antes que ele as compreendesse, como se sua mente tivesse, de repente, saltado uma sinapse entre pensamento e fala; ele não se permitia pensar em Anne com muita freqüência. Não na Anne que havia saído da vida de Danny. Fazia parte do trato.

O que ele sentia agora era perturbador, como se estivesse traindo Danny, e foi isso que disse a Lois. Ela disse que era bom para ele falar sobre Anne. Ela perguntou: — Ela disse mais alguma coisa a ele, além de que sempre o amaria?

— Não. Danny perguntou se ele poderia vê-la no dia seguinte e ela o abraçou, pressionou os lábios contra a cabeça dele e o beijou, apenas isso. Quando ela foi embora, Danny e eu ficamos olhando da janela. Ela estava usando sua capa laranja. Parecia tão pequena, como uma cena de filme que diminui gradualmente, como se ela já fosse uma lembrança. Quando me virei, Danny estava sentado no chão, brincando com um botão, um botão cor-de-laranja que havia caído da capa de Anne. Ele deve tê-lo arrancado, sei lá. Naquela noite, quando o arrumei na cama para dormir, ele me perguntou se Anne estava brava com ele. Se não o amava mais. Fez a mesma pergunta durante meses: Por que a mãe estava brava com ele? Por que ela não o amava mais?

— O que você disse a ele?

— Disse a verdade. Acho que, a princípio, ele fantasiava que ela iria voltar, depois pareceu tê-la tirado de sua vida. Durante anos, ao falar sobre como achava que as coisas poderiam ter sido, ele dizia: "Se ela ainda fosse minha mãe." Jack sorriu, mas não foi um sorriso sereno. — Se ela *ainda* fosse mãe dele. Ele nunca falava dela com qualquer outra pessoa, além de mim, pelo que eu sei. Talvez com meu pai, uma ou outra vez, e com a minha mãe. Ele nunca falou dela com os amigos. Então, mais ou menos dois anos atrás, ele parou de falar nela de vez.

— Como ele imaginava que as coisas seriam?

— Praticamente do jeito que eram. Ele parecia pensar que ela seria uma versão feminina de mim, exceto que seria um pouco mais fácil de enganar. E assim, como se por encanto, ela sumiu. Parecia tão simples que chegava a ser ridículo.

— Por quanto tempo ele guardou o botão?

— Ele dormiu com o botão sob o travesseiro até que nos mudamos para cá; depois disso, nunca mais o vi.

Jack fechou os olhos e, quando voltou a abri-los, já passava da uma e meia. Não havia sido um sono muito reparador, mas tinha sido sem sonhos, pelo que ele se sentia agradecido.

Lois ainda estava na cadeira em frente ao sofá, lendo uma revista. — Posso fazer seu almoço, se você quiser — ela ofereceu.

— Não consigo comer. — Jack apanhou o telefone. Telefonou para o Detetive Hopewell. — Posso ir buscar meu filho agora?

Hopewell respondeu: — Sinto muito, Dr. Owens, mas o legista se atrasou lá em Terre Haute. Ele não sabe dizer ao certo quando terminará. Mas encontrei algo nos pertences do seu filho. Quando o senhor puder, gostaria que viesse até aqui para dar uma olhada. Pode ser que lance alguma luz na situação.

VI

O escritório era pequeno. Havia um zumbido das fracas lâmpadas fluorescentes e, mesmo com as janelas abertas, fazia calor e o ar cheirava mal. Hopewell estava sentado atrás de uma escrivaninha cinza de metal coberta de pastas de papel-manilha. Ele havia tirado o paletó, o colarinho da camisa estava aberto e as mangas enroladas até acima dos cotovelos. Cumprimentou Jack, ergueu o queixo em direção a Lois e perguntou se era a Sra. Owens.

— Ela é uma amiga minha. Lois Sheridan, Detetive Hopewell.

Hopewell respondeu: — Sei que esse não é o tipo de coisa que o senhor queria estar fazendo, Dr. Owens — no mesmo tom monótono do dia anterior. Apontou o par de cadeiras de madeira próximas à mesa e disse: — Por favor, sentem-se. — Tirou uma folha de papel de uma das pastas. — Encontrei algo no bolso de trás da calça de Danny. Isso é uma cópia: Está faltando uma parte, não sei quanto. — Ele apontou para a sombra que havia no canto irregular. — Parece um poema. — Entregou o papel a Jack.

— Por que você não me chamou quando o encontrou?

— Sinto muito por isso — e, novamente, Hopewell disse que sabia que aquilo não era o tipo de coisa que Jack gostaria de estar fazendo. Não foi mais convincente que da primeira vez. — Tenho que me certificar de que foi seu filho que escreveu isto. — O detetive bateu com o dedo no papel. — O senhor pode confirmar se esta é a letra de Danny?

— Eu teria mais certeza se pudesse ver o original.

— Infelizmente, não posso fazer isso. É prova em uma investigação em andamento e tenho que guardá-la no arquivo até tomar uma decisão final. Sinto muito, mas é como temos que fazer as coisas por aqui. Tenho que seguir o procedimento.

— Não posso nem mesmo *ver* o papel?

Hopewell esfregou os olhos com a palma das mãos, pegou a cópia de Jack e, então, vasculhou uma das pastas e empurrou o original, amassado e rasgado, por cima da mesa.

... ultrapassando o limite.
Ele chora em silêncio.
Na noite ele se sente
sozinho. Não há
mãe nem pai, ninguém
para colocá-lo na cama, dizer boa-noite.
Não há amigos para brincar.
Está tão fri

— O senhor pode identificar? — Hopewell perguntou.

— É a letra de Danny. — Jack continuou segurando o papel que a mão de Danny havia segurado, como os pegadores de panela amarelos e verdes do primeiro ano escolar que ele havia trazido com tanto orgulho para que Jack pendurasse na cozinha; os cinzeiros de cerâmica da aula de arte, que Jack havia colocado em seu escritório. E esse pedaço de papel, que Danny havia colocado no bolso de trás — teria se esquecido de que estava ali? Se significasse alguma coisa, ele o teria deixado em casa para que Jack visse. Certamente, nunca foi sua intenção...

Hopewell se inclinou por cima da escrivaninha, amassando as pastas à sua frente e tentou resgatar o papel de Jack. Jack o puxou.

— Dr. Owens.

Jack não se moveu.

— Dr. Owens.

Jack não respondeu.

— Dr. Owens.

Jack não olhou para ele. Apenas olhava para o pedaço de papel em sua mão.

— O poema, Dr. Owens. Por favor.

Jack continuou segurando-o, lendo as palavras que Danny havia escrito; então, apenas olhou para elas, para a forma de cada letra, as curvas e linhas, a caligrafia simples e clara.

— O poema. Por favor, Dr. Owens. Posso deixar que o senhor fique com a cópia, mas preciso do original.

Jack segurou o poema por mais um instante; depois o entregou ao detetive.

Hopewell deslizou a cópia pela mesa e voltou a recostar-se na cadeira.
— Ele escreveu mais coisas desse tipo? — Ele abriu a pasta e colocou o poema de Danny lá dentro.

Jack respondeu que não, que Danny nunca tinha escrito nada daquele tipo antes. Não que ele soubesse.

— Parece que ele estava se sentindo deprimido. — Hopewell começou a preencher um formulário de aparência oficial. — Ele sofria de depressão, Dr. Owens?

— Não. O que é que você está escrevendo?

— Meu relatório. Tenho que escrever um para cada caso em que trabalho.

— *Caso*?

— Apenas do ponto de vista técnico — Hopewell explicou, sem erguer os olhos. — Então, ele nunca escreveu nada sobre estar deprimido e o senhor tem certeza de que ele não sofria de depressão?

— Eu saberia se meu filho sofresse de depressão.

— Ele estava se comportando de modo diferente em casa ou na escola? — O detetive não havia parado de escrever. — Os professores alguma vez chamaram sua atenção para qualquer coisa desse tipo? Ele alguma vez pareceu estar deprimido na escola?

— É claro que não.

— Ele estava tomando algum medicamento específico ou sofrendo de algum problema psicológico ou de saúde?

— *Não*.

Hopewell respondeu "hummm" de uma forma que fez Jack pensar que ele não estava acreditando, como se Jack estivesse escondendo alguma coisa e, quando ele perguntou: "Tem alguma coisa que pode ter passado despercebida?", ele poderia muito bem ter dito: "Não obstante, Dr. Owens, seu filho se matou. Deve haver alguma razão."

Mas Jack não tinha mais nada a dizer.

Telefones tocavam fora do escritório, havia ruído de vozes e passos. O telefone de Hopewell tocou e, enquanto ele falava baixo, em respostas monossilábicas, continuou escrevendo. Quando desligou, respirou fundo e soltou um suspiro prolongado, trabalhoso. — Quantos anos tinha Danny?

— Quinze... completou quinze no mês passado.

— A data de nascimento?

— Cinco de abril de 1981.

— Onde ele estudava?

— Colégio John L. Lewis.

— Primeiro colegial?

— Exato.

Hopewell perguntou, então, o nome completo de Jack e sua data de nascimento e o nome e a data de nascimento da mãe de Danny.

— A mãe de Danny e eu estamos divorciados — Jack informou.

— Ainda assim, preciso do nome dela. Data de nascimento, se possível.

— Hopewell tinha a mesma expressão no rosto que Jack julgara tão perturbadora no dia anterior e o mesmo tom de voz incômodo. Jack deu uma olhada para Lois para ver se ela havia notado, mas ela não estava olhando para ele; observava Hopewell. — Eu sei que nada disso é agradável... — o detetive manteve a cabeça baixa, continuando com seu trabalho —, mas esse é um caso policial e existe um protocolo que temos que seguir, que o senhor tem que seguir, tanto quanto eu.

Jack deu as informações que ele queria.

Hopewell perguntou: — Há quanto tempo o senhor trabalha na universidade?

— Dez anos.

— Desde 1986?

— Exatamente.

— Está tomando algum medicamento especial? Sofre de qualquer problema médico ou psicológico? — A maneira como Hopewell disse aquilo fez com que Jack sentisse que não estava ali a não ser como uma fonte de informações, como parte do protocolo que o detetive era obrigado a respeitar e que, se ele desaparecesse de repente e colocasse ali um substituto, Hopewell nem sequer se importaria, desde que seu relatório fosse preenchido e que se seguisse o procedimento.

— Você ainda está com o meu filho. Quero tirá-lo daqui.

— O médico-legista deve vir para cá amanhã. Ou depois de amanhã, no mais tardar. — Quando Hopewell ergueu os olhos, foi apenas para relancear seu relógio de pulso e, então, continuou escrevendo.

— Quero retirá-lo do necrotério *agora*. — Jack não fez qualquer tentativa de esconder a raiva. Mas não era somente raiva o que ele sentia: também vergonha. A vergonha de Danny pelo fato de que Hopewell houvesse posto os olhos naquele pedaço de papel e que ele agora estivesse sob o escrutínio do detetive, de que fosse um *caso*. Sentiu vergonha pelas perguntas que Hopewell fez a respeito de Danny, a respeito de suas suposições.

— Posso imaginar o que o senhor está passando. Farei tudo o que puder — disse Hopewell. — Até então, acho que o melhor que tem a fazer é ir para casa. Eu o informarei quando o legista houver terminado. Venha, Dr. Owens. Srta. Sheridan. — Ele contornou a escrivaninha, colocou a mão no braço de Jack e lhe deu um empurrãozinho. — O senhor terá seu filho. Apenas tenha paciência.

Três garotas usando uniforme escolar desciam pela Oak Street, conversando e rindo. Quando chegaram à esquina, atravessaram rapidamente em frente ao semáforo. Lois estava ao volante de seu carro e as deixou passar. Ela se virou para Jack. — O que você vai fazer a respeito de Anne?

— O que eu *posso* fazer? — O que era suficiente como resposta, pois Lois conhecia a história. Que Anne não tinha deixado endereço. Que os aniversários de Danny haviam passado, assim como os Natais, sem um telefonema por parte dela, sem um cartão. As expectativas de Danny nos primeiros anos e sua decepção. Jack tinha até tentado rastrear Anne, apenas para repreendê-la. Mas nunca a encontrara.

Então Jack parou de pensar em Anne e passou a se preocupar apenas com Danny; pensou que Hopewell havia maculado a vida e a morte de Danny e transformado seu suicídio em algo a ser escrito e arquivado, uma formalidade sem importância. Pensava que havia deixado Danny desprotegido.

O carro se afastou da esquina.

Jack disse: — Não posso voltar para casa. Me leve para o escritório.

— Não sei se é o melhor a fazer.

— Vou enlouquecer se for para casa.

— Mas você me telefona quando estiver pronto, para que eu possa te levar para casa?

— Telefono.

Jack queria se sentar em seu escritório porque ali o tempo ainda era normal e nada havia mudado. O telefone tocaria a qualquer momento e seria Danny. A porta se abriria e Danny estaria parado ali. Era o lugar onde Jack havia deixado seu futuro. O lugar que o tempo havia esquecido. Onde Eileen aguardava suas instruções. Onde a ignorância era uma bênção.

— Você entregou as notas do último ano?

— Bem a tempo — respondeu Eileen, usando uma das frases favoritas dele, e sorriu, porque ainda estava vivendo no tempo em que Danny Owens estava vivo, com um pai que trabalhava no Gilbert College, em que o passado era sólido e o futuro estava garantido. Jack não podia destruir aquilo assim tão rapidamente, e então esperou, deixando que o minuto se prolongasse, languidamente, como os últimos dias do semestre escolar.

Esperou ainda mais um minuto, enquanto ia até a fotografia de Danny, onde era sempre um dia luminoso de verão, repleto de esperança. Tocou o rosto na moldura e pousou a mão ali. Olhou pela janela os alunos atravessando o pátio e a fatia de céu que se refletia em seu rosto. Cruzou a sala e se certificou de que a porta estivesse bem fechada. Esperou, não porque acreditasse que ainda existissem vestígios do dia anterior, mas porque não restava nada daquele dia e ele queria dar a Eileen, dar a si mesmo, um último momento com ele.

Depois, disse: — Danny se matou ontem. Coloque um aviso de que todas as notas que não sejam as do último ano estão adiadas indefinidamente.

Eileen baixou o olhar para o chão e não disse nada. Era uma garota de vinte e um anos, do interior. As únicas notícias ruins que conhecia eram a respeito de notas baixas e de encontros chatos, das crises exageradas dos companheiros de quarto, ou dos dias em que chovia demais para ir nadar ou nevava demais para ir ao cinema de carro. As únicas pessoas que morriam eram parentes idosos, final e misericordiosamente. Ela não sabia o que dizer. Apenas cobriu o rosto com as mãos e ficou ali, imóvel.

Jack passou o braço em seus ombros e a levou até o sofá. Fez com que ela se sentasse. Ela chorou na camisa dele. Ele só podia deixá-la chorar. Acalentou-a cuidadosamente em seus braços. Enxugou suas lágrimas com a manga da camisa. Quando o telefone tocou, ela se moveu para atender. Jack lhe disse que deixasse tocar. Ela fungou, colocou a cabeça no ombro dele e agarrou-se a seu braço. E chorou e chorou.

Jack ficou sentado com ela mais um pouco antes de dizer: — Tenho que cuidar de algumas coisas. Tenho que contar a Stan. — Só que não se levantou de imediato. Não tinha pressa alguma de contar a história ao chefe do departamento — cada vez que contasse, a morte de Danny ficaria ainda mais real e mais permanente — frente à escrivaninha, encarando perguntas que tinham de ser feitas e perguntas deixadas de lado: "Como você pôde deixar que isso acontecesse, Jack? Como não percebeu?" Tentando elaborar uma explicação.

Mas Stan Miller não estava em sua mesa e Jack, agradecido, deixou um bilhete explicando somente o necessário. Agora, tudo o que ele queria era sair dali e ficar sozinho.

Estava com calor, sua boca estava seca, a camisa e a pele estavam úmidas das lágrimas de Eileen. Ele precisava se sentar, sozinho, e pensar em Danny, sentir-se próximo a ele. Precisava sentir sua dor, sem intermediário e sem contestação. Não precisava de mais conversa, nem de companhia, nem de compaixão; e não precisava de Carl Ainsley, parado ali no corredor.

— Se não é nosso Bob Cratchitt particular — Ainsley exclamou.

Jack não respondeu. Tentou contorná-lo.

— Espere um pouco. Acho que você deveria saber: eu fui um menino levado. — Ainsley riu baixinho. — Oh, não se preocupe, não foi com a Srta. Bocão. No entanto, uma de nossas estimadas col...

— Agora não.

— Nem mesmo uma bronca? — Ainsley agarrou Jack pelo ombro.

Jack se soltou da mão de Ainsley. — Estou tendo um dia péssimo. — Tentou desviar-se dele mais uma vez.

Ainsley o seguiu pelo corredor. — São todas essas horas de trabalho, Owens.

— Claro.

— E então, o que vamos fazer? Que diabos! Vamos até o Chase's...
— Agora não.
— Ah, vamos lá. Cadê a famosa *joie de vivre* do meu amigo Owens?
— Agora...
— É hora de tomar um drinque, em algum lugar do mundo. — Ainsley colocou a mão no braço de Jack e o segurou. — Você pode até me xingar por achar que sou um *roué*. Vamos. Uma hora, mais ou menos, não vai fazer muita diferença no tempo que você passa ou não com Danny...

A introspecção não faz parte da mente primitiva e, quando Jack agarrou Ainsley pela frente de sua camisa azul de algodão e o arremessou contra a parede, foi algo puramente primitivo.

Ficou surpreso por Ainsley não oferecer resistência. Talvez ele tivesse pensado que era brincadeira; ou, o que era mais provável, não pudesse acreditar que aquilo estivesse acontecendo. Mas, quando Jack o empurrou pela segunda vez, Ainsley resmungou: — Só estou brincando com você — e se libertou com um puxão.

Jack foi novamente para cima dele, mas Ainsley o empurrou de volta e o segurou a distância. Jack o agarrou pelos cotovelos e fez com que girasse.

— Qual é o problema? — Ainsley gritou e afastou Jack com um empurrão. — Pare com isso!

Jack se lançou sobre ele rapidamente, dessa vez agarrando-o por baixo e fazendo com que se desequilibrasse.

— *Pare com isso!*

Jack o arremessou uma terceira vez contra a parede. A cabeça de Ainsley rebotou, a boca fechada pelo golpe.

Se havia algo mais injusto, nessas últimas vinte e quatro horas de pura injustiça, era o fato de que Ainsley, que tinha a consciência de um assaltante de bancos, voltaria para casa e veria seu filho, que ainda estava vivo, veria a esposa que o aceitava do jeito que ele era, com martíni gelado na coqueteleira e beijo na boca, e a vida seria como sempre havia sido. Impulsivo e predatório, Ainsley tinha um filho que não fora de bicicleta até o parque e amarrara um saco plástico em volta da cabeça. Ainsley, ele próprio filho da indiferença da natureza, não tinha de ir ao necrotério para identificar o corpo. Não tinha de esperar que o legista fizesse uma autópsia em seu garoto. Seu filho não estava deitado numa maca, morto e frio no escuro. Por tudo aquilo, Jack o golpeou novamente, ou tentou golpeá-lo, mas Ainsley forçou um braço musculoso sob o queixo de Jack e o empurrou para a parede oposta.

— O que foi que eu disse? — Ainsley gritou. — Que *diabo* está acontecendo com você?

O que estava acontecendo é que Jack não podia espancar Hopewell por ser um funcionário mentiroso e sem compaixão. Não podia espancar o legista por ficar lerdeando em Terre Haute, mas podia espancar Ainsley porque o filho-da-puta dera o azar de estar ali. Mas Jack não disse isso. Não disse nada. Endireitou-se e caminhou rapidamente pelo corredor. Não se atreveu a olhar para trás. Estava enojado consigo mesmo e com medo do que poderia fazer em seguida.

Eileen estava parada na porta quando Jack voltou ao escritório. Ela disse: — Talvez fosse melhor você ir para casa. Por favor, Jack. Estou preocupada com você.

— Vou ficar bem.

— Então vou ficar com você.

— Não tem nada que você possa fazer aqui. Por favor. Preciso ficar sozinho. De verdade.

Ela não se mexeu. — Você me chama se precisar de qualquer coisa?

Ele assentiu com a cabeça.

— Tem certeza que não...

— Vou ficar bem. Lois virá para cá daqui a pouco.

Ela o abraçou. — Vou estar por aqui até a formatura...

— Eu telefono.

Jack se sentou, segurando a foto em que Danny navegava contra o vento, com os tênues vestígios de uma manhã de final de primavera em que sua vida era completa e parecia parte de um *continuum* maravilhoso, quando ele podia penetrar em seu próprio ser sempre que quisesse e sentir o lugar onde ele e Danny estavam juntos.

Ele atravessou o pátio levando sua pasta e o trabalho que havia deixado incompleto. Tomou o sentido oeste pelas ruas de daguerreótipo, sentindo o calor do sol na parte posterior do pescoço. Sentia muito pelo que fizera a Ainsley. Sentia muito por Ainsley, que provavelmente estaria em seu escritório agora, falando pelo telefone com a mulher e com os amigos, lambendo as feridas e tentando entender o que Jack lhe havia feito.

Caminhou para o oeste, passando pela padaria White Brick, pela loja de departamentos Laine Bros e pelo Palomino Grille, onde os veteranos se sentavam no escuro esfumaçado e se recolhiam em um cômodo passado. Passou longe da entrada do tribunal, da delegacia de polícia e do necrotério, do mesmo jeito que uma criança evita o cemitério, ainda que à luz do dia; atravessou a South Third Street e, um quarteirão depois, os trilhos do trem, não parando até chegar à ponte sem nome sobre o rio Wabash.

Inclinou-se sobre a velha grade corroída e olhou para o rio, para o lugar onde este desaparecia, além dos sicômoros que tombavam sobre as margens lodosas; olhou até o sumidouro, onde acontecia um pontilhismo ao contrário: os objetos se dissolviam de volta aos pontos. Olhou fixamente para o sumidouro e se perguntou o que iria fazer, agora que Danny estava morto. Olhou fixamente para o sumidouro como se o futuro estivesse esperando logo após a curva e, se ele olhasse com força suficiente e desejasse com intensidade suficiente, seria capaz de convocá-lo. E se o futuro estendesse a mão, flutuante e rosada, e o levasse embora? Faria alguma diferença saber o que esperava por ele no dia seguinte ou no próximo? Faria diferença ver o resto de sua vida estendendo-se à frente? Ele pensou que sabia tudo isso ao despertar no dia anterior. Pensou que possuía uma pequena parte do futuro. As viagens a Cape Cod e a Nova York. As férias de pescaria na Nova Scotia. Aulas dadas, lições aprendidas, enquanto seu filho crescia até se tornar um homem. Era uma conclusão antecipada, com reservas confirmadas. Mas em seu bolso havia um poema que não fazia parte do plano. O funeral em Nova York não fazia parte do itinerário original.

Jack observou a correnteza levar os destroços e escombros a caminho do rio Ohio, carregando tudo que caísse em seu caminho, deixando para atrás tudo que saísse do curso, desenrolando-se eternamente, como o próprio tempo. E o que ele iria fazer, perguntou-se, com todo o tempo que tinha?

As velhas vigas rangeram e balançaram sob o peso do trânsito vespertino. Jack continuou olhando a distância. E mesmo o futuro não sendo generoso o bastante para se fazer conhecido, Jack seguiu olhando antes de pegar a pasta, percorrer a ponte e seguir pela South Third Street até o Fairmont Park e as ruínas.

Sentou-se sobre o tijolo esburacado perto do ponto onde Danny havia morrido. Aquilo fez com que se sentisse próximo do filho, como uma visita ao cemitério. Enfiou a mão no bolso:

... ultrapassando o limite.
Ele chora em silêncio.
Na noite ele se sente
sozinho. Não há
mãe nem pai, ninguém
para colocá-lo na cama, dizer boa-noite.
Não há amigos para brincar.
Está tão fri

Jack dobrou as pernas de encontro ao peito e apoiou o queixo nos joelhos. Pensou em Danny, não o menino que viera ali se matar, mas em Danny, oito anos de idade, empurrando o café-da-manhã de um lado a outro do prato.

— O que aconteceu com seu apetite? — Jack quis saber.

— Comi demais ontem à noite.

— Me deixa adivinhar. Você convenceu Rosalie a pedir comida mexicana.

— Eu não a convenci.

— Não foi do restaurante José Sent Me, foi?

— Ela disse que tudo bem.

Jack sorriu e começou a tamborilar o ritmo na mesa da cozinha. Danny sorriu de volta, sabendo o que ia acontecer.

Jack começou: — Os burritos são ruinzitos e o feijão é...

— Ruinzão.

— Feijão ruinzão.

— Feijão ruinzão.

— Pode me servir Doritos, Cheetos...

— Ou tudo frito. Mas não feijão.

Jack riu. — Porque o feijão é ruinzão.

— O feijão é ruinzão.

— Vai doer o barrigão...

— E vai fazer um cocozão.

— Coma os tacos com queijo-o...

— Por favor-o...

— Ou prove a carne-o...

— Mas não o burrito...

— O feijão é ruinzão...

— Vai te deixar doidão.

Eles riram juntos.

Jack disse: — Não perdemos nenhuma rima.

Danny revirou os olhos. — Eu sei e me fez ficar com *mais* dor de barriga ainda.

— Ninguém gosta de moleques saberetes. — Jack deu um tapinha de leve no queixo de Danny. — O que você acha de enrolar mais um pouco e eu te levo de carro para a escola depois?

— Gostaria de enrolar o dia inteiro e não ir à escola.

— Vai sonhando, colega. Você tem quinze minutos com seu pai ou pode tomar o ônibus. É pegar ou largar.

— Eu aceito. — Danny ainda não havia comido, mas agora ele tinha aquela expressão séria e solene no rosto. Havia algo em sua mente e ele não sabia como começar.

— O que foi? — disse Jack.

Danny encolheu os ombros.

— Pode me contar. É na escola?

Danny balançou a cabeça. — Eu escrevi uma coisa.

— Verdade?

— Sobre o meu amigo Eric.

— Eu gostaria de ouvir.

— É bem bobo.

— Não pode ser bobo se foi você que escreveu.

Danny pensou nisso por um instante e disse: — Tá bom. Mas não vai rir.

— Prometo.

Danny pegou um pedaço de papel pautado de seu caderno, levantou-se, pigarreou e olhou em volta da sala como se estivesse esperando que os convidados atrasados se sentassem. — Meu amigo Eric tem oito anos e ele é meu amigo para sempre. Um amigo para sempre significa que você entende coisas que os outros garotos não entendem. Um monte de meninos tira sarro de Eric porque ele não é muito bom nos esportes. Eles não deixam que ele participe com eles. Mas Eric é muito inteligente e engraçado. Na semana passada, Eric fez aniversário. Quando alguns meninos maiores da minha classe descobriram que eu ia à festa, disseram que eu era um molóide e que iriam me bater se eu fosse. Eles me empurraram, depois da aula, durante toda aquela semana, mas não me machucaram. Eric disse a eles que, se eles quisessem provocar alguém, que provocassem a ele, porque ele era maior do que eu. Eles cuspiram nele e continuaram nos chamando de molóides e tal.

Eu fui o único da nossa classe que foi à festa de aniversário do Eric. Mas os primos dele e alguns parentes também foram, então não foi tão ruim. Quando eu fizer aniversário, eu sei que o Eric virá.

Danny dobrou o papel e o colocou de volta no livro. Ele não olhava para o pai.

— Venha aqui — disse Jack.

Danny contornou a mesa. Jack o abraçou e o beijou no rosto.

— Foi uma coisa muito legal o que você fez, sendo amigo de Eric. E essa é uma história muito bem escrita. — Jack o abraçou mais forte. Danny retribuiu o abraço.

— Por que você não me contou sobre esses outros meninos te provocando?

— Não sei. — Danny encolheu os ombros.

— Estava com vergonha de me contar?

— Eu não sei.

— Você deve ter sentido *alguma* coisa — Jack disse, mantendo a voz baixa, nem severa, nem crítica.

— Acho que eu estava com medo.

— De...?

— Que você achasse que eu era molóide porque não briguei com eles.

Jack sorriu para ele. — *Eles* é que são os molóides. *Eles* são os covardes. Foi preciso ter muita coragem para fazer o que você fez. O que foi que eu te disse a respeito de pensar por si próprio?

— Que só as ovelhas seguem o rebanho. Que as pessoas inteligentes pensam por si mesmas e fazem o que é certo.

— Me dá um beijo — Jack disse. — Estou muito orgulhoso de você. E, o mais importante: você deve ficar orgulhoso de si mesmo.

Danny deixou que Jack o segurasse por mais alguns instantes antes de tentar se soltar, mas Jack continuou segurando-o ainda mais um pouco.

Ele perguntou a Danny: — Posso guardar para mim?

— Por quê?

— Porque gosto de guardar as coisas que você escreve. E porque é muito bonito.

Danny pensou um pouco naquilo antes de consentir.

Mais tarde, indo para a escola de carro, com a capota abaixada e uma fita cassete tocando, Danny, preso em segurança no banco da frente, inclinou a cabeça para trás para olhar o céu que passava rapidamente. — Pai, se você fosse fazer alguma coisa que achasse que eu não iria gostar, você me contaria? Antes de fazer?

— É claro. Não tomo nenhuma decisão importante sem discuti-la primeiro com você.

— Porque o meu amigo Gregory vai se mudar para Indianápolis e provavelmente não seremos mais amigos e ele está muito triste.

— Pensei que ele não visse a hora de se mudar para lá.

— Ele está pensando em fugir e se esconder.

— Acho que ele não está planejando a coisa direito.

Danny não achou graça. — Gregory diz que seu pai não teria aceitado o emprego, mas que foi sua nova mãe quem quis.

— Não é bem assim — Jack explicou. — Eles teriam se mudado mesmo que seu pai não tivesse se casado novamente. O pai dele arrumou um emprego melhor em Indianápolis.

— Gregory diz que, se o pai não tivesse se casado, eles não teriam que se mudar — Danny insistiu. — Você não vai se casar de novo e fazer a gente se mudar para longe, vai?

Pelo canto do olho, Jack viu Danny se empertigar. — Você quer que eu me case?

— Não. Mas o vô se casou com Grace depois que a vó Martha morreu.

— É verdade.

— E o pai de Gregory se casou novamente.

— Isso não quer dizer que *eu* vá me casar. Não sem falar com você antes.

— Verdade?

— Verdade.
— E se eu não gostar dela e você quiser casar com ela mesmo assim?
— Não acho que poderia gostar de alguém de quem você não gostasse.
Gregory não gosta da mãe nova dele?
— Ele diz que *ela* não gosta dele, *nem* de Chris.
— Eu não me preocuparia com isso.
— Você não quer? — perguntou Danny.
— Me casar? Na verdade não penso muito nisso. Gosto de como as coisas são.
— Eu também. — Danny voltou a olhar o céu.

Eric saiu da vida de Danny depois da terceira série e Gregory se mudou para longe, mas Danny fez novos amigos: C.J. Ainsley, pensativo e melancólico, o oposto do pai entusiasta e gregário; Rick Harrison, magrelo e inquieto; Brian Clarke, o líder e protetor do grupo. E não demorou muito para que os quatro garotos se transformassem num quarteto inseparável. Todos entraram para os escoteiros ao mesmo tempo e para a Liga de Beisebol Infantil. Há apenas dez dias os garotos tinham vindo até sua casa para animar Danny, depois de ele haver perdido na semifinal. Então, como diabos Danny podia ter se matado?

Havia alguma coisa faltando em Danny? Jack se perguntou. Alguma falha, mascarada pela equanimidade? Havia alguma coisa ali o tempo todo que se apresentasse e dissesse: "Seu filho é diferente dos outros meninos?" Que dissesse: "É por isso que Danny não podia suportar a vida", e que Jack não fosse capaz de entender o que estivesse vendo?

Jack se sentou à sombra das ruínas e olhou para o outro lado do rio, onde os pobres barracos de papelão impermeabilizado afundavam no solo fértil, o fedor de repolho cozido e fraldas sujas pairava no ar e flutuava até a margem oposta do rio, juntamente com o cheiro de fracasso, a cultura do fracasso, uma porta aberta e uma luz amarelada espalhando-se sobre o chão escuro como uma desculpa. Era pouco antes do pôr-do-sol e por trás das janelas fracamente iluminadas havia sombras imóveis, formadas pelas pessoas e pela vida que levavam. Alguém disse palavras irreconhecíveis que pareciam de modo tão frágil humanas e tão tristes que Jack teve que se levantar e ir embora.

Desceu pela Chestnut Street, onde as calçadas limpas se estendiam até os gramados cuidadosamente aparados. Onde ficavam as casas de telhado branco da classe média de Gilbert, com seus jardinzinhos nos fundos, cheios de treliças e trepadeiras silvestres. Ele parou para observar as sombras fugazes por trás das cortinas, ouvir vozes abafadas, captar uma palavra, uma frase. Não conseguia se afastar dessa rua, das sebes bem podadas, do ruído reconfortante dos regadores de grama, do movimento incessante. Não conseguia se afastar dos pais e filhos.

Meteu seu nariz na vida das outras pessoas e as invejou de uma maneira que teria achado impensável, desnecessária, vinte e quatro horas antes. Agora ele seria qualquer uma dessas pessoas, ainda que apenas por um dia; ainda que apenas para esperar pelo som da porta de tela batendo, dos passos nas escadas, os sons que dizem que tudo está bem. Ele gostaria de poder percorrer uma daquelas entradas enfeitadas, bater à porta da frente e dizer: — Eu sou o Dr. Owens, deixe-me sentar um pouco com vocês. Deixe-me contar sobre o meu filho. Deixe-me contar quem ele era. — Gostaria de poder se convidar para entrar e se tornar parte da família de outra pessoa, da história de outra pessoa. Mas o que podia fazer era apenas ficar de longe, sozinho nas sombras dos carvalhos, e ouvir o chiado das lâmpadas da rua, observar as portas se abrirem e pessoas que ele não conhecia caminharem até a calçada, andarem de skate sobre o meio-fio, dirigirem seus carros. Só o que podia fazer era desejar o que estava acontecendo dentro daquelas casas e sentir a ausência de tudo o que havia sido dele até o dia anterior, como se a força do seu desejo, o poder da sua inveja, pudessem alterar essa noite irremediável.

Então, viu-se caminhando novamente, onde a cidade se encontrava com as plantações de soja e a alfafa começava a brotar no solo. Onde o sol estava se pondo e o ar pesado de dióxido de carbono e o aroma dos cultivos do verão e da terra fértil se elevavam em espirais, transpondo a escuridão como um véu. Ele estava indo para casa.

Havia mensagens esperando por ele. Lois, Eileen, alguns amigos de Danny perguntando por que ele não tinha ido à escola. Bob Garvin, ligando de South Wellfleet: "Estou preparando tudo para a chegada de vocês." Yoshi, do Maine: "Nick e os meninos mal podem esperar." Clive Ebersol, ligando do Canadá para falar sobre a pescaria.

Havia tanto a ser desfeito. Tanto verão para ser cancelado.

Jack deu os telefonemas para o Canadá e para o Maine, para Massachusetts e Connecticut; para companhias aéreas e pousadas. Para pessoas que conhecera durante a maior parte de sua vida, que não pediram explicações e ofereceram sua solidariedade. Para estranhos que não tinham nada a oferecer a não ser indiferença e inconveniência. Quando Jack pegou no sono, deitado no sofá, ainda faltavam coisas a cancelar, coisas a desfazer.

Despertou com o sol da manhã brilhando em seus olhos e o telefone tocando no chão. Era o Detetive Hopewell: — O legista entregou o relatório, Dr. Owens. Foi morte por asfixia. Obrigado pela paciência. — E Jack se lembrou de tudo.

— Quando posso retirá-lo daí?
— A qualquer momento.
— Eles tiveram que...
— Considere como se fosse uma cirurgia — Hopewell respondeu com a voz distante. — Para que possamos ter certeza sobre a hora da morte e sua causa. Sinto muito pela demora.

Jack desligou e gritou: — Puta que pariu! — Sentou-se na beirada do sofá, respirando pesadamente pela boca.

Pelo resto da manhã, Jack escutou, entorpecido, várias conversas incompreensíveis salpicadas pelas palavras *providenciado* e *providências*. Sentia como se estivesse fora do próprio corpo quando telefonou para o necrotério:

— O senhor tem que tomar as providências necessárias numa funerária autorizada, Dr. Owens...

Quando telefonou para o pai:

— Harry Weber já tomou todas as providências. A funerária Collier Funeral Home, em Gilbert, vai mandar Danny de avião amanhã para Nova York. Você não precisa fazer nada. Tudo já foi providenciado...

Quando telefonou para Lois para pedir-lhe que fosse para Nova York com ele naquela noite, ela respondeu que tomaria todas as providências. Stan Miller disse que já tinha providenciado tudo para que a publicação das notas de Jack fosse adiada. Seus amigos perguntaram se poderiam ajudar com qualquer providência que fosse necessária. E, mais tarde, sentado na sala de estar com o Sr. Collier, da funerária epônima, Jack ouviu que todas as providências haviam sido tomadas.

Collier era um homem de tons baixos e calmos, sério e controlado, desde o terno azul-escuro e da gravata acastanhada até o timbre modulado da voz, inofensiva, contida e solícita. Uma presença acolhedora, exortando Jack à passividade indolor enquanto ele "tomaria todas as providências".

Certamente havia algum tipo de consolo a se tirar da situação, certamente era aquilo que Collier pensava estar oferecendo, aquilo que todos pensavam estar oferecendo. Mas o que era que estava sendo providenciado? Danny estava morto. Estava deitado sozinho e frio numa mesa do necrotério e Jack tinha que tirá-lo de lá. Mas não havia qualquer urgência na voz de Collier e aquilo era algo extremamente urgente. Havia apenas bons modos, decoro fúnebre. Era apenas mais um procedimento, como a investigação de Hopewell e a autópsia do legista. Apenas outro trabalho para fazer e terminar. Mas não se estava fazendo nada.

— Quero Danny fora do necrotério — Jack insistiu.

— Tudo foi providenciado — Collier disse, a voz calma, oleosa, irritante.

— Acho que você não entendeu.

— Nós entendemos perfeitamente.

— Não se você estiver sentado tomando *providências*. Quero meu filho...

— Seu filho... — Collier disse, gentil — está em nossa funerária... — ele olhou o relógio de pulso — desde as onze e quinze desta manhã. Vou telefonar para o meu escritório agora mesmo para confirmar. — Ele estendeu a mão e pegou o celular. — Sim — Collier disse a Jack, e colocou o celular novamente no bolso. — Danny encontra-se sob nossos cuidados. — Ele arrumou a gravata com satisfação.

Sob nossos cuidados...

— Pode ficar seguro, Dr. Owens, de que sua mãe está sob nossos cuidados.

Ela havia estado doente durante um longo tempo. Haviam tido tempo para se preparar. Tempo para explicar.

— A vovó vai morrer? — Danny perguntou.

— Ela morreu hoje.

— O vovô está triste?

— Muito triste.

— Você está muito triste, papai?

— Sim, estou muito triste.

— Eu também estou muito triste. Ela está com dor?

— Não mais.

— O primo Philip disse que eu nunca mais vou ver a vovó.

— É verdade.

— Aonde ela foi, papai? No chão?

— Tente pensar que a vovó fez uma viagem para bem longe, por um longo tempo.

— Que nem a mamãe? — Danny perguntou. — A mamãe já foi viajar faz tempo.

— É um tipo diferente de viagem. É como se a vovó estivesse em um longo sono. Como se ela descansasse num lugar cheio de paz. É por isso que as pessoas dizem "descanse em paz" quando alguém morre.

— Eu vou morrer quando for dormir? — Danny perguntou.
— Não. Meninos pequenos não morrem dormindo.
— Só as pessoas velhas, né?

No funeral, grandioso e esplêndido, parentes e amigos, homens que haviam enriquecido com as invenções do pai de Jack e que, em retribuição, o haviam enriquecido também, formavam fileiras e mais fileiras à volta da sepultura e ouviam as homenagens. Mulheres, cujas casas eram embelezadas pelas decorações da mãe de Jack, mulheres cujos comitês ela havia presidido, de cujas sociedades participara, cujas instituições de caridade tornara ainda mais caridosas, fizeram sua despedida antes que o caixão fosse baixado e coberto de terra.

Mais tarde, após o funeral, depois de terem se sentado ao lado de parentes e amigos, que falaram e relembraram, depois de terem se sentado ao lado de seu pai, que chorou e se recordou, Jack e Danny se sentaram, sozinhos, no quarto de hóspedes do apartamento de seus pais. Danny se enrodilhou no colo de Jack e disse: — É como ir para longe por muito tempo.

— É isso mesmo.
— Existe um Deus, papai?
— Algumas pessoas acreditam que sim.
— Nós acreditamos?
— O que você acha?
— Eu acho que Deus está no céu e a vovó está no céu com Deus. E ela está se divertindo. Só que às vezes ela fica cansada e precisa descansar. — Danny olhou para Jack cheio de expectativa.
— É uma idéia muito boa.
— Mas ela sente saudade do vovô — Danny acrescentou —, e às vezes ela chora.

— Dr. Owens — disse Collier, com um pigarreio delicado —, só mais uma coisa. Há alguma roupa em particular que o senhor gostaria que Danny usasse ou devo providenciar...

Jack sentou-se no quarto de Danny, em meio aos livros e roupas. Mutt enterrou o focinho em uma das camisas de Danny. Jack segurou o terno azul de Danny em seu colo, ninando-o como se fosse o corpo do filho, como se ele pudesse sentir o abraço. Jack não sentia qualquer necessidade de se apressar. Estava contente em sentar-se no quarto e passar a mão muitas vezes pelo paletó e pela calça, tocar o par de sapatos e meias, a camisa branca, a gravata de uniforme favorita de Danny. Era o único conforto que podia encontrar: tocar as roupas que o filho havia usado. Não tinha pressa alguma de sair daquele quarto e de se aproximar tanto do enterro de Danny. Agora não havia qualquer urgência. Ele iria para Nova York. Haveria um funeral. Aconteceria em breve — breve demais para uma vida. Tudo havia sido providenciado.

Era o silêncio o que mais incomodava. Jack não conseguia se acostumar a ele e não era capaz de ignorá-lo enquanto tomava as próprias providências. Telefonou para o veterinário para que Mutt ficasse hospedado. Telefonou para Lois a respeito do vôo para Nova York — ela o apanharia às quatro. Enquanto arrumava suas roupas na mala e, mais tarde, enquanto ficou sentado na varanda dos fundos da casa com uma xícara de café, não fazendo nada na longa tarde, sempre havia o silêncio, a ausência de Danny. Jack não sabia como lidar com ele, como esperar com ele e, quando ouviu o carro parar em frente à casa e a campainha tocar, não se incomodou com a interrupção.

Um homem vestindo um paletó esportivo e gravata estava parado nos degraus da entrada. Disse que seu nome era Corey Sanderson. Era repórter do *Gilbert Times-Chronicle*. Estava escrevendo uma história sobre o suicídio de Danny.

VII

— Sinto muitíssimo pelo seu filho. Eu sei que a última coisa que o senhor quer é falar com um repórter. — Sanderson parecia ter trinta e poucos anos. Permaneceu ali perfeitamente ereto, como um soldado, e pigarreou três vezes antes de falar. Ele o fez antes de se apresentar, ao desculpar-se por estar ali e, novamente, ao dizer: — Danny foi o segundo garoto que se matou nesta última semana e, infelizmente, isso é notícia de jornal. Pelo menos em Gilbert.
— O segundo?
— Meu editor...
— Quem era o outro? Qual era o nome dele? — Jack queria perguntar onde o garoto morava e onde estudava. Queria perguntar se Danny o havia conhecido. Mas apenas perguntou o nome.
— Infelizmente não posso revelar. Não até que a história tenha sido publicada. Sinto muito.
— Cristo Todo-Poderoso — Jack ofegou. — Você pode me dizer onde foi?
— Tampouco posso dizer isso — Sanderson disse, desculpando-se, sentindo-se mal e, então, disse a Jack: — Mas não foi perto de onde Danny...

Luz do Dia

não foi próximo às ruínas. — Ele balançou a cabeça e arrumou, sem jeito, a gravata. Pigarreou três vezes antes de dizer: — Sinto terrivelmente por isso, Dr. Owens.

— Quantos anos ele tinha? A idade de Danny?

Sanderson balançou a cabeça novamente, mas Jack não tinha certeza se aquilo significava que o outro garoto não era da idade de Danny ou se era outra pergunta que Sanderson não podia responder. — Eu sei que estou sendo extremamente insensível. — Sanderson deu um passo para trás e apoiou a mão na grade da varanda. — Isso não é algo que o senhor tenha vontade de fazer, mas meu editor acha que é importante que eu fale com o senhor. Talvez possamos...

Jack não estava escutando, só podia pensar a respeito desse "outro garoto" e se perguntar se seu suicídio tinha alguma coisa a ver com Danny. E foi isso o que disse a Sanderson.

O repórter piscou algumas vezes. — Bem, para dizer a verdade, não sei.

— Você conversou com a outra família?

Sanderson respondeu: — Não — alongando a palavra, acrescentando-lhe uma sílaba extra. — Me desculpe se pareço reservado, Dr. Owens, mas não sabia nada sobre este assunto até chegar ao escritório hoje de manhã. Nem mesmo sobre o outro menino.

— Você falou com o Detetive Hopewell?

— Há algum tempinho.

— E não é suficiente para a sua história?

— É suficiente para *mim*. Meu editor, no entanto, quer que eu fale com todos os envolvidos. Esperava evitar esse tipo de situação pelo menos conversando com a mulher que encontrou seu filho. Acabei de vir da casa dela, na verdade...

— Você sabe quem é ela?

— Sim.

— Ele te contou?

— O quê?

— Hopewell te contou? Hopewell contou a você quem era ela?
— Na verdade, eu não posso...
— Você *não pode*... Você falou com ela?
— De certo modo. Acabei de vir de lá. Ela não quis conversar comigo antes que eu falasse com o senhor. Ela disse que o que aconteceu com seu filho não era da conta de mais ninguém; que ela não tinha nada para me dizer até que eu falasse com o senhor e o senhor dissesse que tudo bem.
— Mas era a mulher que encontrou Danny? Tem certeza disso?
Sanderson disse que sim, era a mulher que encontrara Danny.
Jack precisava vê-la. Agora ela fazia parte da história de Danny e devia ter entendido aquilo, e era por essa razão que ela não queria falar com o repórter. Pelo menos era o que Jack queria acreditar. Ele precisava falar com ela. Havia coisas que ele tinha que lhe perguntar. Ela estivera esperando que ele a encontrasse. Talvez ela também entendesse aquilo.
Sanderson dizia: — Olha, vou dizer ao meu editor que vim até aqui, que o senhor não quis conversar, e que é isso aí. Vou dizer a mesma coisa quando escrever minha história, está bem?
— Quem é ela, a mulher que encontrou Danny? Onde ela mora?
Não era um dia muito quente, mas Sanderson estava suando. — O senhor está me colocando numa situação complicada, Dr. Owens. — Ele enxugou a testa com as costas da mão. — Em primeiro lugar, não sei se ela quer que o senhor saiba e, em segundo, ainda tenho que responder ao meu ed...
— Se eu te disser o que você quer saber, o suficiente para deixar seu editor satisfeito, você me diz quem é ela?
Sanderson olhou para o piso da varanda e puxou a gravata, constrangido. Pigarreou as três vezes de praxe e disse a Jack: — Foi uma péssima idéia. Realmente, sinto muito. — Ele se virou e desceu os degraus, repetindo: — Péssima idéia, péssima idéia — até que chegou ao carro, abriu a porta, começou a se acomodar no banco dianteiro e, então, voltou o olhar para Jack e disse: — O nome dela é Kim Connor. Ela mora na North Seventh Street, número 517.

Luz do Dia

A três quarteirões dos trilhos da ferrovia, na North Seventh Street, as casas ficavam no alto, aparentes, os gramados irregulares, precisando desesperadamente de manutenção. Aquelas casas haviam sido construídas na década de 1880 para comerciantes empreendedores e para os supervisores das minas de carvão e da estrada de ferro. Embora nunca tivessem sido bonitas, as casas eram construções funcionais de dois andares, feitas de madeira, com tetos altos, cômodos profundos e estreitos, frisos decorativos de gesso nas paredes, encanamento interno, fornalhas a carvão, janelas amplas e abrigos para carruagens no beco de trás; era um avanço com relação às casas da associação, em que viviam os mineiros.

Ao longo dos anos, a universidade havia comprado algumas daquelas casas e usado como residência para membros do corpo docente e, mais tarde, como escritórios para os professores. Algumas casas se mantinham ainda na posse das famílias originais, passadas por herança de pais para filhos e netos, que, ao sentirem a compulsão empresarial, dividiram-nas em pequenos flats, de dois e três cômodos, usando placas de gesso Sheetrock e linóleo, e acrescentando janelinhas de teto no sótão; eram, então, alugados para estudantes ou para casais que trabalhavam nas lojas de departamentos, nos supermercados ou num dos turnos das fábricas. O tempo e a freqüente rotatividade das pessoas tinham cobrado seu preço. Todas as casas agora precisavam de uma demão de pintura e de novas portas de tela. Os jardins estavam abandonados e vazios.

A casa da esquina, número 517, não estava em melhores condições que as demais. O linóleo nos degraus estava gasto até a madeira original. O corredor era escuro e cheirava à janta do dia anterior e à torrada queimada pela manhã. Mais de um bebê chorava por trás das velhas portas de madeira.

Kim Connor morava atrás de uma das portas silenciosas, no segundo andar. Não parecia mais velha que a maioria dos alunos de Jack. Era alta, longos cabelos avermelhados que lhe caíam bem abaixo dos ombros, corpo forte e atlético firmemente envolto por um jeans e uma blusa. Ela se postou com firmeza, ar de proprietária, à entrada, examinou Jack e disse: — Sim? — sem muito entusiasmo.

— Sou Jack Owens. O pai do garoto que se matou no Fairmont Park.

Era a primeira vez que ele identificava a si mesmo e a Danny através do suicídio e não pôde evitar o sentimento de derrota, de capitulação, que o dominava, como se houvesse equivocadamente tomado uma estrada escura e, enquanto não soubesse aonde ia dar, tampouco pudesse voltar. Era um sentimento abismal e seu rosto deve ter demonstrado tal reconhecimento, ou o reconhecimento de alguma coisa, que se viu refletida no olhar de tristeza e solidariedade de Kim Connor.

— Não posso expressar o quanto eu sinto — ela disse — pelo que aconteceu, Sr. Owens.

Jack concordou, perguntou se poderia conversar um pouco com ela.

Ela disse: — É claro — e deu um passo atrás, afastando-se da porta.

Era um apartamento de três cômodos, os ambientes construídos em ângulos estranhos, ao acaso, sem muita iluminação natural. Tiveram que atravessar a cozinha, que era pintada de verde-menta, para chegar à sala de estar, de um tom mais profundo de branco. O assoalho era desigual e torto, engrossado por tantos anos de pintura acumulada e, atualmente, pintado num vermelho-cravo berrante. Tentara, heroicamente, trazer para ali os confortos de um lar: viam-se flores frescas num vaso de vidro e cortinas brancas flutuando nas janelas da sala. Um monte de tecido rosado cobria as cadeiras de segunda mão e o sofá, e várias fotografias emolduradas e pôsteres artísticos estavam pendurados na parede, com grande cuidado em relação à simetria. Não havia qualquer tipo de quinquilharias ou enfeitinhos descartáveis que tendem a se acumular nos espaços pequenos. O ar tinha o perfume doce de um *poutpourri*.

Jack se sentou em uma das cadeiras, as almofadas afundando sob seu peso. Kim Connor se sentou no sofá à sua frente. Jack agradeceu-lhe por não ter conversado com Sanderson.

— Acredito que uma pessoa tenha o direito de manter sua vida privada até que decida pelo contrário — ela disse, formal, da maneira que a mãe lhe deve ter ensinado.

Jack tinha ido ali para fazer perguntas, mas até aquele momento não havia percebido que perguntas eram e, na verdade, havia apenas uma a ser feita: se Danny ainda estava vivo quando Kim Connor o encontrou. Se ainda restava um sopro de respiração nele, se ele o havia usado para falar com ela, para dizer-lhe aquilo que não tinha sido capaz de dizer a mais ninguém.

Jack falava baixinho, como se estivesse tentando se desculpar por perguntar, por querer saber. Kim Connor olhou para ele com a mesma expressão que tinha ao se postar à porta. Ela disse: — O senhor sabe o que eu disse à polícia?

— Diga-me — ele respondeu, no mesmo tom apologético.

— Eu geralmente vou correr no Fairmont Park de manhã cedo com meu marido — ela disse. — Mas nós dois trabalhamos em turno dobrado na noite anterior, então eu saí mais tarde e o deixei dormindo. Eu estava correndo na direção do lugar em que seu filho estava e pude vê-lo ali deitado com o... o senhor sabe, o saco plástico na cabeça, então corri direto até ele. — Ela remoía as palavras, deslizando o maxilar para a esquerda e para a direita. — Quando cheguei, ele já estava... estava deitado de lado. Você tem certeza de que quer ouvir isso?

Jack disse que tinha certeza.

Kim Connor esperou mais um pouco antes de dizer: — Eu arranquei o saco plástico. Ele havia amarrado bem apertado, então tive que rasgá-lo. Tentei revivê-lo com boca-a-boca e reanimação cardiorrespiratória. Estou estudando para ser paramédica na Universidade de Indiana, lá em Terre Haute, meio período, caso o senhor esteja se perguntando se eu sabia o que fazer. — Ela mastigou essas palavras também. — Eu podia perceber que tinha acontecido há muito pouco tempo. O braço dele estava morno, também a cabeça e as mãos. Foi por isso que pensei que conseguiria reanimá-lo.

Jack pensava em Kim Connor tocando a pele de Danny. Ele queria saber se ela o havia feito gentilmente ou se havia empurrado o corpo dele, tentando colocá-lo na posição adequada. Ela segurou suas mãos ao buscar por calor corporal, teve o cuidado de não machucá-lo ou apenas lhe deu um apertão rude? Quando segurou sua cabeça, acomodou-a com suas mãos? Mas não foi isso que perguntou. Ele indagou: — Ele ainda estava vivo?

Ela balançou a cabeça. — Tentei fazê-lo respirar durante dez, quinze minutos. Então o cobri com sua jaqueta. Não queria deixá-lo sozinho, mas tinha que ir até um telefone na Third Street para telefonar para o serviço de emergências. Então voltei e fiquei com ele até a polícia chegar com os paramédicos.

— Você por acaso não viu nada por ali? Um bilhete?

— Não, mas não olhei muito em volta. Só me sentei e fiquei esperando.

— Você não fez absolutamente nada?

— Não. Quando a polícia chegou, eles me fizeram sentar na viatura. Só pude ver as costas do detetive rodeando seu filho, enquanto os paramédicos tentavam ressuscitá-lo, e o detetive meio que vasculhando os bolsos do seu filho, ou sei lá.

Jack ficou enojado ao pensar em Hopewell tocando Danny, cutucando o corpo de Danny com os dedos.

Kim Connor perguntou: — O senhor tem certeza que vai ficar bem? Quer uma bebida gelada ou alguma outra coisa?

— Estou bem. O que mais a polícia fez?

— O detetive veio até o carro e perguntou como eu o havia encontrado, se o conhecia, se fui eu que arrancara o saco e como o tinha feito. Ele agia como se eu estivesse mentindo para ele e me fez uma porção de perguntas sobre se eu sempre corria no Fairmont Park e coisas do tipo. Me fez ficar sentada ali até que tivessem levado seu filho embora. Depois, ele me levou até o escritório e me fez contar tudo de novo, gravando numa fita cassete.

— Eu acho que Danny deixou um bilhete e que o detetive o guardou.

— Não pude ver se ele pegou ou não alguma coisa. Eu estava longe, no carro. — Kim Connor passou as mãos pelos cabelos, afastando-os, emoldurando o arco formado pelas maçãs do rosto. — Não sou a pessoa mais inteligente que o senhor poderia conhecer e não sou muita boa para tirar conclusões a respeito das coisas; mas quando acontece algo assim — não me refiro ao que aconteceu com seu filho, mas à forma como as pessoas se encontram e suas vidas meio que, o senhor sabe, cruzam os caminhos —, acredito que seja por um motivo. Como, por exemplo, que Deus quis que fosse eu a encontrá-lo. Como se eu fosse saber o que fazer. Caso contrário, não vejo lógica nenhuma nisso. — Ela olhou diretamente para Jack, fazendo forte contato visual e sorriu, não um sorriso presunçoso, nem solidário, mas um sorriso triste, como o de uma madona do Meio-Oeste e, então, olhou para o relógio. — Agora tenho que ir. Eu trabalho no turno da tarde do Kirby's, na North Ninth. Agora o senhor sabe por que voltei a estudar. — Ela sorriu novamente, mas foi um sorriso completamente diferente.

Eles desceram juntos ao andar térreo e saíram na calçada.

Ela disse: — Meu coração se compadece pelo senhor, Sr. Owens. Sei que não consigo sequer imaginar a tristeza que o senhor deve estar sentindo.

Jack observou-a caminhar até a esquina — se ela estivesse correndo um pouco mais rápido, se tivesse saído de casa uns minutos antes, teria tido tempo de ressuscitar Danny. Se ela... Aquilo era ridículo. Fazia tanto sentido quanto pensar que Deus a tinha mandado até Danny apenas para chegar cinco minutos atrasada.

Houve um tempo em que ele virava a esquina de sua rua e a varanda de sua casa saltava à vista, o balanço, a balaustrada branca, e Jack veria Danny e seus amigos ali sentados, conversando, provocando um ao outro, brincando, rindo, às vezes se empurrando, lutando no chão ou jogando pedras nos corvos no campo do outro lado da estrada. Hoje, haviam surgido apenas três meninos, como numa miragem, sentados na varanda como haviam feito centenas de vezes antes — as bicicletas apoiadas nas árvores —, como se, a qualquer segundo, o amigo fosse sair da casa e todos sairiam para pedalar.

Eles seguiam a ordem do galinheiro: Brian na cadeira no alto do semicírculo, Rick ao lado dele, a cadeira de Danny, agora vazia, no outro lado, e C.J. Ninguém estava atirando pedras ou se empurrando. Não havia provocação, somente uma conversa monótona até que viram o carro estacionar e, então, os meninos ficaram silenciosos e imóveis.

Observaram enquanto Jack subiu os degraus da frente, puxou uma quinta cadeira e se sentou, na boca do arco.

Brian disse: — Vamos sentir muita saudade de Danny, Dr. Owens.

C.J. balançou a cabeça para informar-lhe que havia cumprido sua palavra.

— Seus pais contaram a vocês — Jack disse diretamente.

— Vamos sentir falta dele — Rick repetiu.

— Ele era incrível. — Os olhos de Brian começaram a se encher de lágrimas e ele estava tendo dificuldades para contê-las. — Ficamos muito tristes.

Eles eram os amigos de Danny, que haviam sentado ali na varanda em outras tardes idênticas, em que o sol se deslocava um pouco mais a caminho do solstício, em que o ar não era exatamente de verão, mas era bem agradável. Em que confessavam seus medos uns aos outros, contavam seus planos. Mas nenhum deles poderia ter planejado algo assim. Não é possível ter quinze anos de idade e ficar à espreita da morte.

Jack olhou para aqueles rostos e pensou em Danny, que, entre eles, havia sido o árbitro, o pacificador, o voto de Minerva, e se perguntou o que aquilo poderia estar lhe dizendo que ele ainda não soubesse.

Brian olhou para Jack, mas apenas por um instante e, então, inclinou-se para frente, apoiou os cotovelos nos joelhos e dirigiu o olhar para as mãos. Rick olhou para Brian, baixou os olhos e puxou as mangas da camisa. C.J. olhava para sua mochila. Ninguém se movia. Ninguém falava.

Era perturbador assistir à sua tristeza, à sua incapacidade de entender a morte de Danny. Eles esperavam uma explicação. Esperavam que Jack lhes dissesse por que Danny poderia querer se matar. Jack apenas podia dizer: — Talvez possamos ajudar uns aos outros a entender um pouco mais.

Brian disse: — Isso é o que temos tentado fazer, Dr. Owens. Acredite, temos tentado mesmo, mas não sabemos por quê.

— Não é fácil de entender, não é?

Rick disse que não, não era, e repetiu as palavras de Brian: — Temos tentado entender, mas, simplesmente, não sabemos por que ele fez isso.

— Ele alguma vez falou se estava deprimido? — Jack quis saber. — Ou deu qualquer indicação de que alguma coisa o estivesse incomodando?

Os meninos se olharam.

— Nada que ele tivesse nos contado — Rick respondeu, mantendo os olhos fixos em Brian.

— Nada — disse Brian. — Era o mesmo Danny de sempre. Estava do mesmo jeito que sempre tinha sido.

— Talvez alguma coisa que ele só tenha mencionado uma vez — Jack disse.

— Não a qualquer um de nós. — A voz de Brian tremia. Ele começou a dizer alguma outra coisa, parou, olhou para Rick, depois para C.J. — Ele não disse nada para a gente.

Rick cruzou e descruzou as pernas compridas, deu outra puxadinha na manga da camisa. — Como Brian disse, era o mesmo Danny de sempre.

Jack olhou para C.J. e depois para os outros garotos. — Não teve nada que ele tenha conversado a respeito com algum de vocês? Ele nunca insinuou nada? Sobre estar deprimido ou se sentindo sobrecarregado com a escola ou *qualquer* coisa?

Brian negou com a cabeça sem erguer o olhar. — Era o mesmo Danny de sempre.

— Ele estava comendo direito? — Jack quis saber.

— Comendo? — Brian e Rick perguntaram juntos.

— Ele não estava comendo muito na semana passada — Jack explicou. — Quando ele estava com vocês, ele comia?

— Quer dizer, no almoço e tal? — Brian olhou para os outros dois — Danny estava comendo, não estava, gente?

— Sim — disse Rick. — Todos nós comíamos juntos. No almoço e as bobagens de costume, depois da aula.

— Ele jantou na minha casa pelo menos uma vez — Brian disse. — Sinceramente, Dr. Owens, se houvesse alguma coisa incomodando Danny, nós saberíamos.

— Mesmo que ele não dissesse nada — Rick acrescentou —, a gente saberia.

— Mas ele *não* disse nada — insistiu Brian.

Jack olhou de um garoto ao outro. — Danny não parecia estar irritado ou preocupado de forma anormal?

— Não — Brian assegurou, com menos certeza do que Jack gostaria. Ou seria tristeza o que ele ouvia na voz de Brian, talvez confusão? — Era o Danny.

— Pode ter sido muito sutil, algo que vocês talvez não tenham percebido logo de cara. Pensem por um minuto.

Brian sacudiu a cabeça. — Não percebi nada desse tipo.

Rick ecoou Brian.

— O Danny teria. — C.J. sussurrou, timidamente.

— Danny teria? — Brian devolveu.

— Se fosse um de nós — C.J. respondeu —, ele teria percebido. Ele teria sabido o porquê.

Brian franziu a testa. — Ah, C.J., não diga isso.

Rick também franziu o semblante e olhou para Brian antes de se pronunciar: — O que C.J. está querendo dizer, Dr. Owens, é que Danny era maravilhoso.

Aqueles eram garotos agindo como homenzinhos, ou ao menos tentando — Jack podia imaginar Danny fazendo a mesma coisa, falando com os mesmos tons sombrios —, da maneira que haviam visto os adultos agirem. Mas apenas o que aparecia era sua falta de jeito. Rick parecia mais desajeitado e dissonante. O autocontrole de Brian parecia forçado e falso. C.J. parecia frágil e melancólico. Era doloroso ver aquilo, doloroso tomar parte naquilo.

— Se Danny estivesse agindo de forma estranha — Rick começou —, nós teríamos... quer dizer, ele nunca agia, assim, de maneira esquisita ou como...

Brian interrompeu: — Ele era... ele sempre fazia a gente rir — e se lembrou de algo que Danny havia feito justamente na semana anterior. Rick lembrou-se das imitações de Danny e uma história puxou outra, Rick e Brian falando sobre quando haviam feito amizade com Danny e que, quando dormiam na casa um do outro e contavam histórias de terror, Danny era sempre o último a admitir que estava com medo. Na sétima série, quando todo mundo provocava Brent Ackerman, porque ele gaguejava e não ia bem na escola, Danny fazia o possível para convidar Brent para ir ao cinema, ou para jogar bola, mesmo que ele fosse descoordenado e "estivesse sempre tropeçando nos próprios pés".

— Danny era incrível — disse Rick.

— Era o melhor amigo que já tivemos — sussurrou Brian.

— Era o melhor, ponto final — acrescentou Rick.

Jack esperou um momento antes de perguntar: — Alguma vez ele falou sobre... Danny me perguntou o que era mais importante, honestidade ou lealdade? Ele alguma vez conversou com vocês a respeito disso?

Brian negou com a cabeça e olhou para Rick, que balançou a cabeça em silêncio.

C.J. sussurrou alguma coisa, abriu a mochila e tirou uma camisa havaiana azul. Podia ter tirado um fantasma, pela forma como os outros meninos a olharam. — Danny me emprestou esta camisa — disse numa voz que fez com que Jack estremecesse e que os outros garotos se enrijecessem nas cadeiras. — Acho que o senhor a quer de volta.

— Por que você não fica com ela? — Jack respondeu. — Acho que Danny ia querer isso.

C.J. segurou a camisa com força, amassando-a com os punhos. Suas mãos tremiam e ele começou a chorar. Brian e Rick ficaram calados por um ou dois minutos, e então Rick disse, com incerteza adolescente: — Eu sei que Danny está no céu nesse instante olhando para a gente e que ele está em paz. — Isso não fez com que C.J. parasse de chorar e os outros meninos ficaram quietos e imóveis por mais um minuto, exceto pelos olhos, que iam de um a outro. Brian e Rick murmuraram alguma coisa para C.J., ele chorou e agarrou a camisa de Danny. Rick ficou inquieto, enquanto Brian dirigia os olhos para ele e para C.J. Eles estavam impacientes nas cadeiras, inclinando-se para a frente e para trás como se mal pudessem esperar que a visita terminasse; enquanto isso, durante todo o tempo, seus olhares não se detinham, Rick olhando para Brian e Brian olhando para C.J., que devolveu a camisa à mochila e pareceu ainda mais frágil e desolado.

Jack percebeu que a tristeza tornava os meninos impacientes e que a sua tristeza os estava deixando incomodados. Ele tinha certeza de que eles podiam ver seu pesar, que sabiam o quanto ele queria que ficassem ali com ele. Deve ter sido por isso que eles não sabiam o que dizer ou como agir, porque olhavam um para o outro. Porque não sabiam como ir embora. Ou estariam esperando que Jack os liberasse? Mas Jack não estava pronto para permitir que aquele pequeno fragmento de Danny deixasse sua varanda. Ele queria convidá-los para entrar e ficar com eles no quarto de Danny, respirar o ar que havia sido de Danny. Mas não os convidou para entrar. Apenas tentou encontrar Danny naqueles rostos e ouvir Danny naquelas vozes. Ver Danny naqueles olhos, nos jeans e camisetas e nos tênis que eles usavam. Mas tudo o que viu foi o rosto de três garotos, que não eram seu filho, tentando entender o que fazer em seguida e esperando que Jack os deixasse partir; mas ele os manteve ainda um momento antes de finalmente dizer: — Adeus... Cuidem-se... Vocês sabem que são sempre bem-vindos aqui... — e os observou subirem nas bicicletas e descerem a estrada, cada vez mais longe do amigo e de sua casa, deixando a infância para trás.

VIII

Não era Danny no caixão, era apenas um corpo vazio. Todas as coisas que haviam feito com que Danny Owens fosse Danny Owens tinham sido sugadas e esvaziadas num saco plástico de supermercado quatro dias atrás. O Danny vivo havia partido e, se existissem realmente espíritos e almas, estavam muito distantes daquele túmulo ao lado do qual Jack e seu pai, Grace, Lois e Tia Adele se posicionaram, com os lábios apertados e a cabeça baixa. O velho se apoiava na bengala com uma mão e agarrava a mão de Jack com a outra. Ele leu passagens de e.e. cummings e de Dylan Thomas com a voz hesitante e trêmula. Jack leu trechos de Shakespeare. Não estavam chorando. Não houvera nada além de lágrimas na noite anterior e naquela manhã, mas ali, ao lado do túmulo de Danny, lágrimas não eram suficientes.

O caixão desceu à sepultura. Jack jogou um punhado de terra sobre ele, seu pai jogou outro...

— Respire... *respire... mais uma vez*. Isso. — Jack segurava a mão de Anne. Enxugou a testa dela com a toalha. — Calma, agora — ele disse, baixinho. — Continue respirando. Calma. — Anne estava deitada na cama de hospital e gritava a cada contração. Ela amaldiçoou Deus por tê-la feito mulher. Amaldiçoou o Hospital Presbiteriano de Columbia e a enfermeira por concordar com essa "porra maldita de parto natural..." — Oh, *merda*! — Ela apertou a mão de Jack com mais força. Jack lhe disse para respirar com ele, profunda e rapidamente. Os gritos de Anne tornaram-se ainda mais altos. Anne, que tinha se virado em sua direção no edifício de Belas-Artes e, literalmente, tirado seu fôlego quando eram estudantes no Gilbert College, agora estava dando à luz, dando à vida, o filho deles.

— Uma boa respirada, bem profunda — Jack lhe disse. — Respire fundo e... *empurre*.

Anne gritou tão alto que parecia que sua garganta ia se rasgar.

— Calma — disse Jack. — Respire fundo e devagar. Pense naquela semana em Eleuthera em que cantamos um para o outro, deitados na rede. Pense nisso, está bem?

Anne gritou, o rosto contorcido e cheio de dor.

— Pense na luz rosada suave te rodeando.

Anne apenas gritou.

Jack começou a cantar: — Inale o bom alento... Exale toda a dor...

— Oh, meu *Deus*! — ela gritou.

— Inale. Ina...

— Vai se foder! — O corpo de Anne se ergueu. Ela gritou. O suor escorria por sua face. — Vão se foder todos vocês. Eu quero tomar alguma coisa.

O rosto da enfermeira ficou tenso. Ela sussurrou alguma coisa para Anne. Um momento depois, o topo da cabeça do bebê apareceu, depois o pescoço e os ombros. Anne inspirou.

— Continue empurrando.

Anne soltou um grito alto e cansado.

— Empurre. Empurre. Continue empurrando e respirando. Calma... calma...

A enfermeira levantou o corpinho escuro e molhado, mais parecido com uma larva que com carne humana. Ela o sacudiu gentilmente para que despertasse. — Um menino — anunciou.

Mais tarde, depois que a enfermeira havia limpado o bebê e o envolvido numa manta para que ficasse aquecido, ela o ofereceu como um pequeno troféu e disse a Anne e a Jack: — Vou deixá-los a sós um pouco. — Mas eles não estavam sozinhos, havia um bebê com eles, deitado sobre o peito de Anne. Jack se sentou na beira da cama, passou as costas da mão pelo rosto de Anne e enroscou o dedo ao redor do minúsculo pulso do bebê. Anne sussurrou: — Oh, meu Deus — enquanto aconchegava o bebê contra seu pescoço e peito.

Eles olharam para o rosto minúsculo, enrugado e vermelho, o corpo se contorcendo levemente, flexionando as mãos incrivelmente pequenas. "Temos um bebê", Jack pensou, "uma pessoa que vive e respira"; e foi dominado pelo tipo de pânico lento que só um ato irreversível é capaz de causar.

Ele era Daniel Benjamin Owens na certidão de nascimento. Foi "a Daniel Benjamin Owens" que os pais de Jack brindaram e que seus amigos e colegas brindaram. Mas para Anne e Jack ele era "O Bebê". Ele ficava deitado de barriga para cima, gorgolejando, contente, para o quadrado de céu azul que Anne havia pintado no teto. Observava com olhos alertas e profundos todos que haviam vindo beber à sua saúde, à sua vida longa. "A Daniel Benjamin Owens". Mas era O Bebê que Anne carregava nos braços. Foi a O Bebê que Jack brindou quando eles três posaram, o triunvirato feliz, para a câmera.

Naquelas primeiras semanas era raro que não houvesse ninguém no loft comendo, bebendo e comemorando. Os pais de Jack trouxeram um berço, brinquedos e roupas. Tias, tios e primos trouxeram brinquedos e roupas. Os colegas de trabalho de Anne trouxeram brinquedos e roupas. Os alunos e colegas de Jack trouxeram brinquedos e roupas. Brinquedos que faziam barulho e brinquedos que não faziam absolutamente nada. Brinquedos para o próximo ano e para o ano depois daquele. Móbiles que soavam ou que meramente brilhavam à luz do sol. Fantoches, bonecos e bichinhos de pelúcia. Casaquinhos vermelhos, casaquinhos azuis e luvinhas para o inverno. Gorros, pijamas, babadores e calças jeans. Bonés de beisebol não maiores que uma xícara de chá e camisas de futebol que serviriam numa boneca. O editor de Jack trouxe livros que apitavam e livros que se desdobravam em prédios e árvores. As pessoas vinham para se sentar e olhar o bebê não fazer nada além de dormir. Elas ficavam ali e o observavam despertar e gorgolejar.

Ele era um bom bebê. Como se houvesse participado de todas as discussões, como se conhecesse as indecisões e decisões; como se fosse uma visita na casa dos pais, estava determinado a ser o hóspede perfeito. Ele arrulhava quando sentia fome, mas nunca chorava. Dormia a noite toda. Quando Jack despertava pela manhã, o bebê dormia até que fosse hora de se aconchegar com Anne e ser alimentado. À noite, sozinho, com o bebê dormindo entre eles, Anne e Jack se maravilhavam que algo tão pequeno pudesse ter pulmões que respiravam tão profundamente, um coração que batia tão forte e um cérebro que sonhava. Anne se sentava na cadeira de balanço, que o pai dela havia mandado de Dorset, segurava o bebê no colo e o alimentava, enquanto Jack se sentava de pernas cruzadas no chão perto deles. Chopin e Brahms tocavam no estéreo.

Parada sobre o berço, Anne corria o dedo fino pela pele macia do bebê.
— Ele é tão pequeno — ela dizia, numa voz que tinha tudo a ver com amor. Quando dizia: — Olhe para ele, Jack. Tão frágil — tinha lágrimas nos olhos.
— Tão indefeso — ela sussurrava e erguia o bebê do berço, segurando-o de encontro ao coração. — Ele é um bebê maravilhoso — ela dizia. — É um bebê lindo — e, desviando os olhos rapidamente e só por um instante, ela dizia, baixinho: — Oh, Jack. Estou tão feliz. — E se houvera qualquer dúvida em sua voz quanto ao fato de que fosse feliz, Jack não tinha ouvido.

À exceção do pai de Jack, Tia Adele e Lois, nenhuma das pessoas que há quinze anos haviam trazido presentes para Danny e bebido à sua longa vida viera punteá-lo.
— Que descanse em paz — Tia Adele sussurrou contra o rosto de Jack. Ela pressionou a face contra a dele e o abraçou. Ela disse: — É tão terrível. Tão terrível. — Disse que Danny era um menino muito profundo e que sua

falta seria imensamente sentida por todos. — É uma perda irreparável. Terrível. — Ela não mencionara a palavra *suicídio*.

Eles desceram pelo caminho de pedregulhos até o carro, Jack com o pai, que dava passos curtos e hesitantes, como uma criança, e todos os demais à frente. Passaram por lápides com querubins, lápides com buquês e nomes gravados, dedicadas a mães amorosas, esposos adorados, avôs estimados. Jack pensou: aqui não é lugar para um menino. A que distância de casa eu o trouxe; e sentiu que o Danny vivo escapava de suas mãos.

Seu pai disse: — Ele era um menino extraordinário. — Ele se segurava ao cotovelo de Jack. — Não estou dizendo isso porque ele era meu neto. Ele era muito astuto... — Ele respirou várias vezes, forçosamente e com dificuldade. Quando falou, sua voz estava dolorosamente rouca. — No começo, quando você e Anne o deixavam com a sua mãe e comigo... ele não devia ter mais de um ano e meio... podíamos ver que ele tinha uma habilidade, uma sensibilidade para entender as pessoas... ele sempre sabia o que estava acontecendo. Ele *entendia*. Não se vê isso em muitas crianças, não tão pequenas. Não se vê em muitos adultos, tampouco.

— Eu falhei com ele — foi tudo o que Jack disse.

— Todos falharam com ele — seu pai respondeu.

— Deve ter estado ali o tempo todo e eu não pude ver. Ele não pode ter simplesmente acordado na quinta-feira de manhã e...

— Nós não sabíamos — seu pai disse, com triste resignação. — Não sabíamos até que ele nos disse. E ele nos disse se matando. — Seus olhos estavam úmidos pela idade e pela tristeza. — Você fez tudo que pôde. Quero que você se lembre disso.

Eles seguiram um pouco mais pelo caminho, os pés idosos deslizando pelos pedregulhos. O corpo idoso tremendo. Do outro lado, dezenas de pessoas enlutadas se juntavam formando três filas à beira de um jazigo familiar, ouvindo as entonações de um ministro religioso.

Nove motoristas de limusines, obviamente relacionados ao funeral, encostavam-se nos carros negros e brilhantes, fumando cigarros, rindo baixinho uns com os outros, enquanto os enlutados davam início à cerimônia de enterro. O pai de Jack observou a cena por um instante e segurou a mão de Jack. A pele era fria e macia.

Jack disse: — Acontece com todo mundo, não é? Mas não se supõe que aconteça assim.

— Hoje é um dia miserável. Não havia ninguém melhor que Danny. — Seu pai tossiu várias vezes, parou e apoiou uma mão na bengala e a outra num banco de pedra. — Sente aqui comigo um minuto, Jackie — e se equilibrou no braço de Jack ao sentarem lado a lado. — Nunca fomos uma família religiosa — disse o velho —, e seria uma hipocrisia recorrer a um Deus no qual não acreditamos nos bons tempos; então, você terá que ter fé em si mesmo e em seu... — Ele tossiu mais algumas vezes. — Aconteceu uma coisa terrível e você vai ter que conviver com isso pelo resto da sua vida.

Jack assentiu.

— Não quero que pareça algo intelectual ou didático. Estou apenas conversando, só isso. Só quero ficar com você a sós por alguns minutos. Só nós dois.

— Apenas nós dois. Foi o que sobrou.

Eles começaram a chorar baixinho. Duas figuras sentadas num banco de pedra num cemitério, onde nunca faltam lágrimas. A velha mão com as veias parecendo raízes antigas, os dedos grossos, que nunca haviam sido senão gentis, tremendo no braço de Jack. Palavras eram engolidas. Agora apenas havia lágrimas, sem qualquer resistência, sem qualquer barreira. A triste vida de Danny se desenrolou na mente de Jack feito uma tapeçaria, só que não tinha parecido triste enquanto Danny a vivia. Jack havia acreditado ter feito tudo o que podia para distrair Danny da tristeza — será que havia sido somente isso, distração? Ele havia acreditado que tinha preenchido as lacunas deixadas pela partida de Anne. E antes da partida de Anne. Havia acreditado que poderia desfazer os danos. Agora já não havia mais nada em que acreditar.

Seu pai pigarreou, enxugou os cantos da boca com o polegar e o indicador. Perguntou: — O que você vai fazer quando voltar?

— Tenho que terminar um trabalho. Coisa da escola.

— Muita coisa?

— O que eu não terminei na semana passada.

— E depois?

— Não sei. Tinha programado tudo para que eu e Danny pudéssemos passar uma semana extra no Maine.

— Você não pode ficar sentado sozinho naquela casa o verão inteiro pensando na... Acho que você não deveria passar todo esse tempo sozinho.

— Meus amigos me convidaram para ficar na casa deles. Os amigos que eu e Danny íamos visitar.

O velho se apoiou pesadamente no braço de Jack e se levantou. — Apenas se lembre de quem você é, Jackie.

IX

Jack podia ver o jardim pelas janelas do escritório de casa, onde as flores estavam totalmente desabrochadas, além da extensão do campo com fileiras de terreno arado e o verde do final de primavera que cobria o solo. Pela terceira vez naquela manhã, ele se sentou em frente ao computador com suas pastas, a fita de vídeo pronta no videocassete, para tentar terminar a avaliação, mas não conseguia trabalhar. Mesmo com o café pronto e a xícara sobre o porta-copos ao lado do telefone, o roteiro aberto, o *storyboard* arrumado do jeito que ele gostava, mesmo que tudo estivesse preparado como se não estivesse em casa e sim em seu escritório na universidade e fosse maio e Danny ainda estivesse vivo. Mesmo que não pensasse em nada, além do trabalho à sua frente, não conseguia começar; no entanto, era mais do que apenas começar. Não conseguia se concentrar. Assim como não conseguia dormir à noite e ficava deitado no escuro até o raiar do dia e não sentia nada; e não conseguia comer, a não ser uma mordida rápida numa torrada e um gole de café. Só conseguia pensar em Danny.

Havia imagens congeladas na tela da tevê ao seu lado e, se pelo menos ele pudesse ter ficado como uma imagem congelada, um minuto antes de Hopewell ter entrado em seu escritório... Se pelo menos Danny pudesse ficar congelado um momento antes de ter pronunciado seu último "sim". Antes de sua rendição, antes de colocar o saco plástico na cabeça — um momento antes do momento —, dando a Kim Connor aqueles minutos extras para chegar até ele, para deter sua mão.

Jack afastou a cadeira da mesa e saiu da sala. Sentou-se lá fora, nos degraus do fundo, e ouviu o zumbido distante do tráfego na rodovia interestadual, do outro lado do campo, o carteiro deixando a correspondência do dia na cesta na varanda e o ruído do motor diminuindo à medida que a van se afastava. Ele queria ouvir outros sons: o raspar da bicicleta no piso da garagem. Música de piano na sala de estar. O som de Danny em algum lugar da casa.

Viu um bando de gansos selvagens voando numa formação em V contra as nuvens brancas. Mutt perseguiu alguma coisa no meio das roseiras, saiu do outro lado sem qualquer prêmio por seus esforços, correu por baixo da cerca e saiu para a terra recém-cultivada. Lá embaixo, perto do riacho, o sol brilhava entre os galhos dos sicômoros, e o lugar parecia tão seguro e confortante que Jack se levantou e foi até a margem fresca e lodosa. Lembrou-se das vezes em que ele e Danny tinham vindo ali, onde o ar estava sempre cálido, ou parecia estar, e pesado com o cheiro da madeira úmida. Eles tiravam os sapatos e meias, enrolavam as barras da calça e caminhavam pela água fria do riacho. Observavam os girinos se sacudindo dentro de seus ovos gelatinosos, atiravam pedras nas árvores da margem oposta. Jack, então, atirou pedras nas mesmas árvores, até que seus dedos estivessem molhados e frios. Sentou-se à beira da água, afundando as mãos no musgo profundo e preguiçoso. Mas não tirou os sapatos e meias, nem entrou no riacho ou procurou girinos. Abraçou as pernas de encontro ao peito e descansou o queixo sobre os joelhos, incapaz, relutante em mover-se daquele lugar, ainda que não houvesse qualquer motivo para ficar ali, qualquer razão para ficar senão a de fugir do trabalho, da indústria acadêmica montada em seu escritório.

Mais tarde, naquela manhã, Lois telefonou, da mesma forma que telefonaria em qualquer manhã em que Jack estivesse trabalhando, da mesma forma que tinha telefonado naquela quinta-feira de manhã, quando ele estava trabalhando na mesma avaliação e haviam conversado sobre Danny e churrascos futuros. Hoje, ela não falou sobre nenhuma dessas coisas.

Ela disse: — As férias de verão começam em alguns dias e todos nós queremos te ver antes de viajar.

— Nós?

— Seus amigos, Jack. Queremos estar com você.

— Você quer dizer sair para algum lugar?

— Se você quiser. Mas tínhamos pensado apenas em dar uma passada por aí. — Quando Jack não respondeu, Lois disse: — Só um pouquinho, para nos despedirmos. Ninguém te viu desde a morte de Danny. — Como ele ainda não havia respondido, ela disse: — Acho que é importante fazermos isso, Jack. Não vamos nos ver novamente até o fim do verão. Acho que deveríamos nos reunir...

Ele tentou se preparar para os amigos, fez um bule de café, arrumou um prato de biscoitos. Mas ele sabia que não importava. Não havia como se preparar. Eles olhariam para ele com pena e falariam baixo, com cautela. Não falariam o que certamente estariam pensando: "Como você pôde deixar que isso acontecesse com seu filho?". Olhariam para ele e se lembrariam de tudo que pode dar errado e de tudo que pode ser perdido.

Eles vieram usando paletós e gravatas e vestidos de verão, trazendo comida — disseram que a última coisa que Jack precisava pensar era em cozinhar para si mesmo — e compaixão.

Sentaram-se na sala de estar, no sofá fundo e nas cadeiras confortáveis onde a luz do sol era mais amena, onde as árvores e a varanda deitavam sombras nas paredes. Aquelas vozes haviam competido em incontáveis festas, naquela sala, e depois de jantares em que a conversa era estridente, intensa e nunca havia trégua. Agora, só conseguiam falar baixinho.

Arthur e Celeste Harrison, pais de Rick, disseram: — É como se tivéssemos perdido nosso próprio filho.

Sally Richards disse a Jack: — Já passamos por tanta coisa juntos, e agora isso... Não sei...

— O que sabemos é — Stan Miller disse — que nada é igual para você e isso significa que nada é igual também para nós. — Stan era magro, não muito alto, o cabelo grisalho escovado para trás, cobrindo um crânio comprido que fazia Jack pensar numa águia. Ao falar, sua voz tinha um timbre firme, era uma voz confiável.

Lois se sentou ao lado de Jack e tomou sua mão. — O que estamos tentando dizer é que você é o nosso Jack. Que você sempre será o nosso Jack.

Jack disse que encontrava consolo naquilo.

Dentro de mais alguns dias, seus amigos teriam viajado de férias. A migração dos acadêmicos, o ritual de verão que haviam realizado durante a maior parte de sua vida profissional. O ritual do qual Jack não fazia mais parte. Cada um deles queria que Jack fosse visitá-los, que ficasse com eles o tempo que quisesse. Jack queria dizer que sim, que iria. Queria dizer a todos que sentiria muito a sua falta e que não queria passar o verão sozinho. Queria dizer-lhes o quanto solitário e infeliz estava. Queria dizer que nunca havia se sentido tão vazio em toda a sua vida. Mas apenas conseguia lhes dizer que não se preocupassem com ele, que ele tinha certeza de que ficaria bem.

Mandy Ainsley, mãe de C.J., chegou com bolo e biscoitos da padaria White Brick. Ela disse: — Danny era o amigo mais próximo de C.J. Nós todos vamos sentir muito a falta dele. — Ela se aproximou mais e sussurrou: — Carl está muito chateado pelo que aconteceu outro dia. Ele estava envergonhado demais para vir aqui e falar pessoalmente.

Hal e Vicki Clarke, pais de Brian, chegaram com mais comida.

— Nós todos gostávamos muito de Danny — disse Vicki.

Hal se sentou de frente para Jack. — Muito mesmo — e se inclinou para a frente; parecia que todo mundo se inclinava para a frente, ou seria apenas imaginação de Jack? Estariam esperando que ele fizesse alguma coisa, esperando que ele dissesse alguma coisa? Esperando que Jack decodificasse o suicídio? Esperando por uma explicação — se Danny tivesse morrido num acidente, se tivesse morrido devido a uma doença, não haveria necessidade de explicar — ou estariam esperando por outro tipo de explicação? Esperando que Jack lhes dissesse onde havia falhado. "Como você pôde deixar que a mãe o abandonasse, Jack?" "Você pensou realmente que poderia reparar os danos?" "Um menino não se suicida, assim, simplesmente." "Nós teríamos percebido em nossos filhos, como você pôde ter deixado passar? Afinal, ele era seu filho."

Mas ninguém pediu explicações. Houve apenas conversas amenas. E, então, não havia mais conversa alguma. Apenas sua presença, silenciosa e triste.

Jack pensou no outro garoto que havia se matado. Quem eram seus pais? Onde trabalhavam? Seus amigos também tinham levado comida, se reunido na sala de estar e se inclinado para a frente, cheios de expectativa? Aqueles pais seriam capazes de dar uma explicação?

Quando Arthur se levantou para ir fumar cachimbo na varanda dos fundos, todos o seguiram para fora. Pareciam aliviados em sair da casa, em afastar-se daquela tristeza opressiva. Precisavam respirar.

Jack sentou-se nos degraus. Arthur e Stan sentaram nas cadeiras ao seu lado.

Arthur disse: — Eu sei que é cedo demais para se pensar nisso, mas, se você quiser fazer terapia, eu conheço um cara bom em Bloomington.

No outro lado do quintal, Celeste, Sally e Hal estavam próximos à cerca, no canto, onde os novos canteiros de flores mostravam seu colorido. Conversavam sobre seus filhos. Jack imaginou Danny sentado ali com ele, inclinado para trás, olhando o dia envelhecer mais um minuto. Era aquilo o que ele queria: ver o dia envelhecer mais um minuto com Danny.

Uma sombra se deslocou pelo canto da varanda e os olhos de Jack tentaram capturá-la, seu coração se apertou. Ele pensou: Danny. Porque era isso que sempre havia significado, o que sempre tinha visto ao levantar os olhos, ao olhar sobre o ombro, quando ocorria aquela mudança no ar que era uma sensação única, os passos no chão que tinham seu som único.

Ele pensou: "É assim que vai ser de agora em diante", uma sombra se moveria e ele pensaria estar vendo Danny, porque costumava vê-lo o tempo todo. É como um membro-fantasma que seus olhos dizem não existir, mas que o cérebro ainda sente. Como a mão não consegue tocar, então não deve estar ali, mas diga isso para o resto do seu corpo que o ama — à menor mudança na luz, ele esperaria ver Danny, então ele está ali. E, então, não está.

Lá perto do riacho, os corvos estavam grasnando. No campo, Mutt latia e desenhava parábolas escuras pelo pasto. O vento fazia as árvores farfalharem.

Um pequeno círculo de pessoas se formou em volta de Jack: Lois, Celeste e Arthur, Hal e Vicki, Stan, Mandy e Sally.

Eles ficaram com ele ainda mais alguns minutos, fazendo-lhe promessas confortantes, emitindo seus pêsames, despedindo-se pelo verão. Se houvesse qualquer coisa que pudessem fazer, qualquer coisa...

Jack não podia deixá-los partir, não sem perguntar. Ele disse que sim, que havia algo, na verdade, que podiam fazer.

— Seus filhos disseram alguma coisa sobre Danny... sobre seu estado de espírito?

— Não — responderam —, nada. — E olharam para Jack com tamanha tristeza e pena que suas vísceras se reviraram e ele quis desaparecer.

Apenas Lois ficou para trás. Passou o braço pelo de Jack e apertou-o contra seu corpo. — Eu sei... Eu sei... — foi tudo que disse.

Jack sentou-se, sozinho, nos degraus do fundo da casa, tentando assimilar aquele dia, espantado que houvesse passado e espantado pela nova calibragem: Tempo-sem-Danny.

Não teve a chance de considerar aquilo. Um carro parou em frente à casa. Alguém estava batendo à porta.

O homem disse que se chamava Marty Foulk. Disse que era detetive do departamento de polícia de Gilbert.

— Já disse tudo que sabia para o Hopewell — Jack disse

— Não é por isso que estou aqui. — Foulk mostrou o pedaço de papel rasgado. — É o poema que seu filho escreveu. — Jack não se mexeu. — É *seu*, Dr. Owens. A investigação terminou

X

Jack saiu, pegou o papel da mão de Foulk e olhou lentamente para a escrita de Danny.

Foulk disse: — Eu sei que o senhor está passando por uma fase terrível. Adiei minha vinda aqui nas últimas semanas, a última coisa que o senhor precisa é de outro detetive aparecendo na sua casa. — Ele falou aquilo com mais solidariedade do que Jack esperaria e fez com que soasse mais como uma observação do que um fato. — Eu não estaria aqui agora, a não ser pelo fato de trabalhar na Divisão de Menores. Teoricamente devo investigar crimes cometidos por menores de idade, mas, como não há muito disso por aqui, passo a maior parte do tempo aconselhando crianças e pais solteiros.

— Não preciso do seu aconselhamento. — Jack não ergueu os olhos do poema de Danny.

— Eu sei que não — Foulk respondeu. Ele falava não com um sotaque do Meio-Oeste, mas com um sotaque do Sul, ou traços de um sotaque do Sul, com vogais arredondadas e um tom macio e lento e, quando estendeu a mão, dizendo: — Me chame de Marty —, fez com que soasse como se estivesse passando por ali, por acaso, e que não era mais que uma visita amigável. — Eu realmente agradeceria se você me desse alguns minutos do seu tempo. Sabe, Danny foi o segundo garoto a cometer suicídio neste último mês. Em *menos* de um mês, na verdade.

— O repórter para quem Hopewell deu meu nome me contou. Mas ele não quis me dizer quem era o outro garoto. — Jack levantou o olhar do poema de Danny. — Ou se talvez Danny o conhecesse.

— E você tem carregado isso com você todo esse tempo. — Marty balançou a cabeça devagar. — Sinto muito.

Jack dobrou o papel nas dobras originais, exatamente como Danny havia dobrado. — O filho-da-puta mandou o repórter falar com a mulher que encontrou Danny e também não quis me dizer o nome *dela*.

— Hopewell extrapolou. Ele acha que fazer com que seu nome apareça nas notícias vai lhe conseguir uma transferência para uma cidade grande.

Jack colocou o poema cuidadosamente no bolso da camisa.

Marty disse: — O nome do menino é Lamar Coggin. Danny o conhecia?

Jack disse que nunca tinha escutado aquele nome. — Ele e Danny tinham a mesma idade?

— Ele tinha dez anos.

— *Cristo*. Foi a mesma... ele fez do mesmo...

— Não. Ele se enforcou. Perto do riacho Otter. Cerca de uma semana antes de Danny. — Quando Marty disse aquilo, Jack percebeu algo em sua voz que era mais que simpatia sulista, algo que estivera ausente em todas as demais pessoas com quem havia conversado desde a morte de Danny. Era como se Marty estivesse falando não de fora da experiência de Jack, mas de dentro dela, não como um estranho, mas como alguém que tivesse pessoalmente perdido um filho.

Aquilo pegou Jack de surpresa e fez com que ele se sentisse constrangido, como se o que Marty estivesse fazendo e o que estivesse dizendo fossem um ato ensaiado de manipulação. E quando ele disse a Jack: — Preciso saber algumas coisas que só você pode me dizer — Jack respondeu, impaciente: — Já contei a Hopewell tudo que sei. Pergunte a ele.

Marty disse rapidamente: — Sinto muito se te ofendi. — Então: — Eu vi vocês dois juntos, uma vez. Em março passado. No recital no colégio de Danny.

— Você o ouviu tocar? — Jack disse, sentindo tristeza e orgulho ao mesmo tempo. — Você ouviu Danny tocar?

— Sou conselheiro de um dos meninos da banda da escola. Danny era muito talentoso.

— Ele estava estudando piano clássico com Ben D'Amico, na faculdade. Ben achava que Danny tinha muito potencial.

— Eu vi como você e Danny conversavam. Mesmo naquele curto período de tempo, pude ter uma boa idéia de como vocês dois se davam bem. Era bem impressionante, na verdade, ver aquilo entre pai e filho. Que pudessem expressar esse tipo de amor apenas pela maneira como olhavam um para o outro. — Ele balançou a cabeça. — Quando li o relatório de Hopewell e percebi que você era aquele Jack Owens... — Ele tinha um rosto forte, atlético, e o que fazia com ele e com os olhos era mais que um ato de compaixão, havia mais que empatia e era algo notável de se ver no rosto de um policial, no rosto de qualquer pessoa; notável como qualquer ato de coragem pode ser. Por um momento, Jack pensou que pudesse estar errado, que não houvesse absolutamente nada de notável; que tudo havia sido calculado, algum truque de olhos e boca que o detetive tivesse adquirido com os anos, como um vendedor ou um trambiqueiro, nada além de manipulação, e Jack não confiava naquilo mais do que confiava na voz de Marty. Mas, quando um estranho vem à sua casa, fala com você da forma como Marty falava e olha para você daquele jeito, você tem que lhe dar o benefício da dúvida, ainda que esteja pensando que ele deve mostrar a mesma expressão a todos os pais com quem conversa, e que tem sempre a mesma conversa, naquela voz arrastada e sulista.

Jack indicou com o queixo o balanço da varanda. — Sente-se.

Marty agradeceu e se sentou. Disse: — O que estou tentando dizer é que se conversar sobre Danny fosse ajudar talvez a entender alguns pontos, estou interessado em ouvir o que você tem a dizer.

— Você não deve ter tempo para isso.

— *Disto* eu não tenho dúvida. Mas talvez pudesse apenas perguntar algumas coisas. Tudo bem? — Marty baixou os olhos por um momento e olhou para o chão; depois, olhou devagar para Jack. — Crianças que cometem suicídio tendem a seguir determinados padrões de comportamento e vou presumir que, se Danny estivesse agindo de alguma maneira, de alguma maneira realmente óbvia, você teria notado. Se ele estivesse deprimido, você teria percebido, certo? Se ele estivesse apresentando mudanças de humor ou mostrasse sinais de ser bipolar. Então, pensando pequeno, ele estava tendo *qualquer* tipo de problema? Problemas na escola?

— Ele se sentia à vontade num ambiente de aprendizado.

— Perdão?

— Desculpe. Não sei o que me fez pensar nisso. Ele era bom aluno. Não excelente. Notas B. Alguns C. Uns poucos A, quando se interessava o suficiente. — Jack balançou a cabeça. — Ele não tinha qualquer problema na escola.

— Não me refiro apenas às notas. Havia outros alunos com quem tinha amizade que pudessem estar envolvidos com drogas ou que tivessem comportamento violento ou anti-social?

Jack virou a cabeça para o outro lado e olhou pela estrada onde Danny havia aprendido a andar de bicicleta, como se Danny estivesse pedalando nesse exato instante, pela beira da estrada, percorrendo os últimos metros até sua casa. Era o que ele queria ver. Deve ter transparecido em seu rosto e Marty deve ter percebido, porque deixou que o silêncio se estabelecesse, como algumas pessoas fazem quando não sabem se foi alguma coisa que disseram ou como fazer a conversa retomar o rumo desejado.

Jack esperou outro momento antes de dizer: — Os amigos de Danny não eram assim.

Marty deu um leve impulso ao balanço. — Ele tinha muitos amigos?

— Muitos?

— Quer dizer, ele não passava muito tempo sozinho?

— Você está achando que ele era um desses meninos lunáticos que escutaram o demônio...

Marty ergueu a mão. — Nós dois sabemos que essas famílias têm um montão de problemas, com filhos que vêm demonstrando sinais de alerta o tempo todo. Apenas estou perguntando. — Ele deu um sorriso fraco.

— Ele não era do tipo solitário, se é isso que você quer saber. Ele não se sentia atraído por pessoas solitárias. Olhe, todos os amigos dele eram bons meninos. Era esse tipo de gente que atraía Danny. Era o tipo de menino que ele era.

— Então, posso deduzir que os professores dele nunca te alertaram com relação a qualquer sinal de desafio?

— Claro que não. Você não conversou com eles? Você não conversou com os *amigos* dele?

— Quis falar com você primeiro. Danny tinha namorada? Você sabe, alguns meninos começam antes de estarem preparados e isso meio que os deixa confusos.

— Danny não engravidou nenhuma menina, se é isso que você...

— Falo no sentido estritamente emocional, de desenvolvimento.

— Danny era um garoto normal e tinha uma visão bastante clara sobre sexo. Estava começando a pensar em namorar, assim como o resto de seus amigos, mas na maior parte do tempo seu lazer se resumia a passear pelo shopping e ir a festinhas sábado à noite na casa de alguém. Tenho quase certeza de que ele era virgem.

— Eu sei que você é divorciado. Com que freqüência Danny via a mãe?

Jack explicou a situação dando a versão mais direta possível. Marty se recostou no balanço e disse: — Isso é uma pena. Danny alguma vez fez terapia para lidar com isso?

— Nós dois fizemos, mas não acho que ele realmente tenha chegado a entender o que fez a mãe querer ir embora. Não sei se isso é algo que uma criança *consiga* entender.

— Imagino que ele tenha ficado furioso.

— Ele disse que ficou. Mas, quando tinha oito anos, disse que havia perdoado a mãe, mas que não queria ter nenhum contato com ela. Isso o tornaria suicida? Não pensei nisso, na época. Agora não sei o que pensar.

— Havia alguma mulher na sua vida?

— Não acho que isso tenha a ver com esta conversa.

— Quero dizer, alguém que você tenha trazido para tentar preencher a lacuna para Danny?

— Estamos falando sobre mim ou sobre Danny?

Marty se desculpou. Ele disse: — A maior parte do que eu sei sobre esse tipo de situação foi por meio do que me deparei nas leituras; então, pode-se dizer que estou seguindo as regras e, se não estou conseguindo fazer com que seja algo tranquilo, bem, agora você sabe por quê. — Ele deu outro empurrão leve no balanço antes de dizer: — Agora, não se irrite com isso, mas que tipo de programa de televisão Danny assistia? Apenas estou perguntando, só isso.

— As bobagens de costume.

— Filmes? Ele gostava de algum tipo em particular?

— Eu tentei mantê-lo longe dos filmes da Disney o máximo possível. Ele teve uma fase de Spielberg. Harpo era o favorito dos Irmãos Marx. De Groucho, ele tinha medo, até uns seis ou sete anos. Ele gostava de *Blade runner*. Sempre chorava.

— *Blade runner*?

— Você conhece esse filme?

— Vi há alguns anos. Sobre robôs homicidas que o Harrison Ford persegue? É mais ou menos isso?

— É, mais ou menos. Era um dos filmes favoritos de Danny. Ele deve ter assistido umas dez vezes. Ele achava triste quando os *replicantes* morriam.

— Eles não eram os vilões?

— Você quer um tempo para pensar ou prefere seguir para o próximo ponto?

— Acho que não sou capaz de passar neste teste. — Marty sorriu para ele, mas, rapidamente, sua expressão mudou, abandonando qualquer sinal de divertimento. Desviou os olhos de Jack, apenas por um instante, olhou para ele novamente e perguntou: — Você pode me dizer como Danny estava nos dias anteriores ao suicídio?

— Ele parecia irritado, mais do que qualquer outra coisa. Talvez estivesse ressentido.

— Alguma idéia do que o estava irritando ou do que ele se ressentia?

— Era a semana dos exames finais e eu estava trabalhando até tarde. Não passei muito tempo com ele. Acho que isso teve muito a ver. Foi o que pensei, na ocasião.

— Este ano estava sendo pior que os outros?

Jack balançou a cabeça. — O tempo é sempre apertado, mas, de alguma maneira, parece que este ano foi mais difícil para Danny. Era o último ano em que passaríamos o verão juntos, pois ele queria arrumar um trabalho, no ano que vem. Acho que ele ainda não sabia bem como se sentir a respeito disso, ou pelo menos foi o que eu achei. O que sei é que deveria ter arrumado tempo para ficar com ele.

— E foi só isso? Nenhum problema para comer ou para dormir?

Jack respirou fundo. — Acho que ele não estava dormindo muito bem, nos dias anteriores ao... E seus amigos disseram que ele estava comendo normalmente, enquanto estava com eles, mas ele não tinha muito apetite quando estava comigo.

— O que você quer dizer, não tinha muito apetite?

— Quando tomávamos o café-da-manhã ou jantávamos juntos, ele não comia muito.

— Mas isso era algo novo.

— Sim. Danny sempre foi de comer bem.

O olhar que Marty deu a Jack não era simplesmente de simpatia, era aquele olhar interno, de novo, e dessa vez Jack o achou confortante.

— Portanto, à parte os problemas normais do dia-a-dia, Danny não parece o tipo de garoto que se mataria, não é? — Jack disse. — E, no entanto, foi o que ele fez.

— No entanto, foi o que ele fez — Marty repetiu, solenemente. — Minha avó me contou uma história, uma vez, que a mãe dela *lhe* contou, sobre uma mulher que era analfabeta. Isso aconteceu nos idos de 1880, em Covington, no Tennessee, onde não era incomum que as mulheres fossem analfabetas. O nome dela era Irene Paige. Era a mulher mais bonita do condado e a mais amável. Os jovens costumavam vir à sua janela fazer serenatas, entoando aquela canção "Good Night, Irene". Ela acabou se casando com um homem chamado Theodore, um carpinteiro que ganhava bem e deve ter sido uma pessoa bastante satisfeita. Mas ele tinha um traço de maldade. Talvez hoje isso tivesse outro nome, mas, naquele tempo, dizia-se que ele era maldoso, mesmo. À noite, depois do jantar, Theodore lia para Irene. Charles Dickens era o que ela mais gostava, mas, na verdade, não importava muito, ela gostava de qualquer coisa que ele escolhesse. Porém, quando seu estado de espírito era ruim, ele ia para sua oficina, trancava a porta e ficava sem falar com a esposa, às vezes durante dias. Quando se recuperava e voltava a ler para ela, retomava não de onde havia parado de ler para a esposa, mas de onde havia parado de ler para si mesmo, de forma que ficavam faltando grandes pedaços da história e ele nunca se preocupava em preencher as lacunas. Bem, Irene foi agüentando aquilo por algum tempo e, então, Theodore parou de ler para ela de uma vez. Não apenas por uns dias, mas durante um mês inteiro, como uma forma de torturar a mulher. Eles moravam no campo e não tinham filhos, então não havia ninguém por perto para ler para ela; além disso, seus poucos amigos não teriam interferido nos problemas entre marido e mulher. Irene estava acabada. E esse mau humor foi se tornando cada vez mais intenso e Theodore se recusava a ler para ela e começou a bater nela. Mais um mês e Theodore começou a se sentir mal; algumas semanas depois ficou doente de verdade. O médico veio, mas não conseguiu descobrir qual era o problema. Repouso e os cuidados carinhosos de Irene foram a prescrição médica. Irene cuidava de Theodore com tanta atenção quanto uma enfermeira profissional, mas Theodore foi ficando cada vez mais doente, sofrendo de cólicas estomacais excruciantes, dores e febre alta. Esse quadro perdurou por quase um ano e ele teve uma morte lenta e agonizante. — Marty havia se inclinado cada vez para mais perto de Jack enquanto contava a história e, então, voltou a reclinar-se para trás. — O que ninguém suspeitava, nem em um milhão de anos, era que Irene tinha envenenado o marido. Anos depois, quer dizer, quando Irene estava velha e preparando-se para morrer, ela contou à minha bisavó o que havia feito. Ela tinha que limpar a consciência, por bem ou por mal, e pediu à minha avó que rezasse pelo perdão divino, apesar de ter certeza que iria direto para o inferno. Minha bisavó contou essa história à minha avó para exemplificar uma questão e minha avó me contou pelo mesmo motivo. Ela disse: "Todo mundo tem um lado negro, como o lado negro da lua, onde nada brilha." Todo mundo tem essa coisa, esse botão que pode ser responsável por coisas que fazem e que normalmente nem sequer considerariam. O outro menino que se matou devia ter esse lado negro e, sinto muito dizer isso, mas Danny também devia tê-lo.

— Você não precisa me falar sobre lados negros. Mas a sua história é sobre um relacionamento abusivo e Danny nunca passou nem perto de sofrer abusos.

— Só se você interpretar a história literalmente.

— Talvez eu não queira interpretá-la de jeito nenhum. Não quero pensar em Danny dessa forma. De qualquer jeito, você é que é o especialista no assunto, então me explique.

— Explicar?

— Por que Danny se matou? Por que um adolescente perfeitamente normal de quinze anos poderia querer se matar?

Marty olhou para o chão durante um momento. — Eu não sei, Dr. Owens. — Ele arrastou as palavras. — Mas sempre existe um motivo. Talvez não apenas *um* motivo. Pode ter havido uma série de coisas. — Ele conseguiu fazer com que aquilo soasse aceitável, mas apenas por um instante.

— Não sei o que é pior, saber ou não saber.

— Eu mesmo me pergunto isso o tempo todo. — Marty se levantou. — Já impus minha presença a você o suficiente por um dia. — Ele agradeceu a Jack pelo seu tempo.

Jack não queria que ele fosse embora. Não queria ficar sozinho. — E o outro menino? — ele perguntou. — Quais eram seus padrões de comportamento?

— Não posso dizer com certeza. Ainda não falei com a família.

— Por que não?

— Eles saíram da cidade por algum tempo. Estão em algum lugar em Illinois. Num retiro espiritual da igreja. — Marty começou a andar em direção aos degraus e deu uma olhada em volta. — Eu me lembro de quando os Brennan venderam esta casa. É um casarão antigo, não é? Se algum dia der a sensação de que é grande demais para você... — ele pegou um cartão pessoal e entregou a Jack —, e você sentir vontade de conversar... — Ele abriu a porta do carro e, antes de entrar, completou: — estarei esperando ansiosamente.

Jack observou o carro se afastar, espalhando poeira e pedregulhos. É, ele pensou, um casarão antigo...

Estavam no começo de outubro do último ano de faculdade. As folhas estavam escarlate e douradas. Quando o vento soprava, havia uma agitação fria — como acordar de uma soneca em uma sala sem aquecimento — e as folhas flutuavam até o chão, por todo o quintal e pelo campo, numa rendição tranqüila ao inverno. Jack e Anne estavam sentados no velho Volkswagen. Anne com o queixo apoiado sobre a alça de painel acima do porta-luvas, o sol de fim de tarde se refletindo em seus olhos verdes. Jack sentava-se, relaxado, no banco da frente. No outro lado da estrada havia uma casa. Era grande e contornada por uma varanda ampla. Um homem de camisa xadrez estava à janela, fumando cachimbo e lendo um livro. Ele ergueu a cabeça quando o motor parou e olhou para fora, não com expectativa, mas com curiosidade. Em seguida, voltou à leitura.

Luz do Dia

— Eu gosto de olhar para aquele campo atrás da casa — Jack disse.
— Sim — disse Anne, baixinho. — É a luz. Luz de Indiana.
— Gosto da aparência da casa. Gosto de como ela fica aqui e parece tão isolada e, ainda assim, estamos a apenas dez minutos da cidade.

Então, Anne lhe disse que o amava porque ele amava uma casa antiga como aquela, com a varanda forte e ampla e o campo que se estendia por oitenta hectares ou mais. Porque ele gostava de parar ali no outono e olhar as folhas caírem, olhar o campo e além do campo, onde as velhas árvores estavam curvadas, retorcidas, e suas raízes saltavam para fora da terra macia ao longo do riacho e, no inverno, a neve era brilhante e lisa como líquido à fria luz do sol; e porque ele gostava de ir ali para olhar os brotos verdes na primavera e sentir o cheiro da terra arada no ar.

Anne se inclinou sobre o assento estreito, pressionou o queixo contra o queixo de Jack, ergueu os olhos e disse: — Podemos ficar assim para sempre? Amando um ao outro e vivendo nossa vida juntos?

Ele respondeu: — Não vejo por que não.

Ela sussurrou: — Mas você sabe como é, às vezes, as pessoas perdem aquilo que faz com que se amem. — Ela disse: — Nós estamos bem longe de nos acomodar numa casa no Meio-Oeste, né?

— Sim, estamos.

— Venho pensando sobre morarmos em New Haven, se você decidir fazer seu mestrado lá. Seria pelo menos um ano.

— Nós não temos que morar em New Haven.

— É mesmo? Porque pensei que deveríamos nos mudar para Manhattan, depois de voltarmos da Inglaterra. É o melhor lugar para se arrumar trabalho em artes gráficas. Você não acha? E, bem, para *tocar* e tudo mais. A não ser que você esteja absolutamente comprometido com o seu plano.

— A única coisa com que quero me comprometer é com *você* — ele disse a ela. — Você acha que suportaria a sordidez do East Village? É mais ou menos isso que poderíamos pagar em Manhattan.

Ela tocou o rosto dele com os lábios.

Jack sabia que quando fossem embora de Gilbert nunca mais voltariam, mas não se importava com isso. Anne era a garota que o havia feito olhar embasbacado para ela na primeira vez que a viu. Era a garota que se adequava à imagem que ele tinha de si mesmo. Ele não se importava se seus planos de se tornar o Dr. Owens tivessem que ser realizados por meio de viagens de trem. Ele não se importava.

O homem na janela acendeu uma luz e fechou a persiana.

Anne respirou suavemente na orelha de Jack: — Sabe aquele filme com a Jane Fonda e o Robert Redford, em que eles mudam para um apartamento em Greenwich Village?

— *Descalços no parque.*

— Poderia ser assim.

— Eu não faço exatamente o tipo advogado conservador.

— Não. Quero dizer nosso apartamento fedorento no East Village.

— Infelizmente, Nova York sempre parece melhor nos filmes.

— E daí?

Ele olhou para ela. Seu queixo tinha voltado a se apoiar sobre a alça de painel.

— Há todas as lojinhas de bugigangas para conhecer — ela disse —, e a Canal Street. Eu sei que vai dar certo. — Ela cantarolou, com a voz rouca e seca, a canção: "We'll turn Manhattan into an isle of joy"*, virou-se para ele e soltou sua risada de Carole Lombard. — Sabe aquela história de J.D. Salinger, "Para Esmé, com amor e sordidez"? Vamos chamar a nossa história de "Para Jack, com Anne e sordidez". — Ela olhou para ele daquele jeito que olhara há um ano, quando ele a vira, sentada no sopé da colina no Fairmont Park, onde o chão era macio, a luz da tarde trespassava as folhas escuras e o ar estava cálido, como o ar é cálido em Gilbert no final de abril,

---

* Literalmente, "vamos transformar Manhattan numa ilha de alegria". (N.T.)

como o leite que ficou sobre o fogão apenas o suficiente para perder o gelo. O dia em que finalmente falara com ela.

Ela usava uma calça jeans apertada e uma camisa amarela com as mangas enroladas acima dos cotovelos, que lhe servia como avental. Ela afundava os dedos do pé na terra, dando a impressão que iria sair flutuando se não se ancorasse seguramente em algum lugar. Suas costas estavam apoiadas numa árvore, os joelhos dobrados de encontro ao peito, o bloco de desenho apoiado nas coxas. O cabelo castanho, da cor de melaço escuro, tinha manchas de tinta seca — ela tinha o cabelo longo, nessa época, e o usava amarrado para trás, sobre as orelhas. Os dedos longos e finos trabalhavam com o lápis pelo papel. Seu perfil era uma progressão de linhas diagonais, da testa à parte superior do nariz, a ponta do nariz formando algo semelhante a um ângulo reto acima do lábio superior, que afundava suavemente, dividindo-se como um botão de flor dias antes de se abrir. O queixo se curvava apenas o suficiente para suavizar o rosto.

Não era a primeira vez que Jack a via. A primeira vez fora no edifício de Belas-Artes — ela tinha um estúdio no último andar, ele compartilhava uma sala de edição no porão com outro cara. Ela estava na rotunda com um grupo de alunos de arte, a maioria garotos, fumando e conversando o tipo de assunto que os estudantes de arte conversavam no Gilbert College, que, em 1975, era a "Atenas de Wabash".

Alguns dos teóricos e praticantes mais reconhecidos das artes visuais e performáticas dos Estados Unidos eram membros daquela faculdade; mil e duzentos aspirantes a atores, escritores, artistas e jovens diretores de cinema do mundo inteiro vinham a Gilbert, se não para sentar-se aos pés destes homens e mulheres cultos, pelo menos para extrair o máximo de informação e conhecimento possível durante os quatro anos que passariam ali. Uma dessas aspirantes era uma aluna de arte chamada Anne Charon, de Dorset, Inglaterra.

Ela não era alta, mais ou menos 1,65m, mas parecia mais alta pela postura das costas. O rosto era inteligente e não bonito, com o tipo de beleza das garotas puramente norte-americanas, ou das louras imaculadas, ou das européias lânguidas. O rosto dela era mais profundo que bonito. Mais interessante que bonito. Era um rosto elegante. E ela virou aquele rosto na direção de Jack e foi apenas por um instante, como uma lâmpada se acendendo no escuro. Ainda mais rápido que isso. E, naquele breve instante, algo aconteceu dentro de Jack, algo anatômico, visceral. Tudo que pôde fazer foi olhar para ela em mudo espanto até se recuperar, nada mais que o tempo que levou para que o rosto dela o tivesse congelado.

Aquele rosto seguiu com ele ao sair do edifício. E também quando se encontrou com seus amigos na casa de Paul e acompanhou seu sanduíche com uma Dr. Pepper gelada. E quando estava sozinho em sua sala de edição; e, mais tarde naquela noite, deitado no sofá, desperto, com a janela aberta e a brisa perigosa da primavera enchendo o ambiente com o aroma de lilás e o forte perfume da madressilva. Ficou ali deitado no escuro e sentiu a mesma coisa que quando Anne havia olhado para ele naquela tarde, algo inominável e amorfo, uma ânsia — a não ser pelo fato de que não sabia o que era que ansiava. Não era sexual. Não vinha de sua libido, mas daquele lugar onde a libido não é uma estranha: sua auto-imagem, ou a auto-imagem autocriada que um estudante de cinema de vinte anos carrega consigo, juntamente com seus livros e cadernos. Aquilo que um aluno de cinema não pode evitar ter, que *precisa* ter, se tem qualquer chance de sobreviver a todas as pretensões mesquinhas dos alunos e suas introspecções. A imagem que Jack tinha de si mesmo ou, melhor ainda, a imagem do aluno de cinema que ele imaginava ser carecia de acabamento, carecia do componente necessário que ele desconhecia até aquela tarde, quando se viu envolto em pura veste boêmia, com longos cabelos castanhos, um delicioso sotaque britânico e sem a menor chance de estar disponível. Ele não sabia que nome dar ao que estava sentindo, então decidiu chamar Amor. Fez com que ficasse acordado o resto da noite.

Anne deve tê-lo visto olhando para ela naquela primeira vez, embora, mais tarde, ela insistisse que estava envolvida demais com seus amigos para notar. Jack não acreditava nela. Disse que ela havia até sorrido para ele. Aquela fora a primeira vez que ela dera a risada de Carole Lombard, antes mesmo de saber quem era Carole Lombard. Quando Jack a viu no Fairmont Park, com o bloco de desenho nos joelhos e o cabelo comprido amarrado por cima das orelhas, a luz do sol se espremendo no espaço onde seu cotovelo se apoiava no joelho, a curva de seu quadril, cheia e excitante, não foi até ela. Não de imediato. Estava esperando há um bom tempo, pelo menos uns dois meses — o que parecia bastante, então — para encontrá-la sem os amigos por perto. Ele não queria apressar o momento; mais especificamente, não queria se apressar *durante* aquele momento. Enquanto ele não fizesse nada, ela permaneceria sua criação, totalmente desabrochada, não de sua costela, mas do reflexo em seu olho. Da estranha alquimia de arrogância e insegurança que criaria o homem que ele queria ser a partir da mulher que ele desejava — foi aí que Anne Charon, sua mitologia de Anne Charon, nasceu. Porém, uma vez que Jack se movesse daquele ponto, uma vez que andasse até ela e a ouvisse falar e fazer qualquer das coisas nascidas de sua própria personalidade, ela não seria mais sua criação, e sim um ser no e do mundo, caído à Terra das alturas da imaginação dele, e todas as apostas estariam encerradas.

Ele se sentou encostado às bases das ruínas, no alto da pequena colina, e a observou por mais alguns instantes. Estudou sua postura e as linhas de seu corpo, a forma como deixava cair a mão para o lado e, então, a erguia rapidamente ao papel, e ele não se moveu por outro minuto. Mas nada é possível na ausência da ação; vagarosamente, ele desceu a colina, pois o observador passivo deixa todas as coisas ao acaso.

Jack segurou o poema de Danny na palma da mão; não olhava as palavras, mas a escrita, o papel em si — tocado por Danny, dobrado por Danny e que Danny havia colocado no bolso da calça —, então, voltou ao seu escritório, colocou o poema cuidadosamente dentro da gaveta da escrivaninha, mantendo as dobraduras originais alinhadas, e retornou ao trabalho.

Depois de assistir ao vídeo final e escrever a última avaliação, depois de selar todos os envelopes e imprimir as notas, Jack caminhou até o carro, percorreu os dez minutos até o correio, onde enviou as avaliações aos seus alunos, exatamente como o Dr. Owens sempre havia feito; dirigiu até o campus, onde entregou suas notas, e começou a voltar para casa, seguindo as ruas ladeadas de árvores, onde a vida parecia progredir de maneira imperturbável. Ele havia terminado o trabalho e a única coisa que sentia era aquela extensão de tempo se ampliando, rumo ao futuro. Sempre havia a possibilidade de fazer as malas, sair da cidade e ficar com seus amigos. Fazer as malas e dirigir, como ele e Danny costumavam fazer. Os dois e a estrada. Verão sem-fim. Aqueles dias preguiçosos, nebulosos e insanos. Dias que se estendiam como toalhas de piquenique, campos de beisebol e o Oceano Atlântico ao pôr-do-sol.

Ele pensou: ainda é junho e pode acontecer um monte de coisas num verão. Muita coisa pode dar errado nesse tempo todo; e pensou no telefonema que chega, não tarde da noite ou cedinho de manhã, mas no meio da tarde, no celular, quando ele estaria em qualquer lugar que não em casa. Seria Grace telefonando para dizer: "Seu pai entrou em coma." "Seu pai teve um derrame." Telefonando para dizer: "Seu pai morreu."

Tanta coisa pode dar errado; e seu coração começou a bater mais rápido. Teve uma sensação de vertigem. Estava tendo dificuldade para respirar, como se houvesse um cinto apertando seu peito. Perdeu o controle do carro, que saltou sobre o meio-fio e, então, ele freou com força. O aperto em seu peito foi piorando. Olhou, entorpecido, pelo pára-brisa e pensou: "Tanta coisa pode dar errado." O interior de sua cabeça latejava. Imaginou Grace telefonando enquanto ele estivesse fora, cumprindo suas tarefas, telefonando quando ele saísse, para avisar que seu pai morrera. Pensou no celular tocando com as más notícias. Pensou: "O que virá a seguir?"

— O pior já passou — disse, enquanto suas pernas tremiam. — O pior já passou — enquanto não sentia nada além de pânico, enquanto pensava: "O que virá a seguir?"

Ele sabia que não fazia sentido. — Não vai haver um *O que virá a seguir?* Você só está tendo uma reação retardada à morte de Danny. O pior já passou. — Enquanto isso, seus pés tremiam, as mãos começaram a suar. Enquanto isso, ele pensava: "O que virá a seguir?"

Jack ficou em casa o resto do dia. Sempre que o telefone tocava, seu estômago se revirava, até que ouvisse a voz no outro lado: Bob Garvin ligando de South Wellfleet para dizer que o convite ainda estava de pé se Jack agüentasse a visita. Yoshi ligando do Maine: "Talvez você queira vir por uma semana." Al Barlow ligando de Santa Barbara: "Adoraríamos que você viesse ficar conosco."

Jack não foi a South Wellfleet. Não foi ao Maine, nem a Santa Barbara. Mal era capaz de caminhar até a porta da frente — uma ida apressada até o supermercado, uma volta apressada para casa — e, quando encontrava a luz vermelha piscando na secretária eletrônica, não a acionava, não de imediato. Sentava-se e ficava olhando para ela, como se a máquina fosse uma coisa viva, possuída de um poder, benevolente ou malicioso, capaz de produzir boas e más notícias. Jack pensava: *Por favor, que não seja nenhum desastre*, e observava a luzinha vermelha piscar. Tentava calcular, por alguma espécie de escala psíquica interna, se era essa a hora em que o coração de seu pai teria escolhido para parar de bater; se uma daquelas reações químicas que mantinham a solução salina no nível correto havia falhado. Jack esperava mais um pouco, até que uma resolução se impusesse. Ele se preparava para as más notícias. Reproduzia a mensagem. Mas não era a mensagem do desastre, não era má notícia em absoluto e ele pensaria: "Não foi desta vez." Não agora, com um sentido renovado de pressentimento; com medo do minuto seguinte, do dia seguinte. Com medo do verão, que jazia num repouso predatório.

XI

Nas manhãs em que telefonava para o pai, Jack nunca dizia o que estava pensando, nunca falava sobre o medo. Nunca disse: "Tenho medo de que, se eu sair de casa, você morra." Não disse: "Nem sequer saio para cortar a grama, com medo de que o telefone toque e eu não escute." Não disse ao pai: "Tenho os pensamentos mais horríveis sobre os caprichos da vida."

Não disse: "Não consigo fazer nada."

Mas ele estava, sim, pensando muito. Sobre o passado. Sobre o tempo em que era aluno no Gilbert College e tinha uma namorada chamada Anne Charon, que era estudante de arte e tinha cabelos cor de melaço, que cheirava a perfume doce e suor. Na primavera, eles percorriam de carro as estradas no sul de Indiana e seguiam o rio Ohio. Paravam em New Harmony e contemplavam a igreja de Paul Tillich. Almoçavam em Newburgh e compravam velas e frutas nas lojinhas à beira da estrada.

Ele costumava pensar que era protegido, que tinha sorte. Que qualquer coisa em que pusesse os olhos poderia ser sua. Anne, que era bonita, artista e sensual, a quem ele amava muito... seu loft na Crosby Street... o cargo de professor na NYU... os livros publicados... os amigos, que discutiam o futuro do cinema, Marcel Duchamp e a morte da pintura... as festas de sábado à noite... as exposições de arte nos domingos à tarde... jantar com seus pais, que eram saudáveis, cheios de vida e que conversavam sobre arte, literatura e suas viagens à África e Índia... tomar uns drinques com Lana, que agenciava o trabalho de Anne... jantar com Erica, que editava os livros de Jack...

 Jack, então, havia pensado que era protegido, que tinha sorte. Tinha uma esposa e, depois, uma esposa e um filho. Então, a esposa foi embora, mas ele ainda tinha o filho, a quem amava muito. Ainda pensava ser protegido, ter sorte e acreditava que poderia transformar coisas más em boas. Mudou-se com seu filho para Gilbert e foi morar numa casa que os dois adoravam. Quando a mãe de Jack morreu, ele segurou a barra, ainda era protegido. Mas agora seu filho estava morto e ele estava sozinho. Não era mais protegido. Não tinha mais sorte.

 Quando Anne se foi, uma parte da vida de Jack, assim como uma parte dele mesmo, fora quebrada. Quando a mãe morreu, ele perdeu mais um pedaço. E agora Danny estava morto, o Danny vivo, recuando para o passado. O Danny vivo fora consumido pelo Danny morto, e outro pedaço havia se perdido.

 Era mais do que algo intelectual; era palpável, a sensação de Danny se afastando cada vez mais. Jack ia de um cômodo a outro, sentava-se no escritório, deitava-se no sofá e sentia crescer o vazio dentro de si; e, assim como o Danny vivo se afastava dele, ficando cada vez mais no passado, o Jack Owens que havia sido pai de Danny também se afastava, tornando-se parte do passado, unindo-se à memória do filho.

 Não restara muito de Jack para oferecer resistência a isso; havia apenas o homem e sua preocupação: O que virá a seguir? Havia apenas o homem que tinha medo de sair de casa, que parou de ir ao supermercado, que não saía nem no quintal, onde o ar estava delicioso com o verão; que não caminhava até o riacho nem se sentava onde as árvores faziam sombra e refrescavam o chão. Que se sentou no chão da cozinha, de short e camiseta, com uma folha de etiquetas e uma caneta nas mãos e, cuidadosamente, embrulhava as comidas que os amigos lhe haviam trazido. Os bolos para acompanhar o café, as latas de biscoitos, os pãezinhos e tortas; cobria os pratos com filme plástico, anotando cuidadosamente o conteúdo nas etiquetas, comida para guardar na geladeira ou comida para congelar e o nome da pessoa que as havia trazido, fazendo uma lista para os bilhetes de agradecimento que pretendia enviar. Quando terminou, levantou-se, uma mão no bolso, inclinando-se contra a porta num gesto de relaxamento que era tudo menos isso; era um gesto de fadiga, a fadiga da tristeza, a fadiga da ansiedade; então, avaliou seu trabalho, decidiu que não havia nada mais a fazer ali, pelo menos por enquanto e, não sentindo nem realização, nem fracasso, foi trabalhar na sala de estar, tirando o pó dos móveis, do peitoril das janelas, passando o aspirador de pó, como se pudesse limpar a sala, purificá-la, expurgá-la, como se houvesse um germe suicida vivendo ali, um organismo consciente e triunfante vivendo nas fendas. Pensou: "Você está reorganizando as coisas, só isso."

Ele seguiu com a purificação, com o mesmo ritual, nos corredores e escadas, até que aquele dia, aquela porção de tempo sem seu filho, tivesse sido vaporizada.

Na manhã seguinte, Jack deu início aos primeiros, e segundos, esboços dos bilhetes de agradecimento. Não havia tomado o café-da-manhã pelo terceiro dia consecutivo, mas não tinha importância, pois era mais importante terminar aquela tarefa. Tomou um cuidado especial em não se apressar. Não terminou até o começo da tarde, a tempo de o carteiro recolher a correspondência.

Então, retomou o ritual de purificação. Reorganizou os armários do andar de baixo, tocando e segurando a jaqueta de couro, o casaco de inverno e as luvas de Danny. Reorganizou o armário de roupas de cama e mesa. Empilhou e reempilhou lençóis, cobertores e fronhas.

Havia caído numa rotina confortável e segura: dar comida a Mutt. Lavar as janelas. Tirar o pó. Varrer. Esfregar. Arrumar o andar de cima e o de baixo. Dois, três, quatro dias, uma semana inteira subtraída do verão, daquela terrível extensão de tempo, sempre com o telefone por perto, sempre com o medo de: O que virá a seguir?

Jack não pensava na razão pela qual tinha medo de sair de casa. Não pensava no trabalho que estava realizando, ou por que o estava realizando. Pensava apenas em reorganizar as coisas. Pensava apenas em como poderia apagar uma manhã inteira com o trabalho mais humilde, aniquilando horas inteiras, simplesmente tentando decidir que tarefa cumprir em seguida, preparando os baldes, os esfregões, os trapos, os produtos de limpeza, os sabões e as ceras. Sentia orgulho de ser tão disciplinado, de como planejava vagarosa e extensivamente cada tarefa, a organização, a rotulagem, a classificação, o armazenamento; de como realizava tudo vagarosa e conscientemente, eliminando horas de cada dia, trabalhando até a noite, expurgando e purificando.

Tirou o pó de todas as fotografias na parede de Danny, limpou o vidro nas molduras, lustrou a madeira, o metal.

Passou aspirador de pó e limpou o próprio quarto, pendurou suas roupas de acordo com a cor e a estação do ano.

Esfregou seu banheiro, arrancou a sujeira do meio dos azulejos. Rebocou novamente o chuveiro e a banheira. Arrumou os frascos, potes e tubos no armarinho sobre a pia. Fez o espelho brilhar. Pensou em como estava conseguindo reorganizar as coisas.

Lavou o carpete da sala de estar, as poltronas e o sofá. Encerou o chão no corredor da frente, enfiando a escova nos vãos das portas, tomando cuidado para não perder nenhum fragmento teimoso de — de quê? — lama seca deixada pelo sapato de quem? Seu? De Danny? Do encanador? Não importava, ele tiraria tudo.

Na cozinha, de joelhos, encerou o chão, suando ao cobrir o cômodo todo. Lavou a louça, a do dia-a-dia e a das visitas. Poliu a prataria.

Quando terminou de lavar, lustrar e esfregar, quando terminou de arrumar pratos e xícaras, garfos e colheres, rearrumando e rearrumando de novo,

Jack fugiu para o quarto de Danny. Inalou o ar que era menos o ar de Danny, menos manhãs e noites de Danny do que havia sido em maio, do que havia sido apenas uma hora atrás. Sentou-se no meio das pilhas de roupas e livros resultantes de sua busca, no dia em que Danny morrera, entre as jaquetas leves e as camisas de verão de Danny, seus sapatos e tênis — ele já não estava cabendo em suas roupas deste ano — e aquilo fez com que Jack pensasse em quando Danny completou nove anos e foi passar as férias de verão no acampamento. Eles haviam comprado roupas novas na loja de departamentos Coleman's. O alfaiate costurou etiquetas com seu nome em todos os colarinhos e no cós das calças. Os outros meninos tinham mães para fazer isso, mas Danny dizia que gostava da "vida de solteirão".

Era o primeiro verão de Danny longe de casa. Ele estava bastante seguro de si ao voltar para casa, bem mais maduro, o que era de se esperar. Jack podia ver a mudança mesmo antes de Danny ir para o acampamento, mas havia outra coisa que também havia mudado. Foi a última vez que Danny perguntou sobre Anne:

— Você acha que ela ainda está brava com a gente?

— Ela nunca esteve brava com a gente.

— Ela deixou de amar a gente?

— Não. Não foi porque ela deixou de nos amar. Ou porque deixou de amar você. Ela é uma artista muito talentosa e pessoas criativas geralmente precisam ficar sozinhas para trabalhar.

— Você ainda a ama?

— Amo as coisas que nós três fizemos juntos.

— E se nós fossemos à Inglaterra, algum dia, de férias, e acidentalmente nos encontrássemos com ela na rua, o que você acha que ela iria dizer?

— Ela diria que você cresceu e se tornou um jovem extraordinário e muito bonito.

Jack ficou no quarto de Danny, colocando os sapatos de volta no armário, organizando gravatas e cintos, recolhendo livros e arrumando-os na estante. Arrumou a cama, arrancou tudo e arrumou pela segunda vez.

Lustrou os móveis até que brilhassem. Passou o aspirador de pó na entrada do quarto, embaixo da escrivaninha, e pensou em como estava reorganizando as coisas. Foi, então, que encontrou a caixa guardada em um canto.

Era uma dessas caixas de madeira com tampa deslizável que servem de embalagem para pinturas a pastel; Jack costumava vê-la no loft da Crosby Street, onde Anne a guardava na prateleira perto do cavalete, cheia de giz de cera para Danny e de pedacinhos de pano e arame para fazer colagens. Como aquilo parecia familiar e, ao mesmo tempo, estranho!

O primeiro impulso de Jack foi deixá-la onde estava. Nunca tinha sido o tipo de pai que vasculhasse as coisas de Danny e não se sentia à vontade para fazê-lo agora. Parecia algo invasivo, não muito diferente de escutar uma conversa atrás da porta ou de ler a correspondência de Danny. Era apenas uma caixa velha. Não significava nada — a não ser pelo fato de que significava algo para Danny, porque ele a havia trazido consigo quando se mudaram de Manhattan e nunca contara a Jack. Suficientemente importante para que Danny não a deixasse para trás. Suficientemente importante para mantê-la em segredo — suficientemente importante para proporcionar uma pista, uma explicação, se é Jack estava em busca de pistas ou explicações. Mas ele não estivera fazendo mais do que seguir suas compulsões e agora tinha medo de que o que quer que restasse de Danny, que restasse de si mesmo, estivesse a ponto de se quebrar.

Era apenas uma caixa velha, ele pensou, enquanto olhava fixamente para as manchas coloridas em volta da borda, as marcas escuras de dedos onde a tampa havia sido aberta e fechada uma e outra vez, o nome em tinta preta: *Dearborn Pastels. Chicago, Ill.* Apenas uma caixa velha. Mas ele não pôde evitar de tomá-la nas mãos e segurá-la, como Danny devia tê-la segurado em suas mãos e Anne nas dela. Jack se doeu por dentro pensando naquilo. Doeu-se ainda mais depois de deslizar a tampa.

As cores agora estavam desbotadas, mas não os detalhes, que ainda eram claros e precisos, nos minúsculos animais recortados que Anne havia feito para Danny quando ele tinha três anos. Havia uma foto instantânea colorida de Anne com Danny quando era bebê e outra, em preto-e-branco, de Jack e Anne em frente ao velho armazém, no dia em que se mudaram para o loft e, por baixo, uma folha dobrada de papel amarelado.

Jack contornou com os dedos as figuras recortadas e as espalhou na cama de Danny. Tocou os rostos nas fotografias como se pudesse reaproximar-se de sua carne. Desdobrou a folha de papel, um desenho à bico-de-pena de Danny, que Anne tinha feito no ano anterior à sua partida; as dobras eram lisas e retas, feitas pela mão de um adulto, não de uma criança. E havia algo mais na caixa. O botão laranja de Anne, olhando para ele como um olho ictérico e míope.

Jack se surpreendeu ao vê-lo e hesitou, por um instante, antes de erguê-lo da caixa e segurá-lo na palma da mão. Começou a soluçar. Alguns fios de linha ainda estavam presos ao ilhó e ele os tocou com os lábios. A dor que sentiu naquele momento era a dor nascida da familiaridade, das lembranças que não se havia permitido expressar e de um passado que se privara de recordar — seria por isso que Danny mantivera a caixa sob a cama?, se perguntou. Pensaria estar protegendo o pai? Foi por isso que guardara segredo?

Durante dez anos, Danny tinha espremido uma parte de sua infância, lembranças de sua vida, num canto do quarto, tudo o que havia sobrado de Anne, tudo que havia sido deixado para ele. E, quando Danny olhava para os rostos nas fotografias, para as delicadas figuras que Anne fizera exclusivamente para ele, será que sentia o tempo retrocedendo até o loft da Crosby Street? Será que podia olhar pela janela e ver as ruas do SoHo, invocar os sons da voz de sua mãe, cheirar os aromas de óleo de linhaça e tinta? Seria aqui onde Danny podia encontrá-los, dentro do velho estojo de lápis?

Será que Anne dera essas coisas para Danny e, naquele último minuto de adeus, arrancara um pedacinho de sua roupa e o colocara na mão de Danny? Teria sentido medo de que Danny, caso contrário, pudesse esquecê-la? Ou poderia um menino de quatro anos pensar longe o bastante para encher uma caixinha com as próprias lembranças e escondê-la numa caixa de papelão no dia da mudança?

Jack ficou ali sentado com as figuras, as fotos e o desenho por mais algum tempo antes de devolvê-los a seu lugar de descanso. Mas não queria colocá-los novamente no canto, não queria deixá-los sozinhos e descuidados. Não sabia por que sentia isso. Talvez fosse uma maneira de transformar o segredo de Danny em seu, ou de desapropriar Danny de seu segredo. Talvez ele não fosse capaz de admitir que Danny tivesse segredos — as crianças sempre têm seus segredinhos, ele pensou, e esse era o de Danny. Mas aquele era o Danny vivo, não o Danny que se matou.

Carregou a caixa consigo para seu quarto e a colocou sobre a cômoda. Perguntou-se que outros segredos Danny teria guardado. O que mais tivera medo de contar?

Era fim de junho, o dia mais longo do ano, e dosar o tempo era tudo. Jack esticou o telefonema para seu pai em uma hora de conversa fiada e reminiscências, e se ocupou de seu trabalho com uma sombria determinação. Aquilo o distraía de pensar no passado, na época em que acreditara ser protegido e ter sorte. O distraía de acreditar que poderia manter o pai vivo. Restringia seu temor a *O que virá a seguir?*

Ele estava se acostumando aos longos dias de solidão. Preenchia o silêncio com o som da própria voz. Falando com Mutt, falando consigo mesmo, falando com Danny, a princípio com constrangimento e vergonha, mas logo de forma indiscriminada: "O que você tinha na cabeça?", perguntava. "O que você não estava me contando?" "Por que você fez isso..."

À medida que limpava e encerava, enquanto arrumava por ordem alfabética os livros em seu escritório, por autor, depois por título, depois por assunto e, de novo, por autor, ele gritava: "Eu estava ocupado demais para saber o que estava acontecendo. Tinha que trabalhar. Mas ainda reservava tempo para você. Você poderia ter me contado." Dizia, de forma patética e desesperada: "Você poderia ter *conversado* comigo. Nós ainda tínhamos tempo." Então, olhava ao redor rapidamente e sussurrava: "Isso não é normal."

Alguns dias, ele pensava em Anne. Via-a em *flashes* rápidos, seu rosto contra o cinzento céu urbano, sentada frente ao cavalete, a mão posicionada sobre a tela, fora de contexto, fora do tempo. Às vezes, relembrava o som de sua voz ou um trecho de uma conversa. Lembrava-se da expressão em seu rosto ao falar com ele, quando ela disse: "Às vezes as pessoas perdem aquilo que faz com que sejam elas mesmas", e como aquilo o confundira, como ele não havia entendido.

Lembrava-se de coisas que não se havia permitido lembrar antes, o que fez com que se sentisse culpado, parecia uma traição. Só que havia a caixa que ele encontrara sob a cama de Danny; seria aquela a permissão de que necessitava? Se perguntava se havia forçado Danny a esconder suas lembranças. "Será que aquilo teria feito diferença? Será que aquilo teria..."

À noite, ficava deitado e acordado, pensando em Danny, pensando em Anne. Ou caía num sono superficial, sabendo que estava perdendo mais que a ilusão de controle sobre um universo caprichoso; estava perdendo o controle sobre si mesmo. Sussurrava "Isso não é normal", no escuro, e afirmava a si mesmo que no dia seguinte iria até o riacho, tiraria os sapatos e andaria pela água. Que comeria algo mais que bolachas, xícaras de café. Que prepararia uma refeição completa... Amanhã... No dia seguinte, definitivamente... Ou talvez depois...

Jack estava em pé sobre uma escadinha dobrável na despensa, esticando a mão para alisar o papel com que havia acabado de forrar a prateleira. Estava trabalhando nessa prateleira em particular desde a manhã bem cedo e não havia chegado nem à metade — nesse ritmo, ele não terminaria até o fim da tarde. A brisa soprava pela porta de tela, cálida e pesada, com os aromas terrosos de pasto e campo. "É julho, dá até para sentir o cheiro", disse a si mesmo. Pensou em onde estaria, onde havia planejado estar nessa semana do feriado de 4 de Julho: no jogo dos Yankees *versus* Detroit. Tinha as entradas para aquele jogo de beisebol guardadas em seu quarto. "Dois dias depois do jogo, estaríamos indo para Cape Cod. Seria divertido, Cape Cod com Bob e os garotos. Danny estava ansioso para ir, para velejar com os garotos. Manobrar com o vento." Balançou a cabeça. "Danny sempre ficava ansioso por aquilo. Ele também não via a hora de fazer dezesseis anos e arrumar um emprego de verão. Ele estava ficando velho demais para ser visto com você."

Jack não tinha certeza se ela o havia escutado, pois não havia percebido que ela estava ali até que a ouviu bater duas vezes na lateral da casa.

Virou-se rápido demais e seu pé escorregou, como naquelas comédias antigas em que o ator escorrega numa casca de banana e faz vários rodopios com os braços para manter o equilíbrio. Conseguiu agarrar-se à prateleira no último segundo e se segurou, inclinando o corpo em direção à parede. Por cima do ombro, viu Mary-Sue Richards, a filha de Sally, segurando um prato coberto.

— Dr. Owens? — ela disse, como se tivesse perambulado a esmo até parar na casa errada ou como se estivesse falando com o Dr. Owens errado. Parecia um pouco assustada, talvez devido à aparência de Jack, a barba de três dias, a barra esfarrapada do short, ou talvez apenas seu olhar. Ela deu um passo atrás e ficou do outro lado da porta.

Jack sorriu para ela e disse: — Trabalhos domésticos. Estou imundo.

Mary-Sue sorriu de volta. — Minha mãe achou que o senhor gostaria de comer a comida de outra pessoa, para variar. É carne fria temperada. Ela disse para eu não me esquecer de lhe dizer que ela já havia preparado antes, mas nós estávamos em Brown County até anteontem.

Jack disse: — Diga a ela que eu agradeço. Muito obrigado. — Ele desceu da escada portátil e abriu a porta. Mary-Sue lhe entregou o prato coberto; ele teria que se lembrar de etiquetá-lo e congelá-lo.

— Minha mãe queria ter vindo trazer pessoalmente, mas eu disse que viria. — Mary-Sue baixou os olhos e contorceu o tronco um pouco para a esquerda, depois para a direita, tímida, não como uma adolescente, mas cheia de ombros e joelhos, em sua camiseta e short, e, apenas por aquele instante, ela não era uma garota de quinze anos, e sim a menininha que costumava vir com a mãe, correr pela casa com Danny e sujar o cabelo com massa de modelar.

— Imagino que deveria ter telefonado antes e perguntado se podia vir... — Ela ergueu os olhos e o olhou com tristeza. — Acho... — e torceu o torso novamente, incomodada.

— Fico feliz que você tenha vindo — ele disse.

Ela olhou para ele em silêncio, começou a falar, parou, baixou os olhos e ficou ali, imóvel.

— Tem alguma coisa que você quer me dizer, não tem? — Jack disse, no tom que costumava usar quando Danny tinha algo a dizer e não sabia como começar.

Mary-Sue assentiu. — Danny. Eu realmente sinto muito pelo... pelo que aconteceu.

— Eu sei.

— Sinto muito a falta dele.

— Eu sei que sente. — Ele a convidou para entrar e sentar-se por um minuto. — Por favor.

Foi até a despensa, abriu uma das latas, colocou alguns biscoitos num prato e serviu um copo de leite para ela. Aquilo fez com que se sentisse bem, servir biscoitos e leite para um dos amigos de Danny.

Mary-Sue se sentava rigidamente na cadeira. Olhou para o copo e para o prato e baixou os olhos para o chão. Seu cabelo louro era comprido e liso, com mechas douradas deixadas pelo sol de verão. Deu um puxão em algumas pontas soltas e as enrolou no dedo, mas não disse nada.

— Você pode me contar o que está pensando? — Jack lhe disse.

— Não sei... Quer dizer... Não sei...

— Não há nada que temer.

Ela encolheu os ombros. — Eu estava meio preocupada com ele, apenas isso.

Jack se inclinou para a frente, só um pouquinho. — O que ele estava fazendo que te deixou preocupada?

Ela voltou a enrolar o cabelo. — Quer dizer... Eu podia perceber que alguma coisa o estava incomodando, mais ou menos uma semana antes...

— Ele parecia estar deprimido? Ou algo assim?

— Não. Não era nada óbvio ou nada que qualquer outra pessoa na escola pudesse ter percebido, mas, sabe, Danny e eu éramos como irmãos... — Ela começou a chorar. Jack estendeu o braço por cima da mesa e cobriu a mão dela com a sua.

— Tudo bem — ele disse baixinho. — Está tudo bem — disse a ela. — É triste demais, eu sei — e disse também que ela não precisava falar sobre aquilo se não quisesse.

Ela apanhou um guardanapo de papel e enxugou os olhos. — Eu podia perceber — ela soluçou. — Eu podia perceber.

— Tenho certeza que você perguntou a ele.

Ela balançou a cabeça. — Não. Não perguntei. Deveria ter perguntado, mas pensei que ele estivesse bravo comigo ou que talvez estivesse apenas de mau humor, sabe, por causa do jogo de beisebol. Mas pensei mais a respeito disso e... não sei. — Ela dobrou o guardanapo e o colocou ao lado do copo. — Tem me feito pensar algumas coisas muito ruins.

Jack queria perguntar-lhe por que ela havia esperado tanto para vir, por que tinha esperado tanto para lhe contar aquilo. Queria saber o que vira em Danny que a deixara perturbada. Queria que ela soubesse aquilo que Danny não havia contado a ele. Sentiu um ataque de ansiedade o dominando, suas pernas e suas mãos começaram a tremer, o pescoço estava úmido e gelado e ele suava. Foi até a janela e ficou de costas para que ela não o visse tremer, para que não se assustasse.

Ele perguntou: — Ele não te disse nada sobre... bem, sobre *qualquer* coisa?

Mary-Sue respondeu: — Não, mas havia *alguma* coisa... por exemplo, quando ele achava que ninguém estava olhando para ele. E quando eu o estava provocando, um dia, no ônibus, sobre ele e Jeanie Bauer.

— O que tem a Jeanie Bauer?

— Oh, nada. Eu o vi conversando com ela uns dias antes, só isso. E ele ficou bem estranho com aquilo.

— Estranho? — Jack se virou e apoiou o corpo contra a parede.

— Ele reagiu assim meio "vai procurar sua turma", e coisas do tipo. Na verdade, ele disse "vai se catar". Daí, no dia seguinte, ele me deu um *gatinho*.

— Um gatinho?

— Um gatinho branco e laranja, com a perna quebrada. Ele veio até a minha casa para se desculpar por ter gritado comigo e me deu um gatinho. Disse que estava abandonado e que ele não podia trazê-lo para casa porque o Mutt o machucaria. Disse que eu deveria levá-lo ao veterinário e, depois, ficar com ele. Me fez prometer que cuidaria dele. — Ela pegou um biscoito, virou-o, olhou o lado de baixo e o segurou entre o polegar e o indicador. — Ele estava muito sério a respeito daquilo, a respeito de *tudo*. — Colocou o biscoito sobre o guardanapo.

— O que você quer dizer com sério?

— Como se o gatinho fosse a coisa mais importante do mundo para ele. Não era do feitio de Danny ser assim, não sei como descrever melhor. Como se ele estivesse todo travado por dentro. Era a sensação que eu tinha a respeito dele. Eu podia ver que alguma coisa o estava incomodando, mas pensei que fosse apenas... que ele ficaria melhor em um ou dois dias. Deveria tê-lo feito contar para mim... não sei... deveria ter levado mais a sério e feito alguma coisa. Eu não deveria ter... pensei que ele provavelmente conversaria com você sobre o assunto, de qualquer maneira.

— Perguntei a Brian e aos meninos e eles não perceberam nada de extraordinário — ele contou a ela, não como justificativa.

— Eles não perceberiam a chuva até que suas botas se enchessem de água.

Aquilo fez Jack sorrir e Mary-Sue sorriu com ele.

— Na cantina da escola, quando eles estavam falando bobeiras e fazendo gracinhas — ela disse —, eu podia ver que Danny não estava realmente interessado. — Ela pegou o biscoito e o examinou novamente. — Teve esse dia em que Brian estava enchendo a paciência de C.J.; eles tinham matado aula uns dias antes, um lance de fim de semestre que ninguém deveria ficar sabendo, mas que eu os ouvi planejando no ônibus. Acho que agora não faz mal te contar. Um monte de alunos faz isso e Brian estava conversando com C.J., como se ele fosse contar para a mãe dele ou algo assim. Daí, Rick provocou C.J., dizendo que ele era um cagão e que só queria se esconder. Normalmente, Danny ficaria do lado de C.J., mas, dessa vez, ele estava deixando que Rick o provocasse. Era como se Danny estivesse perdido em seus próprios pensamentos ou algo assim. Mas eles continuaram falando e não perceberam nada. Mesmo quando falei com ele, parecia que ele estava longe.

— Seria possível que ele estivesse envolvido com drogas? E que por isso Brian estava enchendo tanto a paciência de C.J.? — Como ela não disse nada, Jack prometeu: — Se for isso, prometo que ninguém ficará sabendo.

— Acho que eu teria descoberto... sinceramente, Dr. Owens. Não acho que nenhum deles estivesse usando drogas. — Ela respirou fundo. — Me sinto muito mal por não ter feito Danny conversar comigo. Eu sempre conseguia fazer com que ele se abrisse e contasse o que o estava incomodando. Mas acho que pensei que iria passar e que logo ele voltaria a ser o Danny de sempre. — Ela olhou para a mesa. — Você não está bravo comigo, está?

— *Bravo* com você?

— Por ter te contado sobre Danny e chorado na sua frente.

— Não, não estou bravo.

— Eu achei que tinha que te contar.

— Você fez bem.

— Continuo pensando que Danny deve ter conversado com alguém. Quer dizer, quando alguma coisa realmente te incomoda, você tem que contar para *alguém*, não é?

— Você faz idéia de para quem ele contaria?

— Geralmente, para mim.

— Talvez para Jeanie Bauer?

— Sem chance — ela olhou para ele, Jack pensou, com decepção. Ou talvez fosse sua própria decepção por não ter nada melhor a oferecer.

Mary-Sue inclinou-se para a frente e apoiou os cotovelos sobre a mesa, ergueu os olhos e fitou o teto tristemente. Ficou assim por mais um minuto, nenhum dos dois falando nada e, então, ela empurrou a cadeira para trás. — Minha mãe me fez prometer que não seria uma chata.

— Você não é — Jack lhe garantiu. Mas ela se levantou, de qualquer modo. Ele pediu que esperasse um pouco e foi então que lhe contou sobre Lamar Coggin.

— A irmã dele está no meu time de futebol.

— Danny o conhecia? — a voz de Jack pareceu encolher dentro da garganta.

— Não. Acho que não.

Jack apertou a mão dela e eles saíram juntos da casa. — Estou feliz por você ter vindo. Você foi uma boa amiga para Danny.

Mary-Sue corou. — Também fico contente por ter vindo — e começou a descer os degraus de trás da casa. — Ah, minha mãe disse que é para você vir à nossa casa no feriado de 4 de Julho. Se você tiver vontade.

Jack ficou parado na varanda, enquanto Mary-Sue deslizava por baixo da cerca e corria pelo campo, balançando os braços, o cabelo sacudindo para a frente e para trás como uma crina.

"Nos filmes, a garota vem até a casa do homem enlutado e o inspira a superar sua tristeza. Na realidade, a garota conta ao homem que seu filho parecia triste e sério e que estava *estranho* uma semana antes de se matar. Ela lhe conta que seu filho não estava rindo com os amigos e que ninguém se deu conta disso. Mas *ela*, sim. Ela não entende por que — não é mesmo compreensível, quando você tem quinze anos —, enquanto os outros garotos estavam ocupados sendo os outros garotos e Danny estava ocupado por ser Danny, ela, sendo Mary-Sue Richards, viu algo que ninguém mais viu no rosto de Danny e pensou que Danny, por ser Danny, sairia logo daquela fase." Jack voltou para dentro. "Mas sempre se pode confiar na constância da personalidade e, ainda que Mary-Sue não saiba que sabe, esse terrível aspecto da vida humana lhe provoca pensamentos ruins. Mas o que faz com que *você* fique pálido é saber que estava ocupado demais sendo o Dr. Owens para ver o que havia por trás da tristeza de seu filho uma semana antes de ele se matar."

Jack já havia arrumado a casa inteira. Agora estava no sótão, onde fazia calor, e ele estava nu, seu suor pingando no chão, enquanto remexia fotografias antigas: o primeiro aniversário de Danny... o primeiro jogo de Danny na Liga Infantil... Jack enchia caixas e as etiquetava, falava consigo mesmo, preocupado que o telefone tocasse a qualquer momento com más notícias, preocupado com *O que virá a seguir?*

Não tinha ido à casa de Sally Richards no feriado de 4 de Julho. Não havia sequer telefonado para ela. Hoje era dia 7. "Agora já é tarde demais."

Ele não ia olhar os álbuns de fotos, nem as fotografias soltas em seus envelopes amarelos, apenas ia organizá-las, por mês e por ano, e encaixotá-las; mas sempre havia aquela foto que ele tinha que parar para olhar: Danny jogando, Anne sorrindo, fazendo careta para a câmera. Jack sentia um prazer perverso na dor que estava causando a si mesmo, a sensação de dor se tornando familiar e aceitável. Fazia uma abordagem quase clínica, dando um passo atrás, saindo do próprio corpo e observando a si mesmo.

"Essa é a sensação que se tem quando um filho se mata. É essa a sensação de enlouquecer." Estava surpreso com a calma que sentia, ao organizar o próximo lote de tristeza.

Costumava dizer a Danny que a memória é o que torna as pessoas seres morais. Mas a memória também transforma as pessoas em uma espécie de máquina do tempo, embora nunca consiga trazer satisfação. As velhas cartas encontradas em caixas de sapatos, as fotografias — esses fantasmas inventados — nunca se transformam em vida, nunca fazem mais do que localizar a dor, o ponto sensível, como a parte danificada de uma fruta, que começa a latejar e doer antes que se abra a caixa de sapatos, ou que a luz recaia sobre a fotografia, antes que você perceba em que está pensando; era assim que latejava quando Jack virou a foto seguinte e viu o rosto de Danny, ao abrir a próxima caixa.

Perguntou-se o que Danny iria pensar se visse o pai suando, pelado, no sótão, remexendo velhas fotografias, falando sozinho e chorando. Era isso que Danny tinha em mente quando cometera suicídio? Era isso que esperava?

Quais eram agora as regras de comportamento? Jack se perguntou. O que você quer que eu *faça*?

Será que Danny esperava que Jack agisse como sempre tinha agido? Esperava que Jack tivesse um plano de ação, uma forma de lidar com aquilo? Esperava que Jack agisse como o Dr. Owens? Esperava que ele cumprisse com sua parte do trato?

— Não tem mais trato. — Jack se sentou no chão, dobrou as pernas contra o peito. — O trato era com o Danny vivo.

Não havia trato porque não havia mais nada a perder. Era por isso que Jack conseguia atravessar a semana toda sem tomar banho nem fazer a barba, por isso que podia andar pela casa falando sozinho, sentar no chão da cozinha dando comida com a colher na boca de Mutt, enquanto negligenciava a própria alimentação; por isso podia se sentar nu no sótão, no calor, no pó e na sujeira.

Colocou um punhado de fotografias de bebê a seus pés. — O que mais tenho a perder? O que sobrou que eu possa perder? — Enquanto o ponto sensível pulsava como um coração.

Estavam deitados lado a lado na cama. A luz cinza do SoHo parecia se derramar, como de uma torneira lenta, pelo loft, avançando devagar pelo chão desnudo e pelas paredes. Jack usava a parte de baixo do pijama de amarrar na cintura e tomava cerveja diretamente da garrafa. Anne a tirou da mão dele e tomou um gole.

— Imagino que terei que parar com isso — ela disse, nem um pouco contente. — Vai demorar um pouco para me acostumar.

— A não tomar cerveja ou a ter um bebê?

Ela não respondeu. Disse: — Então, o que você acha?

— Não sei. Estamos nos divertindo muito e isso vai terminar.

— Nos divertindo muito *mesmo*.

— Deveríamos estar animados, você não acha?

— Não sei o que achar. Não sei o que sentir. Gostaria de pensar que estou apavorada, mas tampouco tenho certeza de que seja isso.

— Deveríamos estar mais entusiasmados.

— Gosto da nossa vida do jeito que é. — Ela beijou a mão dele. — Não tenho certeza se quero que a lua-de-mel termine.

— Uma lua-de-mel de seis anos não é nem de longe suficiente. — Ele levantou a garrafa até a boca.

— Não — ela disse —, não é.

— É bastante burguês esse negócio de ter um bebê. Procurar um bairro que tenha um parque. Encontrar um bom colégio. Comprar uma *casa*...

— Não sei, Jack.

— Cara, é complicado.

— Nunca pensei em nós dois como esses casais que precisam de um bebê para que suas vidas sejam completas.

— E não somos.

— E você sabe que vai mudar drasticamente toda a nossa vida. A forma como dormimos e a forma como trabalhamos. A forma como... *tudo*.

— Deveríamos ter tomado mais cuidado.

— Deveríamos, mas não tomamos — ela disse, sem rodeios. — Ainda não telefonei para os meus pais.

— E eu ainda não contei para os meus. Para o caso de nós... — Ele não precisava terminar.

— Imagino que algum tipo de instinto vai assumir o controle depois de um tempo e vamos começar a arrumar o ninho e a inventar coisinhas para o bebê vestir. Mas, neste instante, não sinto nada disso.

— Nem eu.
— Nem estou certa de que esteja ansiosa por sentir — ela disse a Jack.
— Não sei.
Jack passou o braço por cima dos ombros dela e a puxou para si. Começou a beijar a parte posterior de seu pescoço e a afundar o rosto nos cabelos dela. Ela disse que aquilo era outra coisa que eles teriam que mudar depois que o bebê nascesse: sua vida sexual.
— Não de imediato. Depois de um ano.
— Antes disso — Anne lhe disse. — Eles percebem tudo o que acontece já aos seis meses. Portanto, meu ávido Jack, não só teremos que pagar o preço de nossa diversão, como também teremos que nos divertir às escondidas.
Mais tarde, com a bandeja de pão italiano e patê ao lado deles, Anne disse: — Nós não *temos* que saber a resposta, não é? Não neste instante.
Duas semanas depois, sentado com os pais dele na biblioteca, dois copos de uísque sobre a mesinha de centro, um para ele, um para seu pai e um gim com tônica para sua mãe, o pai de Jack disse: — *Burguês?* — sua voz soou forte e ressonante. — O que você pensa que é, Jackie, um artista sacrificado? Você é um professor da Universidade de Nova York, com um título de doutor e um livro publicado. — Não havia sinal de censura em sua voz. Quando muito, era como se ele estivesse enumerando as credenciais de Jack para o chefe do departamento, esforçando-se para não demonstrar qualquer preferência com relação ao candidato. Jack olhou para sua mãe. Ela piscou para ele enquanto seu pai prosseguia: — E nutrir a ilusão de uma vida boêmia, *se*, a propósito, você algum dia tivesse vivido uma, mesmo enquanto estava na faculdade, não é motivo para não ter esse bebê.
Sua mãe lhe disse: — Se algum de vocês tem qualquer direito a exigir isso, esse alguém é Anne. E, mesmo assim, seria um pouco forçado. — Ela correu a mão pelo braço da poltrona, os dedos desenhando pequenos círculos no tecido rosado. Seu torso alongado, como o de uma mulher de Modigliani, como o de uma jovem dançarina, inclinou-se graciosamente quando ela estendeu a mão para pegar a bebida. Ergueu o cigarro do cinzei-

ro, deixando o aroma sutil e agradável de seu perfume no ar, o mesmo perfume que se insinuava por todo o apartamento. Inalou a fumaça, quase como uma reflexão tardia, e, então, ergueu o copo e disse: — A seu novo e saudável bebê!

— Aproveite esse milagre da vida que veio até você — seu pai disse com um nó na garganta.

Jack levantou o copo e sorveu seu uísque. Desceu suavemente e não havia nele qualquer vestígio de má qualidade, assim como em qualquer outra coisa naquele apartamento. Não na bela disposição das esculturas nem na forma como um relógio dava definição a um espaço na parede. Não na linha elegante do sofá neoclássico nem na forma como estava simetricamente colocado entre duas poltronas; a luminária, precisamente calculada para exibir as pinturas a óleo. A estante ocupando a parede oeste: primeiras edições de Cather e de Fitzgerald, algumas das primeiras de Hemingway e Twain. Edições limitadas de poesias de e. e. cummings, Hart Crane, Marianne Moore, Kenneth Burke, Howard Nemerov, Wallace Stevens. Peças escritas por George S. Kaufman — com e sem Hart — e por Miller, Odets, Shaw, Pirandello, Noël Coward, Shakespeare e Molière; primeiras edições raras de autores mortos e esquecidos, alguns esquecidos antes mesmo de sua morte; e livros contemporâneos da lista de best-sellers espremidos nos cantos.

Jack admirava o apartamento de seus pais como admiraria qualquer obra de arte, mais do que um pouco espantado com ele — era criação de sua mãe, na verdade, o pai tinha sido apenas um sócio oculto nessa operação em particular. "Seja forte e saiba quando calar a boca", ele dizia. Pode ser que a decoração de interiores não tenha tanta importância no mundo das artes, mas, quando é feita sem apologia e sem derivação, pode sustentar-se de sua própria estética, ou pelo menos era o que parecia a Jack quando se sentava com os pais, com a tarde abrindo caminho pela Park Avenue, subindo pelas janelas e recaindo sobre os tapetes orientais. Mesmo que não soubesse mais nada a respeito das pessoas que viviam ali, e que o apartamento fosse tudo que tivesse para se guiar, não teria dúvidas sobre o conteúdo do coração deles nem sobre a qualidade de suas mentes. Se não fossem os pais dele, teria inveja dos filhos que pudessem ter.

Esse não era o apartamento em que Jack crescera. O outro apartamento ficava na East Sixth-eighth Street, um duplex espaçoso com duas escadas e um corredor comprido, sem carpete, Jack sempre acreditou, para dar a seus pais tempo de se separar do som dos pezinhos do filho correndo pelo assoalho de parquê. Seu quarto era uma confusão de bolas, bonés e luvas de beisebol, ombreiras e bolas de futebol americano, roupas e sapatos. As estantes estavam abarrotadas, não com primeiras edições, mas com *Best Sports Stories*, Red Smith, Ring Lardner, *O grande Gatsby*, *O apanhador no campo de centeio* e biografias do cinema. A coluna de sua cama, roída e babada por Louie, seu labrador negro que sobreviveria a mais duas camas, estava coberta por camisas de times e bonés de beisebol. As paredes estavam manchadas por marcas de dedos sujos de manteiga de amendoim e cobertas por pôsteres de filmes. Seu pai tinha montado uma pequena sala de projeção no que, posteriormente, viria a ser o quarto de hóspedes, para que Jack pudesse exibir os filmes que produzia com sua câmera 16 milímetros. Mas o apartamento da Park Avenue pertencia inteiramente a seus pais e, ali, Jack, apesar da insistência da mãe pelo contrário, era um hóspede — e era como ele achava que deveria ser. Um lugar totalmente deles, pelo qual haviam esperado durante dezesseis anos — até que Jack fosse para a universidade; e mesmo que nunca dissessem nada a respeito e, certamente, nunca houvessem feito com que Jack o sentisse, algumas vezes a espera deve ter parecido eterna.

Jack se perguntou, depois de erguer o copo e juntar-se ao brinde, se ele e Anne passariam os próximos dezesseis, dezessete, dezoito anos esperando, enquanto seu filho calibrava sua vida. Ficariam esperando que ele ou ela saísse de casa? Ficariam esperando, sempre cientes da espera, para ter novamente uma casa só sua?

Jack tomou outro gole da bebida.

Seu pai foi até a janela. O corpo alto e robusto projetou uma sombra comprida no chão. — Você acha que sua mãe e eu queríamos *você*? — ele disse a Jack.

— Seu pai pensa que é engraçado — disse a mãe de Jack. — Não é. Você não é engraçado, Mike. Depois de todos esses anos pensaríamos que ele admitiria para si mesmo que o gene do humor veio faltando nele. — Ela acendeu um cigarro novo. — Por favor, Mike, não é um momento para brincadeiras.

— Não estou brincando. Acho que já está na hora de Jack saber a verdade. Nunca quisemos você. Ainda não queremos.

— Acredite em mim — sua mãe disse —, nós te queríamos, sim.

— É um pouco tarde para renovar minha confiança. — Jack igualou a cara-de-pau do pai. — O estrago já está feito. — E todos riram, embora a mãe de Jack relembrasse a todos que aquilo não era "motivo de piada".

— Claro que é — seu pai disse. — Não se pode levar a vida a sério o tempo todo.

— Existem casais por aí que dariam qualquer coisa para ter um bebê — disse a mãe de Jack —, portanto aprenda a valorizar o que tem.

— O que Anne pensa a respeito? — seu pai perguntou.

— O mesmo que eu.

— Todo mundo tem medo na primeira vez.

— Não é isso. Ou talvez não estejamos seguros do que é que temos medo. — Ele engoliu o resto de sua bebida. — Anne e eu estamos contentes com as coisas como estão. Não queremos que um bebê estrague tudo. Que seja um peso.

— Infância eterna? — seu pai perguntou.

— Você sabe que não é tão simples assim.

— Nós não sabemos coisa alguma — sua mãe disse. — Opiniões, no entanto, são outra história.

— E qual é a sua opinião?

Seus pais trocaram olhares rápidos, como costumavam fazer quando Jack perguntava sobre sexo.

— Nem preciso dizer — sua mãe disse — que a idéia de que seu pai e eu seremos avós é emocionante. — Havia sempre um toque de diversão na voz dela, como se já conhecesse o vencedor da corrida, o placar final, mas guardasse o segredo até que todos os demais descobrissem. Estava ali, naquele momento. Ela já sabia o que Jack e Anne decidiriam, quando disse: — Você conhece minha opinião sobre o aborto, mas, se você e Anne estão considerando essa possibilidade, deveria ser por uma razão melhor do que "burguês demais" ou, caso contrário, você está apenas se fazendo de Peter Pan para a Wendy de Anne, e não acho que isso seja muito saudável. — Ela tragou o cigarro.

— É *isso*? Essa é a sua *opinião*?

— Não é suficiente? — seu pai disse.

— Confie em seus instintos, Jackie — a mãe lhe disse. — Eles nunca irão te enganar.

— A propósito, onde está Anne? — seu pai perguntou. — Imagino que ela iria querer participar desta conversa.

— Ela está lá na Seventy-first Street montando sua exposição. Virá para cá mais tarde.

— Uma galeria do Upper East Side. — Sua mãe sorriu. — *Muito* boêmio.

Jack segurou o minúsculo suéter vermelho e os sapatinhos brancos e, então, os devolveu à caixa de papelão. Olhou mais um conjunto de fotografias: o verão de Danny na França. E mais outro: o verão na Toscana.

Enxugou o suor do rosto e trabalhou no próximo monte de fotos, devagar. Não havia razão para se apressar. Metodicamente. Não havia razão para não ser meticuloso.

Vasculhou as fotografias de sua mãe e seu pai. Havia até mesmo algumas fotos de Maggie — *Não foi um de seus melhores momentos, Jack* — e pensou por um momento em Maggie Brighton, que ensinava literatura inglesa em Bloomington e tocava duetos ao piano com Danny nas tardes de domingo. Então, Jack rapidamente pegou mais fotos de Danny com Anne, de Anne sentada, sozinha, num banco do Central Park, e passando férias em Dorset.

Pensou em como seria conversar com Anne. Pensava em falar com ela desde o enterro porque ela era mãe de Danny — *Você e Anne costumavam conversar sobre tudo. O que você diria a ela agora?* "Não podemos consertar o que foi feito, mas nosso filho, ele era nosso, Anne, está morto e você deveria saber."

Será que ela diria: "Você deve ter me confundido com outra mulher chamada Anne." Será que diria: "Gostaria de poder te ajudar, Jack." Ou: "Já faz tanto tempo, nem sei quem é Danny." Será que diria: "Não sei nem quem é *você.*" Não haveria desculpa naquela voz, simplesmente direta e sem filtro: "Não sei por que você me ligou, Jack." Ou será que ela entenderia porque era Anne, e era mãe de Danny, e isso nunca mudaria?

Incomodava-o admitir que queria conversar com Anne, como se os últimos dez anos houvessem sido alguma espécie de acidente. Incomodava-o pensar em conversar com ela da forma como costumavam fazer quando estavam casados, quando se deitavam na cama e sussurravam no escuro; como costumavam conversar antes de Danny nascer. Incomodava-o pensar que algum defeito em seu caráter tinha enfraquecido sua resolução, que com um telefonema ele aniquilaria, desmitificaria o Dr. Owens, aquele que embalou sua vida e a carregou num caminhão de mudança, levando o filho para o lugar mais seguro em que podia pensar. Que tinha a confiança — *a arrogância, Jack?* — de achar que podia desfazer os danos.

Incomodava-o pensar em Anne da forma como pensava nela agora. Incomodava-o achar que estava sendo desleal a Danny simplesmente por querer conversar com Anne como costumavam fazer *há quantas vidas*, porque não conseguia passar por aquilo sozinho e ela era a única pessoa com quem ele queria conversar. A única pessoa que entenderia esse tipo de tristeza — "Você pode me ajudar a entender? Pode me dizer por que ele fez isso?"

Incomodava-o pensar em sua pergunta: — "Podemos ficar assim para sempre? Amando um ao outro e vivendo nossa vida juntos?" E ele responderia: "Não vejo por que não."

Mas ele não havia entendido a pergunta — não entendera o que havia na voz dela. Assim como não entendera Anne, que fizera a pergunta.

Não havia entendido o significado da pergunta quando Anne a fizera, no dia em que olhavam para a casa que tanto amavam. Jack nunca entendera a pergunta, portanto a interpretara segundo seus propósitos. Somente anos depois, quando O Bebê se transformara em Danny, foi que Jack entendeu o significado da pergunta e entendeu Anne, que a fizera. Somente então conhecera a total dimensão de sua ignorância. Agora, no calor mortal do sótão, sentindo como se estivesse fora do próprio corpo observando a si mesmo, enquanto se perguntava se estaria enlouquecendo, Jack fantasiava que Anne compreenderia, como ninguém mais poderia compreender, a sua tristeza. Porque ele entendia que Anne nunca havia entendido a própria pergunta, nunca tinha entendido que fazê-la significava pedir uma resposta que não incluía Danny. Mas Jack tinha entendido, desde o dia em que Anne dissera que ia partir. E agora poderia dizer aquilo a ela.

O canto de uma etiqueta se grudou em seu braço feito uma lampreia. O ar no sótão estava quente devido aos fiapos de lã e fragmentos de roupas velhas que se colavam à sua pele, obstruindo seus poros; devia ser por isso que sentia dificuldade para respirar; mas ele continuou olhando as fotos, alinhando os cantos, colocando-as em caixas, anotando datas e lugares.

Imaginou-se gritando o nome de Danny, chamando-o para subir por um minuto: "Quer ver como era seu primeiro par de sapatos?" Chamando-o: "Quero que você venha ver uma foto sua com a vovó..." Enquanto se afundava até os cotovelos em meio a fotografias e roupinhas de bebê, afundava-se em lembranças.

Mas Jack queria se lembrar de Danny não como o bebê, ou como o menininho nas fotografias, abraçando a avó, segurando o cachorrinho. Não queria pensar em Danny, que estava "estranho" no ônibus escolar, que estava distante e melancólico ou que se sentava em silêncio na mesa do café-da-manhã, com a comida intocada, e que perguntava: "O que é mais importante, pai, honestidade ou lealdade?" Jack queria se lembrar do Danny que estava se tornando um rapaz, que perguntara, no último mês de setembro:

— O que você acharia se eu fosse fazer faculdade longe?

— Alguma universidade em particular?

— Estava pensando em Michigan ou Wisconsin. Ou você quer que eu faça a faculdade em Indiana?

— Não. Desde que seja uma boa faculdade. Fico feliz que você esteja começando a pensar nisso.

— E se eu quisesse ser pianista clássico?

— Eu diria que você tem talento suficiente para se tornar um.

— E se eu quisesse ser jogador de beisebol?

— Eu diria que você deve dar o melhor de si. Mas existem programas melhores de beisebol e de música do que em Michigan ou Wisconsin. — Quando Danny não respondeu, Jack disse: — O que você está realmente querendo saber?

Danny desviou o olhar por alguns instantes e, quando olhou para o pai novamente, seu rosto estava enrubescido. Quando falou, a voz estava firme e tensa. — E se eu não for tão inteligente quanto você, quando ficar mais velho?

— Você já é. Até mais inteligente.

— Não, sério.

— Sério.

— Mas vamos supor que eu não escreva livros como você e não me torne um pianista ou compositor famoso.

— Quem disse que isso tem a ver com inteligência? Apenas alguém muito inteligente é capaz de questionar os limites da própria inteligência.

Danny ficou em silêncio por um momento e Jack não se intrometeu em seu silêncio.

— É que às vezes tenho medo — Danny disse, depois de um tempo.

— Você pode me dizer do que é que tem medo?

— Eu não sei. Não quero mais falar sobre isso.

Estavam sentados lado a lado nos degraus do fundo da casa, era noite, depois do jantar e do dever de casa. Jack passou o braço pelos ombros de Danny e o puxou para si, o que fez com que Danny parecesse constrangido e desviasse os olhos.

Jack queria se lembrar da sensação da presença de Danny. Queria se lembrar do peso de seu corpo no carro quando se sentou atrás do volante, no último mês de abril, e Jack o deixou dirigir até o semáforo no final da estrada; a forma como Danny trocou as marchas, pisou no acelerador e deu um sorriso tão largo e com tanto orgulho, quando o carro respondeu, que Jack teve que estender a mão para despentear-lhe os cabelos e dizer-lhe: — *Você é o tal*.

Danny riu e, relutantemente, deixou o banco do motorista. Falou sobre o próximo ano, quando teria idade suficiente para obter a carteira de motorista-aprendiz e de como queria arrumar um emprego depois da escola e começar a economizar para comprar um carro.

Quando Danny estava com os amigos no shopping center, nas tardes de sábado, quando estava na escola, quando estava na base do lançador e aguardava pelo sinal, já estaria pensando em suicídio? Quando falava da faculdade ou de aprender a dirigir, a idéia já estaria dentro dele? Estaria escondendo-a, da mesma forma como escondera a caixa embaixo da cama?

"Por que você não estava ouvindo, Jack? Por que não estava prestando atenção?"

O que havia na voz de Danny, em maio passado?

"O que ele estava dizendo? O que você não estava ouvindo?"

Jack se inclinou sobre uma das caixas. Seus lábios estavam secos e a língua grossa em sua boca. A pele coçava. Quando mudou de posição, as pernas e os braços se arrastaram fracamente sob ele e surgiram explosões de luz ante seus olhos. Sentiu o calor o envolvendo e teve dificuldade para se lembrar de onde estava ou o que supostamente deveria estar fazendo. Havia um zumbido em seus ouvidos, como se vozes conversassem na casa, no andar de baixo, ou lá fora.

Mesmo com a janela aberta, faltava ar no sótão. Ele ouviu os batimentos de seu coração, o sangue pulsando em suas têmporas. Sabia que estava se desidratando. Se não saísse daquele calor, certamente morreria. Mas, quando tentou se levantar, caiu novamente ao chão. Tentaria de novo dali a um minuto.

Lá fora, a lua se elevava acima das árvores e as árvores batiam os galhos contra a janela.

XII

Ele estava deitado no chão de seu quarto, nu e suando, o telefone pressionado sob a bochecha. Estava segurando uma das fotografias de Danny quando bebê e murmurando para si mesmo. Podia sentir o próprio hálito azedo, podia sentir o mau cheiro do próprio corpo.

Não fazia idéia de que dia era. Não conseguia se lembrar de ter descido do sótão para o quarto ou de para quem tentara telefonar, nem quando.

Colocou o telefone no gancho, começou a se levantar e seus joelhos cederam. Apoiou-se na cama e, quando conseguiu ficar em pé, viu a si mesmo no espelho, ou o que restava de si. Um rosto áspero, um corpo abatido, imundo de poeira e fiapos, um olhar sombrio e abandonado, como o de um sobrevivente de um naufrágio.

O telefone tocou. Ele não sentiu nada além de temor. Quando atendeu e disse "Alô", a palavra se quebrou em sua boca. Um gosto amargo de bile se solidificou em sua garganta. Esperou pela voz no outro lado. A voz de Grace. A voz do médico. Esperou pelas más notícias.

A voz disse que era o "Marty". Jack não se lembrava de ninguém chamado Marty. Disse também: — Eu assisti ao filme.

— Filme — Jack repetiu vagamente.

— *Blade runner.*
— Marty, o detetive?
— Eu queria entender Danny um pouco mais, então aluguei o filme. Não fazia idéia... é um puta filme.
— Estou ocupado no momento, Marty. Não posso falar com você agora.
— Não tem problema. Só queria te dizer que fiquei muito impressionado e que gostaria de me encontrar com você para conversar.
— Eu te telefono qualquer hora dessas.
— Vou ficar esperando... Como você está? Na medida do possível, está tudo bem com você?
— Claro.
— Está saindo de casa, vendo gente?
O suor escorreu pelo pescoço de Jack e percorreu a espinha. — Estou vendo gente.
— Ótimo. Tinha esperanças de que você e eu pudéssemos tomar uma cerveja ou algo assim.
— Eu te ligo.
— Que tal hoje à noite? Está tão quente. Podemos ir até o Palomino tomar uma gelada.
— Você me pegou num momento ruim.
— Quando é uma noite boa para você?
— Não existem noites boas. — Jack se sentia como um bêbado procurando no escuro por suas chaves, procurando por uma maneira de fugir àquela conversa. Procurando por uma parte de si mesmo. Seus dentes rangiam, suas mãos tremiam. Marty não precisaria de seus livros para reconhecer a destruição. — Talvez você precise que ele te veja desse jeito — Jack sussurrou.
— O que você disse?
— Estou aqui.
— Que tal às sete? — Marty disse, adiantando-se. — Eles têm ar-condicionado.

O Palomino Grille já havia passado muito de sua época de glória, em que era o ponto mais elegante de venda ilegal de bebidas na cidade, ou, pelo menos, era isso que diziam os mais velhos. Quando se revogou a Lei Seca, foi o primeiro local a adquirir licença para a comercialização de bebidas alcoólicas — alguma coisa a ver com a clientela, que incluía o prefeito, o governador e os dois senadores do estado — e facilmente se transformou num legítimo bar e churrascaria, em um "grill", com bonitas janelas de vitral e uma borbulhante jukebox que tocava Fred Rose, Jimmie Rodgers, Tex Ritter e até um pouco de Woody Guthrie. Não era a primeira opção de Jack, ou mesmo a segunda, de um lugar para tomar uma bebida. Não entrava ali desde seus dias de estudante, quando ele e os amigos vinham absorver a cultura local e beber a mui acessível cerveja.

O lugar tinha um clima relaxado e informal, balcão de carvalho, iluminação suave, mesas gastas e cadeiras macias. O ar-condicionado estava toleravelmente fresco e as conversas eram abafadas, apenas um punhado de homens, alguns já veteranos — os antigos mineiros e ferroviários — e outros simplesmente velhos, sentados aqui e ali, bebendo, deixando a tarde passar, calma e preguiçosamente, rumo ao fim do dia. O Palomino era o que mais se aproximava, em Gilbert, de uma taverna à moda antiga; não era o tipo de lugar que atraísse bêbados ou gente procurando confusão, ou onde um homem, cujo filho se suicidara há apenas dois meses, pudesse não se sentir demasiadamente oprimido.

Marty estava sentado perto da janela de frente para o balcão, tomando uma cerveja, e, quando viu Jack, fez sinal para que o barman trouxesse mais duas garrafas. Jack começou a suar. O gosto acre do medo em sua língua. Ele não devia ter saído de casa, deixado o telefone sem ninguém para atender. Fora um erro ter vindo. Ele tamborilava o pé no chão e mordiscava a pele ao redor das cutículas enquanto Marty o observava, sem dizer nada, apenas olhando e fazendo aquela coisa notável com o rosto que ele havia feito quando se conheceram e que, agora, fez com que Jack se sentasse e ficasse quieto.

Marty disse alguma coisa, Jack não pôde ouvir, "situação difícil...", "situação fácil...". Algo a respeito de *Blade runner*... Talvez fossem perguntas, mas continuaram sem resposta. Jack deve ter levado a garrafa à boca, mas, se o fez, não estava ciente. Estava ciente apenas de estar longe de casa, longe do telefone, que poderia ter ficado fora do gancho, da secretária eletrônica, que poderia não estar funcionando devido a algum defeito, algum acidente que Jack estivera entorpecido demais para perceber — ou mesmo por vontade própria. Longe de todas as verificações e reverificações que mantinham o próximo desastre a distância. Suas vísceras se contorciam, parecia que a pele iria arrancar-se dos ossos, levando consigo os pêlos úmidos. E Marty estava falando sobre o quê? Jack afastou a cadeira da mesa.

— Meu filho se matou, Marty. Meu filho está morto. — E saiu correndo do bar para a Main Street, onde o ar estava quente e parado.

Marty foi atrás dele. — Só vai ficar pior — ele gritou.

Jack andou mais rápido.

— Só vai ficar ainda pior — Marty repetiu ao alcançá-lo.

— E o que te dá tanta presciência?

— Eu conheço esse olhar.

— Precisamos discutir isso qualquer dia. — Jack retomou o passo.

Marty continuou a seu lado. — Não sou um grande detetive, Jack, provavelmente nem mesmo bom, mas estou olhando para você e vejo depressão e uma quase inanição.

— Não se preocupe *comigo*. Eu estou bem.

— Você não dorme há dias. Meu palpite é que você está com insônia. E a forma como saiu correndo de lá, imagino que esteja sofrendo ataques de pânico. Está mais pálido que... quando foi a última vez que saiu de casa?

Jack sentia como se uma pedra de gelo houvesse caído em seu estômago. Sentia aperto no peito. As pontas dos dedos estavam adormecidas. Não por causa de algo que Marty dissera, mas porque algo terrível havia acontecido com seu pai, ele podia sentir, e Marty o estava impedindo de cuidar do assunto.

— Não estou em pânico nem morrendo de inanição. E não estou correndo. — O corpo de Jack lutou para chegar até a esquina.

— Eu posso te ajudar — Marty lhe disse.

— Não preciso da sua ajuda.

— Claro, isso eu posso ver.

A rua vazia surgiu num flash à sua frente, as lojas escuras, os restaurantes tranqüilos. — Todo mundo foi viajar — Jack disse, sem nenhuma entonação. — Todo mundo, exceto os velhos, este policial maluco e eu.

— Não vai acontecer nada de ruim se você sair de casa — Marty disse, não totalmente sem rudeza.

— Você não sabe o que está dizendo. — Jack queria acreditar naquilo. Assim como queria acreditar que o homem nu deitado no chão do seu quarto não tinha sido ele. Mas só conseguia pensar em *O que virá a seguir?* Só conseguia pensar em chegar em casa antes do próximo desastre.

— Eu sei *exatamente* o que estou dizendo — Marty disse.

O calor e a umidade eram opressivos e sufocantes, o ar era denso e quente como o hálito de um cão, pesado com os vestígios daquela estação: cinzas das fogueiras, pedacinhos de papel e pólvora dos fogos de artifício, gordura e fumaça, lâminas de grama cortada e insetos, tudo se grudando à pele de Jack, sufocando seus pulmões. Mas ele não diminuiu o passo. — Vou sofrer pelo meu filho do jeito que bem entender.

— Não estou dizendo que não o faça. Tampouco estou dizendo que deva engolir sua dor. Apenas quero conversar com você.

— Eu não quero conversar com *você*. — Jack seguiu sua sombra conforme ela se estendia sob a luz da rua. — Vá ajudar a família do outro garoto. Eles precisam mais do que eu.

— Não estou tão certo disso.

— E faça o favor de não sentir pena de mim.

— Não sinto pena de você. Admiro a sua força.

— Tampouco seja condescendente.

— Quem está sendo condescendente? Só não acho que as regras determinem que você deva tornar tudo pior para si mesmo.

— Ah, existem *regras*.

— Eu queria ter te avisado antes.

Jack virou a esquina. — Isso não é da sua conta; portanto, caia fora. — Ele se deteve em seu carro e abriu a porta.

— Converse comigo alguns minutos.

Jack apertou os dentes. — Vou meter a mão na sua cara se não sair da minha frente.

Marty nem piscou. — Sabe, fui casado com uma mulher a quem realmente amava, daí meu casamento se desmoronou e eu comecei a desmoronar também. — Ele olhou nos olhos de Jack. — Tinha os mesmos sintomas que você.

— Não tenho nenhum *sintoma*.

— É como uma sensação flutuante de mau pressentimento.

Jack não respondeu.

— Chegou a tal ponto que eu tinha medo de morrer se não me mantivesse ocupado. — Marty falou devagar, a voz mal passando de um sussurro. — Me convenci de que me ocupar estava interconectado ao meu bem-estar.

— Eu não preciso conversar.

— Depois de um mês, percebi que minha vida estava fora de controle, que eu era um escravo das minhas obsessões. Então, tirei um dia de folga, dirigi até o Douglas Park, peguei um barco a remo e remei até o meio do lago. Me obriguei a ficar ali, sem fazer nada o dia inteiro. Lá pela hora do pôr-do-sol, ali estava eu, ainda vivo e sem ter sofrido qualquer tipo de dano. Fiz a mesma coisa no dia seguinte e no dia depois daquele. Levou algum tempo, mas provei a mim mesmo que meus temores eram infundados.

— Você espera que eu acredite nisso?

— A não ser que você ache que sou um sádico filho-da-puta.

— Saia da minha frente.

— Só quero conversar um pouco. Não sobre Danny. Nem sobre você. Só conversar. Podemos conversar sobre *Blade runner*.

— Outro dia, está bem?

Marty o ignorou. — No seu livro, você escreveu que o filme levantava as mesmas questões sobre mortalidade e sobre Deus que *Frankenstein*.

— Que diabo você quer de mim?

— E Danny tinha *oito anos* quando assistiu ao filme?

— Doze, tá bom? E se você quer algo para remoer, tome isso: ele disse que o que o deixava triste era que os replicantes eram programados para morrer quando completassem quatro anos. Essa era a idade de Danny quando a mãe o abandonou. Agora saia do meu caminho.

— Você escreveu que, se algum dia ficássemos cara a cara com Deus, a única pergunta que faríamos, a pergunta que a humanidade sempre fez é: "Se você me ama, por que permite que eu morra?" Que é exatamente o que o replicante pergunta a seu Criador. Você disse que é o que Cristo perguntou a Deus na cruz.

— Dificilmente uma pergunta que eu esteja preparado para fazer agora. Então, vai se foder. — Jack não pôde ouvir o que Marty disse. Estava pensando em Danny, que não era sua criação; afinal, que tinha segredos e que se matou. Então, suas mãos começaram a tremer.

— ... disse que ele podia assistir ao filme? — Marty estava dizendo. — Você sabia disso?

Quando Jack não respondeu, Marty perguntou: — Danny falava sobre isso?

— Não estou sofrendo nenhum dos sintomas que você descreveu. — Jack tropeçou nas palavras.

— Você está com medo de estar aqui. Isso parece sintoma de *alguma* coisa.

— Não estou com medo. Apenas não quero conversar. Vou para casa.

— Vamos, Jack. Você está passando por dificuldades. Qual o problema de me deixar ajudar?

Luz do Dia

— Não preciso da sua ajuda. — Jack balançou as chaves do carro nervosamente. — Não sou um homem à beira do precipício.

Marty olhou para ele e disse, solenemente: — Admito que você esteja triste, tão triste quanto queira, que sofra e que fique de luto e que sinta o que bem entender. Mas você não pode se tornar vítima de seus temores. — Ele deu um passo atrás e se sentou na sarjeta num gesto chaplinesco, mas sem a comédia ou a graciosidade; não havia qualquer coisa de agridoce naquilo, nada de calças caindo. Era um simples ato de coragem. Apenas o que Jack precisava fazer era passar por cima dele, entrar no carro e deixá-lo ali com cara de idiota. Marty devia saber, mas aquilo não parecia assustá-lo.

No calor do verão, Jack estava parado nas sombras, suando e tremendo, sentindo-se um merdinha assustado e indefeso.

— Tudo isso porque você assistiu a *Blade runner* e ouviu Danny tocar piano uma vez?

Marty disse: — Está procurando uma razão incontestável? Eu não sei o porquê. Talvez seja um policial maluco. — Acenou que Jack se sentasse. — Talvez seja apenas algo que eu queira fazer ou talvez eu goste de você e esteja com falta de gente de quem goste. — Ele não olhou para cima, continuou olhando para a frente, como se esperasse que Jack ficasse ali, como se entendesse o significado e a força de seu gesto; e Jack percebeu que era qualquer coisa, menos algo calculado. Por apenas um momento, quis contar a Marty sobre a dor e os temores. Quis admitir que tinha medo de sair de casa, tinha medo de dormir e medo de ficar acordado. Quis contar-lhe sobre os dias e noites de negligência, de sentar-se nu no sótão e desmaiar no quarto. Seu rosto estava molhado e calorento. Estava achando difícil respirar. Sentou-se na sarjeta, mas não disse nada.

Marty fechou a mão direita num punho, apertou-a contra a palma da esquerda e apoiou ambas no queixo. Continuou olhando para a frente. — Você sempre quis ser professor? — perguntou.

Jack não respondeu.

— Sua ex-mulher era professora também?

— Está tentando fazer com que eu me abra?
— Era?
— Era artista plástica — Jack disse.
— Você escreveu que um grande artista possui a habilidade de transcender seu gênero. Sua mulher transcendeu o gênero?

Jack disse: — Sim, Anne transcendeu o gênero. — E aquele ponto em seu interior, o ponto sensível no qual a garota chamada Anne ainda tinha vinte anos, manchas de tinta amarela no cabelo, um sorriso que o fazia olhar em mudo espanto e onde Danny ainda era um garotinho e não havia qualquer sinal de problema à vista, aquele ponto sensível latejou como um coração recém-nascido.

— Está aí uma coisa que sempre quis fazer. Ser artista plástico. Pegar uma idéia abstrata e transformá-la em algo belo e tangível. Você sempre quis fazer filmes? — Marty sorriu. — Apenas estou curioso. De verdade.

— Quando estava no colégio, queria ser diretor, queria ser um grande criador de filmes. Foi por isso que entrei no Gilbert College. Por causa do departamento de cinema de lá.

— E?
— Olhe, Marty... admito que estou passando por uma fase ruim...
— Você fez algum filme?
— Faltava uma coisinha chamada talento.
— Alguém disse, uma vez, que talento era apenas um truque barato.

O corpo de Jack voltou a tremer e sua respiração tornou-se pesada e rápida. Não se importava que Marty o estivesse olhando... observando-o, e não por acaso; Jack começava a perceber que havia poucas coisas que Marty fizesse por acaso ou de forma inocente. Inclinou-se para trás apoiando-se nos cotovelos, esperou enquanto o corpo se acalmava e retomou o ritmo da respiração.

— Você gosta de fazer isso — ele disse. — Você gosta de ser detetive.
— Tem outras coisas de que gosto mais. — Marty chutou uma bituca de cigarro para longe. — Nem tenho certeza de algum dia ter desejado ser poli-

cial. Mas precisava de um emprego depois do colégio e, como não venho do tipo de família que te incentiva a fazer faculdade, quando um conhecido disse que ia prestar o exame da polícia, pensei em prestar também. Tive uma pontuação alta e decidi entrar para o departamento de polícia. — Ele se virou para Jack e riu. — Ser policial em Gilbert é como ser pescador, já que aqui nunca foi exatamente um antro do crime... Nem mesmo o John Dillinger de Indiana chegou a cometer qualquer crime aqui, nunca nem *tentou* roubar os bancos daqui. Uma das poucas cidades do estado que ele deixou em paz. Enfim, trabalhei um pouco como perito criminal, na maior parte do tempo, em casos de assalto. Comecei a ver alguns casos de violência doméstica e entrei para a divisão de Apoio às Vítimas. Depois de um tempo, minha cabeça dura percebeu que as pessoas respondiam à minha ajuda. O departamento de polícia paga a metade dos custos da faculdade se você obtiver um diploma relacionado à carreira; assim comecei a estudar sociologia e criminologia na Indiana State University. Gosto de crianças, pensei em trabalhar na Divisão de Menores, onde poderia ajudá-las e as suas famílias.

— O que inclui consolar pais enlutados.

— O que posso dizer? — Marty respondeu no mesmo tom solidário que usara antes, mas Jack não sentiu o impulso de bater nele dessa vez. Só queria ir para casa. Sentia o conhecido afluxo de ansiedade, de pressentimento, insuportável e insistente. Tamborilou os dedos nos joelhos. Tamborilou o pé no pavimento. Tinha que ir agora mesmo, ainda que fosse tarde demais, ainda que a secretária eletrônica já estivesse piscando com más notícias; e sentia vergonha de si mesmo, vergonha de seus medos; e sentia algo mais, algo além de vergonha. Sentia-se pequeno, fraco e pegajoso porque precisava ficar ali com Marty, precisava ser amparado durante aquela noite.

— Estou no meio do lago — Jack disse —, não estou?

— Existem lugares piores.

— E você está tentando me fazer ficar lá.

— Não tenho certeza quanto a isso. Talvez você esteja se obrigando a ficar lá.

— Também não tenho certeza disso.

— Não tem problema — Marty disse, um momento depois. — Acho que somos apenas dois caras que não têm idéia de que raio estão fazendo — e conseguiu mais uma vez não parecer condescendente.

Menos de um quilômetro dali, um trem de carga rompeu parte do silêncio da noite. Em um minuto, os sinais de alerta do cruzamento na Third Street soariam freneticamente e as luzes vermelhas piscariam, como um tique nervoso, enquanto a sirene do trem se expandia e o motor a diesel brilhava em sua luz eterna, empurrando e rodando, devorando os trilhos lisos de metal, entrando e saindo da cidade sem se deter.

— Você sabe por que Dillinger nunca roubou os bancos de Gilbert? — Marty perguntou. — Porque a cidade é rodeada por cruzamento de ferrovias e sempre havia a possibilidade de que todas as suas rotas de escape estivessem bloqueadas ao mesmo tempo, por trens de passagem, e ele teria ficado preso aqui.

XIII

A luz vermelha da secretária eletrônica não estava piscando em alerta e a pedra de gelo alojada no estômago de Jack havia se aliviado um pouco. Algo estava acontecendo, algo que não era desagradável e não estava cheio de temor, se Jack não pensasse muito a respeito, se não dissesse a si mesmo: "Bem, não aconteceu nada esta noite. Não *desta* vez. Ainda não."

Fora da casa, a luz alaranjada do sol ondulava logo acima do horizonte. Não era tão ruim sentar-se no quintal e assistir ao nascer do sol, tirar a camisa, reclinar-se em uma das cadeiras, e sentir a brisa leve desculpando-se ao sussurrar entre as árvores. Talvez trouxesse um livro e tentasse ler, ou seguiria em frente e aceitaria o convite de Marty para almoçar.

Almoçar, enquanto o resto do meu mundo se desmorona.

Observou o sol da manhã se elevar acima do campo. Experimentou todos os sentimentos familiares de solidão e tristeza e outra coisa que não era tão familiar: um espasmo repentino de deslealdade com relação a Danny por ter saído na noite anterior, por querer sair hoje.

O que Marty dissera sobre aquilo? Jack não se lembrava.

Em vez disso, lembrou-se de que ele e Danny já teriam ido a Nova York e voltado, nesse tempo. Teriam assistido à dobradinha de jogos de beisebol — a rica terra vermelha do campo que se vê ao sair pelo corredor escuro, que não é muito diferente de adentrar um sonho. O gramado verde intenso e a maneira perfeita em que é aparado, a forma perfeita como cresce. Pensou em como Danny agarrara sua mão na primeira vez que foram a um jogo juntos, em 1985. Danny, usando seu bonezinho azul, tênis vermelhos, que pareciam grandes demais para seu corpo tão pequeno, olhando para cima e perguntando: — Por que a mamãe não veio com a gente?

— A mamãe está muito ocupada hoje — Jack explicou.

Pensou em Danny, agüentando os cinco *innings* do jogo. Pensou em todos os jogos de beisebol que nunca veria com seu filho — em algum lugar do porão, numa caixa perto da parede ou numa estante, estava a tabela com os resultados do primeiro jogo de Danny.

Jack sussurrou: — Danny e eu teríamos estado em Cape Cod anteontem.

Pensou na extensão do verão — noites malucas, eles as chamavam.

Eu saí ontem à noite, e ninguém morreu.

Jack queria lembrar o que mais Marty dissera. Achou que poderia ajudá-lo a tolerar o que estava sentindo e o que estava fazendo, o que havia feito e em que este verão havia se transformado. Queria lembrar o que Marty tinha dito porque pensar nisso era a única coisa que não estava cheia de arrependimento, a única coisa que não machucava pensar, não como lembrar do dia em que levara Danny ao seu primeiro jogo de beisebol ou como machucava pensar em Anne.

Um besouro se chocou contra a porta de tela, produzindo um forte ruído. Um falcão planou seguindo a térmica, ousado e supremo, acima do campo. Jack fechou os olhos. Ao abri-los, o sol estava alto sobre as árvores e o ar era o mais fresco que estaria naquele dia.

"O que estou dizendo é que se supõe mesmo que você sofra, que fique de luto e que sinta tudo isso, que sinta qualquer coisa que quiser, mas existe uma forma saudável de enfrentar isso tudo. Só isso." Fora o que Marty dissera na noite passada.

Jack se levantou devagar, pendurou a camisa no ombro e entrou em casa para fazer a barba e tomar banho, para separar as roupas que usaria; para se preparar para a tarde iminente.

Eles iam de carro até a zona rural, a uma pequena churrascaria chamada Walter's, na periferia da cidade. Marty disse que o lugar o fazia lembrar os antigos restaurantes que serviam frango no oeste do Tennessee, onde sua avó morava. Disse que ir até lá sempre o animava, afastava sua mente dos problemas. Talvez tivesse o mesmo efeito em Jack, ainda que apenas durante as poucas horas que passariam lá. — De qualquer maneira — disse Marty —, é um caminho bonito pelo campo. — Ele dissera isso na noite passada, enquanto estavam sentados no carro de Jack, esperando o sol nascer. Marty estava com os olhos fechados e o assento inclinado para trás e parecia, por um momento, que falava dormindo, a voz suave e distante. Ele disse: — É um lugar bem afastado. Eu o encontrei quando estava passando por aquela minha fase ruim. — Então, abriu os olhos e se sentou direito. — Mas devo adiantar que provavelmente seremos as únicas pessoas ali. Você se incomoda?

Jack lhe disse: — Não seja ridículo. — O que fez com que Marty sorrisse.

— Não achei que se incomodaria. De qualquer forma, acho que você vai gostar. — Marty disse, como se Jack já tivesse concordado em ir, como se Jack não estivesse tremendo por dentro, certo de que o que restava de seu mundo haveria desmoronado durante a noite. — Mas é melhor que eu te diga: Walter não sabe que sou policial. Se soubesse, jamais teria me deixado entrar ali. Ele tirou de algum lugar a idéia de que eu transporto cimento em Vigo County e não tentei corrigi-lo. Nem preciso dizer que os policiais não estão na lista VIP da maioria dos negros por aqui. Em todo caso, muitos de seus clientes ficariam tristes se soubessem. — Marty disse que nem sequer levava qualquer de seus colegas de trabalho lá. — A primeira vez que entrei no lugar, acho que Walter pensou que eu fosse ou um caipira procurando encrenca ou alguém da vigilância sanitária em busca de propina, mas eu estava mesmo era procurando um bom churrasco. — Um momento depois, ele disse: — Parece muita informação de uma só vez e eu sei que você, na verdade, não quer fazer isso. — Virou o rosto em direção à primeira luz do dia. — Mas você vai ter que começar em algum momento.

— Você vai me transformar no seu projeto de férias, não importa o que eu diga; então, dá no mesmo se começarmos amanhã.

Marty colocou a mão atrás da cabeça. — Me parece justo — ele disse, num tom de calma resolução.

Não era um lugar muito grande: oito mesas, um balcão com uma dúzia de bancos de metal, do tipo que se vê em várias lanchonetes, com encostos baixos e assentos de vinil. Mas era totalmente rural. A brisa do começo da tarde emanava preguiçosamente do rio e passava pela sombra profunda dos carvalhos altos, mesclando-se ao doce aroma da carne de porco cozinhando lá atrás, no forno a lenha, subindo pelas janelinhas semicirculares no telhado e rodopiando no vórtice dos ventilares de teto.

Havia quatro homens sentados ao balcão, almoçando, conversando e brincando como fazem as pessoas que se conhecem bem. Viraram-se para cumprimentar Marty e um deles disse que era bom vê-lo novamente.

Walter era baixo e magro e parecia ter uns sessenta anos. Mancava ao caminhar e começou a conversar com Marty no instante em que o viu, apressando-se a apertar-lhe a mão, e também a de Jack e dizer que qualquer amigo do Marty era bem-vindo; perguntou como Marty estava, ao mesmo tempo que puxava duas cadeiras de uma mesa — de fórmica velha contornada por aço inoxidável com cadeiras fazendo jogo, exceto que nenhuma das cadeiras combinava — e dizia: — Sentem-se, sentem-se. — Não fez nada para esconder a afeição que sentia por Marty, pela forma como se agitava à sua volta e agarrava seu braço ao perguntar: — Onde você tem se escondido ultimamente, meu jovem? — num tom doce e paternal.

Marty respondeu que estivera trabalhando. — Fazendo um pouco disso e daquilo.

Um dos homens no balcão disse: — Cuidado para não fazer muito disso e fique *totalmente* longe *daquilo*. — O que provocou uma risada geral, inclusive de Marty.

— Aquele é o Red — Marty disse a Jack, apontando para o homem que provocara a risada. — Ele é professor universitário como você. Dá aula de engenharia estrutural no Rose-Hulman.

— E o resto de nós é apenas refugo — respondeu o homem ao lado de Red.

— Aquele é o Grandão — disse Marty. — E o cara ao lado dele é o Doutor e aquele é o Elvin, no meio. Este é meu amigo Jack.

Eles o cumprimentaram, enquanto Walter sorriu e disse: — Agora que cumprimos esta etapa, tenho uma coisa boa para vocês dois, antes que seja tarde demais — e foi até a grelha que havia no outro lado do balcão.

Havia um piano vertical no canto oposto, ao fundo do restaurante. A jukebox tocava Etta James cantando "I'll be seeing you in all the old familiar places..." Os homens no balcão agora estavam ouvindo Walter, que continuava falando com Marty: ele esperava que Marty estivesse conseguindo se refrescar nesses dias tão quentes e que estava planejando uma pescaria, pois "a perca estava beliscando bastante".

Red perguntou a Walter: — E como é que você sabe? — e fez uma brincadeira sobre a habilidade, ou a falta dela, de Walter como pescador, o que provocou risos dos demais. Então, Walter soltou uma boa sobre Red e todos riram também. O Doutor aproveitou a deixa para fazer outra brincadeira à custa de Red. Elvin e Walter mostraram sua aprovação, aplaudindo em uníssono, imediatamente antes que o "Grandão" fizesse uma piada com Walter, da qual Red gostou muito. Walter ameaçou mostrar seu cutelo de açougueiro a "vocês tudo". Falava e cozinhava.

Era algo que Jack poderia ter apreciado, se fosse capaz de apreciar qualquer coisa naqueles dias.

Marty disse: — Peço desculpas. — Ele falava baixinho. — Não pensei que eles fossem ficar tão animados.

Jack encolheu os ombros. — Não tem nada para se desculpar.

Alguns minutos depois, Walter voltou com duas garrafas de cerveja gelada, uma dúzia de guardanapos e dois pratos de carne de porco com aquele cheiro doce de defumado, pingando molho e caindo para fora dos pães.

Marty começou a comer imediatamente. Jack pegou seu sanduíche e o devolveu ao prato sem dar uma mordida sequer. Empurrou a carne pelo prato, pousou o garfo e tomou um gole da cerveja. Marty olhou para ele, encolheu os ombros e disse: — Não se preocupe com isso.

Hank Ballard estava tocando na jukebox e, a Red e aos outros, se uniu um punhado de amigos, homens de peito largo com poeira de construção sobre o macacão e nos cabelos, alguns usando uniformes de empresas, alguns de short e camiseta. Eles carregavam estojos com trompetes, saxofones e um baixo duplo, todos rindo e conversando. Colocaram os instrumentos no chão, disseram a Walter para se apressar com a comida e ocuparam os demais bancos do balcão.

Não muito tempo depois, vários outros carros espalharam os pedregulhos do estacionamento e um pequeno grupo de mulheres de meia-idade, tendo encerrado o dia de trabalho, entraram, gritando cumprimentos e dizendo a Walter para se apressar com a comida "ou iremos entrar aí para cozinhar pessoalmente", tudo dito com saudável diversão.

Mais carros chegaram e as mesas começaram a se encher, cervejas eram tiradas da geladeira, o riso foi ficando cada vez mais alto e a conversa mais rápida. Walter continuou em frente à grelha, besuntando o churrasco com molho, recheando os pães e servindo a salada de repolho, enquanto alguns dos homens trouxeram mais mesas dos fundos e preencheram os poucos espaços vazios nos cantos, deixando apenas um perímetro de dois metros em volta do piano. A jukebox agora tocava Charlie Parker e Clifford Brown.

Marty disse a Jack: — O lugar fica meio barulhento quando chega o pessoal do turno da tarde. Walter traz a birita e todo mundo se solta. Os caras começam a tocar. E segue assim a noite toda. — Ele colocou o dinheiro sobre a mesa e se levantou.

Quando eles estavam no carro, descendo a estrada, Marty disse: — Estava ficando meio difícil para você lá dentro.
— Acho que sim.
— Desde que você esteja consciente do que tem que enfrentar, estará no controle. Lembre-se disso.
— Você é um homem inteligente, Marty.
— Não posso dizer que concorde com você.
— Não estou querendo consenso.
Marty sorriu. — É justo.
A estrada pavimentada se transformou em terra e pedras, os pedregulhos saltavam e batiam na parte de baixo do carro de Marty. Alguns quilômetros à frente, voltaram para o pavimento. E se aproximavam de casa.

O carro agora estava silencioso. Jack deduziu que Marty tinha conversado o suficiente e estava contente com o silêncio. Seguiram quietos mais um pouco, como acontece quando todo seu ser mergulha em si mesmo. Pode ser um lugar confortável, se você está com alguém que também está mergulhado nos próprios pensamentos, que era o que Jack pensava; e que aquele alguém por acaso seja um estranho, ou mais estranho que amigo, já que a única coisa que vocês têm em comum é conhecer a dor um do outro — não fosse pela migração de verão dos seus amigos, uma coincidência de estação do ano e de profissão, Jack não estaria com Marty esta noite — e Jack sabia que, se pensasse muito, se começasse a procurar no escuro, poderia se deparar com a pergunta que, uma vez feita, faria com que Marty não fosse mais um estranho; que a resposta falaria de uma dor mais profunda e não faria nada para aliviá-la, nem mesmo quando dita a um estranho, que não seria mais um estranho depois do que fosse revelado. Marty provavelmente sabia disso. Ficou imerso em seu silêncio, um lugar no qual os estranhos estão proibidos, afastando-se cada vez mais do frescor das estradas rurais.

Atravessaram o ar de brumas, pesado de fumaça, onde a interestadual corta o lado sul da cidade; e a leste, passando pelas casas antigas com tetos ornamentados, onde as janelas ficavam abertas e os bebês choravam, onde maridos e mulheres gritavam uns com os outros após mais um dia duro e não se importavam se alguém os escutava. Ainda mais para o leste, Jack seguia pensando sobre a pergunta que queria fazer a Marty a respeito de saber mais do que um estranho deveria saber. Estava pensando: "Ele deixou de amar a esposa?" Mas aquela não era a pergunta.

Pensou: "Será que *ela* deixou de amá-lo?" Mas aquela tampouco era a pergunta. Isso teria levado Marty a entrar em pânico.

Agora se dirigiam para o norte, onde as casas ficam afastadas da calçada e os gramados são cortados todas as semanas pelo serviço de jardinagem; e, quando se desce a rua em noites de verão como esta, ouve-se o zunido confortável dos aparelhos de ar condicionado e sabe-se que, dentro das casas, os cômodos estão frescos, o volume da televisão não está alto demais e a conversa é sempre civilizada.

Então, chegaram ao outro lado da cidade, onde não havia tantas casas e os gramados haviam sido substituídos por milharais, trigais e exuberantes campos de alfafa e soja. As calçadas eram estreitas e se uniam à estrada, como costuma acontecer a dez minutos da cidade. Marty parou em frente à casa de Jack.

Não se pode esperar passar a maior parte do dia com alguém, ir até o campo para comer churrasco, sentar-se em silêncio com seus pensamentos no interior de um carro durante uma hora e meia e não dizer algumas palavras antes de ir embora, ainda que se tenha que ser cuidadoso com o que se fala e com o que se pergunta. Mas Marty não disse nada. Talvez ele soubesse o que Jack queria perguntar. Talvez apenas quisesse ir para casa e ir para a cama, em companhia de sua boa ação, o que poderia ter explicado por que ficara em silêncio com os braços cruzados sobre o peito e olhando fixamente pelo pára-brisas. Mas Jack não podia se afastar. Não podia entrar, não antes de dizer: — Você quer sentar na varanda um pouco e tomar alguma coisa? — Não se pode esperar passar um dia inteiro com alguém e não lhe oferecer uma bebida gelada.

Marty disse que gostaria muito.

Só depois de Jack certificar-se de que não havia mensagens na secretária, assegurar-se de que nada dera errado enquanto estivera fora, pôde tentar agir como anfitrião, embora tudo que tivesse para oferecer fosse uma jarra de água gelada e um prato de biscoitos que Mandy Ainsley tinha trazido em junho, que ele embalara e guardara na despensa.

Marty estava sentado no balanço da varanda, a cabeça inclinada para trás. Disse que uma das coisas de que sentia falta desde que se mudara da casa na Maple Street era sentar-se na varanda nas noites quentes de verão.

— É engraçado, as coisas de que a gente sente falta. — Deu um empurrãozinho no balanço. A corrente rangeu e guinchou um pouco.

Jack sentou em uma das cadeiras e apoiou os pés na balaustrada. Perguntou: — Sua esposa ficou com a casa? — Mas aquela não era a pergunta.

— Eu a vendi. Me fazia lembrar de coisas demais.

— Onde você está morando agora? — Aquela tampouco era a pergunta.

— Comprei uma casa na Franklin. É boa. Mas não tem varanda.

Pode ter sido um olhar de antecipação o que Jack viu no rosto de Marty, um olhar de expectativa, como se soubesse o que estava vindo. Ou pode ter sido Jack querendo ver aquele olhar onde não existia. De qualquer maneira, ele fez uma pausa suficientemente longa para erguer o copo até a boca e tomar um grande gole e, então, perguntou: — O que a fez querer se divorciar de você? — Aquela era a pergunta.

— Eu não lhe dei escolha — foi tudo o que Marty disse, e virou a cabeça para olhar a estrada, os extensos milharais, as máquinas incansáveis da procriação. Quando retornou o olhar, seu rosto, Jack percebeu, não se parecia com o rosto de um policial, não de um policial urbano nem um policial de interior. Não apenas esta noite, não apenas na luz amarelada da varanda. Estivera ali na primeira vez que Marty aparecera, aquela expressão notável. Estava sempre ali, por trás de todas as outras expressões que ele tinha e era também o rosto de um policial com os nervos resguardados e as emoções seladas; ao mesmo tempo, era simplesmente o rosto de Marty, sua aparência, como as entonações de uma voz, um sotaque, não necessariamente um olhar de otimismo, mas de segurança: "Pode ser que as coisas não sejam maravilhosas no momento, mas eu superei minha fase ruim e você também irá superar a sua." O que era ainda mais notável.

— E você? — disse Marty. — Quando perguntei se havia uma mulher na sua vida, você disse que não era relevante para o suicídio de Danny, mas já que estamos perguntando...

— Houve uma, mas achei que poderia ser confuso demais para Danny. Ele já tinha sua dose de conflito. — Aquela era apenas uma parte da razão. Mas Jack não contou a Marty sobre Maggie, que jogava no time de softbol e gostava de dançar música lenta agarradinha e que se Jack tivesse dado a oportunidade...

— Só *uma* em dez anos? — Marty perguntou.

— A única que levei a sério. — Jack se mexeu, incomodado, na cadeira. — A mudança para Gilbert não foi para que eu achasse uma esposa para mim ou uma mãe para o meu filho. Não foi absolutamente por minha causa. — Ele se levantou e se afastou das deduções de Marty. Entrou em casa e encheu novamente a jarra de água. Pensou no que diria a Marty, ou se deveria lhe dizer alguma coisa. Quando voltou à varanda, disse: — Fui casado com a mulher com quem queria estar casado. Tínhamos a vida que queríamos ter, um com o outro. E, então, não a tínhamos mais. — Ficou em silêncio por um momento, ouvindo a própria respiração, ouvindo os próprios pensamentos. — Nunca deixei de sentir falta daquela vida. — Não era uma confissão, apenas a declaração de um fato. — O que aconteceu não foi justo para Danny. O que fez com ele não foi justo. Passei o resto de sua vida tentando compensá-lo.

Então, Jack contou a Marty sobre o trato que havia feito. Perturbava-o falar sobre aquilo, não porque ficasse constrangido ou envergonhado, não porque fosse um segredo, não pela falta de catarse que falar sobre aquilo poderia lhe trazer — ele não esperava nenhuma catarse, não queria catarse; não há nada de purificador em afirmar os fatos que você aceitou a respeito da própria vida — e não porque se houvesse traído, ou presumido, qualquer confiança. Perturbava-o admitir a dor que o abandono de Anne havia deixado. Perturbava-o confessar o dano irreparável do suicídio de Danny. Perturbava-o, ele percebeu, admitir que outro pedaço de sua vida, de seu tempo, havia sido destruído para sempre, lançado num passado irrecuperável.

Jack não disse isso, não disse mais nada, porque não havia nada mais a dizer, a não ser que quisessem falar sobre o que as perguntas, e as respostas, revelavam quando ditas a alguém que não era mais um estranho. A não ser que quisessem falar sobre o quão perigoso era esse terreno; portanto, ficaram em silêncio, distinto do silêncio no carro, que havia sido seguro e privado. Não havia nada de privado nesse silêncio, nada de seguro. Nunca há, depois das perguntas, depois das respostas. Após o cair da noite na varanda da frente, quando você ultrapassou o ponto de dizer mais do que o necessário.

Não havia nada que Jack pudesse fazer a não ser sentir o mundo e a vida que uma vez fizera parte dele recuarem cada vez mais para longe. Deveria ter esperado aquilo. Afinal, não se pode passar um dia inteiro com alguém, ir até o campo, sentar-se com os próprios pensamentos dentro de um carro por uma hora e meia e não fazer algumas perguntas.

XIV

Ele se sentou sob um carvalho, perto do riacho, com seu caderno e uma geladeira portátil com algumas garrafas de refrigerante e dois sanduíches. Agora conseguia fazer aquilo, sentar-se ao ar livre, fazer as anotações para suas palestras. Era capaz de cumprir com suas tarefas, encontrar-se com Marty para almoçar na cidade, para jantar, ainda que não passasse de uma formalidade, de fato, com Jack empurrando a salada de um lado a outro da tigela. Conseguia sair e voltar para casa, que ainda estava em pé, voltar para a benigna secretária eletrônica. Conseguia telefonar para seu pai sem suar frio, sem ter medo.

Jack nunca pensou que pudesse chegar tão longe, a ponto de sair de carro pela cidade, caminhar à tarde contornando o campo, às vezes sozinho, às vezes com Marty, que dava um jeito de arrumar tempo toda vez que Jack lhe telefonava. Eles se sentavam no quintal e tomavam uma cerveja ou uma limonada e sempre acabava com os dois indo de carro até algum lugar ou se sentando dentro de casa, falando sobre Danny: "Me deixa te mostrar esta foto..." "Me deixa..." Jack não tinha vergonha de contar para Marty que ficava sozinho no quarto de Danny, que descansava na cama de Danny, colocava o rosto em seu travesseiro, fechava os olhos e falava com ele como se estivesse ali. Não tinha vergonha de admitir que ainda se preocupava com *O que virá a seguir?* — mas não o tempo todo. Que nem sempre esperava ouvir o toque do telefone, nem antecipava o próximo desastre, mas que aquilo ainda estava em sua mente. Não tinha vergonha de contar a Marty sobre a velha caixa de madeira com as figuras recortadas de animais e o botão laranja de Anne. — Não posso deixar de pensar se havia outros segredos.

Marty disse: — Acho que era a forma que Danny tinha de manter contato com Anne, com o tempo que teve com ela.

Nesse primeiro dia de agosto, Jack tentava pensar como alguém que tivesse um futuro, por mais precário que fosse; não um futuro construído sobre o sólido leito rochoso de sua própria personalidade, mas equilibrado pelos ombros de Marty — um lugar que Jack achava bastante desconfortável e onde preferiria não estar, visto que nunca fora carregado por alguém. Mas, mesmo assim, pedira a Marty que o ajudasse a ser novamente o Dr. Owens, ou o que restasse do Dr. Owens, que estava pensando e reagindo de memória. Como se visse outro homem, sendo que esse homem era ele, fazendo essas mesmas coisas há muito tempo, num vídeo caseiro, no escuro de uma sala de cinema.

Amanhã iria de carro até a universidade e começaria a exibir filmes para o semestre seguinte; não tinha escolha, se quisesse manter o emprego. Mas, naquele instante, era suficiente sentar-se perto do riacho com seus livros e se preparar para o novo período, enquanto Mutt dormia ao seu lado, no chão verde de grama madura.

De onde estava, Jack podia ver o campo, onde as plantações haviam sido colhidas e onde, com a chegada do outono, a terra ficaria nua. O calor ondulava à luz do sol. Podia ouvir os gaios-azuis gritando nas árvores, o repentino farfalhar das asas, o impacto de uma rã no riacho e o próprio riacho, correndo pelas rochas e pedras lisas.

"Não é tão triste ficar sentado aqui hoje." Ele ainda falava sozinho, às vezes, e também com Danny, quando começava a pensar sobre o passado.

Mais tarde, quando o sol se elevasse acima das árvores, ele poderia caminhar até a parte em que a água era funda e fresca e entrar no riacho. Mas, agora, faria um pouco do trabalho que o Dr. Owens costumava fazer.

Era meio-dia quando Jack largou seus papéis e livros e viu a pequena forma escura se elevando no campo, como um minúsculo barco navegando pelas ondas rumo à costa. Depois de algum tempo, a forma se transformou em Mary-Sue Richards, passando pela cerca e indo até a casa.

Jack a viu bater à porta de tela, fazer sombra sobre os olhos e espiar lá dentro. Bateu uma segunda vez, abriu-a e chamou "Dr. Owens?" algumas vezes, com sua voz aguda e doce. Jack estava indeciso entre dizer a ela que estava ali até que Mutt levantou as orelhas, ergueu o focinho e começou a latir; Mary-Sue se virou e olhou em sua direção, e Jack a chamou.

Ela acenou para ele e correu, tudo num só movimento; sentou-se na rocha quadrada perto de Jack e disse: — Eu vim até sua casa, no outro dia, mas você tinha saído. Minha mãe queria vir hoje, mas eu disse a ela que viria. Ela e o meu pai querem saber como você está.

— Pode dizer a eles que estou me agüentando.

Mary-Sue havia crescido desde a última vez que Jack a vira — ele se lembrava de como Danny amadurecia a cada verão, como se estivesse plugado diretamente no sol, e como doze estava distante de onze, e quinze de catorze. Há quatro semanas, Mary-Sue havia estado na cozinha, movendo-se com constrangimento, cheia de ombros e joelhos, ainda não totalmente à vontade com seu corpo. Agora ela havia chegado a um acordo com seus braços e pernas, que não mais movia com descuido desajeitado, mas que se viam confortavelmente relaxados. O cabelo estava cortado até o meio das orelhas e havia sido arrumado com muito cuidado. Usava short e camiseta, levando mais em conta a forma das roupas e a do próprio corpo. Estava visivelmente consciente de si mesma. Jack olhou para ela e viu Danny crescido, com os ombros e o peito mais largos, a voz um pouco mais grave, mais homem que menino.

Mary-Sue olhou para o caderno de Jack, e gemeu: — *Escola*. Por favor, nem me *lembre* — e perguntou: — Você vai dar aula do quê, este semestre?

— Filmes dos anos sessenta.
— Alguma coisa boa?
— Essa é a pergunta que tentaremos responder nas aulas.
— Imagino que não tenha nada com Brad Pitt.
— Você se contentaria com Dennis Hopper e Peter Fonda?
— Você deveria mesmo colocar o Brad Pitt.
— Sinto muito. Mas haverá um desenho animado, entre um filme e outro.

Ela não pareceu perceber que ele estava brincando. — Você realmente deveria usar o Brad Pitt — ela disse com uma certeza que era invejável. Ela cruzou as pernas e descansou o queixo na palma da mão. — Você soube o que aconteceu com C.J.? Ele sofreu um acidente de carro, na casa dos Ainsley em Kentucky. Quebrou os dois braços, bateu o ombro direito, o rosto ficou todo cortado. Ele vai precisar de um monte de cirurgias plásticas. Eles nem tinham certeza de que ele iria sobreviver.

— Sobreviver?

Ela assentiu com a cabeça. — Agora ele está melhor, mas está bem machucado.

— E os pais dele?

— Eles não estavam com ele. — Mary-Sue afundou o dedo do pé no chão, fazendo um buraco fundo e estreito. — Se ele tivesse ido com eles, nada disso teria acontecido. Estou começando a pensar que os garotos por aqui estão amaldiçoados. — Seu tom de voz era sincero e cheio de dor.

— Se tivesse ido com eles?

— Eles estavam indo para um piquenique e C.J. não queria ir. Meu pai disse, isto é, o Dr. Ainsley disse para o meu pai que C.J. passou o verão *inteiro* choramingando. Obviamente, os pais dele não entendiam o porquê. Quer dizer, era só levar em conta como ele se sentia com relação a Danny, se eles tivessem se dado ao trabalho de prestar atenção, coisa que não fizeram. Quer dizer, bem, todos nós ficamos chateados com o que aconteceu, mas C.J.... ele me telefonou algumas vezes apenas para conversar com alguém que soubesse... não que nós fôssemos muito amigos, mas as irmãs dele não estavam dando muita bola, Brian estava participando do programa de férias do Outward Bound no Maine e Rick foi para a fazenda do tio, em algum lugar de Wisconsin. Pobre C.J., não tinha ninguém que *entendesse*. Disse que não conseguia parar de pensar em Danny. Que aquilo o estava assombrando. Ele falava tão sério que chegava a assustar. Daí eu disse: "C.J., talvez você deva procurar ajuda", mas ele disse que queria desaparecer. E daí o idiota tem a brilhante idéia de dirigir o velho Dodge do pai. Ele *destruiu* o carro. Meu pai disse que ele perdeu o controle numa curva. Devia estar a 160 km/h, no mínimo. Ele está num hospital de lá. Na UTI. Ainda não sabem quando poderão trazê-lo para casa. Se ele tivesse pegado o carro novo, talvez não se machucasse tanto, por causa dos *air bags*, ou se pelo menos estivesse usando o cinto de segurança.

— Quando foi que isso aconteceu?

— Há umas duas semanas. Eu queria vir avisar, mas minha mãe e meu pai não queriam que eu incomodasse, mas pensei... eu só queria... quer dizer, eu sei que estou interrompendo o seu trabalho, mas achei que se pudesse sentar aqui um pouco com você... não sei. — Ela começou a cavoucar o chão com a ponta do dedão do pé; ainda havia muito de menininha nela. — Você não gosta do Dr. Ainsley, gosta?

— Sinto pena de Carl. — O que não era totalmente falso.

— Você gosta de C.J.?

— Também tenho pena dele. — O que era verdade.

— Todo mundo o trata como se ele fosse um atrapalhado. Não é nada disso.

— Verdade. E isso faz com que C.J. seja bastante inseguro.

— A Sra. Ainsley e as gêmeas também não ajudam muito.

— Não mesmo. Se você trata alguém desse jeito por muito tempo, a pessoa começa a acreditar.

— Eu não gosto do Dr. Ainsley. Não do jeito que ele diminui o C.J. na frente dos amigos.

— Carl pode ser bem desatento, às vezes.

— Nós todos já fizemos isso. Até mesmo Danny. Eu não deveria chamá-lo de cabeça-oca o tempo todo, mas... não que C.J. não fizesse coisas estúpidas, mas o que o Dr. Ainsley faz com ele é bem *cruel*. De qualquer jeito, espero que todos o tratem melhor daqui em diante.

— Certamente irão tratar.

— É por isso que todos nós queríamos ter você como pai. — Ela disse isso com cautela. Seu rosto estava ruborizado.

— O quê?

— O jeito como você tratava Danny. Tomava conta dele.

— Seus pais não estão exatamente te negligenciando.

— São outras coisas. A forma como você conversava com ele, com todos nós. Como se fôssemos, sei lá. Como se não fôssemos *crianças*. E era super-legal que Danny pudesse assistir a todos aqueles filmes com você. Quer dizer, bem, quando seu pai dá aula de lingüística e sua mãe, de literatura inglesa, definitivamente falta um componente de diversão.

— Danny nem sempre gostava das minhas escolhas. — Jack sorriu. — Ele detestava legendas.

— Gostaria que meus pais fossem mais como você — ela respondeu, inflexível. — Todos nós gostaríamos. Quer dizer, é como se eu pudesse conversar com você sobre C.J. e... sei lá. — Ela encurvou os ombros e olhou para o topo das árvores.

— Todo mundo quer que seus pais sejam como os pais dos outros.

— Bem, se você sentir muita falta do Danny, quer dizer, eu *sei* que você *sente*, mas, se não quiser ver os filmes sozinho, eu irei com você. Quer dizer, se isso fizer com que se sinta menos sozinho.

Era uma honestidade espontânea, como a honestidade de Danny, e era mais do que Jack podia suportar. Fez com que sentisse vontade de abraçar seu filho como costumava fazer até que seus peitos estivessem tão fortemente apertados que pudessem sentir os batimentos cardíacos um do outro. Jack queria abraçar Mary-Sue daquele jeito, só para conseguir segurar o que estava sentindo, só para que pudesse abraçar uma criança, da maneira como abraçara a sua. Mas não podia sair por aí abraçando garotas de quinze anos sempre que o fizessem se lembrar de Danny. Não podia dizer para ela o que estava pensando, ao observá-la fitando o chão, afundando o dedo na terra, inconsciente do que havia sido capaz de fazer com sua fala — ela ainda era mais criança que adulto, ele pensou. Não sabia como não dizer o que sentia. Jack deslizou um pouco mais para dentro de si mesmo, para dentro do ser que havia sido o Dr. Owens, que nunca se abalava com as coisas que os adolescentes lhe diziam. Que sempre sabia o que dizer. Que achava que ainda podia saber: — Não posso te oferecer um filme, no momento, mas posso te servir um refrigerante gelado.

Mary-Sue levantou os olhos e sorriu.

Jack não se sentiu menos solitário ao tomar refrigerante com uma amiga de Danny, mas gostou de ela ter ficado ali com ele enquanto trabalhava, deitada em silêncio, sob o sol, como Danny teria feito. Ele podia ouvir um pouco de Danny quando ela falava sobre C.J., sobre Brian e Rick. Ela havia compartilhado tempo com Danny, e Jack também podia ouvi-lo em sua voz; e podia sentir sua necessidade de estar sentada ali. Talvez ela achasse que Jack era a única pessoa com quem podia estar que entenderia o que significava ter um amigo morto e outro à beira da morte. Ela não tinha que explicar sua tristeza, ou qualquer outra coisa, a bem da verdade, e Jack não faria nenhuma pergunta nem tentaria animá-la ou fazer quaisquer das coisas idiotas que os pais e adultos fazem quando as crianças estão tristes e caladas. Ou talvez não fosse absolutamente nada daquilo. Talvez ela tivesse vindo ali pensando que o suicídio de Danny houvesse revelado a Jack os movimentos incompreensíveis, se não do universo, pelo menos da porção dele localizada às margens do Wabash, e que poderia explicar para Mary-Sue o que estava acontecendo dentro dela, já que ela mesma, certamente, não sabia e seus pais não ajudavam muito. Talvez Jack pudesse explicar a Mary-Sue o que havia feito com que ela e Danny, C.J., Brian e Rick se afastassem do resto da multidão, empurrando-os para uma tristeza que, supostamente, crianças não deveriam conhecer. Ou talvez fosse exatamente a tristeza que a trouxera ali e tudo o que ela queria era descansar onde não fosse considerada uma anomalia. Talvez ela precisasse sentir isso tudo e Jack precisasse que ela o sentisse, precisava que ela penetrasse a ausência que Danny havia deixado para trás.

Jack não podia deixar de se sentir desleal para com Danny — a mesma deslealdade que sentia ao fazer planos com Marty — por querer que Mary-Sue ficasse ali com ele, por querer que ela preenchesse a ausência, ainda que apenas por uma tarde, ainda que por ser somente pouco mais que o nada que ele já tinha. Jack não podia deixar de sentir-se desleal em relação a Danny. Porque o luto nunca é suficiente.

Mary-Sue ficou ali enquanto Jack trabalhava em suas notas de aula. Ela levou Mutt para um passeio ao longo da margem do riacho, sentou-se à sombra de uma árvore enquanto a luz da tarde se aprofundava e aquecia. Mais tarde, depois de agradecer a Jack pelo refrigerante e ir para casa, seu corpo pequeno absorvido pelo campo de plantação, Jack caminhou de volta para casa. Perguntou-se o que Marty teria dito sobre o acidente de C.J. Será que o afetaria tanto quanto o suicídio de Danny? Ele pensou nisso com cinismo, que foi o que disse a Marty naquela noite, quando se encontraram para jantar no Marlowe's.

Sentaram-se a uma mesa redonda próxima ao centro do restaurante, consumindo lentamente suas doses de uísque. Marlowe's era um restaurante formal, e Marty se vestira elegantemente em bege claro, azul e coral. Não disse que ficara perturbado pelo acidente de C.J. Disse que aquilo era algo perturbador e que sentia pena de Mary-Sue por pensar que seus amigos estivessem amaldiçoados. — É horrível que uma criança se sinta assim. — Ele perguntou: — Que tipo de garoto é C.J.?

— Um aluno brilhante com autoconfiança suficiente para encher um dedal. Vivia fazendo coisas bobas de criança.

— Então, houve outras ocasiões em que ele se comportou de forma irresponsável? — Marty sorriu e disse: — Acabei de dar uma de policial, não é?

— Só um pouquinho. — Jack tomou um gole de uísque. — Uma das alunas do pai dele pagou a C.J. cinqüenta dólares para roubar uma cópia de um exame final para ela.

— Isso é bastante sério, você não acha? Te incomodava que ele e Danny fossem amigos?

— Não. C.J. não é ruim nem malicioso. Tinha mais a ver com seus sentimentos em relação ao pai. Ele é bem inocente, na verdade, o único que acabava machucando era a si mesmo. O mais triste é que, se o pai dele soubesse quão desesperada a aluna estava por uma nota boa, teria feito pessoalmente um trato com ela.

— Você não gosta dele — Marty disse, direto, e levantou o copo até a boca.

— Vamos dizer somente que não o aprovo, o que, eu sei, cheira a virtuosismo. Mas é que ele é tão irresponsável. E ele sempre, não sei...

— Se dá bem?

— Se dá bem.

— Aposto que ele também é um desses caras que não fazem mais que o necessário no trabalho.

— Ele conseguiu estabilidade no emprego. Mas não tem nenhum destaque no departamento em que trabalha. Para ele, o trabalho é uma extensão do clube de campo.

— Diferente de você.

— Não é isso que... Não estou fazendo comparações.

— Mas e se fizesse? Você se destacou em todos os lugares em que ensinou.

— Não existe rivalidade profissional — Jack respondeu, não de forma defensiva. — Não estamos no mesmo departamento e ele, certamente, não é a única pessoa desonesta na faculdade. Mas ele é o único que faz questão de se gabar. Para cima de mim. — Ele tomou outro gole da bebida e, depois, mais um.

— Assim, você se ressente desse cara por sempre se dar bem e também por esfregar isso na sua cara. Parece bastante justo.

— E tenho certeza de que Ainsley acha que eu sou o imbecil mais crítico e mais pomposo que já existiu. E talvez ele esteja certo. Mas me ressinto por pensar isso de mim.

— Talvez *você* quisesse ser capaz de se dar bem, de vez em quando.

— Não sei o que quero.

— Tenho certeza que, na opinião dele, *você* está se dando bem. Seu filho nunca te entregou, por nenhuma quantidade de dinheiro.

— Ainsley costumava fazer piadas de mau gosto sobre minha vinda para Gilbert. Que eu estava me misturando com a gentalha. Ele não perdia uma chance de me alfinetar porque eu levava meu trabalho a sério, como se não houvesse desvantagem... Eu abri mão de muita coisa quando me mudei para cá.

— Você não acha que ele sabe disso? Por que acha que ele fazia as piadas? Ele se ressente de você do mesmo jeito que você se ressente dele, pela forma como você se comporta. Suspeito que, na verdade, ele se ressente de você por ser o homem que você é.

— Pelo que *eu* realmente me ressinto não tem *nada* a ver com Ainsley. — Jack esvaziou o copo. — Talvez tudo que fiz foi estabelecer minhas próprias regras, e essas regras se referiam a tornar a vida de Danny completa, ensiná-lo a ter respeito próprio e sentido de valor. Ainsley, se é que tem quaisquer regras, rompe com todas elas, e C.J. sabe disso. Danny se matou. C.J. acabou indo parar no hospital todo arrebentado, quase morto. É disso que me ressinto, Marty. Que Ainsley e eu sejamos jogados no mesmo saco, a despeito de como nos comportamos. Talvez do que eu me ressinta é do fato de que não existam regras.

— Não acho que seja disso que você se ressente — disse Marty. — Tudo em que você acreditava e em que confiava, incluindo sua opinião desfavorável sobre Ainsley, foi questionado. É disso que você se ressente.

Eles estavam a ponto de começar a formalidade de pedir o jantar, mas não tiveram a oportunidade. O Detetive Hopewell aproximou-se da mesa deles. Estava acompanhado de uma mulher que tinha idade ligeiramente suficiente para não ser confundida com sua filha, vestida mais para um quiosque de beira de praia que para o Marlowe's. Hopewell acenou superficialmente para Jack, como se não tivesse certeza de onde haviam se encontrado antes, e perguntou a Marty se poderiam conversar um minuto.

Marty respondeu: — Claro — e pediu licença.

Os dois detetives foram até o canto mais distante, perto dos telefones públicos e dos banheiros, deixando a acompanhante de Hopewell com uma expressão entediada e infeliz. Ela encolheu os ombros para Jack e disse: — Diga ao Earl que estarei no bar.

Marty e Hopewell conversaram por alguns minutos; mais precisamente, Marty ouviu enquanto Hopewell falou, vagarosamente, descrevendo algo com as mãos que fez Marty sacudir a cabeça, ouvir um pouco mais, virar-se e olhar para Jack.

Hopewell começou a andar em direção à mesa, mas Marty colocou a mão em seu ombro e o puxou para trás, disse alguma coisa e se afastou. Hopewell olhou para o chão, mal-humorado, e foi até o bar.

Marty se sentou, pegou seu copo e o esvaziou.

— Hopewell disse que o outro garoto não se matou. Disse que foi assassinado.

XV

Jack sentiu como se estivesse envolto numa nuvem de embotamento, como se suas pernas houvessem desaparecido de sob o corpo, como se estivesse indefeso.

— Isso tem alguma coisa a ver com Danny? — quis saber.

— Hopewell precisa te fazer algumas perguntas. Foi só o que ele me disse.

— Então Danny...

— São apenas perguntas, Jack. Não quer dizer que...

— Ele acha que Danny foi assassinado. — As palavras se grudaram à garganta seca de Jack.

— Ele não disse isso.

Jack não deu ao garçom tempo de vir até a mesa e anotar o pedido; derrubou seu guardanapo, deixou dinheiro suficiente para pagar as bebidas e saiu do restaurante para a rua, como se Hopewell e o assassino de meninos existissem somente dentro do restaurante e que, lá fora, a noite fosse dona da própria vida.

Marty não tentou impedi-lo; limitou-se a segui-lo, atravessando a Main Street, passando pelo estacionamento, por seus carros e por trás do correio, onde o beco levava até o campus, onde os galhos das árvores pendiam, pesados e baixos e a luz da lua desaparecia por completo.

Caminharam pelo velho campus, onde as calçadas eram feitas de tijolos vermelhos assentados pelos funcionários da WPA, que tinham vindo para o Gilbert College a fim de construir o edifício de Belas-Artes e pintar os murais, para plantar arbustos, árvores e grama no pátio, onde lâmpadas a gás brilhavam ao longo dos caminhos e as janelas por todo o campus estavam vazias e escuras.

Marty olhou para a escuridão e não disse nada.

— Durante o verão inteiro — Jack lhe disse — tentei conviver com a idéia de que alguma coisa tinha dado terrivelmente errado para Danny. Algo que eu fiz, algo que *não* fiz. Que ele era um menino confuso, com uma vida confusa. Agora tenho que mudar isso tudo e tentar acreditar que Danny foi vítima de algum filho-da-puta que arbitrariamente o matou? Meu Deus! Quase sinto que isso deveria ser um alívio, de alguma forma totalmente doida. Só que Danny ainda está morto.

— Hopewell está sempre procurando alguma coisa extraordinária. Eu te disse isso no primeiro dia. Ele quer sair de Gilbert e ser um peixe grande num lago maior. Infelizmente, agora você e os Coggin estão presos nas teias dos sonhos de grandeza dele. — Caminharam um pouco mais. — Não que ele esteja completamente equivocado, mas deveria deixar você fora disso.

— O que você quer dizer?

— Os Coggin mencionaram alguma coisa sobre Hopewell achar que não se encaixa com a descrição de suicídio. Ele não quis me dar muitos detalhes. Não quis comprometer a integridade da investigação dele — Marty disse, ironicamente. — Mas o que eu acho é que não tem *nada* a ver com...

— Achar não é suficiente, Marty.

— Eu sei. — Marty esperou um momento antes de dizer a Jack: — Lamar teve uma briga com um menino da classe dele, na manhã do dia em que morreu. O legista encontrou marcas no braço de Lamar e deduziu que foi assim que as marcas foram parar lá. Hopewell não está convencido. Ele acha que poderiam ter sido feitas perto do riacho Otter. Que Lamar pode ter lutado com o assassino. Não é em nada parecido com a morte de Danny. Isso foi tudo que ele me disse, e também que acha que existe razão suficiente para dar mais uma olhada no caso. Deve ter alguma coisa por trás disso. Ele não teria sido capaz de fazer isso se nosso capitão não tivesse concordado. Mas nada significa que Danny tenha sido assassinado.

— Então, por que ele quer me fazer perguntas?

— Não sei.

— Não sabe ou não quer dizer?

— Você está querendo garantias que não posso te dar.

— Meu filho foi assassinado?

— Esse caso não é meu, Jack. Eu não tenho todos os dados portanto; não posso te dar uma resposta definitiva. Se você quer minha *opinião*, não, Danny não foi assassinado. Eu te disse isso na primeira vez que fui falar com você, que o suicídio de Danny tem muito pouco a ver com o de Lamar.

Percorreram toda a calçada. Jack quis saber: — Como ele vai conduzir o assunto? — referindo-se a Hopewell.

— Fará uma busca mais intensa lá perto do riacho Otter, se é que já não o fez. Voltará e conversará com as pessoas que viram Lamar no dia em que ele morreu, na escola e depois da aula. Procurará por qualquer pessoa que tenha visto alguém por lá no dia em que aconteceu, tentará encontrar alguém que possa ter passado por ali. É possível que alguém... um sem-teto, um maluco, quem sabe... o tenha feito. E ele vai ver se consegue ligar a morte de Lamar à morte de outros meninos da mesma idade em outras partes do Estado.

— Como se fossem assassinatos em série?

— É uma possibilidade remota. Eu acompanho esse tipo de coisa o tempo todo. É *mais* do que remoto.

— Não existe *terra firma* — disse Jack. — É isso que acontece quando se fica louco, não é? Quando não existe mais *terra firma*.

Caminharam em silêncio até o fim da calçada e atravessaram a rua.

O silêncio prosseguiu, fazendo Jack se lembrar daquela tarde em que ele e Marty ficaram no carro, quando ainda eram dois estranhos. Mas já não eram estranhos. Quando Jack dizia: — Só consigo pensar em: *O que virá a seguir?* — Marty sabia do que ele estava falando.

Depois, seguiram até perto dos dormitórios universitários, com os pátios amplos e o centro de arte. Onde o pavimento era liso e novo e não havia sido assentado pela WPA. Onde a escultura pós-moderna se erguia, enorme e ousada como a pré-história.

Jack disse: — No primeiro verão em que Anne e eu fomos à França, ela estava trabalhando em sua primeira exposição e costumava falar sobre os espaços em branco que Cézanne deixava em suas telas. Ela dizia que as partes em branco sugeriam tanto o que existe quanto o que não existe. Que a ausência de algo, de algum elemento, cria a presença de algo mais e que você tem que ser capaz de ver o que está faltando para ter uma idéia do que resta. Talvez tenha sido o espaço em branco o que fez com que Hopewell decidisse que Lamar foi assassinado.

— Acho que pode ser. Ou talvez espaços em branco não signifiquem necessariamente que não exista nada ali, mas apenas que não seja visível.

Percorreram a calçada vazia. O reflexo da lua estava emoldurado pelas janelas dos dormitórios. Seus passos ecoavam, frios e ocos, contra o concreto e o cimento.

Jack disse: — Sinto como se estivesse escorregando por um canal eterno e sem fundo.

— Às vezes é assim mesmo. Mas é algo com que você tem que lidar. Além de todas as coisas com as quais você já tem que lidar. Odeio fazer com que pareça tão frio, mas é a verdade.

— Uma verdade fria.

— Uma verdade fria — Marty repetiu solenemente.

— Gostaria de algumas que fossem mais morninhas, de vez em quando.

— Bem, ao que tudo indica, você parece estar lidando bastante bem com os dois tipos. Nas atuais circunstâncias.

— *Pareço* estar.

Caminharam um pouco mais.

— Sabe qual é meu problema, Marty?

— Este não é o tipo de pergunta a que tento responder — disse Marty, sem qualquer indicação de humor.

— Eu sempre estive tão ocupado, *parecendo* lidar com cada coisinha, que nunca deixei ninguém ver o quanto realmente precisava de ajuda. E, quando me ofereceram, eu não a aceitei. Nem dos meus amigos, nem da minha família. Deixei que me dissessem palavras de encorajamento, que me animassem e, então, os coloquei para escanteio — ele fez um gesto abrangente com a mão esquerda —, para que eles me vissem aproveitar o dia. A ajuda sempre deve ter estado disponível, mas nunca demonstrei precisar dela. Quase cheguei a pedir para você, naquela noite no Palomino, e isso fez com que me sentisse tão pequeno por dentro que tive que recuar. Pode chamar de complexo de mártir, ou complexo de herói. Quando Anne foi embora e me deixou e a Danny, eu fiquei como um boxeador nas cordas tentando se livrar dos golpes. Peguei meu filho e comecei uma nova vida. Sem pestanejar. Tínhamos nossos jogos de softbol, nossas férias. Eu podia fazer tudo e seguir em frente sozinho. E se eu demonstrasse o mais leve sinal de indecisão, de incompetência...

— Pegue mais leve consigo mesmo.

— Iria parecer que eu era um fracassado, e não podia deixar que isso acontecesse. Se existe uma coisa que sei sobre mim mesmo é o seguinte: tenho medo de demonstrar dor ou de parecer carente ou, Deus me livre, incompetente. — Ele afrouxou a gravata e desabotoou o primeiro botão da camisa. — Talvez existam coisas que as pessoas não deveriam saber a respeito de si mesmas. Embora *você* possa me dizer que as pessoas nunca sabem o suficiente.

— Eu também te diria que...

Jack ergueu a mão para silenciá-lo. — A questao, Marty, é a seguinte: neste momento, eu estou apavorado. Estou apavorado desde que Danny morreu. Não sei o que pensar, nem o que sentir, ou o que imaginar. Venho pedindo sua ajuda desde o dia em que nos conhecemos, mais ou menos. Por mais idiota que possa parecer, eu *deixei* que você...

— Eu também diria — Marty disse sem um pingo de indelicadeza — para ser mais tolerante consigo mesmo.

— Existe um limite para a tolerância. Tenho um filho que está morto, a quem Hopewell se recusa a deixar que descanse em paz, e não posso ficar parado e deixar que isso aconteça. Danny está morto e tenho que protegê-lo. Acho que também tenho que proteger a mim mesmo.

— Você tem cuidado muito bem de vocês dois desde que ele nasceu.

— Tenho medo. — A voz de Jack soou como se todo o ar houvesse sido sugado dela. — E preciso da sua ajuda.

Marty assentiu com a cabeça, devagar.

Eles haviam deixado os dormitórios para trás e saído do campus, caminhando pela Elm Street, onde as lojas estavam todas fechadas e a calçada, vazia.

Jack disse: — Já que te arranquei do Marlowe's antes que você pudesse jantar, que tal se eu te pagar um jantar atrasado, em algum lugar?

Marty começou a protestar. Jack lhe disse para não criar caso com aquilo.

— Estou te convidando para jantar. É só isso.

— Neste caso — disse Marty —, vamos comer aqui. — Ele estava parado na frente do Ambrosini's... A Casa da Mais Fina Comida Italiana.

— Você está deixando sair barato.

Fazia anos que Jack não ia ao Ambrosini's, mas o lugar não havia mudado muito. O ar lá dentro ainda era carregado de aroma de alho e de queijo parmesão, o bar provido somente de misturas de uísque e a carta de vinhos ainda era a melhor do Estado. Jack apenas esperava, pelo bem de Marty, que o antigo chef tivesse se aposentado.

Marty deu uma olhada rápida no cardápio e, antes que o garçom viesse, disse a Jack: — Alguns dias atrás, os pais de Lamar descobriram que faltava um objeto pessoal nas coisas dele, talvez fosse uma peça de roupa ou algo assim. Hopewell apenas me disse que era algo que Lamar teria levado consigo quando saiu de casa, naquele dia. Hopewell voltou ao riacho Otter para procurar pela coisa, pois talvez tivesse passado despercebida na primeira vez. Você sabe a confusão que é lá, ainda mais com toda aquela chuva, que não estava ajudando, mas ele nada encontrou. Mas, o que quer que ele esteja tramando, tenho certeza de que não tem nada a ver com Danny.

Jack estava deitado no escuro, não havia brisa esta noite, o ar estava pesado e parecia que ia chover. Era como se todas as fragrâncias do verão estivessem se escondendo, isoladas no outro lado do campo, e havia apenas o cheiro doce do uísque em seu hálito e o leve aroma do salão do Ambrosini's em suas roupas e cabelos. Não eram absolutamente desconhecidos, assim como um determinado perfume que surge em um teatro, ou numa festa, e você se lembra da última vez que o sentiu, de onde você estava e quem era a pessoa que o usava. Jack se lembrou da última vez que ficara deitado no escuro e sentira o cheiro do restaurante em suas roupas e em seu corpo, mas naquela noite eles estavam mesclados ao agradável aroma do perfume de uma mulher.

Era aniversário de alguém e eles fizeram uma festa no Ambrosini's. Havia cerca de vinte e cinco pessoas no grupo, Jack se lembrava, sentadas em volta da grande mesa no salão. Lois estava lá com Tim. Lee e Cindy Hatfield. Jerry e Joy Parcell. E Maggie. Havia um parque de diversões montado no estacionamento do outro lado da rua, os sons vermelhos e amarelos do órgão a vapor, o cheiro defumado das salsichas e batatas fritas gordurosas entrava flutuando pela janela aberta. Era Jack quem queria contrabandear comida do parque, sob o risco de ofender o Sr. Ambrosini. Mas não era por isso que todos estavam rindo. Ele não conseguia se lembrar por quê. Talvez fosse o vinho, um bom Brunello do estoque particular de Ambrosini, ou o aviso de fim de semestre, que coincidira com a festa. Ou o brinde feito por Maggie.

Alguém havia levado música. Algumas pessoas começaram a dançar, outras cantaram. As mesas foram afastadas. Mais pessoas foram dançar.

Maggie aproximou-se de Jack. Ela se movia ao ritmo da música, a saia ajustada nos quadris, exibindo-os. — Dr. Jack Owens — ela disse num sussurro rouco.

— Dra. Maggie Brighton.

Ela se inclinou mais perto, esfregando a coxa nele e descansando a cabeça contra a lapela de seu paletó. — Você é o tipo de homem que seduz as mulheres e depois as sacrifica? — ela perguntou com o mesmo sussurro rouco.

— Sou o tipo de homem que protege as mulheres de si mesmas.

— Muito nobre, Dr. Owens.

— Não tiremos conclusões precipitadas.

— Você lê muita poesia, nobre Dr. Owens?

— Um pouco.

— Sugiro que leia mais. — Ela podia ter bebido além da conta. Ela podia estar só fazendo de conta.

— E por quê?

— Você tem poesia dentro de si.

Ela parecia estar a ponto de beijá-lo. Não beijou, o que Jack lamentou.

— *Eu* dei aula de poesia este ano — ela disse, da maneira deliberada dos ébrios. — *Eu* dei aula de poesia para alunos que não eram do curso de inglês. Você já deu aula de cinema para alunos que não estudavam cinema?

— Já.

— Eu não me importo. Você se importa?

— Não.

— Nem eu. — Ela cantarolou baixinho, o rosto pressionado ao queixo dele. — Você sabe o que deixa todo mundo animado em Bloomington, Indiana?

— Você?

— Basquete. Basquete na sexta à noite.
— E você não gosta de basquete na sexta à noite?
— Eu gosto de *você* na sexta à noite. — Ela tocou os lábios nele. — Dance comigo — ela disse.
— Pensei que já estávamos dançando — e a tomou em seus braços.

Ele gostava de dançar com Maggie. Não era apenas a sensação de seu corpo, firme e confiante de encontro ao seu, ou a forma como seus dedos tocavam seu pescoço. Era o cheiro de seu cabelo, a maneira como ela seguia seus passos, a maneira como sabia quando brincar e quando levar a música a sério, mas nunca demais.

— Gosto de você, Jack. Principalmente esta noite.
— Por que principalmente esta noite?
— Você não me julga pelo meu comportamento.
— Você está se comportando perfeitamente bem.
— É isso que quero dizer. — Ela o agarrou mais apertado.

Depois das onze horas, todos foram para o parque de diversões. Jack ganhou um urso de pelúcia para Maggie no tiro-ao-alvo e um bracelete banhado a ouro com imitações de diamantes, que ela colocou imediatamente e prometeu usar até o braço ficar verde. Eles andaram no "Tilt-a-Whirl", atiraram tortas num palhaço e comeram batatas fritas salgadas que vinham em canudos de papel. Depois, todos foram de carro até a Third Street, passando pelos bares de caminhoneiros, postos de gasolina e letreiros de néon dos motéis, até o Little Slipper, onde ouviram o trio de jazz tocar mais que razoavelmente bem. Maggie e Jack se sentaram juntinhos a uma mesa junto à parede próxima ao bar. Lois cantou "You go to my head", com voz profunda, calorosa e rouca. Jerry e Joy se harmonizaram suavemente em "My heart stood still".

Jack se lembrou que Maggie cantou/declamou "The very thought of you".

Ele se lembrou de quando Maggie apareceu para jogar sua primeira partida de softbol e ele gritou do outro lado do campo para Danny: — Quero que você venha conhecer alguém — e Danny veio correndo, a luva enfiada embaixo do braço, o boné virado para trás.

— Esta é Maggie Brighton — Jack disse. — A informação dos espiões é de que ela joga razoavelmente bem na primeira base. Se Gary não a escalar, sugiro que você a inclua no seu time.

Danny lhe lançou um olhar severo.

— Não sou apenas de receber, sem rebater nada — Maggie disse —, consigo até mandar a bola para o outro lado do campo — o que fez com que Danny sorrisse.

Durante todo aquele dia o céu esteve azul e o campo perto do diamante parecia feito de açúcar. Maggie sabia jogar softbol; na primeira entrada, ela conseguiu rebater uma bola baixa e Danny a cumprimentou com um "toca aqui!" ao sair do campo; ela também sabia se vestir para um jogo, com uma calça velha de beisebol que havia reformado para que ficasse três-quartos, uma camiseta de beisebol usada, que havia comprado num brechó, tênis All Star preto, cano alto, modelo Chuck Taylor, e o cabelo ruivo enfiado num boné preto.

Liderando a segunda metade da nona entrada, quando seu time perdia por um ponto, Maggie correu para apanhar uma bola baixa e adiantou-se para lançá-la à base seguinte. Ela terminou na terceira base com dois "outs", dançou um pouco sobre a base, requebrando-se e rebolando os quadris, acenou para Jack e gritou: — Me adiantei à bola. Estou chegando em casa. — Infelizmente, ela sobrou na terceira base e seu time não chegou a marcar o ponto final.

Depois do jogo, quando ele estava ajudando a arrumar as coisas para um piquenique próximo à linha demarcatória do campo, Jack viu Maggie vir correndo até ele, propulsada, ao que parecia, pelo poder da sua risada. — Danny me disse que eu "arrasei" na primeira base — disse. — Ele é maravilhoso, Jack. Me assegurei de dizer isso a ele, e também que é um excelente segunda base.

— Ele nunca se cansa de ouvir isso.

— E nem você. — Ela agarrou o braço dele e riu mais. Colocaram as velhas cadeiras de praia em um círculo à sombra das árvores e estava pronto o piquenique. Sanduíches e saladas, cervejas e refrigerantes, a fumaça da churrasqueira rodopiava com o cheiro dos hambúrgueres, salsichas e lingüiças. Enquanto os adultos comiam e conversavam sobre seus planos para o verão, as crianças se apressavam em terminar a refeição e escolhiam os times para mais um jogo de softbol.

Aquele foi o verão em que Jack havia alugado uma casa no Maine com Nick e os garotos. Danny tinha o que... dez anos? Não, devia ter nove. Maggie foi ao seu aniversário de dez anos...

Ela providenciou o mágico e uma vidente "cigana" para a festa do décimo aniversário de Danny, Jack se lembrava. Mas, naquele jogo de softbol, ela sobrou na terceira base com o ponto decisivo.

Jack pensou em Maggie e sentiu o mesmo pesar que havia sentido antes. Parecia fazer parte do conjunto de pesares que estava sentindo, e ela fazia parte do grupo de pessoas de quem ele sentia saudade, que haviam partido. "Nobre Dr. Owens", ela o chamara, mas aquilo era só uma brincadeira, aquilo foi antes de acontecer o que aconteceu.

Começou a chover. Jack se levantou para fechar a janela do quarto.

Lembrou-se de que Maggie tinha dado risada sobre aquilo depois, sobre sua dança na terceira base. — Foi minha bossa nova do beisebol.

Havia sempre muita risada quando ela estava por perto. A brilhante Maggie Brighton, que fazia tudo brilhar.

As noites de sábado, em que Danny ficava na casa de Rick ou de Brian, Jack passava com Maggie em Bloomington, onde ela morava num dos bairros chiques perto do campus. Na primeira vez que passou a noite lá, estava chovendo, como hoje, só que era fim de setembro e fazia frio. Eles sentaram no chão, uma bandeja de canapés diante deles, e escutaram Chet Baker e Mose Allison.

— Você sempre quis ser professor? — ela perguntou.

— A não ser na oitava série, quando quis ter meu próprio talk-show.

— Não é muito diferente de dar aula.

— E você?

— Quando tinha sete anos, costumava obrigar minhas irmãs a brincar de escolinha comigo. Fazia-as sentar e recitava Dr. Seuss e A. A. Milne. — Ela sorriu. — É bobo, eu sei, mas sempre adorei o *som* da poesia lida em voz alta. Minha família tinha um sítio no lago Wawasee e, quando eu estava no ensino médio, costumava sentar no cais sozinha e ler Emily Dickinson. Deveríamos ir lá, Jack, daqui a algumas semanas, Danny, você e eu. É lindo no outono. Posso levar vocês dois ao Olympia Candy Kitchen, em Goshe, para comer hambúrguer e tomar leite maltado. Vamos fazer caminhadas pela mata em volta do lago e fazer fogueira à noite, assar marshmallow e contar histórias de fantasma.

Jack ainda se lembrava de quão nervoso — ansioso, na verdade — havia ficado quando Maggie os convidou. — Acho que vamos ter alguns problemas de logística — ele disse.

— Logística?

— Para dormir.

— Acho que somos capazes de manter as mãos longe um do outro durante um fim de semana — ela disse, e então: — É só isso?

— Não. Também me preocupo que Danny não se apegue muito às mulheres com quem eu saio. Não que tenham sido muitas, mas...

— Ele tem que me conhecer, eu entendo, e se sentir à vontade com tudo. Certo?

— Certo.

— Ele sabe que você passa a noite aqui?

Jack balançou a cabeça. — Acho que seria muito confuso para ele.

— Onde ele acha que você está?

— Ah, ele sabe que estou com você — Jack disse, não de forma defensiva —, ele sabe tudo sobre você. Só não sabe que durmo aqui.

Em outubro foram de carro até a cabana perto do Lago Wawasee e fizeram todas as coisas que Maggie disse que fariam. Jack e Danny dormiram em beliches. Danny ficou com o de cima.

Ao voltarem para Gilbert, no domingo à noite, Danny disse que tinha se divertido. Disse que gostava de Maggie. Disse a Jack: — Deveríamos convidá-la para jantar aqui em casa.

Maggie veio jantar em casa. Às vezes, ela vinha almoçar no sábado à tarde, ficava para o jantar e dormia lá, no quarto de hóspedes. Se ela se incomodava com aquela disposição, nunca falou nada. Às vezes, Jack e Danny iam até a universidade em Indiana e se encontravam com Maggie em seu escritório. Ela ouvia as histórias de Danny e suas piadas. Ela também lhe contava algumas. Algumas noites, os três jantavam num restaurante; outras, jantavam na casa dela, onde ela convencia Danny a tocar piano, ou ela tocava, e quando Danny passou a se sentir mais à vontade, eles tocavam duetos. Ela costumava fazer Danny rir com rimas e versos bobos. — Esse é um dos benefícios de ensinar literatura infantil. A gente aprende um monte de rimas ruins.

Jack pensou na tarde, logo após as férias de verão, quando Maggie e ele sentaram no balanço da varanda, Maggie descalça, de short, a pele bronzeada do sol, o rosto suave e anguloso, relaxado e descansado. Não estava chovendo, mas o ar estava denso e úmido. Os grilos, as cigarras e as rãs estavam enlouquecendo na escuridão profunda das plantações e no bosque perto do riacho.

— Imagino que você sempre adorou filmes — ela disse.

— Na verdade, eu adorava ficar sozinho no escuro, e assistir filmes era uma forma bastante aceitável de fazer isso.

— Acho que você está me contando mais do que quero saber. — Quando ela ria, seu rosto inteiro ria, e seu corpo ria e fazia Jack rir.

Já fazia muito tempo que ele não ria daquele jeito.

Depois da chuva, de manhã cedo, o sol queimava por entre as nuvens e havia um cheiro de ozônio no ar. A grama ainda estava molhada e nada havia mudado, exceto o fato de Jack não estar sozinho. Ele estava sentado na varanda dos fundos, tomando café com Stan Miller, que havia passado para cumprimentá-lo e certificar-se de que Jack estivesse pronto para voltar a ser o Dr. Owens — não que Stan fosse insensível o suficiente para perguntar. Ele não teria chegado a ser chefe do departamento sem uma boa dose de tato e inteligência para não perguntar o óbvio nem para afirmá-lo, o que é uma combinação excelente em qualquer lugar do mundo, pensou Jack com pouca amabilidade, visto que não estava num humor muito afável naquela manhã.

Ele não queria que Stan estivesse ali. Não queria ser lembrado da pessoa com quem Stan achava que estava conversando, quem ele esperava — e tinha toda razão para esperar — que apareceria para dar aulas no primeiro dia do semestre de outono. Afinal, Stan tinha que administrar um departamento e não tinha muitos professores com quem fazê-lo e, se Jack não estivesse apto para o trabalho, se fosse entregar seu pedido de licença de emergência e fugir do massacre — ou o que Jack temia que fosse ser um massacre, assim que entrasse na sala de aula e olhasse para os dez rostos solidários e apreensivos perguntando-se se o Dr. Owens lhes entregaria aquilo pelo que haviam pago — enquanto ele mesmo estaria pensando aquilo, ou se olharia para seus alunos e só pensaria em Danny, que não vivera para chegar à idade deles. E será que eles veriam aquilo em seu rosto?

Se o Dr. Owens não estivesse apto para o trabalho, seria melhor que dissesse agora mesmo.

Mas Stan não precisava perguntar-lhe. Eram colegas há dez anos, tinham os mesmos amigos, seus filhos haviam brincado juntos. Tudo que

Stan precisava dizer era "Como você tem passado, Jack?", enquanto os pássaros voavam pelo campo, os pombos arrulhavam tristemente, a luz do sol aumentava e as sombras recuavam em silêncio.

— Tentando reorganizar as coisas — Jack respondeu. — Devagar.

Stan poderia dizer que devagar era a melhor maneira. Poderia dizer: "Christine e eu pensamos bastante em você neste verão." Mas não tinha como saber que o Dr. Owens morrera junto com Danny e que o que restava era Jack, o fantasma do Dr. Owens, arrastando as correntes e fazendo barulho, não mais substancial que o ectoplasma, e que Jack não sabia se seria capaz de aparecer no início das aulas, em setembro. Não sabia se estava apto ao trabalho. Não que aquilo fosse o tipo de coisa que confessasse ao chefe do seu departamento; a despeito dos bons modos de Stan, aquilo não era o que ele queria ouvir.

Jack sabia que Stan não tinha tempo a perder ouvindo evasivas; ele apenas queria que Jack facilitasse seu trabalho. Apenas queria ouvir a palavra "sim", enquanto girava a caneca de café na mão e olhava novamente para a paisagem além do quintal, dando atenção aos falcões que circulavam sobre o campo, sem dizer nada. Talvez a tarefa de dizer o que lhe ia pela mente causasse tensão em seu excesso de tato, ou talvez fossem as palavras em si, pois não existem diretrizes estritas para se perguntar a um pai, cujo filho se suicidou, se ele é capaz de dar aulas, em vez de dizer: "Olha, eu sei que você está se sentindo péssimo, mas tenho minha parcela pessoal de interesse para levar em consideração. Tenho um trabalho a fazer. Então, o que vai ser, Jack, você pode ou não?" Mas você não pode fazer essa pergunta e não pode dizer o que está pensando, pelo menos não se você for Stan Miller.

Mas Jack não ia deixar que Stan ficasse sentado ali, parecendo solitário e constrangido. Ele lhe disse: — Você não precisa ter medo de ser direto comigo. Não precisa medir suas palavras.

Stan sorriu e respondeu que ficava contente por isso. Disse: — Peço desculpas por não ser muito bom nisso, mas, se tiver que te substituir, preciso saber agora.

— Claro.

— Tenho que... — Stan se interrompeu subitamente quando a campainha soou. Jack se levantou e foi até a frente da casa. Era Hopewell, parado diante da porta de tela.

— Não quero incomodá-lo, Dr. Owens, mas preciso falar com o senhor. Apenas alguns minutos. — Alguma coisa nele havia mudado desde aquele dia em seu escritório. Parecia mais impaciente, incapaz de concluir uma frase. Sua mão direita rasgava o ar quando falava. Dava passos para a frente e para trás, andava até o balanço, mas girava nos calcanhares, como se tivesse acabado de pensar em algo mais que dizer e voltava à porta. Mas não disse nada, apenas enterrou as mãos nos bolsos e sacudiu as chaves e as moedas soltas. Parecia alguém que estivesse fugindo.

Jack olhou sobre o ombro em direção à varanda dos fundos e fechou a porta da frente. — Estou com uma visita — e fez Hopewell descer os degraus da frente e se afastar da casa. Caminharam até a estrada e pararam ao lado do carro de Hopewell. O motor ainda estava ligado.

O detetive disse: — Infelizmente, tenho algo desagradável... Vou ter que pedir que o senhor verifique os e-mails do seu filho. — Apenas a voz distante e vazia não havia mudado.

— Os e-mails de Danny?

— Tem um depravado que anda entrando nas salas de bate-papo... Não existe um jeito agradável de dizer isso. Ele anda fazendo contato com meninos pela internet...

— Danny não se envolveria com nada disso.

— Tenho certeza que não. — Hopewell não parecia convencido. — Mas por segurança... o senhor entende, esses caras são pederastas degenerados, completamente predatórios. São capazes de atrair os garotos das formas mais sutis.

— Você poderia falar mais baixo? — Jack olhou para a parte dos fundos da casa.

— Esse cara — Hopewell baixou a voz — vem atacando garotos jovens, na maior parte do tempo fazendo a cabeça deles, mas também tenta fazer com que se encontrem com ele em lugares afastados. Pode ser que já tenha tido bastante sucesso nisso... Talvez ele more na região, talvez suficientemente perto para vir de carro e longe o bastante para não ser rastreado. — Hopewell passou o lenço pela testa. A pele do rosto estava pálida e caía flacidamente sobre os molares. Havia manchas escuras em sua camisa, ao redor das axilas e onde a carne caía por cima do cinto. O corpo fedia a suor, não o suor do trabalho, mas o da negligência.

Jack não pôde evitar sentir pena dele, que tinha que vir à casa das pessoas e dizer coisas desse tipo e, por um momento, conseguiu enxergar além daquilo que sabia sobre Hopewell: a ambição, a fome por uma grande oportunidade. Pôde ver como o detetive estava assustado, podia até mesmo entender o medo. Aquele olhar podia parecer de reflexão fria, mas na verdade era um olhar de desespero. Hopewell não pensava nos pais das crianças mortas. Tampouco pensava nas crianças mortas. Pensava em seu trabalho, neste caso, e no caso que já estaria esperando por ele quando este estivesse encerrado. Pensava no departamento de cidade grande do qual ansiava fazer parte e nos próximos dez anos em seu escritório apertado na polícia de Gilbert, além de todas as coisas que o seguravam ali, todas as coisas que já haviam passado por ele. E Jack, os Coggin, até mesmo Marty, estavam apenas lubrificando os freios.

Hopewell esfregou os olhos com a palma das mãos. — Talvez esse cara cause confusão mental suficiente para levar um garoto ao suicídio, não posso descartar isso. Sinto muito por ter que fazer isso com o senhor, Dr. Owens, mas existem determinados protocolos que tenho que seguir, determinados procedimentos. Preciso que o senhor dê uma olhada.

— Você quer dizer *agora*?

— Quando tiver oportunidade. Melhor que seja logo. — Ele soltou um suspiro ruidoso e se encostou ao carro. — Mesmo que não encontre nada... Esse cara pode ainda tentar entrar em contato com seu filho; então, tenho que pedir que monitore o e-mail dele de tempos em tempos e me informe se alguma coisa aparecer. — Ele se endireitou e abriu a porta.

— Espere um pouco. Você não pode simplesmente ir embora sem me dar algum tipo de garantia. Você não acha *mesmo* que Danny estava entrando em bate-papos com um pedófilo. — Jack pensou nas noites e nos dias do último mês de maio em que não ficou em casa. O que Danny estava fazendo todo aquele tempo? E pensou em como havia ensinado Danny a não conversar com estranhos e confiou que ele não...

— Não há nada que eu queira mais, Dr. Owens, do que dizer-lhe que ele não estava envolvido nisso. — Hopewell deslizou por trás do volante. — Mas posso lhe dizer que verifique o e-mail dele e que fique de olho. É a única maneira de termos certeza.

Jack observou o carro se afastar e descer pela estrada. — Que filho-da-puta!

Stan estava contemplando o fundo de sua caneca de café quando Jack deu a volta na casa até a varanda dos fundos. Mutt rolava numa poça de água da chuva e abanava o rabo.

— Algum problema? — Stan perguntou.

— Era o detetive que está investigando o suicídio de Danny — foi o que respondeu, só o que tinha a dizer a Stan. — Estarei pronto — assegurou-lhe.

Stan pôs a mão no braço de Jack. — Se houver qualquer problema nesse meio-tempo, se precisar de conselho ou apenas de alguém para tomar uma bebida e conversar um pouco...

— É claro — Jack disse, distraído.

Ele havia contado a seu chefe que um detetive acabara de vir à sua casa e tinha certeza que Stan queria saber tudo a respeito, podia até mesmo pensar que tinha autoridade para perguntar, ainda que aquilo fosse contrário a tudo em que acreditava e aos seus elevados princípios; há sempre aquela comichão de intrometer-se na vida alheia, de levantar a tampa, de descobrir, por nenhum outro motivo além da garantia de que alguém está pior que você, ou que está melhor ou, simplesmente, por preocupar-se. Ou talvez Stan estivesse apenas curioso o bastante para querer escavar a podridão da condição humana. Mas ele não perguntou.

O momento de pânico surgiu assim que o carro de Stan se afastou e Jack entrou na casa e subiu até o quarto de Danny, onde ainda havia sua presença ou a presença de sua ausência, o espaço vazio. Todos os roteiros que Jack não havia cogitado desde aquele dia em que Hopewell entrara em seu escritório passavam agora por sua cabeça, com a mesma velocidade e conjectura vertiginosas de quando o carro perde o controle, a rapidez do reflexo para impedir o desastre, o reflexo de assegurar a si mesmo que Danny não tinha sido levado ao suicídio por um pederasta a quem conhecera pela internet, assegurar a si mesmo que Danny jamais faria aquilo. Porém, também havia o seguinte: Jack sempre pôde confiar no Danny vivo, o Danny que nunca quebraria as regras. Mas o Danny morto não obedecia a nenhuma regra; caso contrário, não haveria razão para estar ali e não haveria razão para ter medo. E também havia isto: havia algo sobre Danny que Jack não sabia. Algo que havia colocado o saco plástico na cabeça de Danny e o matado.

O mundo pode dar apenas um número determinado de voltas e, então, não há mais nada a temer. Jack queria acreditar nisso. Queria acreditar que o pior já havia acontecido, ao sentar-se à escrivaninha de Danny, em frente ao computador. Ele hesitou, como alguém enfrentando um vento forte, que precisava juntar toda a sua força para dar mais alguns passos.

XVI

Ele não era Jack. Não era o Dr. Owens, e sim a criação do suicídio de Danny, a criação das suspeitas de Hopewell, que havia vasculhado nos e-mails de Danny. Ele não era o homem a quem Danny chamava pai, que havia sentado à mesa da cozinha numa das manhãs durante os exames finais em que conseguiram tomar café-da-manhã juntos antes de suas respectivas corridas para a escola — Danny já estaria planejando? Já havia alguma coisa em seu rosto que Jack não vira? Será que agora ele veria?

Danny parecia cansado. Empurrava a comida de um lado a outro do prato, mas não estava comendo. Ele perguntou: — O que é mais importante, pai, honestidade ou lealdade?

— Boa pergunta — Jack respondeu, e Mutt começou a latir, o ônibus escolar tocou a buzina e Danny agarrou os livros e saiu correndo.

Mas agora aquela não era a pergunta. A pergunta agora era sobre fé e confiança, porque Hopewell tinha feito *suas* perguntas e elas colocavam a fé e a confiança em dúvida. Jack tinha pensado o pior — ele poderia criar um argumento convincente de que sua confiança era um edifício muito frágil esses dias, como os barracos perto do rio, onde o ar fedia a repolho e fraldas e ao suor da desesperança. Ele estava em pânico e tremia ao sentar-se à escrivaninha de Danny e olhar seu e-mail — poderia estar vasculhando sua alma, pois era assim que se sentia —, pois, se as regras não se aplicavam ao Danny morto, ainda valiam para o Danny vivo. Ao Danny que não decepcionava. Se Danny tivesse seu próprio trato, um trato cujo final Jack jamais adivinhasse e jamais soubesse, nele não haveria espaço para pederastas ou predadores. Jack sabia aquilo. Nunca tivera motivo para duvidar do Danny vivo, nunca antes de hoje. A confiança e a fé eram compreendidas. Ele nunca fizera Danny cumprir com expectativas irreais. Fora cuidadoso em não se transformar num daqueles pais que ficam esperando pegar o filho numa mentira, vasculhando gavetas numa busca frenética por drogas, pornografia ou coisa pior.

Agora, olhava fixamente para a tela do computador de Danny, procurando pelos menus, olhando as colunas, cautelosamente, como se estivesse andando na ponta dos pés pelo quarto de seu bebê adormecido — será que despertaria algo muito mais perigoso que uma criança adormecida, vivendo dentro de Danny? Mas Jack não encontrou qualquer correspondência de pederastas. Não havia mensagens vulgares, nenhuma tentativa insidiosa ou sugestão grosseira. Danny continuava sem desapontá-lo.

Jack pensou: "As regras ainda valem."

O Danny vivo não havia sido subvertido pelo Danny morto, mas Jack, sim. Ele havia sido subvertido pelo último ato do Danny vivo, o qual, em si mesmo, era uma subversão por parte do Danny morto.

E, na manhã seguinte, Jack dirigiu até o campus e foi até sua sala de projeção, como se pudesse respirar fundo e encher os pulmões com tudo o que havia sido perdido, como se a essência de seu passado estivesse encerrada, preservada no ar daquele lugar, quem ele era com Danny e para Danny, quem ele era por causa de Danny, como se Danny em pessoa estivesse vivo ali e pudesse ser inalado. Como se a totalidade de Jack, que havia sentado ali como um homem inteiro, pudesse ser novamente habitada.

A sala de projeção ainda era um pedaço de *terra firma*, no qual Irwin McCormick esperava aos pés da escada que levava à cabine de projeção, dizendo: — Ela está prontinha para você — assentindo, com segurança de proprietário, visto que ele também estava ligado, ancorado, ao mesmo pedaço de *terra firma*, assim como havia estado desde o semestre em que Jack obtivera estabilidade e o incluíra no orçamento do departamento de cinema, de prontidão para operar o projetor, servir como faz-tudo e zelador e até mesmo para carregar um Danny adormecido até o carro em mais do que algumas noites em que Jack tivera que trabalhar até tarde e a *au pair* estava de folga e não havia babás disponíveis. — Você é um menino bem bonzinho, Danny — Irwin sempre dizia. — Um carinha incrível.

Hoje, Irwin não mencionou o nome de Danny, ao dirigir para Jack um olhar perscrutador através dos olhos claros e míopes. Seu rosto, estriado por rugas, não mostrava solidariedade nem de mais nem de menos, sempre atento às amenidades sociais que havia aprendido, às regras de comportamento, ao estilo de Gilbert, que dizem para não ultrapassar os limites da tristeza pessoal do outro. Afinal, Irwin era filho de um veterano, que lhe havia ensinado aquelas regras e, ao longo do caminho, também ensinara a ficar longe das minas de carvão, outra regra a que obedecia, trabalhando vinte anos em qualquer turno que lhe dessem nas instalações da faculdade e agora, graças a Jack, complementando sua aposentadoria com um cheque bimestral. Só o que disse foi: — Sei que as coisas não têm sido fáceis para você, mas agora você está em casa — e, então, amarrou seu avental cinza sobre os magros quadris, um deles protético e capaz de lhe dar muito trabalho e sobre o qual procurava colocar menos peso possível, enquanto emitia gemidos doloridos e, cuidadosamente, subia os degraus.

Jack percorreu o corredor entre os assentos e ocupou sua cadeira de costume na quinta fileira. Tinha vindo ao lugar onde, sem dúvida, se sentia em casa, o lugar onde existia não como uma lembrança, não como um fantasma arrastando suas correntes. Este era seu pequeno cinema, com a tela ampla, duas dúzias de cadeiras e o pódio lateral. O pequeno cinema que Irwin mantinha brilhante, encerado e limpo. Mas tudo que conseguia fazer era seguir a rotina de movimentos, a rotina de ser professor universitário; podia fazer uma imitação de outro homem, aparecer para dar aula no semestre de outono, ficar à frente dos dez rostos apreensivos, perguntando-se se poderia dar-lhes aquilo pelo que haviam pagado. Tudo o que podia fazer era perguntar-se se poderia agir como o Dr. Owens, quando fosse necessário.

Mas seguir a rotina pode borrar as linhas entre o real e a imitação, borrar a linha entre quem você é e quem se espera que seja. A imitação nunca será tão real quanto o artigo genuíno. Será perfeita demais. E o esforço sempre transparece. Embora, às vezes, só exista isso. Quando não resta nada do artigo genuíno, você tem que se conformar com o homenzinho triste, suando para seguir a coreografia, estragando a música e a dança.

Jack podia assistir aos seus filmes e ser meramente o Dr. Owens da lembrança, seguindo a velha coreografia. Podia olhar em volta da sala, onde nada era desconhecido, e encontrar o terreno além do reconhecimento. Onde ele era apenas outra sombra na tela, feito de centelhas e luz. É assim que é quando você não é quem você é.

Ele fora ali para se perder no escuro, assistir aos filmes, escrever suas anotações e esperar que aquilo parecesse normal, ou que parecesse uma imitação do que seria normal. Mas Jack pensava em Danny, pensava que nunca deveria ter duvidado dele. Enquanto isso, Danny se afastava cada vez mais.

— Está bem acomodado? — Irwin perguntou.

Jack disse que estava confortável, e as luzes lentamente diminuíram.

Quando o filme terminou e as anotações estavam prontas, quando as luzes se acenderam e Irwin saiu mancando para ir almoçar, Jack continuou em seu pequeno cinema. Reclinou-se na cadeira, fechou os olhos e descansou.

Havia tardes em que imaginava Danny crescido, viajando pelo mundo. "Você deveria viajar um pouco", Jack costumava lhe dizer. "Ver como se parecem e como são outros lugares, ver como as outras pessoas vivem, o que sabem e como pensam, antes de tomar suas decisões. Você terá que tomá-las, de qualquer maneira; então por que não as toma depois de ter viajado e se divertido?" Era isso que Jack dizia a Danny. "Haverá tempo", ele prometia.

Supostamente haveria tempo e Jack não deixaria que nada se adiantasse um minuto sequer na vida de Danny. Aquilo fazia parte do trato. Você faz o trato, você o respeita e espera que tudo se encaixe ou que nada mais se despedace. Durante dez anos, o trato foi mantido.

Talvez Danny tivesse seu próprio tique neurótico. Aquilo poderia explicar as aulas de piano, os concertos, o beisebol... E por que o e-mail de Danny estivera limpo. Não, Jack sabia que não era assim; aquele era apenas o Danny, aquilo era natural dele.

Estava anoitecendo quando Jack saiu do cinema para a luz tímida das lâmpadas de gás. Longas sombras cinzentas se estendiam através do pátio e subiam pela calçada de tijolos. Era possível observar ligeiras indicações de atividade no campus, como se um organismo estivesse voltando à vida, um desses peixes milenares que vivem no fundo do oceano, nada além de sistemas nervosos e impulsos, escamas como corais e crustáceos, dormentes todo o dia, que despertam à noite com a lentidão da Eternidade, estendem a língua de chicote e engolem um cardume inocente de krill, que nesse caso era o tempo, o corpo docente e os alunos.

Janelas que estiveram fechadas durante todo o verão se abriam, espalhando retângulos amarelos de luz de volta aos recessos de escritórios e corredores. Do crepúsculo, sob os arcos de tijolos, surgiam rostos. Eles deveriam ser evitados, desviados, evadidos pelo beco, pela entrada lateral, subindo a escada até o escritório, que cheirava a papel embolorado e manchas de sol cálidas, e também à ociosidade do verão. Onde o Tempo permanecia parado, como num diorama no museu. Se ele acendesse a luz, Jack veria a si mesmo em sua escrivaninha e era de manhã, o mês era maio e nada havia mudado.

Na tarde seguinte, Jack estava sentado a uma mesa de cabina no restaurante Paul's, esperando por Marty e lendo o jornal da manhã. A manchete era: PEDÓFILO DA INTERNET ATACA JUVENTUDE DE GILBERT. Era a história sobre o assassinato de Lamar Coggin. Não havia menção ao nome de Danny, somente uma alusão a um suicídio que "poderia estar relacionado". O artigo era principalmente sobre Hopewell e como ele havia "concluído" que a morte de Lamar Coggin fora um homicídio cometido por "um assassino pervertido à espreita de garotos jovens pela internet". Segundo o jornal, "o pequeno Lamar é a única vítima conhecida até o momento e o Detetive Earl Hopewell segue de perto a trilha do assassino". Hopewell estava confiante de que, em breve, a prisão seria efetuada. O detetive foi citado como tendo dito que: "Manter as crianças de Gilbert seguras desses predadores doentes é minha prioridade." A família Coggin agradecia a Deus por ter levado Hopewell até eles e estavam gratos pelos esforços do detetive em vingar a morte de seu filho. "Sabemos que Lamar está no céu, olhando para nós e se sentindo agradecido também."

Havia um editorial clamando por uma regulação mais estrita da internet e alertando os pais para que monitorassem as atividades on-line de seus filhos.

Marty entrou e se sentou. Afastou o jornal e disse tristemente: — Gostaria que você não tivesse visto.

— Tem alguma verdade nisto?

Marty começou a responder, mas parou quando o garçom se aproximou. Pediram o almoço e, depois que o garçom se afastou, Marty disse: — Não tem nada a ver com Danny. — Ele dobrou o jornal e o largou sobre o banco a seu lado. — Acredite em mim, Jack, Danny está a quilômetros de distância disso tudo. Você sabe disso.

— Não estou certo se Hopewell concorda com isso.

Os cantos da boca de Marty caíram.

Jack disse: — Ele quis que eu olhasse o e-mail de Danny e que continuasse verificando-o para ver se... bem, para ver se ele tinha estado em contato com esse pedófilo. — Jack balançou lentamente a cabeça. — É claro que ele não tinha. Telefonei para Hopewell e lhe disse isso, mas agora ele quer olhar pessoalmente e levar o disco rígido... de jeito *nenhum* vou deixar que ele olhe o e-mail ou qualquer outra coisa do Danny.

— Ele não precisa da sua permissão.

— Ele pode simplesmente vir à minha casa e invadir a privacidade do meu filho?

— Se tiver um mandado de busca.

— Só porque ele quer!

— Eu não me preocuparia com isso. Ele já tem o suficiente sem precisar ler o e-mail de Danny.

— Suficiente o quê?

Marty não respondeu. Olhou em volta de maneira incômoda e isso fez com que Jack ficasse nervoso em observá-lo. Fez com que se perguntasse o que Marty não estava contando, e Marty deve ter percebido. Ele disse a Jack: — Eu sei que estou te fazendo pensar o impensável, não contando tudo, mas você vai ter que acreditar em mim. — Um olhar de infelicidade se aprofundou em seu rosto. — Este caso é de Hopewell e tenho que respeitar isso e também a forma que ele escolher para lidar com o assunto. Ainda que eu não concorde. — Aquilo foi dito com tanto pesar que Jack quis se desculpar por ter perguntado. Queria dizer-lhe: "Sei que venho me apoiando em você o verão inteiro. Talvez esteja na hora de eu recuar e cuidar disso tudo sozinho."

Mas Marty falou primeiro. Começou a dizer: — Olha, Jack... — parou quando o garçom trouxe os sanduíches, e então: — Eu não quero piorar ainda mais as coisas para você, mas tenho que confiar que... preciso que você me dê sua palavra de que não vai dizer nada disso a ninguém.

— Disso o quê?

— Hopewell tem um suspeito. — Marty falou baixinho por cima da mesa. — Ele ainda não pode fazer a prisão. Um professor do ensino fundamental aqui de Gilbert. Mora com duas irmãs. Bastante patético. Aparentemente, entra nas salas de bate-papo com meninos, faz com que conversem sobre obscenidades com ele, de forma desajeitada e manipuladora, e tenta se encontrar com eles. Meu capitão me enviou para conversar com os garotos com quem esse cara esteve em contato, aqui na cidade. Alguns são bastante frágeis, para começo de conversa e, uma vez que ele começa a conversar com eles... é bem doentio. Hopewell está tentando pegá-lo usando a internet para contatar Lamar de maneira incontestável, e então poderá trabalhar na acusação de homicídio.

— E Danny?

— Danny não foi assassinado. Hopewell sabe disso e eu quero que você também saiba. — Marty olhou para além de Jack. — Hopewell está com as mãos ocupadas tentando montar o caso de Lamar. As provas forenses são tão duvidosas que, sem uma testemunha ocular, uma confissão ou a descoberta de objetos pessoais de Lamar com o suspeito, ele vai ter muita dificuldade para fazer com que a teoria de homicídio seja convincente.

— Você não parece achar isso tão terrível assim.

Marty deu uma mordida em seu sanduíche e mastigou devagar. Empurrou algumas migalhas soltas em seu prato antes de responder: — Não vejo nada que indique que esse cara seja um assassino, se é isso que você está dizendo. — Sua voz não era mais que um sussurro. — Não que eu duvide da capacidade de Hopewell de assustá-lo tanto que ele admita que o dia seja noite. Mas isso não vai deter o assassino. — Lançou um olhar inquisitivo ao sanduíche, como se não soubesse como fora parar em sua mão. — Não é preciso ser um policial excelente... é possível estabelecer o perfil desses caras. Este cara se excita *conversando* sobre sexo com garotos jovens. Ele não está tentando atraí-los ao bosque para matá-los.

— Essa era a única maneira como ele os contatava? Pela internet?

— É só o que sabemos até agora.

— Você não pode detê-lo? Deter Hopewell, se você acha que ele vai tentar enquadrar o cara num homicídio?

— Eu não disse que ele vai enquadrar ninguém. Mas, a não ser que alguém, incluindo a mim, possa encontrar o assassino real, e eu não sou tão bom assim e nem tenho tanta sorte... Olha, Jack, o cara, ainda assim, é culpado de *alguma coisa*. O mais provável é que ele arrume um bom advogado e que se arrisque a um julgamento, o que eu duvido, ou vai se declarar culpado e tentar um acordo para minimizar a pena. Em qualquer dos casos, vai acabar na prisão e esse será seu fim.

— E Hopewell vai tornar *público* que Lamar estava conversando sobre sexo pela internet com esse cara? Ele vai fazer os pais de Lamar passarem por isso?

— O que for necessário, infelizmente. — Marty disse que a maioria dos detetives teria pensado duas vezes antes de causar esse tipo de dano a todos os envolvidos. — E, quando Hopewell tiver terminado, terá causado um bom estrago. Mas ele fará com que pareça que colocou um assassino psicótico atrás das grades e que salvou a vida dos meninos do Estado de Indiana inteiro. E ninguém vai se importar com mais nada. É bastante deprimente. E o cúmulo é que não há nada que se possa fazer a respeito.

Era o fim da hora de almoço e o lugar estava começando a esvaziar, na maioria, de professores. Havia tranqüilidade na forma como se movimentavam, em ritmo de férias e relaxados, trazendo em si vestígios do cheiro de bronzeador, conferindo ao ambiente o clima de uma nova estação, de um novo semestre, ainda que o semestre estivesse a uma semana de começar. Jack os conhecia apenas de vista, não eram os amigos que haviam estado com ele no final de maio e conversado sobre amenidades, mas, ainda assim, essas pessoas também eram uma parte do Danny vivo, pais de crianças com quem Danny havia estudado, e que estavam vendo Jack pela primeira vez desde a morte de Danny — não haveria mais como se esconder, nu e suado, no sótão. Eles se aproximaram cuidadosamente, usando palavras cautelosas, e disseram a Jack o quanto sentiam, no tom que se usa com os doentes, trazendo no rosto solidariedade e pena. Apenas depois de Jack ter cumprimentado com um aceno de cabeça, depois de verem que era seguro, as vozes se soltavam, rostos se relaxavam, antes de retornarem à sua rotina, aos ambientes familiares, onde as calçadas de tijolos conduziam aos mesmos escritórios e salas de aula que no semestre anterior, onde seus livros estavam disponíveis, esperando para começar, onde a vida estava exatamente no ponto em que a tinham deixado, como se nada houvesse mudado.

Mas algo havia mudado. Jack havia mudado. Sentar-se ali com Marty não só era prova disso, era o resultado dessa mudança, e o resultado do que havia mudado nele. Ele era o pai do garoto que se matara. O homem das compulsões de verão, que tinha passado os dias de suas férias com policiais bons e maus, que vira a tampa aberta e conhecera as maquinações dos detetives e seus planos. Que conhecia seus comportamentos e aquilo que os mantinha despertos à noite. Ele, ao mesmo tempo, pertencia e não pertencia àquele ambiente, ainda possuía todas as credenciais acadêmicas, porém não mais se isolava naquela comunidade; parte interessada em assuntos que o corpo docente de Gilbert não podia saber e parte de outra comunidade. A Comunidade de Pais de Filhos Mortos, na qual os Coggin agradeciam a Deus por seu detetive vingador e a consciência de um detetive triste o mantinha preso pelo pescoço. Era algo terrível de admitir, essa mudança.

Jack disse isso a Marty, depois de saírem do restaurante, enquanto caminhavam pela Main Street.

Marty apenas franziu o semblante e balançou a cabeça lentamente e, então, tomou o caminho de volta para o trabalho. Mas Jack o deteve. — Ei, Marty, o que é mais importante, honestidade ou lealdade?

— Quê?

— Foi o que Danny me perguntou uma semana antes de morrer.

— O que você disse a ele?

— Disse que era uma boa pergunta.

— Ele chegou a dizer o que *ele* escolheria?
— Não, não disse.
— É uma boa pergunta.

Jack voltou à sala de projeção, onde havia mais filmes para assistir. E, mais tarde, foi ao seu escritório, onde o ar mantinha o aroma de verão e luz do sol. Havia uma mensagem de Lois em seu correio de voz, dizendo que ela e Tim haviam voltado de Roma e que, se Jack estivesse disposto, gostariam que viesse à casa deles tomar uns drinques. Mas não havia qualquer mensagem da única voz que ele queria ouvir e não precisava telefonar para casa e deixar uma mensagem perguntando a Danny se ele e os rapazes estavam a fim de comer bagre frito e ir treinar tacadas de beisebol perto do campo. Ou talvez apenas eles dois pudessem ir jantar...

Quando terminou o trabalho, dirigiu até a casa de Lois e Tim. Tomaram coquetéis no pátio, enquanto Lois dizia a Jack como estava feliz em vê-lo, dava-lhe um abraço apertado e o beijava no rosto. Ela disse que ele estivera em sua mente durante todo o verão e que ela não conseguia "fazer uma leitura adequada dele" quando conversavam pelo telefone.

Jack disse que não havia muito que ler, e Lois entendeu a dica de que deveria esperar até que estivessem sozinhos para descobrir o que realmente queria saber.

E, mais tarde ainda, Jack chegou à sua casa, que se recortava contra um céu mais escuro. Não havia ninguém lá dentro esperando por ele, e ainda não estava acostumado com aquilo; sentou-se nos degraus da varanda, lembrando-se das noites em que chegava em casa e ouvia o som do piano, da televisão, o som de Danny. Tentou pensar no trabalho que tinha que fazer, nos filmes que tinha que exibir, nas anotações e preparações. E, só depois de entrar e ver a foto de Danny na mesinha-de-cabeceira, depois de apagar a luz, depois de acomodar-se na cama, incapaz de dormir, é que chegaria à desagradável conclusão de que Danny não estava se afastando dele, afinal; ele é que estava se afastando de Danny.

XVII

Lois estava em sua escrivaninha, os pés enfiados em meias e dobrados sob o corpo. Havia uma pilha de cartas não-lidas sobre a mesa, mais que alguns livros didáticos ainda em suas embalagens. A luz do sol se quebrava na janela e circundava a parte posterior da cabeça dela como uma auréola. Agora que ela e Jack estavam a sós, ele lhe contou sobre suas obsessões e compulsões do verão. Contou-lhe sobre a noite no Palomino. Contou-lhe tudo o que ousava admitir.

Lois devia ter perguntas, mas não as fez. Apenas ouviu, às vezes parecendo preocupada, outras vezes interessada. Ela disse: — Posso entender por que você não me contou nada disso quando telefonei, durante as férias. E fico contente que esteja me contando agora.

Jack continuou falando, impelido pelo puro volume de palavras. Contou-lhe sobre o dia na churrascaria, contou-lhe que "Marty passou o verão inteiro segurando minha mão". Não falou sobre o assassinato de Lamar Coggin nem sobre a investigação de Hopewell. Não falou sobre o desespero que se vê no rosto dos detetives tristes.

Ele foi até a janela, de onde podia ver a parte de trás do prédio de Belas-Artes, onde fora o estúdio de Anne. Virou-se para Lois e disse: — Eu estava pensando em Maggie, na semana passada. — Lois olhou para ele por cima dos óculos e não disse nada. — Poderia ter feito alguma diferença — ele disse a ela. — Para Danny. Poderia ter facilitado as coisas para ele.

Ela disse: — Você não pode pensar assim — como poderia ter dito na época em que era sua professora e ele achava que ia fazer filmes e que precisaria saber algo a respeito do trabalho de um ator. Na época em que Lois falava e ele ouvia e aprendia. Ele não era mais o jovem estudante de cinema, mas ainda escutava quando Lois dizia algo, ainda que não aprendesse, mas apenas deduzisse, e ela não instruísse, mas apenas propusesse, sugerindo o que ele deveria e o que não deveria examinar na própria vida. Ela podia fazer isso. Conhecia o jogo e os jogadores. Falava com autoridade.

Jack não lhe disse isso, embora devesse ter dito, anos antes. O que disse, ao caminhar até a porta, foi: — Ainda temos muito que conversar.

— Sim, nós temos.

— Se você tiver tempo hoje à noite, podemos sair para tomar alguma coisa.

— Eu gostaria muito.

Ele desceu as escadas e saiu para o campus, onde era outra manhã cheia do zunzum da indústria acadêmica. O organismo dormente que havia despertado durante a noite estava totalmente acordado e começava a se alimentar, convertendo energia humana em trabalho braçal. Mas, ao subir até seu escritório, Jack não foi absorvido pelo organismo. Não se sentia compelido a trabalhar. Pensava que Lois poderia estar errada a respeito de Maggie. Pensava que ele também podia estar errado a respeito de Maggie.

Estavam sentados no chão do solário na casa de Maggie. Era a sala favorita dela, com os móveis de ratan, as venezianas matizando o sol, como a luz em um filme inglês. Ela tirou duas almofadas do sofá, sobre as quais eles deitaram a cabeça. Estavam se beijando e a música tocava baixinho.

Jack disse que ela estava linda. Ela disse que Jack também estava lindo e sorriu.

Jack lhe disse: — Tem verão no seu cabelo.

Maggie disse que estava contente que o verão houvesse terminado. — Senti muita saudade de você. — Ela disse que estava feliz em estar a sós com ele.

Ele disse que estava feliz em estar a sós com ela.

Ele não tinha medo de lhe dizer aquilo. Era do que ela diria em seguida que ele tinha medo, e do que aconteceria depois que ela o dissesse. Ele tinha sentido medo desde antes daquela noite no Ambrosini's, o que significava que tinha sentido medo desde o dia em que se conheceram e, mesmo assim, continuou se encontrando com ela. Pensou que poderia contornar aquela situação. Nunca soube quanto medo realmente sentia até que finalmente aconteceu.

Se ele a tivesse beijado, ela não teria sido capaz de dizer o que disse. Se ele falasse sobre a aula que dera em Stanford durante aquele verão, se tivesse aumentado o volume da música ou se levantado para ir fazer café. Ele poderia ter tentado mudar de assunto, tentado adiar a conversa, mas não fez nada. Sabia sobre o que ela queria conversar e estivera temendo aquilo por muito tempo; e querendo, querendo o que ela estava a ponto de oferecer, com medo de não recusar, com medo de recusar, e agora ele apenas queria que tudo estivesse terminado, e sentiu um alívio calmo quando ela disse:

— Não quero fazer isso de novo no próximo verão. E, quando Danny voltar do acampamento, na semana que vem, e vocês dois forem viajar, gostaria de ir com vocês. Podemos ir todos juntos para algum lugar.

— Você sabe o que eu acho disso.

— Danny já está acostumado comigo. — Ela não disse aquilo de forma desafiadora nem argumentativa. Estava apenas citando um fato.

— Ele te aceitou como minha *amiga*. Tenho um monte de amigos. Eles não viajam com a gente nas férias de verão.

— Você não acha que estou querendo me intrometer, acha?

Jack disse que não, não estava pensando aquilo.

— E certamente não estou tentando me colocar entre vocês dois.

Jack disse que também sabia daquilo.

— E não é como se estivesse prestes a te pedir em casamento — ela disse alegremente. — Apenas acho que chegamos a um ponto em que podemos viajar juntos sem fazer muito estardalhaço a respeito. Já passamos fins de semana juntos, então por que não uma semana ou duas?

— Não vou deixar que ele se apegue a alguém para depois vê-lo se machucar de novo. — Aquilo não era tudo que havia a dizer, era apenas o que Jack estava disposto a dizer a ela.

— Você não está falando sobre Danny.

— Estou falando sobre nós dois.

— Mas ele *está* se apegando. Assim como você e assim como eu. Então por que não poderíamos...

— Pode ser que ele esteja se apegando *demais*.

— E daí se estiver? E daí se *todos* nós estivermos? Mais razão ainda para viajarmos juntos.

Jack tentou explicar a ela. — Não quero que ele crie expectativas de algo que não irá acontecer. — Mas aquilo não explicava. — Nem que se preocupe com algo que *irá*. — Mas também não era aquilo.

Maggie passou o braço por seus ombros. Ele não o retirou. — Não há motivo para ficarmos longe um do outro, é isso que estou dizendo.

— Quanto mais tempo passarmos juntos, mais tempo vou querer passar com você.

— Espero que sim — ela disse, brincalhona.

— Não posso fazer isso.

— Não pode?

— Quando Danny for mais velho. Quando ele tiver crescido, haverá tempo para um relacionamento sério, antes não.

— Isso já é um relacionamento sério.

— Você sabe o que quero dizer.

— Não estou certa se sei. Não estou falando em ser mãe dele.

Ele se lembrou de ter observado como ela dissera aquilo com calma, como sua voz não continha o menor vestígio de desespero. Como o fez pensar: "A ausência de algo, de algum elemento, cria a presença de algo mais." E como optou por não ouvir a certeza de afeição que havia na voz dela.

Ela disse: — Você sabe que eu nunca iria te dizer como deve criá-lo.

— Eu sei.

— E você sabe que não quero substituir a mãe dele.

— Também sei disso.

— Então qual é o problema?

— Não vou fazer com que ele tenha que enfrentar mais decepções.

— Não vou decepcioná-lo. Nem a você.

— Pode ser que não comece assim, mas nunca se sabe o que acontecerá, com o passar do tempo.

Ela balançou a cabeça. — Vamos, Jack. Não é disso que se trata.

Ele se reclinou e respirou fundo. — Não vou calibrar a vida dele. Não vou reduzir a duração de sua infância. E também não vou fazer isso com você.

— Fazer o que comigo?

— Fazer você esperar até que Danny fique adulto.

— Isso é algo que posso decidir por mim mesma, você não acha? Além do mais, não é isso que estou te pedindo. — Ela se levantou e endireitou as venezianas, mantendo-se de costas para ele. — Você está muito defensivo. Tem alguma coisa que você não está querendo me dizer. Ou será que você ainda não sabe como dizer?

— Estou fazendo o que acho que é certo para Danny.

— Eu nunca disse o contrário. Mas isso inclui privar a si mesmo de um relacionamento?

— Você está exagerando as coisas.

— Pode ser que eu esteja *suavizando* as coisas. — Ela se virou. — Estou quase apostando que esta não é a primeira vez que você tem esse tipo de conversa com uma mulher com quem estivesse saindo. — Quando Jack não disse nada, Maggie apenas sorriu e assentiu com a cabeça. — Não pense que estou tentando me defender. Tentando convencê-lo de alguma coisa. Você pode ir embora, eu posso ir embora, e nunca mais nos veremos. Sentiremos uma saudade louca um do outro, mas sobreviveremos. — A música terminou e, no mesmo momento, Maggie parou de falar, como se quisesse que o silêncio se prolongasse; como se aquele fosse o som do vazio que Jack estava propondo e ela queria que ele recebesse uma boa dose dele. Ele não rompeu o silêncio. Apenas esperou que ela o rompesse para ele. Era o que ele queria. Não queria deixá-la e não sabia como ficar. E, se ele tivesse dito isso, se ele tivesse dito: "Sou eu quem está se apegando demais"?

Se ele tivesse dito: "Veja bem, fiz este trato comigo mesmo. Tem a ver em privar a mim mesmo e proteger Danny e é a única maneira que conheço de organizar minha vida e de manter Danny a salvo, mas deve haver uma forma de lidar com isso." Aquilo teria dito a ela o que ela queria saber. Se ele tivesse dito: "Houve uma época em que eu tinha uma esposa e um bebê e morávamos num loft na Crosby Street e perdi tudo..." Se ele tivesse dito: "Veja bem, tem a Anne...", eles poderiam ter encontrado uma resposta. Era algo que Maggie teria entendido. Mas se ele tivesse sido capaz de dizer aquilo, não teria precisado do trato.

Maggie deixou o silêncio perdurar enquanto olhava pela janela. A luz do sol permanecia congelada no chão.

Jack fitou a parte posterior da cabeça dela, o corte liso do seu cabelo, a forma como o suéter amarelo se alargava sobre os quadris. Podia sentir o cheiro do seu perfume.

Maggie caminhou até ele e se sentou. Aproximou-se dele e, suavemente, traçou com o dedo o contorno de seu rosto, como havia feito quando dançaram no Ambrosini's e quando se sentaram à mesa de canto ouvindo jazz.

Quando ela rompeu o silêncio, perguntou: — Você já tentou alguma vez? Desde o divórcio, quero dizer.

— Você sabe que saí com outras mulheres...

— Estou falando de um relacionamento.

Ele não respondeu.

— Você tem medo de alguma coisa. Não é disso que realmente se trata? Ele também não respondeu àquilo. — Já te disse sobre o que se trata.

— Não. Você começou a dizer o que você não quer e o que não vai permitir, mas o que é que você *vai* permitir?

— Vou parar de me encontrar com você.

Ele esperou que ela se afastasse, mas ela não o fez. — Isso é ridículo — ela se encostou ao corpo dele.

— Talvez seja, mas é o único jeito de resolver essa situação.

Ele considerou o que estava fazendo, o que estava a ponto de fazer, sem qualquer pretensão de justiça. Era fácil ponderar sobre o futuro além de sua ação, saber que restavam apenas mais alguns minutos e que nunca mais veria Maggie e que sempre se arrependeria deste dia e de sua decisão, e considerar o que estava fazendo em nome da autoprivação. Ou seria Danny quem estava sendo privado e do que exatamente? De uma mãe? Uma segunda chance de ter uma infância? Ele realmente acreditava que estava mantendo Danny em segurança, longe de mais decepções e tristezas? Poderia ter se questionado sobre o que estava tentando proteger e quem.

Poderia ter se questionado se tudo o que tinha a fazer era dizer a Maggie: "Está bem, vamos tentar." Ou: "Está bem, vamos tentar mais um tempo". Ou poderia ter dito: "Não é que eu não saiba o que estou fazendo, do que estou abrindo mão, ou o que estou perdendo. Apenas não sei o que mais posso fazer."

Assim, o que fez foi esperar, engasgando-se com as coisas que não se permitia dizer.

Maggie disse: — Não é o único jeito — simplesmente, a mão tocando atrás do pescoço dele, onde a pele sempre era macia e morna.

— E se continuarmos nos vendo? — Jack retrucou. — Apenas teremos esta discussão novamente, daqui a uma semana, um mês. Estará sempre presente.

— E daí? Por fim chegaremos a um acordo ou pensaremos numa solução.

— Não acho que isso seja possível.

— Então você vai simplesmente abandonar o caso. Isso é uma tolice.

— Eu não tenho escolha.

— Não tem escolha? Isso não é motivo. — Ela se mexeu um pouco e olhou para ele. Ele sentiu a respiração dela em seu rosto. — Me conte — ela disse, baixinho. — Me conte do que é que você tem medo.

Ele fez uma pausa antes de responder: — O que você acha?

— Mas eu não sou Anne.

— Todas são Anne.

Ele pensou: "Todas são Anne. E nenhuma é Anne." Pensou em Anne, que se aconchegava na curva de seu braço e respirava suavemente e puxava o rosto dele até o seu. Como a pele dela tinha um cheiro tão terrivelmente excitante? Como dissera: "Podemos ficar assim para sempre? Amando um ao outro e vivendo nossa vida juntos?"

Pensou em quanto a amava quando ainda eram alunos no Gilbert College e quando ele era um jovem professor na NYU e Anne estava mergulhando de cabeça na Cultureburg.

Pensou em quanto a amava quando os três passaram o verão na casa de campo em Loubressac. Anne estava correndo contra o relógio, preparando-se para montar sua segunda exposição. Jack estava escrevendo seu próximo livro. Danny tinha quatro meses e dormia na caminha que Anne havia feito para ele. Ela disse: — Ele dorme a noite inteira e faz esses barulhinhos de inseto durante o sono e, quando acorda e vê a gente, é como se tivesse esse instante de reconhecimento extasiado: "São *vocês*. *Oba*, são *vocês*." Ela conseguia fazer com que aquilo parecesse uma preciosidade. Ela acrescentou: — Ele, de verdade, é o melhor dos bebezinhos — e deitava com a cabeça sobre o peito de Jack, respirando junto com sua respiração, brincando com as mãos de Danny, que eram inimaginavelmente pequenas, incríveis por sua fragilidade, enquanto Danny, aconchegado entre o pai e a mãe e não fazendo os barulhinhos de inseto naquele momento, emitia um suave ronronado.

— Ele tem olhos de uma cor adorável — Anne disse. E colocou o dedo indicador no rosto de Danny e desenhou um círculo minúsculo em sua bochecha. — Ele é uma graça. É um charme de menino. Igualzinho ao pai. — Ela virou o rosto na direção de Jack. — Será que estamos fazendo tudo direitinho com ele, principalmente agora que ele está saindo da fase de larva? — E disse uma segunda vez, assentindo firmemente com a cabeça. — Estamos fazendo direitinho, não estamos, Jack?

Jack não ouviu a dúvida, não ouviu a necessidade de confirmação, embora certamente estivesse ali, naquele verão em Loubressac. Apenas respondeu: — Estamos fazendo direito — enquanto Danny ria ou emitia sons que se pareciam a risos.

— Ele tenta mesmo agradar — Anne disse —, não é?

No final daquele mês, quando voltaram para Nova York, foram caminhar no Central Park com os pais de Jack. Sua mãe disse que Danny era "o bebezinho mais doce do mundo. Muito melhor do que você foi".

— E muito cooperativo — Anne disse.

— Cooperativo? — a mãe de Jack repetiu.

— Ele nunca faz bagunça quando estou trabalhando, nem chora.

— Cooperativo — a mãe de Jack repetiu.

— Ele também é bastante alerta. — O pai de Jack levantou Danny do carrinho. — Olha essa carinha. Eu não ficarei surpreso se ele começar a falar antes de um ano.

— Sua primeira palavra provavelmente será *cinema* — Anne lhes disse.

— Chiaroscuro — acrescentou Jack.

— Duchamp — seu pai disse e riu. Colocou Danny novamente no carrinho e o empurrou ao longo do caminho.

— Então, está dando certo? — a mãe de Jack perguntou, de um jeito que fez com que ele lhe dissesse que ela não parecia estar muito convencida disso.

Eles pararam para posar para fotos, com Danny sorrindo sobre os ombros de Jack e este acreditando que sempre seria assim. Estava ali, em seu rosto, nas fotografias; mas havia algo mais nas fotografias, na expressão de Anne ao olhar para Danny, ainda que só por um momento, que poderia ter sido erroneamente interpretado como confusão, como se alguma coisa a houvesse desconcertado, e não era a primeira vez que Jack testemunhava aquilo. Tinha visto a mesma expressão quando Anne se sentava frente a seu cavalete e Danny dormia no berço ao lado dela. E, às vezes, quando Danny estava brincando no chão e Anne sentava no sofá esboçando-o ou simplesmente o observando. E, outras vezes, em que Danny nem sequer estava presente.

Jack perguntava: — O que foi?

Anne balançava a cabeça e dizia: — Não é nada. Estou só pensando. — Mas ela não dizia em que estava pensando. Apenas: — Não é importante — a inflexão em sua voz sugerindo que era tudo menos não importante, o que Jack lhe apontou.

— Não é nada mesmo. Absolutamente nada.

E ele lhe perguntou novamente uma noite, depois de ter deixado Danny no apartamento de seus pais. Estavam sentados no banco de trás de um táxi, a caminho de um jantar.

Anne lhe disse: — Estou pensando nos quadros novos. — E alguns segundos depois: — Estou pensando em batizar a série de "Um pé na plataforma, um pé no trem". É como tenho me sentido ultimamente. — Ela virou a cabeça e olhou pela janela. O brilho da iluminação pública, o vermelho e o verde dos semáforos, o rápido brilho âmbar, explodiram contra seu reflexo. — Não digo em relação a *nós*. Você e eu. Mas nem sempre sei como me sentir com relação a Danny. Com relação a ser mãe. — Ela olhou para ele. — Não me refiro somente a quando estou com ele. Estou falando de algo mais difuso. Não sei realmente que nome dar a isso, a não ser que quero ser mãe de Danny e, ao mesmo tempo, não quero ter filhos, e nem por um minuto sequer duvido que o ame. Não tem a ver com isso. E não tem a ver com sentir saudade da época em que éramos só nós dois.

Jack disse que ele fazia uma boa idéia do que ela estava falando e que ele às vezes sentia o mesmo.

Anne disse: — Todos os pais sentem, eu imagino. De vez em quando. — Ela disse que realmente acreditava naquilo —, ainda que metade do tempo eu não saiba *o que* sinto, ou *como* me sinto, a não ser confusa, e isso me assusta. — Ela balançou a cabeça. — Meu Deus, Jack. Ele é o melhor dos bebezinhos.

Havia manhãs em que os três ficavam na cama, Danny afundando o rosto no pescoço de Anne e batendo os pezinhos no quadril de Jack e eles riam e cantavam. Vezes em que Danny rolava no colo de Anne e enterrava a cabeça na dobra do braço dela. Ou em que ela sentava no chão com ele e fazia brinquedos usando papelão, meias velhas e fios de linha. Não parecia haver qualquer confusão, então. Anne olhava para Jack e sorria, depois olhava para Danny e o levantava e girava sobre o quadril e declarava: — Você é o melhor dos garotinhos.

Havia ocasiões em que Anne dizia a Jack que queria proteger Danny de quaisquer dúvidas que ela tivesse. Ela disse: — Eu sei que é só uma fase que estou atravessando. Sei que vai passar. — Essas eram as ocasiões, ela dizia, em que não tinha qualquer dúvida.

Mas havia as outras ocasiões em que aquele olhar voltava, e não apenas quando Danny estava correndo pelo loft, fazendo barulho, falando sozinho, enquanto Jack trabalhava em seu livro e Anne pintava — parecia haver sempre algum trabalho em progresso naquele tempo, apoiado no cavalete de Anne, amontoado sobre a mesa de Jack —, mas quando não estavam fazendo absolutamente nada, e Anne dizia a Jack que questionava se Danny era capaz de perceber como ela se sentia e quão preocupada estava. Mas, naquele inverno, Danny não se comportou como um garotinho que tivesse preocupações, nem mesmo quando rolava na neve ou perseguia os pombos na Washington Square. Ou quando passava o fim de semana com os avós para que Jack e Anne pudessem ficar sozinhos. A mãe de Jack disse que Danny era o garotinho mais alegre que já vira e, então, com mais que um pouco de desprazer: — Imagino que ele ainda esteja *cooperando*.

Danny ainda estava cooperando.

E ainda estava cooperando no final de março, poucas semanas antes de seu segundo aniversário. Foi quando Anne disse: — Acho que toda aquela preocupação foi por nada. Eu não poderia estar mais feliz. — Talvez tivesse alguma coisa a ver com sua exposição que se aproximava. Talvez ela realmente acreditasse que devia ser uma daquelas fases pelas quais as mães passam. — Ela disse a Jack: — Eu sei que tomamos a decisão certa.

Mais para o final daquele mês, a galeria exibiu a exposição de Anne, "Um pé na plataforma, um pé no trem". O crítico de arte do *Times* disse que a palheta de cores de Anne se tornara mais profunda e extensa nos últimos dois anos. A *ARTnews* a coroou como "a Rainha do Pós-Modernismo". A *Art in America* a elogiou pela "autonomia ontológica indicativa de seu trabalho como um todo". Era 1983. Um monte de gente estava investindo dinheiro em arte. Parte daquele dinheiro veio para Anne. Naquele verão, eles voltaram à França. À casa de campo em Loubressac.

Anne ia trabalhar em telas para duas coleções particulares. Estavam encomendadas para setembro. Jack tinha um contrato para escrever seu terceiro livro. Contrataram uma mulher local, Isabelle Pujol, para ser *au pair* de Danny. Estava fazendo bastante calor naquele mês de junho. Não havia ventiladores nem ar-condicionado na casa, não havia telas nas janelas, que ficavam abertas dia e noite, as persianas escancaradas; a sombra, além de qualquer frescor que oferecesse, era cortesia das velhas árvores do quintal. A cozinha se enchia com o zumbido das moscas. Pelo menos uma vez por dia um pardal entrava voando na sala grande e saía rapidamente. O calor nunca era menos que abrasador dentro de casa. A melhor hora para trabalhar era no final da tarde, fazendo uma pausa para jantar com Danny, trabalhando até o nascer do sol, enquanto Danny dormia e, depois, dormir durante as horas mais quentes do dia, enquanto Danny saía com Isabelle.

Algumas noites seus amigos George e Catherine vinham tomar uma bebida com eles.

Anne trabalhava no andar térreo da casa, na grande sala perto do quarto de Danny. Jack trabalhava no andar de cima, sem camisa, de short, onde o ruído da máquina de escrever não manteria Danny acordado. De manhã, os dois faziam companhia a Danny, enquanto ele comia seu cereal ou o ovo mexido que Anne lhe preparava. Danny já estava andando e falando, na terrível fase dos dois anos. Resistindo a ir ao banheiro sozinho. Curioso sobre tudo e desafiador. Sua palavra favorita era *"não"*. Anne disse que talvez Danny estivesse, finalmente, expressando os sentimentos que não havia manifestado antes, em Nova York. Ele precisava de ajuda para tomar o leite, mas, quando Anne tentava mostrar a ele como segurar a caneca, ele gritava "não!" e jogava o leite no rosto dela. Ele exigia a atenção deles, mas, quando eles a davam, ele gritava: — Não olha para mim! — e atirava o objeto mais próximo, um lápis, um prato, neles.

— Isabelle planejou um dia maravilhoso para você — Anne dizia —, termine seu café-da-manhã.

— Não.

— Ela vai levar você à fazenda do tio dela — Jack lhe dizia. — Não é emocionante?

— Não.

— Você vai ver um monte de animais. Cavalos e...

Danny batia os pés na cadeira e berrava: — Não *quero* ir — pegava um punhado de ovo mexido e jogava no chão.

— Você quer ficar aqui com a mamãe e o papai?

— Não.

— Você não quer sair para passear com Isabelle?

— Odeio a Isabelle. — Danny batia na mesa e gritava.

— O que você quer fazer?

Danny tentava pegar outro punhado de ovo, mas, se Anne fosse mais rápida que ele e tirasse os ovos de sua mão, Danny começava a chorar.

E assim ia: Danny chutando e gritando, atirando a comida e se comportando... bem, como uma criança de dois anos.

— Mas você disse...

— Não.

— Mas você *pediu*...

— Não.

— Mas você queria...

— Não. Não. Não.

Em algumas manhãs, Anne também gritava com ele e, quando Danny jogava os ovos nela, ela lhe tomava o prato e gritava: — Então, *não* coma a comida — e a jogava no lixo. Ou Jack agarrava a tigela de cereal um segundo antes que as mãozinhas a empurrassem para o chão e deixava Danny sentado em sua cadeira alta chutando e gritando para a sala vazia.

Quando Isabelle chegava, Jack e Anne já estavam suando, exaustos e sem qualquer ânimo para mimar ou agradar seu filhinho. Alertavam Isabelle do humor de Danny — falavam em francês para que ele não entendesse. "L' enfant terrible", Anne explicava.

Isabelle sorria, erguia Danny até seu peito amplo e, um momento depois, ele estava sentado no colo dela, comendo o que restava do café-da-manhã, tomando leite da caneca e, depois de abraços e beijos na mamãe e no papai, sorria, contente e belo, de dentro da caminhonete de Isabelle.

— Não é exatamente um bom sonífero — Anne disse, enquanto subiam as escadas até o quarto.

As noites, depois do jantar, eram as mais difíceis. Danny, cansado, porém excitado demais para ir para a cama, corria pela casa, distraído num momento por um brinquedo e, então, passava zunindo pela sala grande, gritando, batendo livros, jogando-os para cima, pulando em qualquer coisa que atraísse sua atenção, rindo, berrando, saltando pelos móveis. Anne conseguia guardar seus pincéis numa prateleira fora do alcance dele; caso contrário, Danny certamente os espalhava a caminho da sala de Jack, no andar de cima, onde ele martelava na máquina de escrever, causando pouco dano ao trabalho em andamento até que dominou a técnica de *ligar* a máquina; a despeito da lei das probabilidades, Danny nunca produziu uma palavra real, quanto menos uma obra de arte.

Anne disse a Jack: — Não posso dizer que este seja o verão dos meus sonhos — e apoiava a tela sobre a mesa, fora do alcance do garotinho curioso.

— Nem eu.

— Todos dizem que isso só dura um ano.

— A questão é: *nós* duraremos?

Ficaram sentados num silêncio momentâneo, contemplando suas probabilidades de sobrevivência.

Jack se perguntava se Anne tinha aquelas dúvidas que havia mencionado em Nova York e, quando perguntou a ela, enquanto estavam sentados ali, exaustos e exasperados, ela apenas balançou a cabeça e respondeu: — Não é nada disso.

A luz era melhor na sala grande. O ar continha os aromas de óleo de linhaça e tinta. Quando Jack fazia uma pausa da escrita, sentava-se na escada e observava Anne trabalhar. Ele a observava enquanto ela desenhava a grade na tela já preparada; enquanto segurava o pincel em sua mão, os dedos flexíveis e relaxados — a conexão extensível entre mão e olho — ao aplicar a fina linha de cor, a linha se transformando em forma, e esta, em uma imagem tridimensional nascida do plano bidimensional. O truque da perspectiva, de cor e luz, luz e espaço. Anne pintando sobre a pintura e, com o movimento de sua mão, limpando a pintura e começando novamente; e começando novamente no dia seguinte, pintando sobre a pintura daquele dia dois dias depois, e começando novamente. A concentração silenciosa fusionando a tarde com a noite, o progresso calculado não por hora, mas por semana.

De manhã cedo, enquanto Danny dormia e o sol lentamente deslizava pelo chão, Jack e Anne conversavam sobre seus trabalhos — de alguma forma, sempre encontravam tempo para conversar.

— Eu li os dois primeiros capítulos — Anne disse, referindo-se ao manuscrito de Jack. — Estão bons. Gostei do fato de que não parecem ser uma continuação do seu último livro. — Ela dobrou as pernas nuas até o queixo e afastou os fios úmidos de cabelo do rosto. — Mas não tenho certeza de que você precise dedicar tanto espaço ao Hays Office.*

— Estava mesmo pensando nisso. Mas não sei onde cortar.

— Você já tem um título para o livro?

Jack lhe disse três nomes em que estava pensando.

— Você não quer que pareça acadêmico demais — Anne alertou.

— Que tal "No escurinho do cinema"?

— É a idéia certa, mas não é suficientemente atrativo.

— "Nu em Preto-e-Branco"?

— Fala sério.

— Posso dar uma olhada no seu quadro novo?

Anne virou a tela na direção dele.

Ele avaliou: — A composição está excelente, é claro, mas o estilo parece mais remoto que o seu trabalho habitual.

— Remoto?

— Talvez o termo mais apropriado seja inacabado.

— Era o efeito que eu estava buscando. — Ela deu um passo atrás e analisou a tela por um momento. — Talvez tenha exagerado um pouco. Você acha que é desconcertante?

Ele negou com a cabeça. — Mas parece algo acidental e faz com que o trabalho pareça inseguro de si mesmo.

— Faz com que *eu* pareça insegura de mim mesma, você quer dizer. — ela bocejou. — Estou com sono. Vamos subir.

---

* O "Hays Office" foi uma organização criada por produtores e distribuidores da indústria cinematográfica para regulamentar e censurar filmes nos EUA durante o período de 1922-1945. (N.T.)

Quando acordaram, eram quatro da tarde. O sol havia passado para o outro lado da casa. O quarto deles estava escuro e fresco, mas seus corpos estavam quentes e escorregadios. Jack se aconchegou na maciez das coxas de Anne e sentiu suas nádegas pressionando contra ele. A mão dela deu a volta para levantá-lo e, então, puxá-lo para dentro dela. Quando ela virou a cabeça para beijá-lo, seu hálito tinha o cheiro do delicioso ar do campo. Estavam sozinhos na casa, e o sabiam, então fizeram amor despreocupadamente, como costumavam fazer quando eram apenas os dois no apartamento de sótão em Gilbert e no loft da Crosby Street; barulhento e vigoroso, chutando as cobertas, enrolando os lençóis, os corpos ao redor e dentro um do outro sob a doce luz amarelada do sol. Eles faziam amor daquele jeito quase todas as tardes — Jack se lembrou da curva do seio de Anne, a mão dela agarrada a seu ombro, o corpo tenso para o orgasmo. Nunca pareceram momentos roubados. Eles haviam entrelaçado Danny em suas vidas. Ele ainda podia sentir o cabelo de Anne grudando, úmido, à pele dele, e a sensação de seu corpo, que cheirava a sexo, suor e sono.

— Você acha que Isabelle sabe? — Anne perguntou com risadinhas ao ouvido de Jack.

— Isabelle é uma conhecedora dos caminhos do amor.

— Mas será que é conhecedora dos caminhos da paternidade?

No meio de julho, Anne estava frenética para terminar os quadros. Dormir se tornara uma inconveniência tolerada, não havia mais conversas matinais. Ela fazia as refeições de frente para o cavalete. Usando short e frente-única, pingos de tinta no cabelo, ela trabalhava sozinha durante a noite resolvendo os problemas da primeira tela. Com os músculos doloridos, o rosto pálido, encharcada de suor, ela se estendia no chão por alguns minutos, fechava os olhos e, em seguida, voltava ao trabalho. Na hora em que Danny acordava, Anne mal conseguia manter-se desperta. Ela não tinha a menor paciência para o leite em seu rosto e para os ovos mexidos no chão e tomava o prato de Danny tão logo ele levantasse a mão, ou agarrava a caneca de leite e despejava tudo na pia. — Hoje não. — Enquanto Danny esperneava e gritava.

Jack não estava em melhor humor e mal podia esperar que os ataques matinais de Danny passassem ou que Isabelle chegasse para o resgate. — Se ele não parar com isso...

Anne apenas balançava a cabeça. — Eu sei... Eu sei...

No começo de agosto, Anne via algum progresso no segundo quadro e parecia menos desesperada. Ela estava mais paciente com Danny, rindo quando ele jogava comida em seu cabelo. Ela e Jack até inventaram um jogo a respeito, e Danny parecia menos briguento. Este também foi o início de uma temporada de chuvas que ensopou a grama, transformou o quintal num pequeno pântano e fez com que Isabelle tivesse que parar de trabalhar.

— A mãe dela escorregou nos degraus da frente da casa e Isabelle precisa cuidar dela — Anne disse a Jack. — Levará pelo menos uma semana, provavelmente mais, antes que possa voltar. Ela não parecia muito otimista e, para dizer a verdade, nem eu.

— Vamos pensar em alguma coisa — assegurou Jack.

O que pensaram foi numa programação: Anne dormia durante o dia, como antes, enquanto Jack ficaria acordado com Danny. No fim da tarde, Jack dormia algumas horas e Anne cuidaria de Danny. À noite, depois que Danny fosse dormir, Jack escreveria.

Naqueles primeiros dias, Jack e Danny brincavam dentro do celeiro ou, a bem da verdade, Jack olhava enquanto Danny pulava e rolava pela pilha alta de feno, enxotava as andorinhas-de-bando e examinava ninhos vazios. Danny corria por labirintos de palha, lutava contra criaturas feitas de panos velhos e imaginação. Nunca parava de se mexer, nunca parava de falar, enquanto Jack ria de seus tombos de bunda, cambalhotas e mergulhos, ria da tagarelice incessante, da narração do que havia sido conquistado, construído, destruído. Mas, ao aproximar-se o final daquela semana, Danny já não era tão fácil de distrair e Jack não estava mais achando graça, o som da voz de Danny tornara-se apenas mais um barulho contra o fundo sonoro da chuva, suas travessuras já não continham tanta surpresa ou prazer. E a única coisa de que Jack estava ciente era de sentir-se cansado. Cansado da chuva e do verão, cansado de esperar por Anne. Cansado de Danny.

Dentro do celeiro, dentro da casa, a palavra "dentro" em si havia adquirido o significado de prisão. A palavra "fora" tomara forma de injúria. "Lá fora", Danny insistia, enquanto a chuva tamborilava no telhado. "Lá fora", quando estavam juntos frente à janela, olhando o aguaceiro. "Lá fora", enquanto Danny se amuava no chão do celeiro e nada mais despertava seu interesse; onde o ar estava úmido e saturado e o céu cinza, sem forma, pendia como a opressão em si mesma.

Eles acordavam ao som da chuva caindo, dormiam ao incessante e imutável ruído do pingar e respingar. Era como se estivessem vivendo dentro de uma torneira com vazamento. As persianas inchavam com a umidade e não fechavam direito. Os lençóis e cobertores pareciam ter sido mergulhados em salmoura. Lá fora, o chão era um pântano, que se grudava em seus corpos e vinha para dentro de casa, enlameando os batentes das portas, sujando a pia e a banheira, aderindo aos sapatos e roupas. A umidade densa e estagnada era uma presença constante, como um cheiro desagradável, como um fungo.

— Estou começando a considerar este clima um ataque pessoal — disse Anne, mas nunca parava de trabalhar, uma xícara de café ao lado, cabelo salpicado de tinta, olhos vermelhos e cansados.

Quando era a vez de Anne cuidar de Danny, ele entrava correndo na sala grande gritando: — Vamos brincar, mamãe. Brincar.

— Vamos brincar mais tarde. A mamãe está muito ocupada agora e precisa de um tempinho para trabalhar.

— Não — Danny gritava. — *Brincar* — e lançava seus gritos agudos enervantes.

— Você está de enlouquecer hoje — Anne dizia a ele.

Danny respondia com uivos e berros, obrigando Anne a parar de trabalhar, sentar-se no tapete e empurrar seus caminhões de brinquedo, cortar figuras e animais de papel-cartão. Quando Anne voltava a trabalhar, Danny exigia: — *Mais*.

— Ah, Danny, dá um tempo para a mamãe.

— Brincar — Danny insistia, como um pequeno imperador. — *Brincar*.

Anne, então, procuraria algum brinquedo que pudesse ocupar Danny e voltava correndo para sua pintura e, quando o brinquedo não mais o tranqüilizava, ela se sentava de frente para o cavalete, com o dedo indicador levantado no ar: — Só mais um minuto... a mamãe precisa de só mais um...

— enquanto Danny chocava seus caminhões um no outro ou chamava: — Mamãe... Mamãe... — e Anne tentava espremer mais um minutinho de trabalho antes de parar para jogar uma bola ou inventar um jogo para que brincassem mais um pouco ou cantasse a música favorita de Danny: *I went to the animal fair / the animals all were there...** antes de dizer: — Agora deixa a mamãe voltar ao trabalho e depois brincaremos mais.

— Brincar. Brincar, agora, mamãe.

— Num minuto.

— *Não*.

— Você vai ter que esperar.

— *Não*.

— Sim. Pelo amor de Deus. *Sim*, Danny.

Em alguns dias, Anne conseguia manter Danny ocupado com massa de modelar feita de farinha e água; ela fazia marionetes de meias para ele, dos quais ele logo se cansava.

No fim da segunda semana, Danny não fazia nada além de ficar sentado em seu quarto e chorar, ou se agachava sozinho no closet. Ele tinha ataques de fúria repentinos e jogava seus brinquedos, correndo pela casa, derrubando abajures, trepando pelos móveis, batendo os pés na escada, para cima e para baixo, até que Jack conseguisse distraí-lo por breves minutos com um balão de gás ou um bichinho de pelúcia e, então, Danny chamava por Anne. E chovia o dia inteiro e a noite inteira, às vezes em cascatas pesadas que

---

* "Eu fui à feira de animais e todos os animais estavam lá..." (N. T.)

escorriam pela vidraça, outras num chuvisqueiro lento e enervante, o ar mortalmente parado. E, durante todo aquele tempo, Jack e Anne iam ficando mais intolerantes e impacientes, tirando Danny de cima dos móveis, deixando-o choramingar no closet, deixando que sentasse em seu quarto e chorasse.

— Estou começando a achar que este é nosso verão do descontentamento — Anne disse. — Não sei o que mais podemos fazer por ele.

— Se ele pelo menos nos deixasse terminar, poderíamos...

— Se ele pelo menos nos deixasse terminar.

Uma tarde, no meio da terceira semana, com o quadro de Anne quase terminado, ela e Jack perceberam um novo som: o do silêncio. A chuva havia parado. O sol tinha saído, um vento seco limpava o céu e o ânimo de todos se elevou. Agora Danny podia brincar lá fora, a grama molhada e a lama que se danassem. Na manhã seguinte, ele e Jack foram de carro até a cidade e tomaram sorvete enquanto compravam queijo, pão, vinho e lingüiças. Depois, voltaram para casa para brincar mais um pouco sob o bem-vindo sol de agosto. Danny estava rindo novamente, encontrava diversão em tudo que lhe ofereciam. A mera frase "Olha, papai!" adquirira o som da poesia, de uma música cantada com grandiosidade.

— Finalmente — Anne disse a Jack — todos nós podemos respirar novamente.

Aqueles dias traziam todo o prazer de umas férias e Jack não pôde evitar um sentimento de decepção e vazio quando Isabelle telefonou para dizer que voltaria a trabalhar no dia seguinte. Ele ficou com Danny lá fora algumas horas mais, manteve-o acordado até mais tarde naquela noite, até que os dois caíram no sono lado a lado na cama de Danny.

Foi o som da voz de Anne que acordou Jack: — Está terminado — ela sussurrou no escuro. — Venha ver — e o guiou até a sala grande. Ela tremia de exaustão.

Ele lhe disse que o quadro era magnífico. Disse que era o melhor trabalho que já fizera. Abriram uma garrafa de seu melhor vinho tinto. Jack fez um brinde a ela. Fizeram um brinde aos dias de verão à frente "livres de todo trabalho pesado". Fizeram um brinde ao quadro, encostado à parede, estudando-o em silêncio, e ergueram novamente seus copos.

— Estava pensando em usar uma tela menor — Anne disse —, mas não tinha certeza se seria adequado ao trabalho. — Ela parecia satisfeita consigo mesma ao dizer: — No fim, decidi ficar com a tela grande.

No fim, não iria importar.

Aconteceu naquela manhã. Eles tinham ficado despertos a noite toda e agora tomavam café lá fora, perto das árvores. O ar cheirava a orvalho, as folhas tremulavam na luz do sol e a grama estava perolada de cristal.

Anne pediu a Jack que desse mais uma olhada na tela, à luz do dia, quando tivesse uma oportunidade. — E me diga o que você realmente achou. — Ela respirou fundo e esfregou os olhos.

— Eu já te disse o que realmente achei. Talvez você devesse dormir um pouco. Talvez devesse dormir o dia inteiro.

— Estou excitada demais. Exausta demais. Estou... não sei.

Eles ficaram ali, sentindo a manhã cada vez mais quente ao seu redor. Não escutaram quando Danny se levantou. Não escutaram quando ele foi para a sala grande, não que estivesse fazendo muito barulho. E se tivessem ouvido, será que teriam sido alertados?

Talvez houvessem olhado um para o outro e dito: "Ele acordou", fingindo medo, e ririam, esperariam um momento e o chamariam. Talvez teriam entrado um minuto antes. Mas não o ouviram, não entraram um minuto antes. Somente viram a destruição.

O quadro estava no chão e Danny, sentado ao lado, com um tubo aberto de tinta ocre próximo aos joelhos. As bochechas e o nariz salpicados de verde, o pescoço e os braços riscados de vermelho e carmim, as mãos, as minúsculas mãos que um dia pareceram tão incrivelmente pequenas e frágeis, espalhavam tinta pela tela. As cores que haviam sido nítidas, a profundidade e a perspectiva que se haviam estendido até um ponto no infinito, a luz que parecera irradiar para fora da tela, que parecera ser manifestada pela própria tinta, eram agora uma massa borrada de rodamoinhos marrons, negros e horrendos violetas. As imagens eram irreconhecíveis. Destruídas. Insalváveis.

Danny olhou para cima e afirmou orgulhosamente: — Eu pintei, mamãe.

Por um instante, Anne e Jack só puderam olhar, mudos, então Anne explodiu em lágrimas, o que fez com que Danny também caísse no choro. Os dois, Danny nu, no chão, e Anne encostada à parede, choravam juntos.

— Deve ser uma alucinação — ela soluçou. — Deve ser uma alucinação.

Jack levantou Danny, afastando-o do quadro. Colocou o braço livre em volta de Anne. Ela se encolheu contra o corpo dele. Ele podia sentir que o maxilar dela se apertava e relaxava e apertava de novo. Os músculos de seu pescoço se enrijeciam. Um gemido baixo atravessou seus lábios: — Não posso acreditar que ele tenha feito isso. Não posso... — enquanto se pendurava ao ombro de Jack e Danny se enfiava na dobra do braço dele, sujando a camisa de Jack com tinta e lágrimas.

Ele os levou para fora da casa, até o canto do jardim sob a sombra das folhas densas de verão. Embalou Anne em um lado do seu peito e Danny no outro. Anne chorava. Danny chorava, e não havia nenhuma forma de corrigir a situação, nenhuma forma de desfazer o dano. Não havia palavras; somente lágrimas. O único som era do choro, os soluços pesados de Anne, as explosões ruidosas de Danny. Então, algo aconteceu por trás dos olhos de Anne, duros e solitários — enquanto as lágrimas escorriam por seu rosto e caíam sobre a camisa —, e, em seguida, desapareceu, e ela segurou Danny nos braços e segurou seu corpo junto ao dela. Os dois estavam tremendo e as mãozinhas de Danny manchavam o pescoço e os ombros de Anne com tinta, sujando seu rosto, suas roupas, seus cabelos. Qualquer conforto de que ela precisasse naquele momento permaneceu ignorado.

Que cena se exibia para Isabelle quando estacionou o carro perto da casa e cantarolou "Bonjour", só depois percebendo as lágrimas e os tremores. Ela perguntou se havia morrido alguém da família. Anne levantou a cabeça, mas não deu qualquer resposta, apenas a virou em direção à sala grande. Quando desviou o olhar, seu rosto continha uma expressão de profunda descrença e tristeza. Ela pressionou a face contra o rosto de Jack. Ele colocou o braço em sua volta e ficaram ali fora, enquanto Isabelle levava Danny para dentro e dava-lhe um banho.

— Todo aquele trabalho — Anne exalou. — *Perdido*. Não posso acreditar numa porra destas.

Jack disse: — Não está tudo perdido. Vamos tentar dormir um pouco, repensar em tudo e ver o que podemos fazer a respeito. — Porque ele acreditava que eles poderiam desfazer o dano.

Concederam a si mesmos um dia de descanso. Jack e Anne estenderam um cobertor na grama enquanto Danny corria e tropeçava, como sempre fazia, rindo e gritando, mas alguma coisa havia mudado. Ele às vezes parava no meio de suas brincadeiras, corria até Anne, dava-lhe um abraço apertado, beijava seu rosto e braços e saía correndo novamente.

— Me sinto tão mal por ele — Anne disse. — Ele sabe que fez algo errado, mas não entende a seriedade da coisa e não deveríamos esperar que entendesse. — E Jack se perguntou o que mais ela estaria sentindo. Ele queria saber o que mais ela estava pensando e não estava dizendo. Mas Anne apenas sacudiu a cabeça. — Eu não sei. Não sei o que mais estou sentindo. Não sei o que pensar.

Quando Anne se levantou para uma caminhada, Danny foi com ela e apertou sua mão. Quando voltaram, Danny subiu no colo de Anne e ficou olhando para ela, acariciando seu rosto com os dedinhos. Ele beijou as mãos dela até cair no sono. Anne descansou a cabeça sobre as pernas de Jack. Ela disse: — Não sei o que fazer.

Eles decidiram cancelar a viagem que fariam à casa dos pais de Anne, em Dorset, para que ela pudesse trabalhar durante as próximas semanas.

Isabelle se mudou para a casa com eles. Anne disse a ela: — As incursões de Danny à sala grande acabaram.

Na primeira semana de setembro, eles voltaram a Nova York. Anne havia completado menos da metade do trabalho perdido. Eles contrataram uma *au pair*, Madeline, para cuidar de Danny. Asseguraram-se de manter todas as tintas e telas fora de seu alcance. — Estou tentando pensar apenas coisas boas a respeito deste verão — Anne disse a Jack. Passaram a semana falando francês um com o outro e com os garçons no Café Loup e com os motoristas de táxi, que os ignoravam. Foram ao Carnegie Hall Cinema e assistiram aos filmes *Hiroshima mon amour* e *Ano passado em Marienbad*, de Alain Resnais, e tentaram ignorar as legendas. Ofereceram um jantar para seus amigos: Evan Lopez, um dançarino do Balé da Cidade de Nova York; Brenda Susmann, uma pintora que era representada pela mesma galeria de arte que Anne; Steve Morgan, um escultor que dava aulas na NYU; Nan Roth, uma advogada, e seu marido Barry, também advogado, que moravam na West Tenth Street e cujo filho, Andy, brincava com Danny; Avril Stone, cuja peça *Hello and all that...* já estava em exibição no Lortel por cerca de um ano, havia até ganhado alguns Obies e estava a ponto de transferir-se para a Broadway. Avril era baixa e magra, com cabelos ruivos encaracolados e olhos verdes que nunca ficavam quietos, e dedos minúsculos que nunca estavam sem um cigarro e que ela espetava no ar enquanto falava. Sua nova peça, *Shut up, he explained,* estava prestes a começar a ser ensaiada e Avril anunciou que estava "bebendo em excesso sempre que possível". Conversaram sobre Loubressac, conversaram sobre o quadro que Danny havia destruído. Com o tempo, disse Nan, seria uma daquelas lendas familiares que sempre vêm à tona junto com as velhas fotos de bebê, contadas e recontadas com o alívio dos sobreviventes.

— Mas você deve ter ficado devastada — Avril disse.

— Fiquei absolutamente em choque. E em pânico, depois de ter passado pela fase do tique nervoso.

— E Danny? — Nan perguntou.

— Choque e pânico também, sem falar da preocupação pelo tique nervoso previamente mencionado.

Nan riu e todos os demais riram. Todos, exceto Anne.

— Quando Erin tinha cinco anos, uma vez, derramou uma lata inteira de nanquim numa pasta de desenhos meus — Brenda Susmann disse. — Estive a um milímetro de mandá-la para um convento. Nunca fiquei satisfeita com o trabalho que fiz para repor aqueles desenhos.

Avril havia deixado o único rascunho de *Hello and all That...* no banco de trás de um táxi e teve de reescrever a peça inteira de memória, da noite para o dia.

Três das esculturas de Steve Morgan haviam sido transformadas em pó quando o teto de seu estúdio na Walker Street caíra, cinco anos antes.

— Você tem que tirar o melhor da situação.

— A única coisa que pode fazer é seguir adiante.

— Na verdade — Anne disse a eles —, acho que acabei fazendo um pouco de cada coisa. O tempo extra me permitiu fazer o novo trabalho um pouco melhor, é o que digo a mim mesma, e minha cabeça está cheia de novos projetos. Gostaria de pensar que foi uma bênção disfarçada.

Jack acreditou quando ela disse isso. Anne devia ter acreditado também.

Foi um mês de setembro claro e nítido, aquele ano; o tipo de clima que faz Manhattan parecer recém-esfregada, lavada pela luz do sol, dando às pessoas fé nos poderes restauradores do tempo e da distância. Anne já estava pensando adiante, no próximo verão. — Quero ir à Itália — ela disse a Jack —, e deixar a França para trás. — Ela conhecia alguém que alugava uma pequena vila na Toscana, alguns quilômetros de distância de Bolgheri. Eles aprenderiam a falar italiano. Jack disse que não conseguia imaginar como haviam vivido *tanto* tempo sem aquilo. Anne riu. — Era exatamente o que estava pensando.

Anne passava alguns dias com Danny, mas, na maior parte deles, ela ficava em sua mesa de desenho e frente ao cavalete. Estava trabalhando em pinturas a lápis e aquarela. Disse que queria voltar à mídia que realmente amava. A galeria não ficou animada com aquilo, mas Anne não estava interessada em trabalhar em pintura a óleo — Jack achou que devia ser uma adaptação que Anne estava fazendo para Danny e não tinha certeza de como se sentia a respeito daquilo.

Anne disse que não tinha nada a ver com o quadro destruído. Mas tinha tudo a ver com o quadro destruído e, talvez, ela soubesse disso o tempo todo, e Jack soubesse disso o tempo todo.

Estavam sozinhos no loft, sentados à mesa da cozinha e tomando café. Era sábado à tarde. Danny estava na casa de seus amigos na Tenth Street. Anne estava dizendo a Jack: — Não vai passar, você sabe. — Ela mexeu o café com a colher. — Pensei que o que ele tinha feito no verão passado fora um incidente isolado... — Ela balançou a cabeça. — Não foi isso que quis dizer, não digo que ele irá destruir outro quadro, não é disso que estou falando. Mas é um sintoma do que estou falando.

— Ele não vai ter dois anos para sempre.

— Não, Jack. Estou falando de outra coisa. — Ela não estava chorando, mas havia lágrimas em seus olhos. — Vai continuar e continuar. Ele vai crescer, ficar mais velho, mas sempre haverá algo. Ele sempre irá precisar de mim, é a isso que me refiro, e eu acho isso opressivo e não acho que consiga ser mãe e ainda fazer meu trabalho. Parece terrivelmente egoísta, eu sei. — Ela estendeu a mão por cima da mesa e segurou a mão de Jack. — Não quero dizer que não possa fisicamente me sentar e trabalhar, mas ele sempre será o Danny. Ele sempre... sempre *estará* aqui. Mesmo quando começar a ir para a escola, estará aqui. — Ela esfregou a lateral do rosto próximo à têmpora, respirou fundo. — Não estou falando coisa com coisa. Ainda não estou me expressando direito.

Foram até o sofá e sentaram um ao lado do outro. Jack colocou o braço em volta dela, ela inclinou a cabeça contra o queixo dele, tomou-lhe a mão e a segurou junto ao rosto.

Ela disse: — É um sentimento. Uma sensação, na verdade. Quando ele destruiu o quadro, eu cuidei dele, garanti que qualquer sentimento ruim que ele estivesse experimentando fosse atendido. Deus sabe que ele teve bons motivos para senti-los. — Ela riu, desanimada. — Eu queria cuidar dele, não havia a menor dúvida na minha cabeça quanto a isso. Afinal, é o Danny. Quando estávamos lá fora e estávamos tão próximos, pensei que superaria. Pensei: é só algo que as crianças fazem. Mas ainda estou esperando superar o assunto e ainda estou esperando que ele faça de novo, ou que faça alguma coisa parecida, e estou começando a me ressentir dele, como se ele estivesse no meu caminho e eu tivesse que escolher entre produzir a minha arte ou ser mãe do Danny.

Só o que Jack sentia, ou pensava, era em como seriam capazes de corrigir aquilo. Como fariam para melhorar? E foi isso o que disse a Anne.

— Não sei o que podemos fazer — ela respondeu. — Mas sei que sou incapaz de ser mãe-barra-artista plástica. Existem mães que conseguem fazer as duas coisas, mas eu não sou uma delas. Meu Deus, Jack, tudo que estou sentindo está errado. — Ela ergueu a cabeça e olhou para ele. — Eu o amo de verdade, Jack. E amo você. Então, como você disse tão bem, o que devemos fazer para melhorar a situação? — Ela enxugou os olhos com a manga do suéter, afastou o cabelo do rosto. — Danny não merece... ele merece uma mãe em tempo integral.

— Vamos pensar em alguma coisa. Vamos dar um jeito.

Anne sorriu. — Fico feliz em ouvi-lo dizer isso, porque me sinto mais que um pouco incompetente no momento. E terrivelmente culpada e assustada.

— Isso não tem nada a ver com competência e não tem nada com que sentir-se culpada ou ficar assustada.

— Não sei. Me sinto tão confinada.

— Ajudaria se você alugasse um estúdio em algum lugar para que não tivesse mais que trabalhar em casa? Ou poderíamos nos mudar para um lugar maior. Sempre soubemos que teríamos que fazer isso, mais cedo ou mais tarde. É apenas mais cedo, apenas isso.

— Já considerei as duas coisas, mas não é disso que estou falando. Não exatamente. — Ela olhou para ele e só havia tristeza em seus olhos. — Não é isso que me assusta.

Lá fora, um caminhão desceu barulhentamente pela Crosby Street. Muito tempo depois, Anne disse a Jack que se lembrava daquilo. Ela se lembrava do som do caminhão porque esperou que ele passasse antes de dizer o que disse, e se lembrava daquilo por causa do que aconteceria em seguida, não imediatamente, mas o que aconteceu com eles daquele dia em diante. Ela sempre se lembraria do barulho lá fora e do cheiro suave de pão torrado que vinha da cozinha e do hálito de Jack, adocicado pelo café. Ela se lembraria da linha de sombra atravessando as paredes amarelas, o flutuar das cortinas azuis sobre as janelas e a sensação do sofá sob os dedos do pé. Porém, do que mais se lembrava era de como se sentia triste, como se sentia vazia por dentro, ao dizer: — O que me assusta é a idéia de viver sem vocês dois. De não ser mais *nós*.

— Não acho que chegaremos a isso — ele respondeu, e Anne sorriu. — Vamos ver como você se sente daqui a um mês.

XVIII

Faltavam seis meses para o terceiro aniversário de Danny quando Anne disse a Jack: — Me candidatei para a Yaddo.* Se me aceitarem, passarei dois meses fora neste inverno.
— Dois meses são suficientes?
— Terão que ser, por enquanto. Se eu conseguir um período destes todos os anos, as coisas ficarão equilibradas, no todo. — Ela esperou um momento. — Você acha que com Madeline para te ajudar...
— Ficaremos bem.
— Pode ser um pouco prematuro, de qualquer forma. Ainda não disseram que me aceitam.
Naquele inverno, Anne pegou seus pincéis e aquarelas, seus lápis, papéis e roupas quentes, e foi para a Yaddo e para o inverno de Saratoga. Danny ficou muito chateado em vê-la partir. Ele queria saber por que Anne não podia pintar no loft, como sempre fizera.

---

* Yaddo é uma comunidade de artistas plásticos e escritores fundada em 1900 por Spencer Trask e sua esposa, a poeta Katrina. Localizada em Saratoga Springs, Nova York, tem como missão incentivar o processo criativo, oferecendo aos artistas uma oportunidade de trabalhar sem interrupções num ambiente adequado e acolhedor. (N.T.)

Ela lhe disse: — Tenho que fazer isso num lugar muito especial.

Danny ficou perto da porta, ao lado das malas de Anne, e chorou: — Quero ir com você.

Anne beijou o seu rostinho e disse: — Vamos viajar todos juntos no verão. Mas agora a mamãe tem que trabalhar.

O verão estava distante demais para Danny conceber essa idéia. — Me leva com você — ele implorou.

— Não posso. Mas prometo que volto correndo para casa quando terminar e te trago uma surpresa.

— Eu não quero uma surpresa. Quero que você fique aqui. — Danny chorou mais alto, numa fúria de lágrimas e gritos, como se soubesse tão bem quanto Anne as razões de sua partida.

Anne se ajoelhou, beijando-o novamente e abraçando-o. E disse: — A mamãe te ama muito — e então se levantou, beijou Jack na boca, entrou no elevador e acenou um adeus, a porta se fechando sobre seu rosto.

— Eu vou ser bonzinho — Danny disse baixinho. — Vou ser bonzinho — enquanto olhava pela janela, até Anne entrar no táxi. Ficou olhando para a calçada vazia lá embaixo até que Jack o apanhou e carregou para longe.

— Você não vai ficar olhando pela janela o dia inteiro, vai?

Danny não respondeu.

— Pensei em darmos uma volta até Little Italy, tomar um gelato com biscoitos. Tenho a sensação de que podemos nos meter em uma aventura.

— Que tipo de aventura? — disse Danny, rabugento.

— Nunca se sabe. É por isso que são aventuras.

— Posso tomar gelato de *chocolate*?

— Esta é a única forma de começar uma aventura.

— E biscoitos com geléia no meio?

— Você quer ficar aqui negociando ou prefere ir?

Quando estava frio demais ou úmido demais para sair, eles sentavam no sofá, comiam pizza ou leite com biscoitos e assistiam a vídeos de filmes antigos em preto-e-branco, comédias escrachadas, Abbott e Costello, os Irmãos Ritz, de que Danny parecia gostar, e muitos desenhos animados dos irmãos Fleischer, não apenas *Betty Boop*, mas também *Koko, o Palhaço*, *Popeye* e *Super-Homem*. Eram os mesmos desenhos aos quais Jack assistira quando tinha a idade de Danny. Às vezes, Danny sentava em sua cadeirinha azul, com a mesinha à sua frente, e comia sua comida. Jack se sentava perto dele no chão. Não havia nenhum ataque de fúria. Os dias de atirar canecas e pratos haviam ficado para trás.

— Vídeos novos, papai?

— Vídeos antigos. Foi o que você pediu. Lembra?

— Ah, é.

— O vovô costumava me mostrar estes desenhos animados quando eu era pequeno.

— Você foi pequeno?

— Isso mesmo. E assistia estes desenhos. E depois que você nasceu, o vovô...

— O vovô foi pequeno?

— Isso mesmo.

— E você foi pequeno?

— Isso.

— Quando o vovô era pequeno?

— Não. Quando eu era pequeno, o vovô já era adulto. Ele era *meu* pai, assim como eu sou *seu* pai. E depois que você nasceu, o vovô e eu decidimos transferir os desenhos para as fitas de vídeo. Isso quer dizer que ele as gravou para que você pudesse assistir, um dia.

— O vovô é seu papai?

— Isso mesmo. Eu te conto a mesma história toda vez que a gente assiste a estes vídeos.

— Ah, é. — Danny pensou brevemente naquilo e voltou a assistir *Popeye*. — Papai? — ele chamou, um ou dois minutos depois.
— Sim?
— Eu só queria dizer "papai".
Anne estava sempre presente. Havia fotos dela nas paredes, em cima da escrivaninha e na mesa ao lado da cama de Danny. Almofadas feitas por ela sobre o sofá, cortinas feitas por ela emolduravam as janelas. Eles podiam ver suas roupas no closet e seus sapatos, podiam sentir seu perfume no banheiro. Havia até um vídeo em que ela lia histórias para Danny. Ela telefonava a cada duas ou três noites.
— Está vendo? — Jack disse a Danny. — A mamãe está com a gente mesmo longe.
Nas tardes de quarta-feira, Madeline deixava Danny na casa dos pais de Jack, e Jack se encontrava com ele depois das aulas, suficientemente cedo para que os quatro jantassem juntos. Sentavam-se na biblioteca do apartamento na Park Avenue, onde a dura luz do inverno permanecia do lado de fora da janela e o fogo na lareira projetava uma luz alaranjada pelo ambiente. Onde a mãe de Jack, a dois anos do diagnóstico de câncer, sentava-se com a elegância de uma mulher de Modigliani, e seu pai, robusto e forte, levantava Danny até o teto e o carregava sobre os ombros. Onde bebericavam coquetéis e Danny se sentava no colo da avó até ficar entediado e ir brincar no chão, ou ficar olhando para os adultos, ouvindo sua conversa.
Um dia, depois do jantar, enquanto Danny dormia na cama no quarto de hóspedes no final do corredor, a mãe de Jack se reclinou em sua poltrona e disse a Jack que ele parecia solitário. — Está tudo bem entre você e Anne?
— Está tudo bem.
— Tem alguma coisa que você não está nos contando.
— Tem um monte de coisas que não conto a vocês. Mas eu e Anne estamos bem.
— Saratoga fica bem longe, apenas para poder trabalhar.
— O que você realmente quer saber?

— Não quero saber *nada*. Vejo problemas.

— Não há nenhum problema.

— Não há nenhum problema — ela repetiu, sem qualquer entonação. — E Anne sai de casa por dois meses. — Ela tragou o cigarro algumas vezes, olhou para o pai de Jack e depois para ele.

Jack disse: — Muitos artistas saem de casa para trabalhar em suas obras.

— Vocês dois não estão tendo problemas conjugais?

— Que revistas você anda lendo?

— Não seja respondão.

— Pare de se preocupar.

— Vou continuar me preocupando.

— Martha — disse o pai de Jack —, Anne saiu de casa para trabalhar, pura e simplesmente. Deixe o Jackie em paz. Você está sendo intrometida.

— Sou a mãe dele. Espera-se que eu seja intrometida.

Numa sexta-feira à noite, num jantar no apartamento de Avril Stone, na Sixty-fifth Street, parecia que todo mundo conhecia alguém que estivera na Yaddo, na MacDowell ou em alguma outra colônia de artistas. Ninguém achava estranho que Anne tivesse saído de casa por um tempo.

— Você se lembra da Nadine Mauer? — Avril perguntou a Jack. — A escritora que morava na Leroy Street. Ela se mudou para Santa Fé mais ou menos um ano depois que você e Anne se mudaram para o loft. Ela foi para a Yaddo. Acabou escrevendo um romance incrível.

Evan Lopez disse: — Bem, nem *todo mundo* pensa apenas em trabalho quando está lá.

— Do que você está falando? — perguntou Avril.

— Lenny e Carla.

— Lenny e Carla *Russell*?

— Ela conheceu um escultor, enquanto estava na Yaddo. *Grandes* mãos. Tiveram um caso.

— E quem iria querer comer a Carla Russell? — perguntou Steve Morgan. — Anne, eu até posso entend... Você acha que Jack está preocupado que Anne caia na farra por lá?
— Claro que não — Evan insistiu. — *Não, Jack*. Só estamos fofocando, você não acha que nós...
— Por que não mudamos de assunto? — sugeriu Avril.

No táxi, ao voltar para casa naquela noite, Jack não estava preocupado que Anne tivesse um caso. Mas estava preocupado, e o que o preocupava era mais complexo do que o ciúme. Estava preocupado porque não sabia o que esperar quando Anne voltasse para casa, o que mudaria e o que continuaria igual. Quando ela telefonava, ele procurava qualquer indício que pudesse haver em sua voz. Mas não havia nenhum. Ele se preocupava enquanto observava Danny brincando com os amigos ou correndo pelo parque ou sentado no chão com seus brinquedos, falando sozinho, um homenzinho cuidando de seus assuntos, passando pelas maquinações do crescimento, emergindo, gradualmente, a cada dia, em si mesmo; e Jack sentia como se houvesse uma bolha crescendo dentro dele, enchendo-se de amor e de algo mais que amor, e olhava para Danny e sentia a bolha se expandir até se tornar insuportável, até sentir vontade de gritar e de rir e de explodir por dentro. E ele se preocupava por estar vivenciando Danny sem Anne, sem poder traduzir para ela o que significava aquela experiência e aqueles sentimentos, sem ter a interpretação de Anne para eles. Isso fez com que sentisse um distanciamento dela que nunca havia experimentado antes. Isso fez com que se sentisse isolado e inseguro. E estava preocupado porque Anne estava muito distante de Danny.

Ele queria dizer tudo isso a Anne quando ela telefonava, mas nunca conseguiu. Não contou a ela que algo incompreensível estava acontecendo na casa deles, que um processo estava acontecendo lentamente, que todas as coisas que faziam e que iriam fazer com que Danny fosse ele mesmo estavam a ponto de acontecer e já haviam acontecido, bem na frente deles, e que não deveriam ser perdidas. Que Danny estava se tornando ele mesmo e que era o suficiente para fazê-lo apanhar Danny do chão, agarrá-lo quando ele passava por perto e apertá-lo com tanta força que pudessem sentir os batimentos cardíacos um do outro, segurá-lo até achar que os dois iriam explodir, e que seus olhos explodiriam em lágrimas, apenas por segurar seu menininho.

Mas Jack não contou a Anne nada disso, porque ela não havia saído de casa apenas para ser lembrada do que havia deixado no loft da Crosby Street. Ele não contou a ela porque iria apenas confundi-la, distraí-la.

Não disse a ela que o preocupava saber que, se Danny não existisse, se ele nunca houvesse nascido, e ainda fossem só eles dois, Anne não teria precisado ir para a Yaddo e não haveria essa sensação de distanciamento.

Jack não disse a Anne que o que estava acontecendo se situava, ao mesmo tempo, em seu passado e em seu futuro. Apenas o que fez, apenas o que podia fazer, era esperar que ela voltasse para casa e visse por si mesma.

Mas Anne não estava pensando em voltar para casa, conforme diria a Jack mais tarde. Ela lhe contava sobre acordar de manhã e não fazer nada além de ouvir a si mesma pensar, como se sua pessoa tivesse sido submergida por inteiro na cognição e na execução do pensamento; e havia vezes em que ela conseguia atingir um processo inteiramente desprovido de pensamentos, sua mente esvaziada de tudo além daquilo que estava fazendo no momento, quando estava consciente apenas do lápis entre seus dedos, sentindo as linhas que desenhava sendo geradas de seu braço, passando pela mão, sentindo a tensão de sua mente e imaginação. Em algumas manhãs, ela fazia esboços rápidos, ou passava dois ou três dias trabalhando em estudos elaborados e lentos. Desenhava qualquer coisa que lhe viesse à mente. Começou a trabalhar novamente com pintura a óleo, expandindo sua paleta de cores. Onde o inverno havia transformado as poucas árvores em formas negras contra o terreno absolutamente branco, ela via o amplo espectro de cores no fluxo cristalino através do chão congelado. Nos galhos nus e escuros, ela via as cores da estação e dava-lhes um rosto e um corpo.

Havia dias em que ela se vestia com fantasias improvisadas e fazia autoretratos rápidos; períodos de tempo em que estava tão absorvida em seu trabalho que perdia o jantar por três noites consecutivas. O próprio tempo parecia pertencer somente a ela. Ela disse que era um sentimento libertador.

Ela contou tudo isso a Jack quando voltou para o loft na Crosby Street, não imediatamente, não quando entrou em casa, naquela noite. Danny ainda estava acordado e pulou pela sala e pendurou-se nos braços dela, puxou seu suéter, enterrou o rosto no dela, sentou em seu colo e beijou seu rosto. Ela o agarrou com força e cheirou seu cabelo e sua pele. Chamou-o de "Meu menininho querido. Meu anjinho". Quando ela ergueu o rosto, estava chorando.

— Você está triste, mamãe? — Danny quis saber.

— Estou muito feliz.

— Por que está chorando?

— Às vezes, quando você está feliz, chora lágrimas de alegria. E lágrimas de amor.

Danny ficou acordado com eles até a meia-noite, pulando para cima e para baixo e puxando Anne; tímido e, em seguida, ousado; observando Anne desfazer as malas enquanto ela contava a Jack sobre a Yaddo, sobre as pessoas que havia conhecido, as conversas que tivera no café-da-manhã e nos coquetéis à noite com os demais artistas e escritores.

Ela se deitou na cama com Danny e contou uma história de tigres e ursos que dançavam e tocavam instrumentos musicais, e que terminou com ela dando a ele um tigre de lata, que tocava pratos, e um ursinho de lata que batia num minúsculo tambor. Ela não se esquecera de trazer uma surpresa para Danny.

Jack nunca se sentira tão próximo de Anne quanto na noite em que ela voltou para casa e Danny adormeceu com seu tigre e seu urso e, mais tarde, quando se sentaram juntos no chão. O loft parecia haver sido outro lugar sem ela, um lugar diferente, e ela o restabelecera.

Anne disse: — Senti muita saudade de você. Quero te contar tudo. — Ela se aproximou dele. Seu cabelo caiu sobre os olhos quando se inclinou e encostou seu rosto no dele e sussurrou: — Sempre quero te contar tudo.

Ela lhe contou que lá era tão quieto à noite que ela se perdia no silêncio, e que de manhã o ar tinha cheiro de cedro úmido. Dobrou os pés sob o corpo e descreveu como a luz se quebrava no peitoril da janela no início da tarde, "como uma cortina de cetim", e como cada dia o pôr-do-sol se deslocava um pouco mais para o norte "e o dia durava mais um pouquinho".

Sentaram-se à mesa e beberam duas garrafas de vinho que Jack havia comprado especialmente para a sua chegada. Margaux 1981 — o ano do nascimento de Danny — e comeram um monte de comidas deliciosas.

Anne perguntou: — Foi muito difícil tomar conta de Danny sem mim? Jack disse que não havia sido nem um pouco difícil.

— Você conseguiu fazer alguma coisa? — Ela falava sobre seu livro.

Ele disse que havia escrito dois artigos para a revista *American Film*. Ela disse que não via a hora de lê-los. Ele disse que queria ver o trabalho que ela havia feito.

Ela espalhou os desenhos no sofá e no chão. Ele disse que eram claros e caprichosos. — Gosto de como você voltou a usar os espaços em branco.

Ela riu baixinho. — Pensei nisso enquanto estava trabalhando. Uma homenagem ao nosso primeiro ano em Loubressac.

Eles fizeram amor em silêncio, no escuro, com Anne puxando fortemente Jack para dentro de si.

Ela tocou seu pescoço com a delicadeza de seus lábios. Sussurrou: — Sua pele tem cheiro de Jack Owens. — Sussurrou: — Adoro estar perto de você. — Eles se sentiam encorajados com a familiaridade, a certeza da maneira como abraçavam um ao outro e se moviam em conjunto. Sua intimidade os excitava.

De manhã, Danny os encontrou acordados, sentados no chão de roupão. Rolou para o colo de Anne e riu sem qualquer motivo aparente. Puxou as orelhas de Anne. Apertou o queixo dela com seus dedinhos.

— Você está contente em ver a mamãe, não está? — Anne disse a ele.

Danny não respondeu, apenas enterrou a cabeça na curva da axila de Anne.

— Acho que ele está contente — Anne disse e acariciou o topo da cabeça de Danny.

Depois de terem tomado o café-da-manhã com Danny, e de Madeline tê-lo levado para visitar os avós, Anne sentou no peitoril da janela da cozinha, as costas contra a vidraça. Disse a Jack: — Pensei que ficar longe iria, não sei, aliviar os sentimentos que eu tinha, fazer com que tudo parecesse menos iminente. — Ela balançou a cabeça. — Iminente não é a palavra certa. Pensei que iria me atualizar, ou desacelerar, ou me ultrapassar. Queria que tudo mudasse. Mas nada mudou.

Jack estava encostado à parede, talvez tivesse se levantado para pegar uma xícara de café ou para colocar alguma coisa na pia, mas agora estava encostado à parede, olhando para Anne emoldurada pela luz cinzenta e pelos tijolos marrons dos armazéns do outro lado da rua. Ela estava usando um suéter verde-escuro e jeans, os pés descalços. Fez com que ele pensasse em quando a vira desenhando perto das ruínas.

Ela disse: — Ainda me sinto sobrecarregada. Ainda sinto que tenho que escolher entre fazer minha arte e ser mãe do Danny. É mais que um sentimento, Jack. É medo.

Ela caminhou até ele e colocou os braços em volta de seus ombros. — No entanto — ela disse alegremente —, acho que encontrei uma solução. Sabe aquilo que conversamos antes de eu partir? A respeito de alugar um estúdio em algum lugar? É isso que quero fazer. Acho que isso realmente resolveria a questão. — Ela pressionou a cabeça contra o peito dele. — Eu estava muito confusa, Jack, quando parti. Valorizava meu tempo a sós com meu trabalho e, ao mesmo tempo, sentia tanta falta de você e de Danny que mal podia esperar para estar com vocês dois e conversar com você sobre tudo. Eu queria tanto que estivéssemos nós três juntos. Acho que ter meu próprio estúdio resolverá tudo. Acho mesmo. — Ela olhou para ele e o que viu em seu rosto fez com que perguntasse: — O que é? O que você está pensando?

Ele não lhe disse sobre o que estava pensando, porque o que quer que fosse não estava claro para ele, e não apenas naquele momento, mas desde que ela havia ido embora, como um objeto distante, na linha do horizonte, cuja forma está sempre mudando, e também a cor, até que parece se desvanecer completamente na luz.

Jack limitou-se a dizer: — Acho que é a coisa certa a fazer.

Anne sorriu para ele: — Acha mesmo?

— Acho.

Ela disse: — Sinto que vou precisar ser tranqüilizada — da mesma forma como dissera "Podemos ser sempre assim, amando um ao outro..." todos aqueles anos atrás, no tom de voz que Jack não tinha entendido e que o confundira.

Em junho daquele ano, Anne se mudou para seu novo estúdio. Era um apartamento de um quarto, no último andar de um prédio de cinco andares subindo a Stanton Street, no Lower East Side. Recebia bastante luz do norte e tinha vista para o edifício da Chrysler e para o Empire State. Ela encontrara o lugar por intermédio de uma mulher que havia conhecido na Yaddo, cujo marido comprara a propriedade e estava vendendo os apartamentos para artistas a preços bem razoáveis. Os outros nove apartamentos já haviam sido comprados quando Anne comprou o dela.

— Existem várias condições para a venda — disse a Jack. — A maior parte diz respeito a limitar a porcentagem de lucro se eu for vendê-lo e o acordo de que apenas posso vender para outro artista.

Danny estava muito chateado com a mudança. Estava acostumado com Anne trabalhando no loft, estando ali quando ele chegava em casa com Madeline. Agora, estava parado no espaço vazio deixado pela mesa de desenho de Anne, tremendo e chorando. Anne procurava acalmar os temores de Danny. Explicou a ele que o estúdio era apenas para trabalhar e que ela voltaria para casa e para ele todas as noites. Deu a ele o número de seu telefone e disse a Madeline: — Danny pode me ligar sempre que quiser.

Quando Anne levou Danny para ver o lugar, ele perguntou: — Você vai morar aqui?

— Não, é como se fosse meu escritório.

— Tem uma cama — Danny apontou.

— É para que a mamãe possa descansar se ficar cansada.

— E uma cozinha.

— Não se preocupe. A mamãe mora com você.

— Posso morar aqui com você? — Danny perguntou.

Eles não foram à Toscana naquele verão. Em vez disso, Anne trabalhou no novo estúdio, fazendo uma reforma intensiva, transformando os cômodos em um espaço de arte. Arrancou décadas de pintura dos pisos e lixou a madeira original até brilhar. Descascou e lixou as paredes e os frisos de gesso na sala e no quarto, removendo um século de sujeira acumulada, restaurando a argamassa ao seu estado original. Removeu camadas de tinta e de papel de parede da cozinha, deixando para trás o estrato de todas as cores e texturas que haviam sido aplicadas durante os últimos cem anos, da primeira à última capa de tinta, como anéis em volta do tronco de uma árvore, como as linhas na rocha sedimentária, medindo a passagem do tempo, expondo décadas de humanidade.

Trabalhava de forma incansável e solitária, e voltava para casa exausta e imunda, mas sempre acordava a tempo de tomar o café-da-manhã com Danny.

Ela disse que não era sua intenção original envolver-se tanto, mas, uma vez que começara, o projeto a havia dominado. Era mais uma desculpa que uma explicação, dita a Jack algumas vezes por semana pelo telefone, ou quando ele passava por lá para dar um alô e andava em meio à poeira de argamassa, enquanto Anne lhe mostrava tudo que havia feito, sorrindo, parecendo animada ao exclamar: — Eu adoro este lugar. Adoro mesmo, de verdade. — Parecia orgulhosa de si.

Jack disse que também adorava. — Foi uma ótima idéia. Fico muito feliz que você tenha comprado este espaço. Estou muito feliz por você.

Os outros artistas do prédio vinham admirar o progresso de Anne, alguns se inspiraram a fazer o mesmo. Estavam, então, no outono. Anne terminara as reformas. Estava trabalhando em aquarelas e têmperas.

Mas o verão não fora só de trabalho. Anne reservara tempo no fim de julho para fazer passeios de um dia à praia com Jack e Danny. Passaram uma semana no Maine visitando Yoshi e Nick.

Em setembro, Anne passou tardes inteiras com Danny. Duas vezes por semana, Madeline o trazia ao estúdio e ele saía para almoçar com Anne, sempre os dois. Em dias chuvosos, almoçavam no estúdio. Danny tirava uma soneca na cama estreita. Sentava-se no chão e brincava com seus brinquedos, falando e cantando sozinho, falando e cantando para Anne. Algumas noites, Anne chegava em casa a tempo de dar banho em Danny e arrumá-lo na cama. Aos domingos, ela e Jack levavam Danny ao teatro infantil para assistir a shows de marionetes e para andar de carrossel no Central Park, ou ao apartamento de seus avós. Parecia haver tempo suficiente agora, tempo para trabalhar e tempo para Danny.

Anne disse a Jack: — Estou tão contente com a forma como isso está funcionando.

Eles deram um jantar para seus amigos em outubro daquele ano. Avril Stone, Brenda Susmann, Steve Morgan, Nan e Barry Roth, Greg Moffit e Louise Crenner e dois artistas do prédio da Stanton Street.

Avril disse que estava muito impressionada com o que Anne havia feito.

— Você faz parecer fácil.

Anne fazia parecer fácil, Jack concordava. Ele lhe disse isso algumas noites depois, durante o jantar, num pequeno bistrô na Grove Street. Estava extraordinariamente frio para a estação, mas o ambiente do restaurante estava cálido, com os aromas de carne assada e vinho. Anne inclinou-se por cima da mesa pequena. Seus olhos brilharam no delicado facho de luz de vela, as faces estavam ruborizadas. — Estamos fazendo tudo direitinho, não estamos? — Ela parecia mais que um pouco surpresa.

— Estamos indo bem. Você está fazendo parecer fácil.

— É só porque não deixo que o suor apareça. — Ela deu sua risada de Carole Lombard, do jeito que havia feito antes de sequer ouvir falar dessa artista; do jeito que havia feito quando estavam dentro do carro olhando a casa avarandada.

Durante todo aquele mês, os dois fizeram parecer fácil. Jack se encontrava com Anne para jantar, depois de terminar de dar aulas ou ficavam no estúdio dela, faziam amor na cama estreita e comiam um jantar tardio em Chinatown. Algumas noites, eles iam para casa juntos; outras, Jack voltava para casa enquanto Anne ficava trabalhando. Ele a sentia deslizando para a cama pouco antes do amanhecer, aconchegando-se ao seu corpo e passando a perna por cima dele. Ela ainda se levantava para tomar o café-da-manhã com Danny e este ainda ia a seu estúdio duas vezes por semana.

Em janeiro, o *Times* publicou uma matéria em sua sessão de Casa sobre o estúdio de Anne e usou fotos de página inteira. O artigo falava sobre como Anne era influenciada pelo "famoso Capp Street Project de San Francisco", e como ela "transformava objetos encontrados em esculturas: um triciclo infantil enferrujado, uma bota velha enfiada num balde de cimento, relíquias tiradas da pilha de lixo da paisagem urbana". O redator se referia ao espaço como "uma obra de arqueologia urbana, um comentário pós-moderno sobre a constância do Tempo e a natureza transitória da Arte e da percepção". Comparava Anne a Duchamp.

Anne emoldurou o artigo e o pendurou na parede, próximo ao cavalete.

Também foi convidada para expor três quadros na Bienal do Whitney Museum e teve de trabalhar muito para cumprir o prazo. Naquele mesmo mês, Danny adoeceu.

Começou como um daqueles resfriados que as crianças passam umas às outras, mas então acabou se agravando e Danny desenvolveu uma pneumonia. A doença o deixou prostrado e por um tempo sua febre alta deixou todo mundo preocupado. Embora Madeline estivesse sempre ali, Anne parou de trabalhar para ficar em casa com ele. Ela inventou joguinhos para fazer com que ele tomasse o remédio. Cozinhava coisinhas gostosas para ele. Foi então que fez os animais de papel e pequenos quebra-cabeças para alegrá-lo. Ela o fazia rir e gargalhar até que não resistisse a encostar seu nariz no dele e dizer: — Você é meu menininho querido. Você é meu anjinho — e, um ou dois minutos depois, Danny adormecia. Anne o observava, às vezes com um olhar de pena em seu rosto, e outras com uma expressão diferente. Era o mesmo olhar que mostrara naquela noite no táxi, quando falara sobre estar com um pé na plataforma e outro no trem. Então, respirava fundo, esfregava os olhos e, quando via Jack ali parado, sorria tristemente e encolhia os ombros.

Danny ficava sempre um pouco desapontado quando Jack cuidava dele à noite e nos fins de semana, enquanto Anne ia ao estúdio para trabalhar por algumas horas. Danny tolerava a atenção de Jack, mas era só isso. Ele não ia dormir até que Anne telefonasse para dizer boa-noite.

Foi só depois de Danny ter melhorado que Jack percebeu que estivera preocupado com o fato de que estivesse ocorrendo a mesma coisa que em Loubressac. E foi isso que disse a Anne.

Anne disse: — Foi exatamente o oposto de Loubressac, na verdade. Tive dificuldade de me afastar dele.

Naquele mês de fevereiro, inscreveram Danny na pré-escola.

— Imagino que seja um marco em nossa vida — Anne disse —, mas não quero... tem que ser mais do que esperar que ele cresça, nós concordamos nisso, e não quero que fiquemos simplesmente contando os anos até que o mandemos correndo à faculdade, usando-o para medir nossa vida até que ele vá embora.

— Até agora não fizemos isso.

— Mas às vezes, não sei... quando ele estava doente, precisava tanto de mim e eu tinha a mesma sensação de antes de ir para a Yadoo. Tinha todo aquele trabalho a fazer para o Whitney e ali estava Danny, precisando de mim daquele jeito. Comecei a me sentir... *sufocada* é a única forma que consigo descrever. Tinha todo o trabalho para fazer e esse menininho para cuidar e queria fazer as duas coisas, não, eu *tinha* que fazer as duas coisas, cada qual com seu próprio imperativo, e senti como se tivesse que optar entre as duas. — Ela estava sentada no sofá em seu estúdio. Estavam escutando Gershwin — sempre havia música tocando no estúdio — dois novos quadros estavam apoiados na parede, um trabalho em progresso preso ao cavalete. Alguns dos desenhos que havia feito na Yaddo e que havia decidido não vender estavam emoldurados e pendurados. Ela se levantou para cruzar a sala, seus sapatos fazendo barulho contra o piso nu de madeira. — Mal podia esperar para partir. Talvez apenas quisesse me afastar da sensação conflitante, talvez quisesse me afastar de Danny. Não sei. — Ela respirou fundo.

— Ele é um menininho — disse Jack. — Nós somos seus pais, pelo amor de Deus. É isso que temos que fazer.

Anne se virou rapidamente e olhou para ele. — Você não acha que eu sei disso? É disso que estou falando. — Ela não disse aquilo de forma argumentativa. — E você não acha que estou me sentindo como o lixo mais egoísta do mundo, quando deveria estar pensando nos sentimentos de Danny? — Ela caminhou até o sofá e se sentou. — Às vezes — ela disse —, tenho medo de que ele sinta as coisas de maneira profunda, talvez mais do que deveria. E, às vezes, sinto medo.

Era uma noite úmida, com chuva no ar, embora os odores predominantes entrando pelas janelas fossem da fumaça dos exaustores e do lixo.

Anne disse: — Há dias em que trabalho durante horas a fio e não consigo realmente resolver um problema até tarde da noite, e fico aqui a noite inteira, mas sempre pensando em Danny, sempre consciente de que ele está me esperando. É como se ele estivesse aqui me dizendo: "Preciso de você, mamãe." Mesmo quando está dormindo, ele está me esperando e, às vezes, não sei como lidar com isso. Às vezes percebo que isso só faz com que eu me sinta mal por dentro, e nessas horas eu me ressinto dele por precisar de mim e me ressinto de mim mesma por me ressentir dele. — Ela envolveu a mão de Jack com a sua. Havia tinta verde em suas unhas. — Outro dia, na escola dele, quando aquela pretensiosa da Jennie Slackman estava explicando a importância de fazer com que Danny se sinta à vontade num "ambiente de aprendizado"— um "ambiente de *aprendizado*"? — e todas as outras mães pareciam tão alertas, tão ridiculamente impressionadas com o lugar, tão absurdamente chato, falando sem parar de seus filhos, aqueles chatos. Falando e falando sobre a importância da pré-escola certa para a escola particular adequada e a merda de pré-escola adequada. E do ensino fundamental. E... eu pensei, não consigo fazer isto. Não é isto o que quero para a minha vida, conversar com mãezinhas adoráveis sobre seus filhinhos adoráveis. Comecei a suar. E, ao mesmo tempo, ao mesmo tempo eu queria que nós compartilhássemos tudo aquilo com Danny e um com o outro. Quero compartilhar e detesto, ao mesmo tempo. — Ela baixou os olhos e olhou fixamente para o chão antes de dizer: — E há ocasiões, quando o escuto, o tempo que passei com ele quando estava doente, e era como vê-lo se transformando cada vez mais numa pessoa inteira, crescendo para tornar-se ele mesmo, como um homenzinho, e pensei que explodiria de tanto amor.

Foi então que Jack contou a ela sobre o tempo que passou sozinho com Danny, sobre todas as coisas incompreensíveis que haviam acontecido na casa deles. Foi então que lhe contou — talvez tivesse esperado por este exato instante para lhe contar: — Sinto as mesmas coisas que você. E posso apenas especular sobre o que estaríamos fazendo, como estaríamos vivendo se... se Danny não tivesse nascido. Você não precisaria da Yaddo nem deste estúdio. Eu não... Ah, que diabos, Anne, você não está sozinha nisto, e não é só *você*.

Anne olhou para ele, mas não disse nada. Mexeu os lábios, mas não saiu nenhuma palavra. Jack segurou sua mão com força. Deslizaram para os braços um do outro e começaram a chorar.

— Lembra — ela disse —, antes de Danny nascer, quando você ficava escrevendo e a máquina de escrever pipocando enquanto eu estava na frente do cavalete e, mesmo quando era difícil, parecia que o trabalho e as idéias sempre surgiam?

Ele disse que era claro que se lembrava.

— Tenho que dizer. Sinto saudade disso. Às vezes. Sinto saudade de quando éramos apenas nós dois. E nosso primeiro verão na França, conversando sobre nossos trabalhos, nós dois tão ansiosos por aprovação.

— Gostaria que fosse assim de novo, apenas por algum tempo.

— Éramos tão próximos naquele tempo.

— Éramos.

— Agora somos mais próximos. — Ela o disse de forma desafiadora e aquilo fez com que Jack se aproximasse ainda mais dela.

— Eu era mais eu mesmo, ou quem eu gostava de pensar que era, quando estava com você.

— E eu com você. Mas agora não precisamos disso. Você sempre será o Dr. Owens e eu sempre serei Anne Charon, de qualquer maneira. Auto-imagens sempre acabam se virando contra as pessoas, não é, Jack? — Ela disse aquilo com frieza, levantou-se e desligou a música, encontrou sua bolsa e começou a apagar as luzes. — Vamos logo para escapar da chuva — e dirigiu-se à porta.

Cerca de um mês depois, Danny começou a ter pesadelos e só conseguia dormir depois que Anne chegasse em casa e o deixasse subir na cama entre ela e Jack. De manhã, ele se pendurava às pernas de Anne quando ela tentava andar e ela o apanhava nos braços, beijava-o e arrulhava em seu rostinho, dizendo: — Você é meu menino lindo. Meu anjinho.

Uma manhã, ele perguntou: — Você e o papai estão bravos comigo?

— Claro que não.

— Podemos brincar hoje?

— Hoje, não. A mamãe tem que trabalhar.

— *Por favor*, mamãe. Sinto saudade de você.

— Também sinto saudade de você. Vamos brincar no sábado.

Anne disse a Jack que estava preocupada com Danny. — Meu Deus, me preocupo tanto em estar negligenciando meu filho, e que ele esteja bem, que *todos* estejamos bem, e que estejamos cuidando dele de forma adequada, porque eu sei que ele *não* está bem. — Ela disse: — Quando estou no estúdio, às vezes, paro de repente o que estou fazendo e telefono para ele, ou apenas fico parada, me conscientizando que ele é, sei lá, que ele é o Danny, ele é meu filho, e me preocupo com ele.

Jack não disse nada. Apenas assentiu com a cabeça.

Anne disse: — Eu amo tanto vocês dois, mas também amo como me sinto quando estou trabalhando e quem sou quando faço meu trabalho. Quero desejar ser a mãe do Danny. Droga, Jack! Não consigo entender mais nada e, neste momento, sinto que sou uma desgraçada egoísta e que tudo está escapando de minhas mãos. — Ela disse: — Não podemos fazer isso com ele. Não estamos mais fazendo tudo direito e estou fazendo tal confusão das coisas que me assusta. — Ela afundou o rosto no peito de Jack. Ele podia sentir a umidade da pele dela por baixo da blusa. — E estou negligenciando você, também, e tenho medo que você comece a ter casos extraconjugais e que nos transformemos naqueles casais nojentos que...

— Sem chance.

— Vamos continuar tentando fazer tudo direitinho, não vamos?

Eles decidiram alugar a vila na Toscana durante o mês de agosto. Sem trabalho. Sem *au pair*. Só eles três, de férias.

— Vai fazer com que voltemos a ser nós três — Anne disse. — Tenho que acreditar nisso.

Jack não tinha certeza se ele acreditava.

Foram suas últimas férias juntos. Os pesadelos de Danny pararam, mas não suas premonições. — Você e o papai estão bravos comigo? — ele perguntava, enquanto passeavam de carro pelo campo.

Eles se sentavam no terraço, sob as estrelas de Toscana, enquanto Danny dormia tranqüilamente entre eles, para despertar repentinamente e olhar para Jack e para Anne, como se estivesse se certificando de que os dois ainda estavam com ele.

Então, numa noite, quando estavam sentados lá fora, Danny dormindo entre eles, Anne disse: — Nada mudou.

Jack respondeu: — Eu sei.

— E ele também sabe. — Anne acariciou a cabeça de Danny com a palma da mão. Sussurrou: — Não podemos fazer isso com ele.

— Não — disse Jack —, não podemos.

— Acho que devemos partir assim que possível.

— Aonde vamos? — Danny perguntou, esfregando os olhos.

— Nenhum lugar. Volte a dormir. — Anne suspirou profundamente e disse a Jack: — Gostaria de ter dois corações.

Quando voltaram para Nova York, Anne começou a passar a noite no estúdio, não todas as noites, mas a maioria. Ela sempre telefonava para Jack para avisar quando não voltaria para casa. Ainda se encontravam para jantar, mas não mais de uma ou duas vezes na semana.

Jack lhe disse: — Fiz o possível para não pressionar você — tarde da noite, quando ela voltou ao loft e deslizou a seu lado na cama —, mas não é assim que quero que vivamos. Sinto sua falta, Anne; Danny sente sua falta. Ele está tendo pesadelos de novo. E não consegue entender por que você não está aqui. — Ele acendeu a luz e a encarou. — Nem eu.

— Isso não é pressionar. — Ela disse: — Saber disso me parte o coração.

Mas, ao final de setembro, Anne parou de telefonar de uma vez. Ela passou o fim de semana fora, entrando pela semana seguinte. Jack não aceitava dormir sem ela ou ficar deitado no escuro, esperando por ela, nem Danny acordando de manhã, à procura da mãe.

Jack disse a ela: — Não podemos fazer isso, entrar e sair de nossa vida, de nosso casamento.

Anne colocou os braços ao redor dos ombros dele e apertou a cabeça contra seu peito. — Pelo menos estou por perto e posso ver Danny algumas vezes, e posso ficar com você. Pelo menos temos isto. Talvez possa ser suficiente.

Talvez ela realmente pensasse que poderia ser suficiente, ou pensasse que jamais seria suficiente.

É possível amar demais a algo, e se Danny não houvesse existido, então poderia ter sido o casamento a interpor-se entre Anne e seu coração. Ou será que tudo o que existia para Anne era sua arte? Foi isso que Jack lhe disse quando foi ao seu estúdio.

Anne disse: — Oh, Jack. Não quero que isso seja verdade. — Ela caminhou até ele e pôs a mão em seu braço.

Ele se afastou e olhou os quadros encostados à parede, a tela nova já preparada e apoiada no cavalete, a meia dúzia de esboços. — Você não acha que eu gostaria de ter um lugar aonde pudesse ir e me perder no trabalho? Você não acha que gostaria de poder ficar longe e não precisar ser o pai de Danny, não ter esta responsabilidade, não ter que ver o que estamos fazendo com ele? Mas não posso, Anne. Ele é nosso menininho e eu o amo. E ele precisa ser cuidado. Precisa ir à pré-escola, à escola primária e, quer eu goste ou não de conviver com aquelas mães faladoras, tenho que fazê-lo, e você não acha que quero mandar tudo para o inferno e não voltar para casa? Mas tenho que ficar e tomar conta de Danny. *Tenho* que estar ali, droga! E *você* tem que estar ali. — Foi então que Jack percebeu que Anne estava parada ao seu lado e que se agarravam um ao outro.

De manhã, Danny e Jack estavam tomando juntos o café-da-manhã, olhando para a cadeira vazia de Anne. Danny perguntou: — Cadê a mamãe?

Jack mentiu: — A mamãe teve que sair para trabalhar.

— Por que ela sempre tem que sair tão cedo?

— Ela é uma artista.

No começo de outubro, em seu estúdio, Anne disse a Jack: — Vou vender este lugar. — Jack sabia que não era o caso de pensar que Anne se mudaria de volta para o loft na Crosby Street. Sabia que ela tampouco procuraria outro espaço na cidade. Viu a expressão nos olhos dela. Ele sabia.

— Inglaterra? — ele disse, sem ocultar sua decepção.

— Inglaterra — ela repetiu baixinho.

— Fica bem longe.

— Só por... por seis meses. Estou montando uma exposição lá e precisaria de um pouco de tempo extra para organizar tudo.

Jack estava sentado no sofá. Anne sentava-se no chão e descansava a cabeça na perna dele. Ele respirou fundo, inalou o cheiro de tinta e de óleo de linhaça, que eram os cheiros de Anne. Moveu o corpo para que pudesse sentir o cheiro dos cabelos dela, o aroma leve de seu perfume, para que pudesse inalar todos os aromas que ela carregava.

Ele pensou em como não parecia nada extraordinário estar ali sentado com ela, nada excepcional, mas que, no próximo mês, na próxima semana, no dia depois de amanhã, no próximo ano, ele não seria capaz de encontrá-la, pois sabia que ela não voltaria nunca mais — e não tinha certeza de que queria que ela voltasse. Não se significasse passar por tudo isso de novo. Ele não podia fazer aquilo consigo mesmo. Não podia fazer aquilo com Danny.

Anne estendeu a mão, pegou a mão de Jack e passou os dedos dele de leve por seu cabelo. Ergueu o rosto para ele, e ele se inclinou e a beijou. Sua boca se abriu à dele, a língua mal tocando a sua. Ele não conseguia se lembrar da última vez que haviam se beijado daquele jeito, certamente não desde que voltaram da Itália.

Anne escorregou para o colo dele. Ele a embalou contra seu corpo. Beijaram-se novamente, com suavidade. Ela pressionou a mão entre as pernas dele. Ele desabotoou a blusa dela e soltou seu sutiã.

Era tudo tão familiar e tão estranho ao mesmo tempo, a sensação da pele dela contra seu rosto, a textura áspera do mamilo, o cheiro de seu sexo. Era como se ela fosse uma Anne diferente, a Anne que iria ser quando partisse para a Inglaterra, a Anne de um tempo futuro no qual não existia Danny e não existia Jack. A Anne em que ela estava se transformando.

Depois que fizeram amor, ficaram deitados lado a lado no chão, no escuro. Cinco, dez minutos depois, fizeram amor novamente, dessa vez rápida e intensamente, agarrando e arranhando; assustados pela intensidade.

Anne não levou Danny à escola na semana seguinte. Passaram um dia no zoológico do Bronx. Brincaram no Central Park. Almoçavam qualquer coisa que Danny quisesse comer. Anne comprou brinquedos para ele. Ficou com o filho até a noite, até que ele adormecesse em seus braços. Pode ser que ela pensasse que mudaria de idéia. Pode ser que estivesse tentando confirmar o que já havia decidido. Ela nunca disse e Jack nunca teve coragem de perguntar. Ela nunca contou a Jack sobre o que ela e Danny conversaram.

Então, numa tarde daquele mês de outubro, Anne não levou Danny ao parque, não o levou para almoçar fora. Ela veio ao apartamento e explicou a ele que iria embora. Danny pensou que ela queria dizer que voltaria à Yaddo. Anne disse que não, que iria embora "por um longo, longo tempo". Danny disse que não entendia, mas era fingimento. Ele se sentou no colo de Anne e perguntou novamente aonde ela estava indo, e de novo Anne explicou, ou pelo menos começou a explicar, mas Danny pulou para o chão e gritou. Correu até Jack e gritou. Correu pelo loft e gritou. Jogou-se de um lado a outro. Agarrou-se a Jack. Agarrou-se a Anne e implorou que ela mudasse de idéia. Gritou: — Me leva com você. — Anne disse para ele que não podia fazer isso. Ruídos de tristeza e de confusão explodiam na garganta de Danny como rochas. Ele bateu em Anne e a chutou. Disse que a odiava. Socou Jack e o odiou também. Ele chorou e puxou os dois, que não fizeram nada para impedi-lo. — Eu vou ser bonzinho — Danny gritou e implorou a Anne para não ir. Ela o agarrou e o embalou. Ele afundou a cabeça entre os seios dela. Jack abraçou Anne e Danny de encontro ao peito. Eles se agarraram uns aos outros, molhados com as lágrimas e o suor uns dos outros.

No dia seguinte, quando Anne veio ao loft da Crosby Street, estava vestindo uma capa cor-de-laranja e carregando uma sacola de compras de papel-pardo, cujo conteúdo Jack jamais conheceria. Ela se ajoelhou para dar um abraço em Danny. Ele perguntou se ela iria brincar com ele no dia seguinte. Anne pressionou os lábios na cabeça dele, beijou-o e abraçou-o.

Ela sussurrou: — A mamãe jamais deixará de te amar — abraçou-o por mais um minuto e, então, saiu pela porta.

Jack e Danny olharam pela janela enquanto Anne ficava na calçada, quatro andares abaixo, esperando por um táxi, parecendo pequena, o alto de sua cabeça um círculo escuro marrom, a capa cor-de-laranja flutuando com a brisa. Para as pessoas que passavam por ela, ela era alguém e ninguém — como isso acontece rápido. Basta deixar sua casa e o anonimato o envolverá numa capa cor-de-laranja. Estenda a mão, entre num táxi e tudo desaparecerá.

XIX

Ele não era o Jack Owens que se casara com Anne Charon e morava no loft da Crosby Street. Não era o Dr. Owens que se mudara com Danny para Gilbert. Assim como Danny se tornara "o garoto que se matou no Fairmont Park", Jack se tornara "o pai do garoto que...". O Dr. Owens que se sentava sozinho em seu escritório fazendo suas anotações de aula sem convicção ou entusiasmo. O Jack Owens que só pensava no passado. Que podia, a qualquer minuto, levantar os olhos e ver Danny andando de bicicleta pelo pátio, ver Danny entrando no escritório numa tarde de sexta-feira, tentando recuperar o fôlego e já falando sobre o que queria fazer no fim de semana. Que podia ouvir o telefone tocando e Danny dizendo: "Oi, pai. Sou eu." Que podia ouvir o passado, ver o passado como se fosse um trailer antes do filme principal, ou como um disco de 3-D para o View-Master, com imagens do Grand Canyon, de Neil Armstrong andando na Lua e do Pinóquio, ou da roda da fortuna no parque de diversões, com as luzes amarelas e vermelhas, os jogos de azar, que não são absolutamente jogos de azar e sim de engano — gire a roda e a flecha de metal irá parar numa imagem da sua vida... Pague o preço e faça sua escolha... Exceto que não houve escolha. Era sempre o passado inalterável, o passado que era firme, fixo e previsível, com o qual Jack podia se deitar, cobrir a cabeça e se afundar.

Ele achava que não era nada além do passado. Podia sentir sua textura, sua proximidade. Podia sentir sua presença. Aguçar os ouvidos e escutar a voz de Danny pelo telefone. Erguer os olhos e ver Danny pela janela. Ele podia ver a si mesmo, deitado de costas num campo gramado, levantando Danny no ar e segurando-o como se fosse um brinquedo. Ou talvez o menininho não fosse Danny. É ele quem está sendo levantado. Sua mãe está gritando: "Tenha cuidado, Mike, ele é só um bebê." Ou ele está com sua mãe e ela o está ensinando a patinar no gelo. Ela o segura pela mão, guia-o devagar, com cuidado através do gelo, que não é liso como parece nas fotos, e sim áspero, cheio de pontinhas e fissuras, o gelo estala e sibila sob a superfície, como uma casa assombrada. Sua mãe lhe garante que não há nada a temer. Mais tarde, eles se sentam em cadeiras de madeira, tomam chocolate quente e ficam com bigodes de marshmallow. Sua mãe acaricia sua cabeça, onde o cabelo está elétrico por causa do gorro de lã azul. Ela beija seu rosto. Seu pai o segura no colo.

Jack queria se aconchegar àquilo por algum tempo. Queria se transformar no filhinho de alguém, ser carregado e confortado, o que só podia acontecer no passado, o qual ele podia ver erguendo os olhos.

Era quase uma e meia quando Marty chegou para apanhar Jack para o almoço. Decidiram ir de carro até uma lanchonete no sul da cidade, longe de professores e policiais.

Marty parecia cansado e nem um pouco feliz. — Você já desejou não saber metade das coisas que sabe?

— Hopewell de novo?

— E de novo e de novo. Que filho-da-puta! Ele está indo com tudo para cima daquele cara sobre quem eu te contei na semana passada. Já redigiram até a confissão dele, Hopewell, o promotor público local e o pobre coitado. Hopewell está puto da vida porque o promotor está começando a aparecer mais que ele e está tentando tirá-lo de cena, não que ele não vá conseguir, no fim, voltar para o palco. — Marty olhou para Jack e franziu a testa. — Inferno! Isso não é o tipo de coisa que você queira escutar, com tudo pelo que está passando.

— É só você falando sobre seu trabalho. Para que servem os amigos?

Marty pareceu pensar nisso enquanto seguia dirigindo. Então, disse: — Fiz uma investigação sobre Lamar. Coisa que gostaria de ter feito logo que o encontraram. Que criatura do além era aquele menino. Bastante detestável. Era irritante, hostil, dava nos nervos de todo mundo. Meio apatetado. Sem amigos. O tipo de criança que senta no fundo da classe e não entende muito do que está sendo ensinado. Estou achando que podia ter algum tipo de dificuldade de aprendizado que os professores e os pais não perceberam ou preferiram ignorar, e um leve distúrbio de personalidade que também parece ter passado despercebido na escola. É muito triste. A irmã mais velha era a estrela da família; então Lamar não recebia muita atenção em casa. Ele passava bastante tempo sozinho no Baxter Park, andando de bicicleta, atirando a bola de beisebol na quadra de handebol. — Marty tomou a County Road 8. — Ele era um valentão, ainda por cima. Na manhã do dia em que foi morto, havia provocado um aluno da segunda série e foi chamado à sala da diretoria, o que o deixou mal-humorado e, aparentemente, decidiu não voltar às aulas depois do almoço. Provavelmente estava indo de bicicleta para o Baxter Park e decidiu cortar caminho pelo riacho Otter. O que quer que tenha acontecido a ele ali... — Ele deu uma olhada rápida para Jack. — Tudo bem para você, falar disso? — Jack disse que tudo bem e Marty disse: — Sabemos que Lamar estava mantendo contato com o suspeito de Hopewell, pois há uma porção de e-mails entre os dois. O que conversavam fica aberto a diferentes interpretações, no que diz respeito a sexo, coisas realmente vagas por parte do cara. E dá para ver que Lamar queria mesmo atenção. — Ele balançou a cabeça algumas vezes. — Não sou um grande detetive criminal, mas não precisa ser um gênio para ver que esse cara não estava tentando atrair Lamar para *qualquer lugar*. A principal razão era o fato de Lamar ser jovem demais. Esse cara gostava de adolescentes. Tinha um gosto bastante específico e Lamar era um menino de dez anos muito pouco desenvolvido. E se ele *realmente* se encontrou com Lamar lá, tenho certeza de que foi embora enquanto Lamar ainda estava vivo. Outra pessoa o matou. Eu não ficaria surpreso se Lamar conhecesse seu assassino. — Marty sorriu lentamente. — Antes que você fique impressionado demais comigo, eu tirei muitas dessas informações do relatório de Hopewell. O que Hopewell não diz, mas que, se o conheço bem, ele *sabe*, é que o assassinato de Lamar foi propositadamente *encenado* como suicídio.— Marty saiu da estrada municipal e entrou na South Twenty-ninth Street. — O frustrante e deprimente é que Hopewell e o promotor público não vão se afastar o suficiente para apanhar o verdadeiro assassino, agora que Hopewell arrancou a confissão desse cara.

— Então Hopewell vai mandar um inocente para a cadeia?

— Não inocente. Ele não cometeu *este* crime, só isso. Estava usando a internet para conhecer garotos jovens e *possivelmente* ter relações sexuais com alguns deles, que foi a alavanca que Hopewell usou para a confissão, e que não fica muito longe do que o promotor vai usar para montar o caso. Quando isso for a julgamento, ou eles farão um acordo para que ele se declare culpado de homicídio culposo ou irão julgá-lo por homicídio doloso. E com a confissão e mais umas coisinhas, que não tenho permissão para discutir, o cara está frito.

— Você não pode fazer alguma coisa?

— Não, a não ser que o verdadeiro assassino apareça, de agora até que isso tudo vá a julgamento, e não acho que isso irá acontecer. Não se esqueça: o cara é um pederasta, eu só não acho que seja assassino. Mas não há nada que eu possa fazer. — Ele disse a Jack: — Estão todos com suas cartas nas mãos e vão jogá-las a qualquer momento.

A voz dele não parecia nem infeliz nem irritada, apenas vazia. Era algo triste de se ver e Jack sentiu pena.

— Não sou tão ingênuo a ponto de pensar que esse tipo de coisa não aconteça — disse Marty —, mas nunca esperei ver acontecer em Gilbert. E nem é isso. É só idiotice de caipira. É isso que é: uma idiotice. — Um minuto depois, disse: — É uma sensação que isola a gente. — E um minuto depois daquilo: — Às vezes é só um trabalho que você faz porque é o que se espera de você.

— Gostaria que houvesse algo que pudesse fazer para *te* ajudar, para variar.

— Você *está* ajudando. Só de falar sobre o assunto já ajuda.

— Não muito.

— Não muito é muito melhor que nada.

Eles continuaram seu passeio de carro, não falando mais nada a respeito de Hopewell ou de Lamar. Não falando mais a respeito de nada; apenas outra hora de almoço passada na companhia um do outro. Como isso teria parecido extraordinário precisamente um ano atrás, quando ele estivera no Paul's com Lois, Stan e seus outros amigos, comendo e fofocando, como sempre faziam quando todos voltavam das férias de verão — mais coisas haviam mudado do que o fato de Jack ser o-pai-do-menino-que-se-matou ou de ser parte da Comunidade de Pais de Filhos Mortos. Havia mudado mais que sua conscientização sobre as coisas que fazem com que alguns detetives sejam tristes e outros, apenas ambiciosos. Ou talvez fosse apenas que algo mais tivesse mudado com aquilo, pois, Jack percebia, ele tinha mais em comum com Marty do que com qualquer membro da faculdade que vira no almoço do dia anterior, ou com Lois, Stan e o resto de seus amigos, e ele teria achado isso perturbador, se fosse Hopewell ou qualquer outro detetive. Mas era Marty e aquilo tornava a situação aceitável. Aquilo fazia com que estivesse tudo bem.

Quando voltou ao escritório, Jack não fez muito além de observar o céu escurecer um minuto mais cedo do que no dia anterior e o outono se aproximar mais um dia. Fez uma ou duas tentativas de enfrentar o trabalho que estava sobre sua mesa, que não era trabalho em absoluto, mas uma desculpa para não deixar o escritório, não voltar para sua casa vazia. Ele sempre tinha a possibilidade de ir até a sala de projeção, sempre havia mais filmes para assistir e ele poderia instalar o filme e vê-lo sozinho. Mas não queria ir à sala de projeção, não queria ficar sozinho no escuro, nem no claro. Em vez disso, iria até o Chase's — ainda estava muito no começo do ano para que os professores aparecessem por lá e era um bom lugar para sentar e tomar uma bebida.

O Chase's era um lugar de pouca iluminação, masculino, com atmosfera e preços inibidores para os alunos, o que o tornava ainda mais convidativo para o corpo docente, que era exatamente a intenção de Ned Chase. Havia duas salas pequenas para jantar separadas pelo bar, com grandes mesas de carvalho, guardanapos de tecido e toalhas de mesa engomados, um barman que tinha excelentes opções de uísque e de *blends* escoceses, que preparava martínis dolorosamente gelados e não se empolgava demais com a carta de vinhos. Mas, a despeito de todos os esforços para não o ser, o lugar acabava sendo um bar antiquado. Jack o batizou de "antro dos professores" e nos dez últimos anos ele foi Presidente-Sem-Pasta do "Clube da Primeira Sexta-Feira": uma dúzia de seus amigos se encontravam ali para tomar coquetéis e jantar na primeira sexta-feira de cada mês. Essa noite, Jack se sentou sozinho, numa mesinha perto da janela dos fundos, tomou seu uísque e mal tocou no prato de lagostim frito, uma cortesia.

Sempre havia um CD tocando, sempre alguma coisa-padrão. Essa noite era o *Jumpin' at Capitol*, do King Cole Trio. Parecia que, a qualquer momento, Hoagy Carmichael apareceria ao piano, se houvesse um piano. Hoagy não apareceu, mas Celeste e Arthur Harrison, sim.

Celeste estava profundamente bronzeada, os cabelos repicados abaixo das orelhas. Usava um vestido leve, de cor berrante, sandálias pretas de salto alto; o estilo de seu cabelo e das roupas dava a ela a aparência de uma atriz dos anos trinta, como Gail Patrick ou Bebe Daniels. O batom era vermelho escuro e havia uma marca de boca perfeita onde ela havia beijado Arthur, na bochecha direita. Eles deviam estar ali antes de Jack chegar, pois Arthur estava sem o blazer e suas bebidas já estavam no fim. Celeste se virou para chamar o garçom e viu Jack. Acenou para ele e, então, ela e Arthur vieram até sua mesa. — Te deixamos um monte de recados no correio de voz durante o verão — disse Celeste. — Devo ter passado pelo seu escritório seis ou sete vezes desde que voltamos. E na sua casa.

Arthur colocou uma mão pesada no ombro de Jack.

— Pensamos em você o tempo todo — Celeste continuou. — Estávamos preocupados. — Ela convidou Jack a sentar-se com eles, por favor. Jack não foi muito rápido em aceitar o convite. — Não vamos te incomodar com perguntas — prometeu Celeste. — Temos uma boa idéia do que você está passando. E se começarmos a te irritar, mande a gente calar a boca.

Jack afastou sua cadeira e se levantou. Arthur pegou o prato e o copo e os levou ao outro lado do restaurante. — Sentimos uma puta falta sua.

Eles se sentaram por um momento, não dizendo nada, bebericando seus coquetéis. Então, falaram dos assuntos genéricos que exigem os coquetéis no final do verão. O novo semestre, políticas da faculdade, férias de verão.

— Vocês foram a New Hampshire — disse Jack.

— Vermont — Arthur disse. — Fiquei revisando a terceira edição do meu livro, enquanto minha adorável esposa vadiava pelo lago e pelo jardim feito a Nossa Senhora das Flores.

Celeste arqueou uma sobrancelha perfeitamente delineada. — Corrigindo infinitas páginas do *seu* livro.

Arthur mordiscou um lagostim. — Você não acha que está na hora de revisar seus livros? — ele disse a Jack. — É uma maneira fácil de ganhar dinheiro, se você não exagerar. — Ele sorriu. — Adiciona umas coisinhas aqui, faz uma atualização do capítulo doze, deleta umas páginas ali, redige uma nova introdução, adota-o para o novo semestre e terá a galinha, cujos ovos de ouro seus alunos são obrigados a comprar.

— Não acho que Jack queira ouvir isso agora — disse Celeste.

Arthur pareceu constrangido. — Eu só estava...

Jack veio em auxílio de Jack. — Não o atormente. — Tomou um gole de uísque. — Em primeiro lugar, não suporto ler o que escrevo; portanto, revisar está fora de cogitação; e se eu adotasse meus próprios livros, só lembraria aos alunos que eles não precisam de mim. Estaria me condenando diretamente à obsolescência.

— Vamos pedir mais uma rodada — Celeste sugeriu. — Está bem?

Em algum momento, durante a segunda rodada, Celeste contou a Jack que estava dando um curso de estudos avançados de cinema.

— Pensei que Pruitt fosse dar este curso neste semestre.

— Ele está em ano sabático.

— É mesmo. — Mas Jack não tinha qualquer memória do ano sabático de Pruitt nem de Celeste ter sido escolhida para dar aquele curso. — É mesmo.

— Nunca dei este curso antes e estou em terreno bastante desconhecido. — Celeste disse que iria adotar o segundo livro de Jack, *Notas depois da meia-noite*. Ele agradeceu adiantado pelos *royalties* que receberia e se inclinou para Arthur.

Celeste disse: — Você pode mostrar seu agradecimento me fazendo um enorme favor.

— Qualquer coisa.

— Me empresta suas anotações de aula? Se não for muito trabalho?

— Trabalho nenhum. Vou procurá-las no porão assim que puder.

Isso fez com que Arthur voltasse a falar de revisões de livros e do dinheiro que ganharia com elas, até que Celeste lhe disse: — *Chega*, está bem? — e perguntou a Jack: — Como você tem passado? Está agüentando bem? — A resposta dele foi superficial e Celeste provavelmente sabia, mas, antes de dizer qualquer outra coisa, Jack perguntou como estava Rick, e se eles tinham ouvido o que acontecera com C.J. e se Rick havia falado com ele.

Arthur e Celeste trocaram olhares. — Nós ouvimos, mas Rick não tem estado em condições de telefonar para C.J. Ele tem tido muita dificuldade para enfrentar isso — Arthur disse. — E Danny... Ele ficou muito alterado com o que aconteceu com Danny.

Celeste disse: — Ele não consegue dormir. Perdeu muito peso. Mergulhou em si mesmo...

— E agora — Arthur interrompeu —, ele se recusa a voltar para a escola. Diz que não suporta ficar lá. Ele voltou para casa em dois dias e nos fez levá-lo de volta à fazenda do meu irmão.

Celeste tomou um gole demorado de seu martíni. — Arthur conseguiu fazer alguns contatos e Rick vai passar o último ano do secundário em Saint Louis, na Andrews Academy. Também vamos procurar um bom terapeuta para ele.

Jack disse: — Imagino que Brian também não esteja passando por uma fase muito boa.

— Ele tem enfrentado alguns momentos difíceis.

Arthur grunhiu: — Alguns momentos difíceis? Eles o expulsaram do Outward Bound.

Celeste franziu a testa para Arthur. — Segundo Sally Richards, o líder do Outward Bound achou que Brian estava se comportando de uma maneira um pouco agressiva demais.

— Agressiva demais para o Outward Bound. — Arthur olhou para Jack. — Não é redundante? — Não ficou claro se ele estava tentando ser engraçado.

— Pareceu bastante ruim para mim — disse Celeste. — Brian estava hostil e ameaçador. Perturbado. Foi bastante complicado para os demais participantes.

— Brian tem esse jeito — Arthur disse e Jack se lembrou de que Arthur não gostava da maneira como Rick sempre seguia o exemplo de Brian. — Eu escutei algumas coisas que ele disse a Rick quando lhe contou que estava indo para a Andrews. Ele não foi muito solidário. Ele consegue ser um filho-da-puta narcisista quando quer.

— Tudo começa com Hal e Vicki — disse Celeste. — Eles conseguiram mimá-lo e negligenciá-lo ao mesmo tempo. E o tratam como se fosse um bem precioso e, enquanto isso, colocam o pior tipo de pressão sobre ele. Ele não pode entrar numa sala sem ter que ser o mais inteligente ou o mais bonito ou o melhor atleta. Brian tem problemas sérios.

— Às vezes tenho vontade de lhe dar um belo chute nos problemas — Arthur disse.

Celeste encarou o marido. Ela perguntou a Jack: — Isso é mais do que você gostaria de ouvir?

Jack disse: — Eles são meninos sensíveis. A morte de Danny não deve ter sido uma coisa fácil de enfrentar. Aparentemente, ele não foi a única vítima do suicídio. — Tomou um gole de sua bebida. — Detesto pensar que vocês e Hal e Vicki o culpem por...

— Imagine. Não é nada disso. Nem por um *segundo* — e Celeste mudou de assunto.

Já passava das dez quando se despediram do lado de fora do restaurante.

Arthur garantiu a Jack: — O importante é que você sobreviveu ao verão e que vai voltar a dar aula.

— Estaremos por perto sempre que precisar da gente — Celeste lembrou-lhe.

Em seus sonhos, Jack gritou, a cabeça para trás, a boca escancarada, como os rostos em *Guernica*.

Gritava por Anne, que disse que se sentia puxada em duas direções diferentes e que escolhera aquela que a levara de volta à Inglaterra.

Gritava por sua mãe, que enfrentou uma morte lenta.

Gritava por Danny.

Quando os gritos o despertaram e ele não conseguiu voltar a dormir, Jack se sentou com Mutt na varanda dos fundos e olhou para a luminosidade urbana que cortava o céu noturno.

Pensou em Danny, que agora estaria no último ano do ensino fundamental e de como eles sempre iam comprar roupas e sapatos antes do começo do novo semestre escolar e que Danny teria preferido fazer aquilo com seus amigos, naquele ano.

Pensou nos amigos de Danny que não podiam dormir nem comer, que demonstravam e fingiam suas emoções.

Olhou para o horizonte, onde setembro começaria dali a quatro dias e o novo semestre um dia depois, e onde o outono progredia rumo ao equinócio. Ele havia temido a chegada do verão e não sentia grande tristeza em vê-lo partir. Não esperava ansiosamente pelo outono. Não esperava ansiosamente por nada. Apenas podia olhar para trás. Ele não era nada além do passado, que parecia mais rico que qualquer coisa que o presente possuísse, ou que o futuro pudesse prometer. Onde Danny ainda era Danny vivo, se aprontando para a escola, ou aprendendo a falar, ou coberto de tinta na sala grande da casa em Loubressac. Onde Anne vivia no loft da Crosby Street.

Era algo que Jack apenas podia admitir para si mesmo às três da manhã numa noite insone e que nunca confessaria a ninguém, nem a Lois ou a Marty. Nem ao seu pai, enquanto ficava atento aos sinais denunciadores na voz idosa, enquanto dizia: — Você parece bem hoje, pai. — Mesmo quando Jack conversava com seu pai sobre o novo semestre, quando lhe prometia não esperar até o Natal para ir visitá-lo, estava apenas falando do passado, onde Danny estava vivo e onde Anne o amava. Aquilo era tudo que ele tinha, tudo que ele era.

XX

A porta do escritório estava aberta e havia movimentação lá dentro. Robbie Stein, o novo aluno-assistente de Jack, estava sentado à escrivaninha, o telefone encaixado sob o queixo, as mangas da camisa dobradas, anotando cuidadosamente um recado com uma mão e segurando um bule de café com a outra. Próximo ao seu cotovelo, havia uma lista de instruções que Eileen havia deixado para ele. Estava desligando o telefone quando viu Jack e rapidamente colocou o bule sobre a mesa, levantou-se, sorriu de modo humilde e deu algumas puxadas rápidas e nervosas em seu colarinho e nas mangas.

A expressão no rosto de Jack deve ter mostrado mais que simples surpresa, embora sentisse apenas isso, pois Robbie se apressou em explicar: — Sou seu assistente este ano, Dr. Owens. Lembra? — Ele se afastou da escrivaninha.

— É claro que lembro — Jack respondeu, de forma alguma repreensivo —, mas você está um dia adiantado.

— Sério?

— Página dois das anotações de Eileen. Logo antes de dizer que, se ela conseguiu se formar, você também pode ter esperanças de conseguir.

Robbie puxou novamente o colarinho da camisa. — Bem, é isso que dá tentar impressioná-lo com minha mente rápida e ágil.

— Você terá muitas oportunidades para fazer isso. Nesse ínterim, posso necessitar da sua ajuda e você pode ir aprendendo como funcionam as coisas por aqui. Que tal? — Jack pegou os recados de cima da mesa e os enfiou no bolso sem olhar.

Robbie sorriu e assentiu com a cabeça. Começou a dizer algo, parou e exclamou: — Oh, droga! — ao mesmo tempo que olhava além de Jack pela porta aberta. — Lauren Bellmore. É a terceira vez nesta manhã.

— Estou à beira de um ataque de nervos. — Lauren empurrou Robbie de lado e se colocou bem na frente de Jack. Ela era alta, robusta, cabelos crespos e ruivos, que pareciam absolutamente medúsicos naquele momento, e uma voz vários decibéis mais aguda do que Jack pensava ser fisicamente possível. — Um *idiota* no escritório de matrículas cometeu um erro e não estou inscrita no seu curso dos "anos sessenta". Passei *duas horas* implorando e argumentando e *ainda* não estou inscrita... E as aulas começam na *segunda-feira*. — Como se Jack precisasse ser lembrado. — Como isso pode estar acontecendo comigo? *Odeio* esta escola.

Não exatamente esperneando, mas tampouco com muita boa vontade, Jack foi atirado à primeira crise do novo semestre, e no — ... mundo kafkiano da *tortura* das matrículas do Gilbert College. E *este aqui* — Lauren fuzilou Robbie com o olhar — não consegue encontrar sua lista de alunos. Estou absolutamente *em choque*.

Jack tinha que sorrir. Era Danny, quando seu mundo estava próximo ao colapso, porque rasgara sua fantasia na manhã do Dia das Bruxas, ou porque precisava de papel de partitura naquele dia e Steiner não o receberia por duas semanas mais ou porque Mutt havia sumido. — Ele sumiu, papai. Procurei por toda parte e ele *sumiu*. — As lágrimas assomando-lhe aos olhos e Danny parecendo assustado e enjoado, as pernas trêmulas, olhos arregalados. — Eu o deixei sair bem cedinho hoje de manhã e voltei para a cama e, quando levantei, ele não tinha voltado para casa. Estou com medo de que alguma coisa ruim tenha acontecido com ele.

Mesmo quando não parecia haver solução, uma solução era encontrada. Lois pedira que um de seus alunos de teatro fizesse uma fantasia para Danny. Jack pedira que Nelson Fried lhe desse uma folha de partitura. Mutt não se perdera, afinal, e estava fazendo simplesmente o que os cachorros fazem quando a porta da frente está trancada e ninguém te deixa entrar: arrastou-se por uma janela do porão e, estando em casa, foi dormir num canto aquecido ao lado de um fichário de Jack. Desde então, Danny descia até o porão em tardes úmidas ou frias e se encolhia naquele mesmo canto, com ou sem Mutt, para ler um livro, brincar ou ficar sonhando acordado.

Lauren não era Danny e Jack não era seu pai, mas aquilo tinha certamente a aparência de um momento paternal e não era nem um pouco ruim bancar o pai-substituto, ainda que não exigisse mais do que aplicar um band-aid, que era, no caso, o cartão amarelo de Aluno Adicional que estava na primeira gaveta, o qual Jack assinou e disse a Lauren que preenchesse e levasse ao setor de matrículas.

— Só *isso*?

— Só isso.

— Você é o máximo, Dr. Owens. — Ela deu um passo em direção à porta e disse: — Oh. Eu sinto muito sobre a... — Seus olhos desviaram rapidamente até a fotografia de Danny e voltaram a Jack. Jack assentiu, mas não disse nada. Lauren saiu rapidamente, deixando a porta aberta atrás de si.

Robbie bufou: — Não acredito.

— Isso não é nada. Espere até as aulas começarem.

— Não é isso. Como ela falou aquilo para você. Quer dizer, foi bastante frio.

— É como prefiro que seja, atualmente — e, dirigindo-se ao olhar que encontrou no rosto de Robbie, Jack disse: — E se você não aprender a relaxar perto de mim, vai ser um ano bastante longo para nós dois. Está bem?

— Está bem, mas, Dr. Owens, eu *realmente* sinto muito pelo, bem, por tudo, e principalmente por fazer tudo errado.

— Acho que não sei bem o que você fez de errado. — Jack se sentou e reclinou-se na cadeira.

— Por não ter encontrado a lista.

— Em primeiro lugar, a lista não está aqui; portanto, você não tinha como encontrá-la. Segundo, toda vez que você se vir encurralado desse jeito, e vai acontecer novamente, lembre-se de que não é responsável por consertar o mundo dos outros. Apenas diga-lhes para voltar quando eu estiver aqui e que eu verei o que posso fazer. E, terceiro, meu assistente deve me chamar de Jack. Alguma pergunta?

— Acho que não.

— Se sente melhor?

Robbie assentiu com a cabeça. — Muito melhor.

Jack também estava se sentindo melhor. Ainda podia preencher os formulários, ainda podia resolver problemas estudantis. Ainda sabia todas as palavras; e, mesmo que não fosse o mais tranqüilo dos começos, e que iniciar um novo assistente fosse uma proposta mais temível do que havia parecido em maio, ele tinha conseguido tranqüilizar Robbie de que o Dr. Owens ainda estava no controle por ali e ficara contente em ver o rosto de Robbie relaxar e, enquanto se sentava no sofá, com papéis espalhados em cima da mesa, ele contava a Jack sobre os cursos que ia fazer, seus colegas de quarto e a namorada nova. Jack não disse nada, apenas ouviu, satisfeito por tê-lo acalmado, satisfeito por ter acalmado um pouco a si mesmo.

Percebeu que, entre as coisas de que sentira falta nos últimos meses, estava a convivência com os alunos. Pode ser que não estivesse no alto da sua lista, mas ele sentia falta da companhia de um assistente e das crises estudantis súbitas e inofensivas. Sentira falta dos pequenos preparativos para o novo semestre e, ainda que estivesse agindo de memória, perguntando-se se era assim que costumava agir, se era assim que costumava falar, era uma rotina que não gerava desprezo, a rotina de que havia precisado nos últimos dez anos, de que havia precisado nesta manhã, ao sentar-se à sua escrivaninha e reler suas anotações, suas avaliações, trabalhando de memória, perguntando-se se sempre havia feito daquela maneira.

Carol Brink, do escritório do reitor, telefonou para perguntar se ele iria fazer o discurso de boas-vindas para os calouros na semana seguinte, conforme o planejado. A ligeira hesitação, a voz baixa, cautelosa. — É claro, se você não estiver se sentindo...

— Estarei lá — Jack prometeu, esperando não ter se traído, perguntando-se se era assim que costumava falar.

Tomando seu café, fazendo seu trabalho, o reflexo do reflexo, a memória da memória, ouvindo os sinos do meio-dia tocarem, falando ao telefone com Stan Miller. — Você tem um minuto, Jack, para vir até meu escritório para eu te dar oficialmente as boas-vindas? — Jack só conseguia pensar que ele não era nada além do passado.

Uma das suítes de violino de Bach tocava baixinho no velho estéreo e havia um leve aroma de chá chinês no ar quando Jack entrou no escritório. Stan se levantou e contornou a escrivaninha. — Só estou fazendo um pouco de contabilidade do departamento — disse, acenando em direção aos papéis no peitoril da janela. Sua camisa estava desabotoada no colarinho, o terno de linho riscado azul estava amarrotado e pendia de seu corpo como se ele fosse um cabide de metal. Ele endireitou o paletó e enfiou a camisa para dentro da calça, ao mesmo tempo que dizia: — Poderíamos ter cuidado disso tudo pelo telefone, mas eu queria dar uma olhada em você e ver como você estava. — Que era o que ele havia dito a Jack no ano anterior, no ano antes daquele e cinco anos antes, quando havia sido nomeado chefe do departamento.

— Eu não sei. Não sei como estou, a bem da verdade. — Que não havia sido o que Jack respondera no ano passado nem nos anteriores.

Stan não pareceu surpreso em ouvir aquilo. — Fico muito agradecido pelo que você está fazendo, continuando com as aulas. Estou muito orgulhoso de você. — Ele falou lentamente, sem pressa, com cortesia subentendida. — É um curso bastante impressionante este que você vai dar — disse, enquanto caminhava até o aparador onde estava a bandeja de metal com o aparelho de chá. — Estou tentado a entrar escondido para assistir a alguns filmes. — Ele serviu duas xícaras, colocou leite em ambas e entregou uma para Jack.

— Pode ir sempre que quiser.

Stan riu baixinho. — Duvido que a maioria dos professores do departamento pense assim. — Ele acenou com o queixo em direção às grandes poltronas que não combinavam entre si, no outro lado da sala — o tipo de poltrona que se encontrava em clubes de cavalheiros na Inglaterra eduardiana e que Stan havia encontrado no brechó beneficente da Woodbine Street. — Infelizmente, temos que enfrentar o que não passa de bobagens administrativas — ele disse agradavelmente e se sentou na poltrona ao lado de Jack. — Susan Drake, do setor de matrículas, perguntou se você poderia passar lá e revisar suas notas do semestre passado. Ela me garante que é só colocar alguns pingos nos is. Hoje, se possível, ou amanhã.

Jack disse que não teria nenhum problema. — No entanto, eles não costumam falar com o chefe de departamento a respeito desse tipo de coisa.

— Infelizmente, algumas pessoas por aqui vão tatear com você durante algum tempo. E me usarão para fazer isso.

— Isso pode ser bem chato.

Stan concordou. — Verei o que posso fazer para minimizar isso.

— Me refiro a *você*. Não existe motivo para que você se veja envolvido nisso. Não tem que servir de intermediário comigo.

— Existem vários motivos pelos quais eu *deva* estar envolvido e não chamaria isso de servir de intermediário. — Stan sorveu o chá uma vez, depois outra, e colocou a xícara de volta ao pires. — Temos sido amigos por muito tempo e nunca fizemos cerimônia quando as coisas estavam indo bem e não vou fazer cerimônia agora. Quando tenho a chance de tornar seu trabalho, ou sua vida, um pouco mais fácil, pretendo fazê-lo. — Sua voz era pouco mais que um sussurro. — E me sentiria ofendido se você esperasse que eu não fosse te ajudar. Se alguém da administração precisa de alguma coisa de você, e acha que tem que passar por mim para consegui-lo, então, é assim que lidarei com o assunto.

Jack disse que não tivera a intenção de ofender Stan. — Não sei do que estou falando. Faça do jeito que achar melhor. — Ele disse aquilo de forma apologética e sem arrependimento. — Você, de todas as pessoas, sabe o que é apropriado fazer.

Stan inclinou-se para a frente na poltrona e olhou diretamente para Jack. — Não tenho tanta certeza disso, mas sei que não quero que a administração instigue seus burocratas sobre você toda vez que aparecer um sinal em seus computadores. — Ele ainda não tinha levantado a voz. — Ouça, Jack, você está voltando ao trabalho por todas as razões adequadas. Também penso que seja a decisão correta, e que requer muita força. Você não precisa de um bando de intrometidos tagarelando no seu ouvido e se metendo na sua vida.

Antes que Jack conseguisse dizer obrigado, o telefone tocou. A assistente de Stan entreabriu a porta e disse que o Dr. Skowron estava ao telefone. Stan lhe pediu que anotasse o recado. Ela se curvou ligeiramente, com modéstia, e fechou a porta.

Stan se levantou e pegou os papéis do peitoril da janela, vasculhando a pilha até encontrar o que estava procurando; disse a Jack que a reunião da terça-feira de manhã havia sido transferida para a segunda à tarde, olhou novamente para os papéis e disse: — Tenho que começar a pensar sobre o festival de cinema do ano que vem. Não quero apressar as coisas, mas preciso saber se você ainda estará no comando. E também dos seus Filmes da Meia-Noite. Tenho que entregar a sua lista. É mais por uma questão orçamentária que qualquer outra coisa. No entanto, se você preferir tirar isso do seu currículo...

— Te entregarei a lista até o fim do dia.

— Tem certeza de que quer agendar esses compromissos?

— Para ser sincero, não. Mas não acho que possa cancelá-los.

Stan emitiu um cauteloso: — Está bem...

— Vou dar um jeito.

— Também tenho você incluído no comitê de honra deste ano.

— Acho que posso dar um jeito nisso.

— Sabe de uma coisa? Farei com que Celeste Harrison assuma o festival de cinema. Com a sua ajuda, claro.

Jack pensou naquilo por um momento e disse que para ele estava tudo bem.

— E há o comitê do "Gilbert College 2000", o qual não vejo razão para que você assuma. — Houve outro telefonema, que Stan não atendeu, e então ele disse a Jack: — Sinto informar que vou parecer um pouco insensível a respeito do próximo tema. Há o Jantar do Presidente, na sexta-feira à noite, para dar as boas-vindas a todos. Você pode faltar, se quiser. E Christine quer que eu te convide para jantar na nossa casa na próxima quarta-feira. Se você estiver disposto.

— Você não está sendo insensível. Estarei no Jantar do Presidente. E gostaria muito de jantar com você e Christine.

— Ótimo. Ela tem se preocupado bastante com você.

— Diga a ela que agradeço a preocupação. — Jack tirou seus recados do bolso. — Agora preciso da sua ajuda com algo. Aparentemente, num momento de fraqueza do semestre passado, me comprometi a falar no colégio de Vigo County no Dia da Faculdade, em novembro, sobre a importância de uma educação artística liberal. Neil Weston, da Universidade de Indiana, espera que eu seja jurado, de novo, em sua competição de cinema em outubro. Carrie Mannheim me convidou para ser orador em Colby, onde ela está usando meus livros neste semestre. E Mel Keller, da NYU, quer que eu faça parte de um júri em março. Eles não sabem nada sobre o que aconteceu, é claro. Mas eu me comprometi com eles.

— Posso certamente ajudar a arrumar um substituto para você no "Dia da Faculdade", mas, quanto ao resto, infelizmente apenas posso te dar um conselho.

— Que é...?

— Não faça nada disso. Cancele tudo, por "motivos pessoais", não entre em detalhes se puder evitar, nada além do necessário e, depois, não pense mais no assunto.

Houve outra saraivada de telefonemas, dos quais Stan se livrou; e mais temas referentes a "bobagens administrativas", na maior parte comitês de que Jack havia concordado em participar, um que ele havia concordado em dirigir e um discurso que tinha de fazer num almoço no fim do mês.

Do lado de fora da janela, alunos e professores se apressavam rumo a seus compromissos e reuniões, as vozes se elevando até o escritório. Stan se inclinou na direção delas como um maestro, aguçando o ouvido, enquanto a orquestra se afinava, confiante no concerto à frente. Parecia relutante em desviar a atenção daquilo e esperou mais um minuto ou dois antes de se virar lentamente e dizer: — Não podemos fingir que é apenas outro semestre. Nada é igual para você e isso significa que nada é igual para mim ou para qualquer um de seus colegas e amigos. Mas quero que você saiba que uma coisa não mudou e não mudará nunca: você ainda está entre amigos. Você *faz parte* deste lugar.

Jack disse que era confortante saber aquilo.

— Na verdade, é tudo uma questão de continuidade, não é, Jack? — Stan mexeu em seu chá de forma meditativa.

— Continuidade?

— Como num filme, em que se tem que manter a cena intacta; estou falando de algo mais que nos mantém intactos. Não falo apenas de você e eu, embora as pequenas tradições a que nós dois aderimos, nossos encontros todos os anos antes do início do semestre, tomar chá juntos, simplesmente conversando cara a cara, eu diria que nos ajudam a manter nossa força centrífuga, evita que saiamos de nossas órbitas. — Ele ergueu a xícara até a boca e tomou pequenos goles. — É uma coisa bastante humana. Algo de que todos precisam, você não acha? Não é por isso que Susan Drake quer que você dê uma passada lá? E por que, se é que ela ainda não telefonou, a reitora vai querer saber se você ainda vai fazer seu discurso aos calouros? E por que ela quer que você o faça? Não vou te falar que somos todos parte de uma grande família, pois não é verdade e não seria justo dizê-lo. Na verdade, pareceria cinismo. Mas há efeitos reverberantes quando um de nós passa por uma fase ruim. Carol Brink, Susan Drake, todos nós, à nossa maneira, precisamos saber que o semestre está seguindo seu curso como sempre, como deve ser, e que você ainda faz parte dele, que você está envolvido nele e, principalmente, que vai estar bem. E você também precisa disso, Jack. Sempre achei que você vir aqui com o Danny tinha a ver com continuidade. — Ele disse aquilo de forma direta, sem o olhar de expectativa que poderia ter se apenas quisesse que Jack concordasse, se precisasse daquilo, se fosse aquele o motivo pelo qual estava falando, apenas para que pudesse se sentir bem consigo mesmo. Mas não era por isso que Stan estava dizendo aquilo, não era por isso que Stan dizia qualquer coisa; e tampouco havia o tom cauteloso de condolência ou comiseração. Stan não havia chamado Jack para se solidarizar, para acrescentar seu pesar, e foi isso que lhe disse em seguida, e então: — Não sei o que você quer de seus amigos neste momento, mas imagino que não seja isso — enquanto bebiam chá e a suíte de Bach tocava ao fundo e toda a contabilidade do departamento havia sido cumprida e restava somente a amizade para celebrar naquele momento, seus instantes de setembro, em que tudo era trabalho, como de costume, e o presente não se estendia além daquele instante, suficientemente longo para que os dois homens reconhecessem e observassem esta formalidade, assim como haviam feito no passado.

No momento apropriado — a despeito de sua afirmação no contrário, Stan sabia qual era a coisa apropriada a fazer e quando fazê-la, depois de terem tomado o chá e conversado um pouco mais, quando não pareceria que ele estava apressando Jack para terminar a reunião —, Stan disse: — Acho que temos mais alguns minutos para desfrutar da companhia um do outro.

— Mas o telefone tocou e, dessa vez, Stan tinha que atender. Jack saiu sozinho do escritório.

O corredor tinha cheiro de escola. De livros e de comércio acadêmico. De estresse estudantil e preocupação professoral. De papel e tinta e o cheiro morno de eletricidade produzido pelos computadores. Do chá chinês de Stan e do cheiro acre de cigarros fumados por trás de portas fechadas. De café velho de uma centena de semestres passados e da aplicação matinal de perfume. Cheiros doces, cheiros antigos, mesclados à pintura desbotada, ao grão da madeira das portas, às janelinhas acima das portas, embaçadas por poeira e por milhares de exalações humanas. Era como os corredores das universidades cheiravam, em qualquer lugar; mesmo vendado, você saberia onde estava. Era algo temido e ansiado, aceito e subestimado. Onde cheirava ao primeiro dia de aula e a milhares de dias de aula anteriores e onde, no começo desta tarde, Carl Ainsley estivera, conversando com uma linda garota loura, sua despreocupação de country club a toda mostra, a calça de sarja cáqui, o suéter cor-de-rosa de gola V aprofundando seu já intenso bronzeado, acentuando a pele macia, esticada sobre as maçãs do rosto; a postura lânguida, encostado à parede, um mocassim macio cruzado sobre o outro na altura do tornozelo.

Ainsley tinha uma aparência descansada, relaxada e polida pelo sol, como se tivesse passado o verão num spa, não numa casa de campo num lago do Kentucky com o filho machucado e engessado no hospital local. Era uma realização, assustadora por sua facilidade, indulgência e controle.

A garota estava rindo de algo que Ainsley dissera e ele parecia satisfeito consigo mesmo, mas o riso foi interrompido com a aproximação de Jack e a garota rapidamente se afastou. Ainsley a observou, ignorando Jack quando ele parou e disse: — Acho que devo um pedido de desculpas pelo que te fiz em maio.

— Sabe, tinha até me esquecido que você fez aquilo, Owens.

— Então também vou esquecer. Ouvi sobre o que aconteceu com C.J. Como ele está?

— Não teria como saber. — Ainsley manteve os olhos fixos na garota. — Pelo que Mandy me diz, ele está se recuperando devagar demais e está severamente deprimido.

— Sinto muito em saber disso. Deseje a ele uma recuperação rápida, de minha parte.

Só depois que a garota desceu as escadas foi que Ainsley ergueu os olhos para Jack. — Ele vai se recuperar. Depois que tiver torturado todo mundo o suficiente. Não tenho tanta certeza de que *nós* iremos nos recuperar, no entanto. Ele certamente tem conseguido tirar toda a alegria da nossa vida.

— Ele é um bom garoto. Cometeu um erro, só isso.

— Ele é um cagão — Ainsley disse, com mais convicção do que Jack esperava. — Mas ele é o *meu* cagão e aprendi a suportá-lo.

Jack não pôde evitar sentir inveja. Que Ainsley pudesse ser tão desinteressado — ou, Jack pensou, seria a falta de pânico, confiando que tudo acabaria bem porque tudo sempre tinha acabado bem? —, tão comedido e controlado.

— Mande um abraço meu para ele. Ou diga a Mandy para dizer a ele que eu mandei um abraço e que espero que melhore logo. — Jack estava a ponto de se afastar, mas sentiu-se compelido a dizer algo mais, compelido a enxergar além da pose e da postura de Ainsley: "Eu sei que você deve estar sentindo alguma coisa, medo ou ansiedade ou *alguma* coisa." Mas ele não disse aquilo. Foi Ainsley quem falou.

— Não sei o que aquele moleque tem contra mim, Owens. — Ele soltou um suspiro que parecia tão triste quanto jamais deixaria parecer. — Tudo o que faço é me preocupar com ele. Como ele irá ficar depois que tirarem os pontos, como... você sabe, ele seria bastante bonito se se cuidasse um pouco. À noite, sento na beira da sua cama e tento conversar, mas ele nem olha para mim. Quando está dormindo, toco seu ombro e tento não despertá-lo, só para ficar mais alguns minutos com ele. É até onde chega nosso relacionamento, dá para acreditar? — Ele se afastou da parede e se endireitou. — As gêmeas, obviamente, agem como se qualquer pessoa com mais de doze anos estivesse contaminada, o que quer dizer Mandy e eu. E a Mandy está tomando tantos tranqüilizantes ultimamente que as ações das indústrias farmacêuticas devem subir dez pontos cada vez que ela pega um copo d'água. E, por cima de tudo isso, não consigo achar um professor particular decente para que Carl não fique atrasado na escola, e eles me fizeram assumir o aconselhamento dos alunos de primeiro ano. — Ele esfregou a parte posterior do pescoço. — Eu juro, Owens, você consegue imaginar que tipo de conselho *eu* poderia dar a um calouro? Que vida!

Talvez Jack se sentisse afetado pela tristeza de outra pessoa, ou talvez fosse simplesmente o que uma pessoa diz à outra quando seu filho está todo machucado e engessado, mesmo que essa pessoa seja Carl Ainsley, contorcendo o rosto, forçando os músculos para mostrar alguma emoção de verdade, improvisando um olhar de preocupação. Ou talvez fosse algo menos honroso que aquilo; talvez ver Carl Ainsley sofrendo o tranqüilizasse, mas isso Jack não se atrevia a admitir para si mesmo naquele instante. O que quer que fosse, ele colocou a mão no ombro de Ainsley e disse: — Eu sei que as coisas não parecem estar muito boas no momento, mas C.J. ficará bem. Vocês dois ficarão bem.

Ainsley sorriu, mas não havia calor em seu sorriso. Deu um passo para trás como se estivesse alavancando o corpo para dar, ou receber, um soco, mas não fez nenhuma das duas coisas. — É claro que ficaremos bem. — Entrou em seu escritório e a porta se fechou bruscamente.

XXI

Marty estava esperando lá embaixo, encostado à parede lateral do prédio e olhando para o chão. — Não vamos voltar àquela lanchonete. Acho que meu estômago não agüenta mais tanta gordura. — Pela forma como disse aquilo, Jack soube que era mais do que comida gordurosa que o estômago de Marty não estava conseguindo agüentar. Seu maxilar estava travado e ele o manteve assim ao dizer: — Hopewell efetuou a prisão. O nome do cara é Joseph Rich. Os jornais locais estão cobrindo tudo. Eles o estão chamando de o "ciber-assassino". E você sabe, a partir do momento em que um número suficiente de pessoas diz que ele é culpado, ele passa a ser culpado.

— Então suponho que Hopewell não ficará *muito* desapontado em saber que *Danny* nunca recebeu nenhum e-mail do cara ou de qualquer outro filho-da-puta.

Havia uma lanchonete, um lugar que servia saladas e sanduíches, no norte da cidade, que Jack costumava freqüentar; talvez ainda estivesse lá. Ele dirigiu, enquanto Marty se reclinou no assento do passageiro e fechou os olhos. Jack não queria incomodá-lo com mais conversas, e assim continuou dirigindo, passando pela ferrovia e pelos depósitos de ferro-velho, cheios de carros enferrujados, pilhas de calotas e pneus, e seguiu adiante, até onde não havia nada além de fazendas, vacas, porcos e campos de trigo pronto para ser colhido; e depois, não muito mais.

Jack encontrou o lugar, escondido numa estradinha. Ele e Marty se sentaram perto da janela panorâmica, com vista para um córrego e uma velha ponte coberta.

Marty disse: — Espero que seu dia no escritório esteja sendo mais agradável que o meu.

— Falaremos disso mais tarde. Você já tem o suficiente com que se preocupar.

— Você vai começar com esse papo de novo?

— Apenas acho que você merece uma tarde de folga.

Marty riu.

— Estou falando sério. Eu não teria conseguido voltar sem a sua ajuda, e a sua recompensa é não ter que escutar sobre mais um dia na vida de Jack Owens.

— Acho que nós dois estamos com a cabeça cheia, isso sim.

— Acho que sim.

Depois do almoço, caminharam até a ponte coberta, onde o mato crescia pelas gretas e os raios de luz solar cheios de partículas atravessavam as junções do teto.

Jack disse: — Eu costumava vir aqui com Anne. — Andaram um pouco mais e ele disse a Marty: — Tudo que tenho é meu passado.

— Tudo bem. Te dá alguma coisa a que se apegar, como a caixa de lembranças de Danny. — Ele parecia Stan dizendo: — Na verdade, é tudo uma questão de continuidade, não é mesmo?

Jack lhe contou sobre sua conversa com Stan, e como havia se sentido tolo depois de falar com Ainsley, e sobre sua manhã com Robbie. — Provavelmente passarei o resto do semestre tentando garantir a *ele* e a todos os demais que sou seguro.

— Seguro?

— Que eles não precisam sussurrar perto de mim, como se eu fosse um paciente terminal.

Saíram à luz do sol e caminharam pelo lado da estrada, levantando poeira e chutando pedrinhas com a ponta do sapato.

Jack disse: — O que mais temo é que, toda vez que as pessoas olhem para mim, vejam apenas o que pode dar errado.

— Na minha opinião, elas olham para você e ficam admiradas.

— Quem eu *era*, Marty. E, para ser sincero, estou tendo bastante dificuldade em ser aquela pessoa.

— Duvido que *alguma vez* tenha sido fácil. Mas não acho que você deveria prestar tanta atenção a si mesmo, ou a qualquer outra coisa, por enquanto.

Um cão latiu ao longe, o ar estava cálido e cheirava aos últimos dias de verão.

Marty disse a Jack: — Tem horas que é melhor deixar algumas coisas passarem despercebidas e pegar leve consigo mesmo. Deixe o Dr. Owens em paz por um tempo.

Quando se viraram e começaram a voltar para o carro, Jack disse: — O que você acha de matar o trabalho hoje à tarde e ir ao cinema?

— Sobre o que você está falando?

— Tenho que passar dois filmes e gostaria que você me fizesse companhia.

— Que filmes?

Marty fez a pergunta no mesmo tom que Danny teria feito, e Jack sorriu.

— Primeiro, o *One plus one, sympathy for the devil*, de Godard.

— Tem legenda?

— Danny também não gostava das legendas. Mas é com os Rolling Stones, *os de verdade*, quando ainda tinham verve. E depois, *Os Reis do Iê-iê-iê*, se tivermos energia para uma segunda sessão.

— Posso passar? Tenho algumas coisas a fazer e duvido que o meu capitão entenda. Que tal amanhã?

— *No calor da noite.*

— Rod Steiger e Sidney Poitier, certo?

— Isso mesmo.

— Vou tentar escapar do trabalho para assistir a este.

Marty não falou muito ao voltarem, como se, quanto mais se aproximasse da cidade, mais se aproximasse também das coisas para as quais não tinha estômago. Só quando Jack o deixou na delegacia foi que disse: — Vou esperar ansioso pelo cinema de amanhã. — Sorriu rapidamente e entrou.

Jack ficava feliz em saber que Marty iria assistir ao *No calor da noite* no dia seguinte — o pobre e triste Bill Gillespie, representado por Steiger, enfurnado na cidadezinha de Sparta, no Mississippi, e o urbano e descolado Virgil Tibbs, feito por Poitier. Jack queria conversar com Marty sobre os filmes que mostram companheiros e estranhos que descem de um trem para salvar de si mesmas cidadezinhas em apuros — ou estranhos que aparecem na porta da frente para salvar pais enlutados...

Quando Jack voltou para o campus, não foi a seu escritório, mas sim caminhou na direção oposta, até o edifício de Belas-Artes.

Ele não podia dar a si mesmo uma justificativa para ir até lá, talvez fosse àquilo que Marty se referisse com sentir-se apegado a alguma coisa. Mas, independentemente disso, era o lugar em que ele queria estar no momento. Para subir os degraus lisos de granito, percorrer o corredor de teto alto com luminárias foscas em forma de globo, até a sala 415, onde a luz do sol parecia fixada nas paredes, e partículas de gesso flutuavam pelo ar, movimentadas pela abertura da porta; onde as mesas e banquetas estavam dispostas em arco de frente para a plataforma do modelo. A sala nem sempre fora usada para escultura; era a sala em que Anne havia estudado desenho da figura humana e natureza-morta. Ele parou no vão da porta por um momento; então, fez uma curva até uma sala de 3,5m x 3,5m que havia sido o estúdio de Anne, onde seu estilo começara a emergir numa mescla de tintas e pigmentos, traços bruscos e tons suaves. Onde ela havia pregado nas paredes reproduções coloridas de vitrais bizantinos, do *São Sebastião*, de Pollaiuolo, e um pôster de *O grande vidro*, de Duchamp. Houvera uma antiga poltrona, não muito maior do que uma poltroninha de criança, com os braços rasgados, mas muito macia e confortável; uma bancada de trabalho, desgastada e salpicada de tinta, no canto oposto, encostada à parede, e um velho cavalete de madeira, que ela havia trazido da Inglaterra. As janelas tomavam quase metade da largura da parede e chegavam até o teto e, do lado de fora, a luz setentrional se elevava além da curva dos trilhos do trem na periferia da cidade, estendendo-se através dos carvalhos, das castanheiras e dos sicômoros, passando pelos tetos verdes e cinzentos, remendados e costurados como uma paisagem de Cézanne, cruzando as ruas e calçadas, tocando os tetos da biblioteca da faculdade e do ginásio e vindo pousar no chão, onde permaneceria, enroscada como um gato doméstico, até que o pôr-do-sol a consumisse.

Jack subiria do escuro de sua sala de edição no porão e veria a luz do sol deslizando para dentro desta sala enquanto observava Anne pintar, seus dedos finos movendo o pincel com segurança, sem intimidação; um toque de amarelo e a luz crescia na dobra de uma veste, um traço de marrom-ferrugem e o plano de visão se aprofundava...

Ele ficou ali, parado, olhando para o cavalete vazio, o chão varrido em preparação para um novo semestre e um novo aluno, uma garota, talvez, que poderia, numa tarde, conversar num círculo de jovens artistas e, casualmente, levantar os olhos e dar um sorriso capaz de mudar todo o curso de uma vida.

Nos dez anos desde que havia voltado para Gilbert, Jack nunca tinha entrado naquela sala, ou sequer havia passado em frente — era parte do trato. Hoje ele queria estar ali, respirar os cheiros do gesso e da tinta, de terebintina e óleo de linhaça. Queria percorrer o ambiente, sentir o sol da tarde em suas costas e pensar em Anne, pensar nas vezes em que se encostara naquela mesma parede e a observara, assim como a havia observado nas ruínas, com o bloco de desenho apoiado nos joelhos, como se ele estivesse estudando um ritual sagrado, tentando memorizar a maneira como ela se movia, sua aparência.

Jack queria se lembrar das tardes em que trouxera bules de café e se sentara na velha e confortável poltrona. Anne levantava a mão e sussurrava "Psssiu" sem tirar os olhos da tela. Estava trabalhando numa tarefa: "Se Rembrandt pintasse como van Gogh". Seus olhos se moviam da imagem do potentado de Rembrandt para o *Le Père Tanguy*, de Van Gogh. Usava sua espátula em vez do pincel, expandindo a ordem dourada de um mestre holandês com a demência esplêndida do outro. Bebericando seu café, Jack observava a aplicação metódica de cor e textura — era uma visão que teria novamente no loft da Crosby Street, quando o café que trazia consigo não era o de uma cafeteria, e sim, um cappuccino, e também em Loubressac, e na Stanton Street, e nesse dia no estúdio no prédio de Belas-Artes. — Espera-se que pensemos que isto é algo altamente conceitual mas, na verdade, é o que Duchamp chamava "retiniano" — ela disse, com desprazer.

Alguns minutos depois: — Então, lá estava ele, Rembrandt, vestindo-se com fantasias: de Aristóteles, de sultão, de potentado, apoiando o espelho na parede e se posicionando em frente ao cavalete. E depois dizem que Van Gogh é que era o doido. — Alguns minutos depois daquilo: — Seria um auto-retrato? O Metropolitan Museum não reconhece essa hipótese; só dizem "Retrato de um homem..." — Mais alguns minutos e: — Sabe, o que você está vendo não é nada parecido com isto. São apenas pontinhos e riscos de luz, marcadores de luz movendo-se através do espaço em jorros e ondas. Tudo acontece dentro do cérebro. O cérebro decifra a luz e o espectro de cores em informações visuais. Dá sentido ao que é, na verdade, apenas um caos visual. É meio como um filme, um jato de luz saindo da lente do projetor, tremeluzindo a vinte e quatro fotogramas por segundo, refletindo-se na tela e transformando-se em imagens dentro do cérebro. O cérebro dá sentido a tudo e o transforma num filme. — Anne levantou os braços acima da cabeça e flexionou os dedos, bocejando ruidosamente. Caminhou pela sala bocejando e se espreguiçando, parando na janela, iluminada por trás por raios de sol que passavam por suas orelhas e cabelos. — Não gosto de ir à escola — e cruzou os braços sobre o peito. — Me leve para longe disso tudo. Me leve para Chicago, ou para Brown County, e vamos fumar maconha no bosque. — Ela respirou fundo. — Qualquer lugar que não seja a escola.

Jack começou a rir.

— Não, estou falando sério.

— Eu sei, eu sei.

Jack se lembrava de quando Anne se inclinava para longe da tela e escutava a vibração do trem apitando lá longe, antes de chegar à cidade e soarem os sinos de alerta. Ele ficava no canto quando a luz da tarde parecia penetrar no chão e se lembrava de como Anne lutava com as mangas da camisa para mantê-las enroladas, a forma como puxava os cabelos para longe do rosto. A maneira como dizia a ele: — Perguntaram a Picasso, uma vez, sobre o que os artistas plásticos conversavam e ele respondeu "Terebintina". — E da forma como ela pedia: — Você poderia ler para mim, por favor?

Jack lia para ela o artigo que havia escrito para um curso de crítica — ele escrevia muito sobre Bresson, Godard e De Sica —, atento às reações dela, mas ela não demonstrava nada, apenas sinalizava com a mão para que ele continuasse. Somente quando ele terminava é que dizia: — Sua linguagem está muito mais confiante. Bastante pé no chão. — Ela ia até ele e se sentava em seu colo, de frente para ele, as coxas abraçando seus quadris. Ela se inclinava para que ele pudesse sentir seus seios contra o rosto. Tocava suas orelhas com os lábios e emitia um som profundo da garganta, baixo e animal. — Acho sua escrita muito excitante — a respiração suave contra seu rosto.

Jack se lembrava de quando estava escuro lá fora e ele estava atrasado novamente, e vinha correndo pelas escadas até o estúdio, onde Anne, num jeans apertado, estava esparramada na poltrona, as pernas pendendo sobre um braço, os pés descalços se mexendo, a pose lânguida de uma jovem e deliciosa Jeanne Moreau, espiando por cima de uma revista e dizendo: — Como se alguma vez eu fosse querer ir embora sem você. — Havia vezes, anteriormente, em que ele subia a escadaria de entrada do prédio de Belas-

Artes e ficava do lado de fora à espera que Anne aparecesse, e quando ela não aparecia, dava a volta no edifício até encontrar sua janela e ficava olhando para ela. Havia vezes em que ele mantinha distância e se obrigava a ir à biblioteca e a caminhar sozinho entre as estantes de livros ou a sentar-se na associação dos estudantes com seus amigos, bebericando uma xícara de café e conversando sobre assuntos estudantis. Havia vezes em que ficava parado à porta do estúdio dela e dizia com incerteza: "Pensei que, talvez..."

Vezes em que Anne se aproximava dele, sua pele cheirando à poeira de gesso e ao tipo de sabonete que as avós usam, apoiava seu queixo no seu ombro, apertava sua mão e dizia: — Vamos a algum lugar comer anéis de cebola e dividir uma Coca-Cola com dois canudinhos. Como nos filmes — e sorria para ele, da forma como tinha sorrido quando ele a vira pela primeira vez conversando com os rapazes e a havia olhado, em mudo espanto. Jack não queria sair do estúdio, ainda não, não até que estivesse satisfeito de que se lembrasse de tudo o que queria se lembrar. As vezes em que Anne não podia ser incomodada e as vezes em que esfregava de leve a bochecha dele com as costas da mão e sussurrava: — Vamos fazer arte — no começo do outono e a folhagem tremulava caindo das árvores. Jack queria se lembrar de quando Anne disse: — Joe Soares gostou mesmo de *Mulher com regador*. Ele vai me recomendar para o Prêmio Benton. — Quando ele disse: — O Dr. Garraty enviou meu trabalho sobre Resnais para a revista *American Film*. — Quando o inverno cinza cobria o céu como uma luva perdida, e eles olhavam um para o outro e, se ainda não houvessem percebido quem estavam se tornando, começavam a fazer uma boa idéia.

Jack ficou parado na sala que fora o estúdio de Anne, onde havia existido uma poltrona velha e macia e uma bancada de trabalho com papéis e lápis de cor e uma lata cheia de pincéis. Onde ele costumava encontrar Anne a qualquer hora que desejasse. Contornou o perímetro da sala e olhou pelas amplas janelas de onde a vista não havia mudado. Mas o ponto de vista certamente mudara.

Lá embaixo, na rotunda com as paredes de granito marrom e o chão liso, Jack podia ouvir o som de um piano sendo afinado em uma das salas de música e, em outra sala, alguém praticava escalas. Passos ecoaram virando esquinas, entrando rapidamente por portas e subindo escadas. De lugares invisíveis vieram a aceleração de vozes, os diálogos apressados que acontecem nos corredores. Uma voz feminina cantava numa sala ao longe, forte e confiante, uma voz doce, treinada e ainda em treinamento, espiralando até os enormes murais: *The triumph of justice, The defeat of prejudice*,* pintados por artistas da WPA mais de sessenta anos atrás.

No pátio, um funcionário da manutenção cortava a grama, empoleirado em seu trator, fazendo círculos lentos e pequenos, como um pai suburbano numa manhã de sábado. Outro funcionário podava moitas de arbustos em volta dos bancos de madeira, presenteados pela turma de 1956. Rapazes e moças do último ano, vestindo shorts de cores berrantes e camisetas de suvenir, bebiam refrigerantes e comiam batatas fritas em saquinhos de papel, pedalavam suas bicicletas e caminhavam pelo campus com ares de proprietário, feito membros da nobreza, oferecendo cumprimentos expansivos uns aos outros. Garotos sem fazer a barba, parecendo mais jovens a cada ano, com suas agendas e blocos de anotações, apoiados sobre o quadril e o cotovelo, deitados languidamente sob as árvores, fumando cigarros, elevando sorrisos moderados a Jack à medida que ele passava:

— Olá, Dr. Owens.
— Que bom vê-lo, Dr. Owens!
— Oi, Dr. Owens.
— Olá.
— Olá.
— Olá, Dr. Owens.

---

* Literalmente, "O triunfo da justiça, a derrota do preconceito". (N.T.)

No lado leste do pátio, Glenn Morrow e Aaron Reed, do Departamento de Letras, Gladys Montgomery, de Estudos Americanos, e Penélope Chen, de Teatro, carregavam caixas de papelão até seus escritórios, empurrando com dificuldade a porta de entrada, bamboleando deselegantemente escadaria acima com suas pastas sanfonadas, disquetes, canetas, cafeteiras e vasos de cerâmica, escovas de dente e pentes; as coisas que levavam consigo no final do semestre passado e traziam novamente para o novo semestre, as coisas que gostavam de ter em volta, as figuras e fotos emolduradas, a caneca de café com o desenho de um *terrier* em preto-e-branco. Lembranças que informam sobre quem são, por que vieram e por que continuam ali. Acontecia todos os anos, um espetáculo, uma devoção, sem a qual não haveria ano acadêmico.

Das janelas abertas, vinham os ruídos vacilantes da indústria acadêmica, orquestrados como um tema musical que pairava no ar. Trabalho em andamento e trabalho já feito. A constância da rotina fluindo de forma incontestada.

Jack podia ver a janela de seu escritório, onde Robbie estava trabalhando, onde recados telefônicos eram devidamente anotados e outra crise estudantil certamente se aproximava, onde a indústria de Jack esperava por ele, por sua contribuição à máquina acadêmica. Olhou para os alunos e para os homens daquela fábrica humana, para os membros do corpo docente que retornavam, e pôde sentir-se ligado à faculdade — alimentando o organismo que despertava —, uma de suas partes, satisfazendo o conjunto de expectativas e promessas, obedecendo às suas regras; alguém que aparecia frente à sua sala de aulas e dava seu curso três vezes por semana — sem olhar para a extensão de tempo que era o verão. Teve uma sensação de ancoragem, de estar amarrado a uma porção de terreno sólido com escritórios e prédios, programações e comitês, alunos e professores. Onde a normalidade de dias como aquele não era pouca coisa.

Ele pensou que era àquilo que Stan se referia. Não falara sobre um tique neurótico, sobre o ritual de manter o mundo unido, pelo menos no que se referia a Jack em particular. Falara sobre ser parte da faculdade e da rotina daquela comunidade — antes de Jack ter entrado para a Comunidade de Pais de Filhos Mortos e Detetives Tristes. Era por isso que Jack tinha que ir ao estúdio de Anne. Porque Anne, que havia sido aluna de arte e que uma vez tivera um estúdio ali no prédio de Belas-Artes, fazia parte daquela continuidade, assim como dar aulas em Gilbert. Assim como ser o Dr. Owens.

Agora Jack podia se apoiar naquilo. Podia confiar na rotina — em todos os trabalhos e dias úteis — que preenchia os quadrados em branco do calendário e que ocupavam seu tempo.

Ele se sentou, por um momento, no banco de madeira com a placa comemorativa da turma de 1956 e se perguntou se talvez entendera errado. Talvez fosse possível para outra encarnação do Dr. Owens, ou quem quer que o Dr. Owens tivesse se tornado. Alguém diferente do Dr. Owens da memória, mas que, não obstante, vivia na memória. Que tinha sido o jovem estudante de cinema e que podia ser encontrado, assim como os marcadores de Anne, fluindo pelo ar, pelo tempo, correndo pelas escadas do edifício de Belas-Artes, sentado no pátio ou numa sala de aula. Alguém diferente do pai enlutado. Alguém que era — diabo, ele não sabia —, mas alguém que os alunos ainda pareciam reconhecer; alguém com quem seus amigos não tinham medo de conversar; que podia aparecer nos almoços de professores — pois ele bem poderia ser "o seu querido Jack". Ainda que Jack não fosse nada além de passado. Talvez seus amigos concordariam em encontrá-lo ali, no passado. Ele pensou que poderia ser possível, ainda que sentisse uma pontada de deslealdade para com Danny. Ainda que Danny, o Danny vivo, se afastasse dele um pouco mais. Ele pensou que este era quem ele era agora. Era ali que tinha que estar. Pensou que Danny iria entender.

Começou a atravessar o gramado até o setor de matrículas, mas decidiu que os is podiam ter seus pingos colocados no dia seguinte; então, em vez de ir para lá, seguiu para sua sala de projeção. A perspectiva de sentar-se sozinho no escuro não era absolutamente ruim.

Justamente no semestre passado, ele dissera: — Ei, colega, está a fim de assistir a um filme?

Danny perguntou: — Que filme? — E perguntou: — Posso levar alguém?

— Alguém? Um dos seus amigos? — Jack sorriu porque sabia que não era apenas um dos amigos de Danny.

— Rachel Tate.

— Claro que pode. — E um momento depois: — Parece que isso está ficando sério.

— Somos apenas amigos.

Danny levou Rachel. Irwin achou o máximo. Ele disse: — Vocês dois não estão pensando em fugir e se casar às escondidas, nem nada do estilo, né? — Isso fez Rachel corar e Danny dar um soco no braço de Irwin.

Jack gostou que Danny trouxesse Rachel consigo. Observou Danny apoiado na cadeira, seu rosto, uma sombra suave na luz tremeluzente. Às vezes, ele parecia preocupado; outras, confuso. Mas não importava, desde que ele estivesse ali...

Quando terminou *One plus one* e só a luz branca brilhava na tela vazia, enquanto Irwin ficava um pouco sozinho dentro da cabine de projeção, Jack continuou ali sentado pensando que fazia parte daquele lugar. Não entendia o que aquilo queria dizer, a não ser que seria para sempre o pai de Danny e este, para sempre, teria cometido suicídio; e que esta cidade, esta faculdade, pareciam ser os dois lugares em que se podia conviver melhor com aqueles dois fatos. Ele sempre seria o pai de Danny, alguém chamado Dr. Owens, alguém chamado Jack. Era o alçapão que servia não de saída, mas de entrada para sua agenda, seu horário de trabalho e para algo mais que ele era incapaz de articular para si mesmo no momento. Talvez não tivesse nome, ou talvez simplesmente não soubesse como chamá-lo, porque não podia identificar o que estava acontecendo dentro de si mesmo, mas queria acreditar que era algo que ele era capaz de ser, quem ele era agora e de onde fazia parte.

Ele gostaria de ter conversado sobre aquilo com Marty, que olharia para ele da forma que havia olhado durante todo o verão, balançaria a cabeça e diria: — Parece que você está se conformando com as coisas. — Ou encontrar-se com Lois na casa dela e dizer-lhe: — Não é muito, mas acho que é o bastante. — Lois consideraria aquilo por um momento e, então, lhe diria: — Às vezes, o bastante é só aquilo de que você realmente precisa. — Mas quando Jack voltou ao seu escritório e telefonou para Marty, este já tinha saído. Lois fora se encontrar com Tim e com dois outros casais no clube de campo. Ela convidara Jack para acompanhá-los, mas era um pessoal com quem ele nunca se sentia muito à vontade; assim, sentou-se à sua escrivaninha, olhando para a foto de Danny, com o rosto iluminado pelo sol e excitado, dando um enorme sorriso de férias. Jack queria conversar com aquele rosto. Sentar-se com ele uma vez mais, de manhã, antes que o ônibus escolar chegasse — "O que é mais importante, pai, honestidade ou lealdade?". Encontrar-se com ele depois do trabalho e ir de carro até o Mickey's para comer um filé com salada, como costumavam fazer quando ele disse para Danny: — Acho que poderíamos passar as férias de primavera na Califórnia. Poderíamos visitar Henry e Suzette. Ir de carro até a praia.

Danny tomou um gole de sua Coca e pensou um pouco. — Posso dormir na barraca com Charlie e Oliver?

— Que tipo de férias seriam se isso não acontecesse?

— Legal.

Ou nesta noite, Jack diria: — Acho que descobri uma forma de enfrentar isso sem você. Você entende? Tudo bem para você?

Danny olharia para ele e sorriria timidamente, fazendo Jack abraçá-lo com tanta força que seria capaz de sentir seus batimentos cardíacos.

Jack pensou nas noites em que costumava ir para casa e deitar no gramado do quintal e esperar ansiosamente pelo dia seguinte e pelo dia depois daquele. Ele se apoiaria nos cotovelos e veria Danny correndo com Mutt pelo campo, os dois cortando e contornando as fileiras de grama, voltando para casa antes de Mutt desmoronar no chão, arfando, e Danny deitar na grama, ofegante demais para conseguir falar.

Tudo aquilo era impossível agora, mas pelo menos ele era capaz de se lembrar de como era aquela sensação, o que era suficiente para levar para casa consigo, suficiente para trazer de volta ao escritório de manhã, onde havia trabalho a fazer e o ócio havia terminado; onde ele podia confiar na programação e na rotina para ocupar seu tempo por mais um dia, para preencher os espaços no calendário e depois riscá-los.

Havia um sentimento de revelação a ser tirado daquilo. Ele podia sentar-se naquela sala e olhar suas anotações de aula, ou o cartaz com o horário de atendimento pregado à porta, ou deixar instruções para Robbie e saber que havia trabalho a ser feito nos dias seguintes, tempo preenchido. Ele se sentiu confortado por aquilo, encorajado por aquilo. Estava tudo ali, em preto-e-branco; e ele não tinha pressa de ir embora.

Telefonou para Marty em sua casa, mas somente a secretária eletrônica respondeu e ele deixou uma mensagem superficial. Organizou os memorandos e papéis sobre a escrivaninha, reclinou-se na cadeira e olhou para o teto. Pensou que aquele era quem ele era agora. Pertencia àquele lugar.

A brisa lá fora tinha cheiro de folhas que se preparavam para cair e o verão já perdia sua intensidade na noite. Jack caminhou pelas velhas calçadas de tijolos, passou pelos garotos e garotas indo e vindo dos dormitórios do campus antigo, passando pelas luminárias a gás, deslizando pelas sombras.

Pelas janelas, ouvia-se música e telefones tocando, vozes chamando uma à outra dentro dos quartos amarelos, e risadas. Fez Jack pensar na churrascaria onde ele e Marty haviam ido em julho passado, onde tocavam jazz ao anoitecer e serviam bebida alcoólica ilegal; o que o fez pensar no som que atravessa uma sala cheia de gente, por cima da música, a mistura ambiente de fumaça e corpos e vozes, o ritmo e a cadência de música e conversa carregando a própria intimidade e os próprios segredos.

Duas garotas estavam sentadas sob as luminárias lendo cartas de tarô e parecendo muito sérias. Quatro garotos de skate passaram por ele. Duas outras meninas vieram apressadas e viraram a esquina dando risadinhas e cantarolando "Laaaa... ree... Haas... kel... Laree... Haas... kel..." para um garoto que seguia seu caminho, distanciando-se delas, balançando a cabeça, as mãos cobrindo os ouvidos. "Laaa... ree... Laaa... ree... Laaa... ree... "

Jack seguiu pelas velhas calçadas de tijolos enquanto a meia-lua se inclinava sobre o telhado do dormitório, erguendo-se suavemente, seguindo-o até seu carro e pairando acima de seu ombro enquanto dirigia pela Third Street, onde as ruínas formavam uma silhueta negra contra o fundo de árvores e estrelas.

A meia-lua o seguiu ao dirigir pelas ruas, onde se via o lampejo das televisões e as crianças vinham da frente das casas e dos quintais, e enquanto ele passava pelas casas antigas com telhados desgastados, onde todas as telas tinham furos mas as janelas eram deixadas abertas a noite inteira. A lua o seguiu pelos bairros de casas retangulares com jardinzinhos recortados, anões de cerâmica e flamingos cor-de-rosa, e também pelas ruas com casas amplas em estilo Tudor, afastadas da calçada e com carvalhos que tornavam opaca a iluminação pública, onde parecia que ninguém nunca levantava a voz.

A meia-lua o acompanhou ao dirigir pelas ruas que se abriam em bulevares, onde um homem passeava com seu cão, uma menininha corria atrás de seus pais e um casal caminhava sem destino, virando a esquina.

A meia-lua seguiu sobre o ombro de Jack, acompanhando-o, silenciosamente, até sua casa, deixando-o na porta da frente, onde não muito tempo antes ele teria escutado Danny ao piano; e Jack teria parado, assim que chegasse à varanda, e se sentado no primeiro degrau, escutando, com cuidado para não interromper, cuidado para não se intrometer, escutando o crescendo e o movimento da música, a segurança de cada nota, e agora, ali só havia a correspondência e o jornal. Ali era o fim de seu primeiro dia de trabalho depois das férias de verão.

Mutt latiu, correu pela varanda inteira e entrou em casa enquanto Jack foi até a cozinha, deixou cair o jornal e a correspondência sobre a mesa, encheu a tigela de Mutt com ração e saiu para o quintal. Ele queria sentar no gramado, de onde costumava ver Danny correndo pelo campo.

Minúsculos insetos voavam à sua volta, zumbindo e cricrilando em seu despertar. Vaga-lumes surgiam, sumiam e apareciam de novo. Um, depois três e, então, dúzias, voando e mosqueando. Jack sentiu o chão escuro e fresco sob seus pés descalços. Podia ouvir o riacho correndo rápido pelas rochas, as rãs e sapos coaxando e estalando, os pássaros noturnos assobiando, os sons de deslocamentos rápidos pela vegetação rasteira — guaxinins, provavelmente, ou gambás — rompendo o silêncio. Ele se reclinou apoiado nos cotovelos e olhou para as estrelas que se multiplicavam no céu. O ar retinha o aroma de uma rara umidade.

Jack não podia negar sua solidão, mas tampouco podia negar a noite, que não era, ele percebeu, um momento de descanso. Não era algo dormente, mas desperto, um chamado à vida; não o fim do dia, mas sua continuidade. Não uma ausência de luz solar, mas a presença de uma persistente vitalidade, oferecendo sua própria luz, seus sons e fragrâncias, sua própria companhia celeste.

Acima, a fantasmagórica vigilância de uma coruja, o estalo de um galho, um rápido farfalhar de folhas. Um minuto depois, a brisa se reforçou e as árvores se inclinaram como suplicantes. E, um minuto depois, o ar ficou parado e silencioso. A lua lançava uma sombra através de seu jardim. A escuridão continha em si textura e substância e o campo não mais parecia uma porção de terreno sólido, mas líquido, como o oceano escuro, como vinho de Homero. Jack imaginou um imenso transatlântico flutuando pela noite, materializando-se do chão, não algo deste mundo, mas um encantamento. Escarlate e amarelo. Decorado por centenas de luzes douradas, um navio construído por Fellini. Luzes explodindo do convés, seu significado não muito claro: seria uma celebração ou um sinal de perigo? Uma multidão de passageiros em pé, à balaustrada. Há crianças e babás. Marinheiros e camareiros. Todos estão saudando ou pode ser que estejam chorando. As suas vozes são tanto de perigo quanto de exultação. O navio parece seguramente ancorado, mas ainda assim há dúvidas quanto ao bem-estar dos viajantes. Mas não existe dúvida sobre a magnificência da embarcação. É uma criação surgida de si mesma e também da terra. Mítica e literal. Irreal e verdadeira. Parece crescer em tamanho e é um truque de perspectiva.

Jack imaginou a si mesmo erguendo-se para saudá-la. Embasbacado com seu esplendor e paradoxo, entrando na água até que as ondas alcancem seu peito e salpiquem sua boca e nariz para que ele possa sentir o cheiro e o gosto do sal. Ele tentaria olhar mais de perto, mas o grande navio apenas se afastaria, mantendo uma distância constante enquanto ele se aproximasse e, depois, desaparecesse.

A vista era novamente a do campo. Os pássaros noturnos e os sapos voltaram às suas canções e ruídos. As pequenas criaturas podiam ser ouvidas correndo pela vegetação rasteira.

Jack se levantou e caminhou lentamente até a casa. Parou no alto dos degraus da varanda e olhou por cima do ombro, onde apenas o campo seguia na escuridão. Ficou ali e escutou por mais um momento todos os sons da noite. Depois, entrou.

Jack estava fazendo o jantar para si mesmo quando o telefone tocou. Tinha enchido uma panela de água, aberto um pacote de macarrão e picado alguns tomates ultra-maduros. Estava consciente de que era a primeira vez, desde a morte de Danny, que pensara em preparar uma refeição para si mesmo, sentar-se à mesa e fazer mais do que esperar que sua comida esfriasse — depois do jantar, talvez se servisse um uísque, sentasse em seu escritório e pensasse no trabalho que estaria esperando por ele no dia seguinte e em todos os demais assuntos pequenos e irrelevantes que o faziam aproximar-se cada vez mais do dia em que ficaria frente a frente com sua classe.

Era Celeste ao telefone, lembrando-o de trazer suas anotações para a escola no dia seguinte. Conversaram brevemente: como ele estava se sentindo depois do primeiro dia de volta ao trabalho? Ele queria jantar com ela e Arthur amanhã à noite? Apenas depois de Jack ter desligado o telefone e limpado a mesa foi que viu a manchete no jornal sobre a prisão de Joseph Rich, "Ciber-assassino Confesso", com uma foto de um homenzinho calvo de meia-idade usando paletó e gravata. E uma foto de Hopewell com a legenda: "Herói local promete que a justiça prevalecerá". Jack teria que se lembrar de ligar para Marty naquela noite.

Viria um tempo em que ele olharia para trás, para aquele momento em que desligou o telefone, leu a manchete do jornal e esperou que o macarrão cozinhasse, e se lembraria dele como sendo os últimos minutos passados com o que havia conseguido salvar do mundo em que tinha habitado, uma vez, com Danny. Como um arqueólogo, contemplando um fragmento de cerâmica, ou uma placa com inscrições, e tentando reconstruir o mundo perdido de onde tinha vindo — da mesma forma como ele poderia haver desconstruído um filme, ou observado Anne — Jack viraria aquele momento pelo avesso ainda que apenas para recuperar a aparência da luz na parede da cozinha, ou o aroma vindo da tábua de picar; ainda que apenas para recuperar a sensação de estar dentro de sua casa depois de ter assistido a noite adquirir vida, de sentir-se ligado à faculdade e a seus amigos, de sentir a tristeza e a solidão desse exato minuto, as sensações dessa outra época em que ele vivera com, e depois sem, seu filho.

Ele pousou a faca e o garfo sobre a mesa, a mesa onde havia se sentado com Danny na hora do jantar e nos almoços de fim de semana, onde haviam tomado o café-da-manhã juntos — "O que é mais importante, pai, honestidade ou lealdade?" — e desligou o telefone. Pensou que deveria esperar até terminar de comer para procurar suas anotações, mas então pensou "que diabos, vamos terminar logo com isso".

Desceu até o porão. Estava frio e úmido e o aspecto geral era de peças sobressalentes, restos de uma vida familiar. Roupas velhas e ombreiras, patins e skates. Tacos, bonés e pedaços de uniformes de beisebol. Pilhas instáveis de livros, caixas de decorações natalinas, caixas vindas do loft da Crosby Street que ele nunca tinha se incomodado em abrir. O velho estéreo e as enormes caixas de som. Pilhas de velhos discos. Esse era o único lugar que ele não havia arrumado durante sua obsessão de verão, o lugar a que o telefonema de Marty tinha evitado que ele fosse. Talvez, em algum dia frio de inverno, quando a neve estivesse alta e as estradas cobertas de gelo, ele desceria ali e colocaria as coisas em ordem.

Caminhou até o fichário no canto onde Danny costumava ler em dias chuvosos, onde Jack agora guardava suas pastas e disquetes, onde tudo estava organizado por assunto.

O fichário bamboleou, instável. Jack lhe deu um empurrão, como poderia ter feito para tirar uma partícula de algodão de um suéter, não o suficiente para interromper o que fazia, apenas um empurrão distraído, ao folhear as pastas.

Apanhou o disquete de uma caixinha na frente da gaveta, enquanto o fichário balançava para a frente e para trás sob a pressão de sua mão. Ele deu outro empurrão, mais forte desta vez, e mais outro. Procurou nas pastas pela versão impressa e começou a abrir mais pastas, extraindo anotações manuscritas adicionais. O fichário inclinava-se para a frente e para trás, como a mesa de restaurante que balança desgraciosamente sob seu cotovelo, irritante o suficiente para não ser ignorada. Ele pressionou o ombro contra a lateral do fichário, onde o metal era liso e flexível. Estendeu a mão para apanhar outra pasta e deu um empurrão no móvel, forçando o quadril contra ele e, ao não obter resultado, ciente de que alguma coisa estava presa lá atrás, empurrou novamente, sem muito sucesso, e começou a se afastar; então, voltou-se porque sabia, assim como sabia por que Hopewell viera a seu escritório naquela manhã de maio, assim como sabia naquela noite na Toscana antes de Anne dizer: "Nada mudou." Sabia, assim como costumava saber, costumava *sentir*, a ausência de Danny na casa e a presença de Danny antes de ele sequer emitir um som. Ele sabia que aquilo era uma anomalia. Como o rosto do estranho no porta-retrato de família. O sapato estranho no fundo do armário. Ele sabia porque era o pai de Danny e se supunha que soubesse.

Ou talvez não fosse absolutamente aquilo. Talvez na verdade fosse isto: ele havia tentado consertar as coisas durante todos esses anos, estava tão acostumado a agir assim que aquela era só mais uma coisa fora de equilíbrio, mais uma coisa que precisava ser endireitada; a confluência de coincidência e compulsão — se ele tivesse pensado sobre o assunto quando aconteceu.

Colocou seu peso contra a lateral do fichário e empurrou, tentando estabilizá-lo. Tão pouco pensamento foi colocado naquilo. Simplesmente colocou as pastas e o disquete no chão e deu um empurrão sólido no móvel. Era pesado na parte de baixo, como um peso morto, e ele não conseguia movê-lo, não conseguia enfiar a mão pelo espaço lateral. Ficou de joelhos, inclinou-se, empurrou e, gradualmente, afastou a base da parede.

As costas de sua camisa estavam ensopadas, ele pingava suor e ofegava. Parou para enxugar o rosto e recuperar o fôlego. O telefone tocava lá em cima. Jack deixou-o tocar enquanto enfiava a mão por trás do fichário, esticando o braço — como teria feito para resgatar o tênis de Danny do fundo de um laguinho, as mangas enroladas, tateando pela lama e pelas algas, estendendo os dedos — e, ao não alcançar, alavancou-se contra a parede e empurrou, esticando a mão até que seus dedos tocaram um pedaço macio de couro: um chinelo velho... Esticou um pouco mais: uma bota abandonada... Estendeu o braço até conseguir bater os dedos num... no quê? Um bichinho de pelúcia que estava preso ali e que ele tinha que pegar porque pertencera a Danny? Que ele tinha que segurar porque Danny o havia segurado? Tinha que tocar porque Danny havia tocado?

O tempo parecia estar passando de forma bastante estranha. Truncado, contraído, como um acordeão apertado, cada momento pressionado contra o seguinte, cada evento tombando rumo à sua conseqüência, conforme Jack rodeava com os dedos o couro macio, deslizando-o junto à parede e puxando-o em sua direção. Podia sentir os dedos acolchoados. Levantou-o, afastando-o do fichário. Podia sentir o tecido almofadado, os cadarços e tiras. Puxou-o para a frente. A parte de dentro era macia, como um travesseiro.

Mais perto agora. Ele o removeu, cuidadosamente, devagar, tirando-o como se tira uma adaga, suavemente, de sua bainha.

Uma luva de beisebol. Uma luva de beisebol com uma bola de tênis no bolsinho e um par de óculos escuros de hip-hop. Parecia absurdo, como encontrar um despertador numa árvore. Jack estava tentado a atirá-la sobre o ombro na pilha de tranqueiras e esquecê-la ali, ou acrescentá-la às roupas e aos brinquedos para doar à caridade, e nunca olhar para ela novamente. Mas não podia fazer aquilo, porque sabia o que fazia parte do porão e o que não fazia. Não podia jogá-la fora porque sabia que não tinha sido jogada lá atrás por acidente num momento em que Danny e seus amigos estavam jogando; Mutt não a havia trazido àquele local. Não podia jogá-la fora, não sem olhar. Só que não olhou.

Primeiro, teve que segurar os óculos e manuseá-los. Bateu a bola algumas vezes no chão e, então, mais algumas vezes. Depois, correu os dedos pelo couro marrom rasgado, puxou os cadarços, apertou o bolso, que é o que se faz com uma luva de beisebol. Os cadarços estavam quase esfarelados, as tiras estavam soltas. Era uma luva velha, algo comprado numa loja de segunda mão ou herdada de um irmão mais velho. Jack a virou, testou a correia do pulso e a soltou. Foi então que olhou.

Um nome havia sido escrito por baixo. Numa caligrafia de criança, numa tinta azul que não havia tido tempo de borrar. O nome era Lamar Coggin.

XXII

Jack deu um passo para trás, batendo a perna numa caixa de papelão. Seu rosto queimava. Olhava para a luva como se, com um exame extra, ela pudesse se tornar menos real, como se pudesse mudar o fato irrefutável de que ela havia sido socada atrás do fichário, como se pudesse inibir a necessidade de considerar como e por que havia ido parar ali, se Jack fosse capaz de considerar qualquer coisa naquele momento. Mas apenas o que pôde fazer foi apertar a luva como se fosse algo vivo a ponto de escapar de suas mãos e sair correndo pela casa, contaminando tudo aquilo em que tocasse. Contaminando Danny.

Havia uma dor aguda no estômago de Jack. Sua boca estava seca. A língua pulsava contra os lábios. O coração começou a bater mais rápido. Ele precisava afastar Danny de tudo aquilo, separá-lo daquilo. Havia algo que deveria estar lembrando, mas não conseguia saber o que era; algo que deveria estar fazendo, mas o que seria? Apenas podia olhar para a bolinha de tênis e pensar em Danny jogando lá fora, atirando a bola nos degraus dos fundos da casa, falando consigo mesmo, fazendo uma narração esportiva: o ponto decisivo, a espetacular recuperação de bola, levando o time à final — Jack olhara pela janela e lá estava Danny, falando sozinho, jogando uma partida imaginária. Ele não sabia que Jack estava olhando. Jogava sua partida de forma inconsciente. Atirando a bola e agarrando-a novamente, uma e outra vez. Danny, ali sozinho, parecendo tão jovem e tão dependente que Jack não conseguia abarcar todas as emoções que sentia. Queria gritar para ele ou correr e agarrá-lo até que Danny entendesse quanto o amava e, mesmo assim, Danny nunca entenderia. Então Danny viu Jack e sorriu, porque era Jack que o estava observando, e Jack se esqueceria completamente do trabalho que Danny havia dado na hora do jantar e que ele não tinha arrumado a cama, simplesmente porque havia reconhecido o rosto de Jack e feito com que sorrisse.

Jack deu passos por todo o porão. Suas pernas tremiam. Seus dentes batiam. Havia algo que deveria estar lembrando, algo que deveria estar fazendo, algo que deveria estar pensando. Se ao menos se acalmasse, saberia exatamente o que fazer; se parasse de andar de um lado a outro, se apenas deixasse que sua mente se desanuviasse por um momento — por que diabo Lamar escrevera seu nome na maldita luva?

Se Jack tivesse encontrado uma luva de beisebol sem nome, poderia ter pertencido a qualquer pessoa. A ninguém. Ele não teria olhado duas vezes para ela; limitar-se-ia a jogá-la para junto das tralhas, ou poderia haver pensado que fosse algo que Danny encontrara e teria segurado um momento ou dois, deixado que seus dedos tocassem o mesmo lugar que os dedos de Danny haviam tocado guardando-a junto com os demais brinquedos velhos. Mas não. Esse menino tinha que ter escrito seu nome na maldita coisa.

Jack pensou que havia algo que deveria estar lembrando. Algo que deveria estar fazendo. Mas apenas conseguia olhar para o couro gasto e os cadarços esfarrapados, olhar por cima do ombro para o fichário, para as pilhas de roupas velhas, as caixas trazidas do loft da Crosby Street que nunca haviam sido abertas. Suas vísceras se agitavam, suas mãos estavam frias e suadas. Havia algo que ele deveria estar fazendo, mas tinha medo de se mover, medo de sair dali, medo de subir para a casa, onde a noite não tinha mais seu charme e todos os fatos eram irrefutáveis, exceto um. Era como despertar de um pesadelo e ficar o mais quieto possível até que o bicho-papão fosse embora. Ou fechar os olhos na parte mais assustadora do filme, encolhendo-se embaixo da poltrona para que o monstro não veja você. Então o sol aparece, as luzes se acendem, você sai de baixo das cobertas, sai de baixo da poltrona. Diz a si mesmo que havia uma explicação razoável, enquanto suas pernas tremem e os dentes batem.

O ar guardava os odores de roupas velhas, livros e papelão úmido. De um dos cantos, vinha o clique intermitente do termostato; de outro, o delicado ruído da bomba d'água. Canos inchavam e se contraíam. Havia suspiros obscuros do gesso por trás das paredes. As velhas vigas rangiam com a idade e expeliam gemidos baixos, a fundação de cimento ainda se assentando depois de cem anos; sons internos e tranqüilizadores de abrigo, tão familiares que haviam passado eternamente despercebidos, o murmúrio suave do tanque de água quente, o zumbido do interruptor elétrico no canto onde Danny havia brincado com seus jogos, lido seus livros, perto do fichário, onde Jack agora permanecia olhando para o espaço no qual a luva estivera, como se a explicação que queria estivesse enfiada ali e se ele desse apenas mais um empurrão no fichário, tirasse um pouco da poeira, se apenas se acalmasse um pouco, pelo amor de Deus, ele a veria.

Suas mãos não paravam de tremer.

Sentiu-se encerrado pelas paredes sem cor, as caixas marrons desmazeladas, a desordem e o ar úmido. Seu rosto estava quente e ele suava. Queria sair dali, mas não se atrevia a subir as escadas. Sentiu a expectativa trazida pela ansiedade, a ansiedade trazida pela expectativa, como se alguma coisa estivesse prestes a acontecer ali embaixo e ele tivesse de testemunhar, ou alguma outra coisa fosse se materializar atrás das caixas, entre as capas dos velhos discos, por baixo dos velhos uniformes de beisebol e ombreiras.

Disse a si mesmo que aquilo não tinha nada a ver com Danny. Algo em que ele poderia ter realmente acreditado, caso não estivesse segurando o fato irrefutável em sua mão.

Queria conversar com Marty. Queria ouvir Marty tranqüilizá-lo, como fizera durante todo o verão. Queria ouvir Marty lhe dizer: "Você tem razão, Jack, isso não tem nada a ver com Danny." Queria que Marty lhe desse uma explicação razoável.

— Encontrei a luva de beisebol de Lamar Coggin em meu porão. Não sei como pode ter ido parar lá.

— A luva de beisebol do garoto assassinado?

— Enfiada atrás do fichário. Acho que foi Hopewell.

— Claro, Jack. Isso faz sentido, Hopewell plantando no seu porão a única prova que encerraria o caso. Me parece que foi escondida. Poderia ter sido Danny quem a escondeu ali?

— Danny não teria nenhuma razão para fazer isso. Talvez ele a tenha encontrado e colocado ali para que ficasse em segurança.

— E depois cometeu suicídio, Jack?

— Isso não tem nada a ver com Danny.

— Sim. Acho que você está certo, Jack. Isso não tem nada a ver com Danny.

Jack disse a si mesmo que havia uma explicação razoável e desmoronou de encontro à parede, passou os braços fortemente em volta de seu peito e escorregou para o chão.

Queria Danny de volta, por um minuto. Queria ver as mãos de Danny calmamente relaxadas ao lado do corpo, seu peito se expandindo com a respiração. Queria ouvir a voz de Danny, já mudando, não mais a voz de uma criança, mas tampouco a de um homem, dizendo: "É o seguinte, pai..." E tudo faria sentido. "Você não duvidou de mim, não é, pai?"

Queria retirar as camadas do tempo, reduzi-lo ao momento antes de Danny se matar, e detê-lo. A miséria de maio, o pânico e a desolação de junho e julho, o verão inteiro de solidão que o suicídio de Danny havia deixado em seu rastro, como um ensaio geral para aquilo que Jack sentia agora. Girou a cabeça de um lado a outro em frustração pelo que não sabia, pelo que havia passado despercebido, por seus arrependimentos e sua ignorância. Pelo que havia perdido. Pelo que nunca teve.

Fora da casa havia um mundo que não conhecia Danny Owens nem se importava com sua vida e morte, e aquele mundo se comportaria de forma previsível nesta noite, minuto após minuto, até que a luz do dia retornasse ao horizonte. Dentro da casa, onde não havia qualquer outro mundo a não ser o mundo de Danny Owens, Jack sentava-se no canto do porão, abraçado a si mesmo e pensava sobre todas as coisas que ele não sabia a respeito de seu filho: Danny tinha um segredo. Inferno, todas as crianças têm segredos. Mas não como esse, porque Danny cometera suicídio...

Pensou que talvez não quisesse saber, que há coisas que uma pessoa não deve saber sobre si mesma. Há coisas que uma pessoa não deve saber, ponto final.

Mas era tarde demais para acreditar naquilo ou tentar convencer-se de que acreditava. Havia encontrado a luva de beisebol de um menino assassinado em seu porão e precisava descobrir como tinha ido parar lá.

Mais de uma hora se passou, mas Jack não se levantou do chão. Durante aquela hora, Mutt latiu de algum lugar da casa, o telefone tocou de novo e de novo Jack não foi lá para cima para atendê-lo. Ficou sozinho no porão, no meio da desordem, e disse a si mesmo para não tentar adivinhar como a luva tinha ido parar lá, para só se ater ao que sabia.

Pensou nos últimos dias de Danny, os dias em que o vira menos.

Mas você o via todas as manhãs.

Pensou sobre seus quinze minutos de café-da-manhã, as poucas noites em que jantaram juntos. O que Danny dissera. Sua aparência.

Sua aparência era a de sempre ou talvez você não soubesse o que estava vendo.

Disse a si mesmo, *atenha-se ao que você sabe. Fragmente-o. Você é bom em desconstruções, Jack. Desconstrua isso.*

Foi lento em considerar o que havia para desconstruir, lento em articular o que esperava que resultaria daquilo e ainda mais lento em reconhecer que a luva de beisebol de um menino assassinado talvez tivesse alguma coisa a ver com Danny, afinal, e que qualquer que fosse a explicação, seria tudo, menos razoável. Era só uma questão de onde queria estar ao reconhecer aquilo.

Ele caminhou lentamente até a escada, virou a cabeça para dar mais uma olhada no canto do fichário, deixou a luva cair de sua mão e subiu vagarosamente os degraus.

Havia o cheiro acre de gás na cozinha, a água fervendo havia entornado e a chama sob a chaleira havia se apagado. Mutt arranhava a porta de trás e latia. Somente alguns fatos banais e irrepreensíveis da vida. Desligue o gás... deixe Mutt sair... Ele podia ouvir a revoada de corujas sobre o campo, grilos e rãs cantando na grama perto do riacho. Empurrou as cadeiras para junto da mesa, por nenhum outro motivo senão o de fazer algo com as mãos. Quando o telefone tocou, não atendeu. Um aluno chamado Becker estava ligando com uma dúvida. Jack abaixou o volume da secretária eletrônica e saiu, passando pela parede de fotografias, atravessando a sala e subindo até o quarto de Danny.

Passou a ponta dos dedos por um livro na estante e pela fila de CDs. Sentou na beira da cama de Danny, correu a mão pela colcha de retalhos e pelo travesseiro de Danny, tocando o que Danny havia tocado, como se pudesse despertar resquícios da existência de Danny e absorvê-los pela pele.

Jack podia ver Danny no café-da-manhã, ou dando conta de seu hambúrguer no drive-in da Rodovia 41. O que aquilo lhe dizia? Qual era a expressão nos olhos de Danny? Qual era a expressão em seu rosto quando Jack lhe perguntou sobre a escola?

O que você viu? O que havia em sua voz?

Viu Danny sentado à mesa olhando para dentro da tigela de cereal empapado, no sábado de manhã, sem falar nada. Bocejava. Parecia cansado.

— Não está cansado por estudar demais? — Jack perguntara.

Sem resposta.

— Cansado demais para conversar?

— Acho que sim.

— O fato de eu ficar no escritório até tarde não é uma permissão para ficar acordado a noite toda.

— Eu sei quando ir para a cama. Já tenho quinze anos, sabe?

O que havia em sua voz? O que Jack tinha ouvido?

Ele parecia irritado, mas havia parecido irritado muitas outras vezes.

Estavam jantando no drive-in, quinta à noite. Danny tinha *aspirado* seu hambúrguer com queijo... Estavam jantando no mesmo drive-in, quatro dias depois, e Danny deixou a metade do hambúrguer no prato. Jack nunca monitorava o comportamento de Danny e tampouco o fizera naquela noite. Deduziu que Danny almoçara tarde naquele dia.

Uma semana antes daquilo, estavam sentados, tomando o café-da-manhã, e Danny não estava bocejando. Comeu seu cereal. Estavam conversando sobre o fato de ele ser o arremessador nos jogos das semifinais. Danny disse que estava nervoso. Jack lhe disse: — Se não estiver nervoso, é porque não está preparado. — Danny lhe lançou um sorriso e correu para tomar o ônibus escolar.

O que isso lhe diz, Jack? O que você sabe?

Ele sabia que Danny não estava conseguindo dormir e que havia perdido o apetite.

"... realmente sinto muito por Danny. Sinto muito a falta dele", Mary-Sue lhe dissera. Ela disse: "Eu estava meio preocupada com ele... Eu podia perceber que alguma coisa o estava incomodando... algo que percebi... quando ele achava que ninguém estava olhando..."

Jack se recostou no travesseiro de Danny.

Quando algo o estivera incomodando?

"... quando eles estavam falando bobeiras e fazendo gracinhas... Danny não estava realmente interessado... eles tinham matado aula uns dias antes, um lance de fim de semestre..."

Danny não iria perder o sono por matar aula. Não iria perder o apetite.

"Rick provocou C.J... Normalmente, Danny ficaria do lado de C.J... dessa vez ele estava deixando que Rick... Eu podia ver que algo o estava incomodando..."

Quando algo o estivera incomodando?

Os três garotos sentados na varanda da casa de Jack... "Talvez possamos ajudar uns aos outros a entender um pouco mais."

Brian disse: "Isso é o que temos tentado fazer, Dr. Owens. Acredite, temos tentado mesmo, mas não sabemos o porquê."

"Ele alguma vez falou se estava deprimido?"

Os meninos se olharam.

Brian: "Nada... Era o mesmo Danny de sempre... Estava do mesmo jeito que sempre tinha sido."

"Talvez alguma coisa que ele só tenha mencionado uma vez."

Brian: "Não a qualquer um de nós."

"Ele estava comendo direito?"

Rick: "Sim. Nós todos comíamos juntos..."

Brian: "Ele jantou na minha casa... Se houvesse alguma coisa incomodando Danny, nós saberíamos."

"Danny não parecia estar irritado ou preocupado de forma anormal?"

Brian: "Não."

Rick: "Ele nunca agia de forma estranha, sabe..."

Mary-Sue lhe disse: "Normalmente, Danny ficaria do lado de C.J... ele estava deixando que Rick o provocasse... como se Danny estivesse perdido em seus próprios pensamentos..."

Segunda de manhã. Estavam na cozinha. Danny não havia falado muito. Empurrara a torrada para longe. Era a terceira manhã consecutiva que empurrava o café-da-manhã. Jack disse algo a respeito.

Danny disse: "Estou comendo, estou comendo." Esfregou os olhos. O rosto estava pálido, como sempre ficava quando não dormia o suficiente. Ele perguntou: "O que é mais importante, pai, honestidade ou lealdade?"

Jack respondeu: "É uma boa pergunta. Eu diria que é algo que deve ser avaliado caso a caso. Tem alguma coisa em particular..."

Foi alguma coisa que surgiu em classe? Ele leu num livro?

"O que é mais importante, pai, honestidade ou lealdade?"

Era muito mais que uma mera pergunta. Quando algo o estivera incomodando?

"O que é mais importante, pai, honestidade ou lealdade?"

"É uma boa pergunta..."

Mutt começou a latir... o motorista do ônibus escolar buzinou... Jack disse: "Pode ficar, eu te levo de carro."

"Não posso, pai." Danny apanhou os livros e saiu correndo. Jack ficou um pouco surpreso, um pouco magoado pelo fato de Danny não querer passar mais meia hora com ele. Mas, como Danny ressaltara há apenas alguns dias, ele já tinha "quinze anos, sabe?".

"Velho demais para ser visto em minha companhia?" — Jack gritou para ele.

Danny não respondeu.

Jack trabalhou até tarde na segunda-feira e dormiu até mais tarde na terça. Não viu Danny na terça-feira de manhã.

Na noite seguinte, compartilharam uma pizza no centro da cidade. Foi um tanto apressado por parte de Jack. Ele tinha dois dias para acabar de avaliar seus projetos finais. Levou Danny para casa e voltou ao escritório. Não conversaram muito no restaurante e nenhum dos dois comeu muito. Jack tinha a sensação de que havia algo incomodando Danny.

Você perguntou a ele. Ele disse que não.

"Parece que tem alguma coisa..."

"Não tem nada me incomodando."

"Se houver alguma coisa..."

"Você se preocupa demais."

Jack trabalhou o sábado inteiro.

Você lhe preparou o café-da-manhã, que ele não comeu, e no sábado à noite...

Ele não viu Danny no sábado à noite. Chegou cedo em casa, mas Danny saíra com seus amigos e fora direto para a cama quando voltou. Não houve nada além de umas poucas palavras murmuradas enquanto ele subia as escadas.

Ele parecia irritado com alguma coisa. Irritado com você? Irritado por causa do seu trabalho? Você deveria ter descoberto. Deveria ter arrumado tempo para descobrir. Deveria ter arrumado tempo para ficar com ele...

Na manhã em que Danny se matou...

Você não o viu naquela manhã.

Mas o viu na noite anterior...

Não, você só falou com ele pelo telefone.

Jack telefonou para Danny por volta das seis da tarde na quarta-feira: "Vou perder nosso jantar hoje à noite, colega. Tenho que trabalhar até tarde." Danny não pareceu desapontado, não exatamente, mas alguma coisa em sua voz fez Jack dizer: "Sabe, quando todo esse trabalho tiver terminado, vamos ter um verão incrível."

"Eu sei."

Quando algo o estivera incomodando?

Jack se encostou ao peitoril da janela. A brisa soprou por seu rosto, folhas secas farfalharam na varanda.

Quando algo o estivera incomodando?

"... pensei que ele estivesse bravo comigo... Ele estava todo travado por dentro... Foi uma sensação que tive a respeito dele..."

Quando algo o estivera incomodando?

"... eles tinham matado aula uns dias antes... Brian falava com C.J. como se ele fosse contar para a mãe dele ou algo assim... Rick provocou C.J., como se ele fosse um cagão..."

Então eles mataram aula e C.J. tem uma boca grande. E daí?...

Mary-Sue: "Era como se Danny estivesse perdido em seus próprios pensamentos... muito sério..."

Marty dissera: "Percebe, Danny foi o segundo garoto a cometer suicídio no último mês. Em *menos* tempo, na verdade..."

Mary-Sue: "... muito sério... todo travado por dentro..."

Marty: "... em *menos* tempo..."

Você perguntou a Mary-Sue se Danny conhecia Lamar. Ela disse que não...

Marty: "... o segundo garoto nos últimos..."

Lamar foi assassinado... Sua luva de beisebol estava no seu porão...

Marty: "... cerca de uma semana antes que Danny..."

Mary-Sue: "... eu podia perceber que alguma coisa o estava incomodando..."

Quando algo o estivera incomodando?

"... Rick provocou C.J... como se ele fosse um cagão, como se fosse fugir..."

"Pelo que eu ouvi", disse Celeste, "C.J. está demorando para se recuperar... sem apetite... terrivelmente deprimido..."

Arthur disse: "Rick sofreu muito com isso... não suporta ficar aqui..."

Quando algo o estivera incomodando?

"... Não era típico de Danny ser tão... ele estava realmente estranho... travado por dentro... muito sério... alguma coisa o estava incomodando..."

Quando algo o estivera incomodando?

"... me fez pensar que ele estava apenas de mau humor..."

Quando algo o estivera incomodando?

"Eu podia perceber que alguma coisa o estava incomodando, mais ou menos uma semana antes..."

Jack se virou como se uma mão o tivesse agarrado pelo ombro. Não teria ficado nem um pouco surpreso se seu queixo houvesse caído e se ele estivesse olhando de boca aberta como um paspalho desinformado. Exceto que ele era o oposto de desinformado. Estava repleto de informações e aquilo o apavorava. Sua cabeça latejava, parecia que perfuravam sua nuca com uma broca quente. Sentia-se enjoado, como se caísse num sono vertiginoso e sem fundo; e, então, não sentiu mais nada.

Existe um momento em que o dente pára de doer, o braço quebrado, o maxilar fraturado; quando o tanto de dor que o corpo é capaz de gerar, capaz de tolerar, chega ao limite e o corpo entra em choque, o cérebro simplesmente se recusa a enviar a mensagem e a dor desaparece, ou as terminações nervosas se exaurem antes de se regenerar e enviar o próximo golpe. Concede tempo a você para acreditar que a dor realmente cessou, que as sinapses realmente se interromperam e se paralisaram, deixando-o num estado nada desagradável de insensibilidade. Você pode até passar a língua pelo molar inflamado, ou tentar flexionar o braço, ou mexer a mandíbula, ou pode simplesmente esperar que a dor volte. Jack esperou.

Ele esperou que as terminações nervosas voltassem à vida e que as sinapses recomeçassem a disparar e lançar fagulhas e, quando isso aconteceu, ele ficou surpreso em descobrir que era como se seu corpo inteiro não mais estivesse unido por músculos, tendões e ossos, mas sim por corrente elétrica. Sua carne parecia estar tentando separar-se dos ossos, como se ele estivesse, quase que literalmente, saindo de sua própria pele, e experimentou uma claridade de pensamento que era ao mesmo tempo assustadora e formidável.

Estacionou à sombra da lua, a meio quarteirão da casa de Ainsley, desligou o carro e esperou que a manhã chegasse, que Ainsley saísse de casa para absorver sua porção de ar fresco e luz do sol. E se, por acaso, seus olhos recaíssem sobre o lugar no qual Jack estava estacionado, se ele reconhecesse o carro, o que pensaria? Se ele andasse até lá, deparando-se com Jack sem banho e de olhos vermelhos, e perguntasse: "Que diabo você está fazendo aqui deste jeito, Owens?", o que Jack responderia? Que pretexto havia preparado? Ou responderia, direta e calmamente: "Pergunte para o seu filho"?

Todos eles deveriam perguntar a seus filhos. Carl e Mandy. Arthur e Celeste. Vicki e Hal. Jack deveria ter perguntado a Danny quando ainda tinha tempo. Quando se sentavam juntos para o café-da-manhã — *O que é mais importante, pai, honestidade ou lealdade?* Quando se encontravam para jantar e Danny não conseguia comer, quando Danny não conseguia dormir.

Mas Jack não soubera o que perguntar. Não tinha o pensamento claro que somente uma noite sem dormir pode conceder. Não tinha a compreensão que só a luva de beisebol de um menino assassinado pode dar, que apenas o suicídio de seu filho permitia. Esperava que a manhã chegasse para que pudesse fazer bom uso de sua compreensão, porque agora ele sabia o que perguntar.

Sabia o que perguntar porque no dia em que Danny, C.J., Brian e Rick mataram aula, eles testemunharam o assassinato de Lamar Coggin.

Jack tinha olhado para aquilo todas as manhãs em que Danny se sentara em silêncio à mesa do café-da-manhã, e durante aqueles jantares rápidos no drive-in, quando Danny não tinha mais apetite. Estava ali, ele apenas não sabia o que estava vendo. Mas agora sabia, porque conhecia Danny.

Eles provavelmente nunca tinham visto Lamar antes, certamente não o conheciam, mas o viram morrer. Viram quem o assassinou. Tinham a luva de beisebol para provar; mas não contaram a ninguém a respeito. Testemunharam um assassinato, tinham que contar para alguém. Para seus pais. Para a polícia. Tinham que fazer alguma coisa a respeito.

Você não pode falar sobre os outros garotos, mas conhece seu próprio filho. Danny teria contado a alguém. Teria contado a você. Teria ido ao escritório no dia em que aconteceu, teria parecido nervoso e agitado, tentando não chorar, pálido. Poderia não saber que palavras usar, poderia não ter falado logo de uma vez, mas teria te contado. A não ser que estivesse com medo. A não ser que alguma coisa, ou alguém, o houvesse atemorizado. Você deveria ter visto, Jack. Deveria ter sabido o que perguntar.

Ele estremeceu na brisa fria e fechou a janela do carro. Olhou para as casas escuras afastadas da calçada e para além das casas, onde o horizonte, o céu, ainda estavam escuros; sozinho na noite, remoendo seus pensamentos.

C.J. sofreu um acidente de carro. Rick não quer voltar para a escola. Brian está se comportando de forma estabanada. Mas Danny foi o único que se matou.

Hesitou por um momento. Disse a si mesmo que estava exausto demais para racionar direito, para entender qualquer coisa. Mas não acreditava naquilo. Não duvidava da veracidade de seus pensamentos nem de sua certeza. Marty se enganara. Hopewell estava certo, afinal. Havia um "ciberassassino" atraindo meninos ao bosque, e que havia atraído Lamar Coggin até o riacho Otter. Danny o viu e ficou com medo. Ficou com medo não porque não pudesse identificá-lo, mas porque já o conhecia. Talvez ele desse aula no colégio de Danny, ou talvez fosse o homem que conversa com garotinhos na loja de conveniência, ou quando vai correr no parque, ou passeia pelo shopping center. Ou quando entra na internet... e conhecia Danny.

Jack entendeu. Fez sentido para ele. Agora faltava apenas encerrar o assunto e o céu não dava sinais de clarear.

Ele esperou que a manhã chegasse. Agora sabia o que perguntar.

A colorida luz do sol cruzou pelo gramado verde-escuro de Ainsley. Havia uma tranqüilidade silenciosa ali, a tagarelice respeitável de esquilos e pássaros, os tons suaves das vozes matinais às portas; xícaras de café numa mão, despedidas na outra. Havia ordem na maneira em que as pessoas saíam para trabalhar, em que as crianças eram afiveladas nos bancos traseiros dos carros para a ida até a creche. Era a humanidade respirando o ar do novo dia, dando aquela primeira olhada de avaliação e gostando das perspectivas.

Depois de algum tempo, Ainsley saiu para acrescentar sua presença à cena. Alisou a frente de seu suéter em tom pastel, parou para olhar em volta com uma expressão satisfeita em seu rosto bronzeado. Espreitou a rua, da mesma maneira distraída que havia observado a garota seguir pelo corredor no outro dia. Olhou na direção de Jack e manteve o olhar. Jack escorregou pelo assento do carro. Sentiu-se ridículo fazendo aquilo, mas continuou ali, espiando por cima do painel até que Ainsley, depois de olhar durante mais alguns segundos, finalmente se virou, sorriu para seu reflexo no pára-brisa do carro, abriu a porta e saiu dirigindo.

Alguns minutos depois, Mandy apareceu, com sua maquiagem impecável, o aroma do perfume sem dúvida esplêndido e fresco na pele. Fumava um cigarro, deu três baforadas rápidas enquanto deslizava pelo assento bege-claro de seu conversível e deu ré para sair da entrada da casa. Jack observou o carro virar a esquina antes de sair e atravessar a rua.

Bateu à porta da frente de Ainsley, esperou e bateu novamente. Outro minuto passou antes que C.J. aparecesse. Ele estava pálido e magro, seu short de ginástica e sua camiseta pendiam tristemente do corpo extenuado. Havia manchas roxas e escuras logo abaixo de seus pômulos e também em volta dos olhos. Os lábios estavam inchados. O nariz havia sido reconstruído e era pequeno demais, petulante demais para seu rosto. O braço direito estava numa tipóia, a mão esquerda apoiava-se numa bengala. Ele franziu a testa, olhando para o chão, e disse docilmente: — Foi um acidente.

Jack disse: — Sim, eu soube de tudo. Você está bem machucado, não?

— Foi um acidente — C.J. repetiu, com amargura, e Jack sentiu todos os seus pensamentos, todas as suas deduções, se dissolverem no nada.

— Me conte por que meu filho se matou.

XXIII

Foi idéia de Brian matar aula. Ele disse que eles precisavam de um dia de "puro relaxamento". Ele disse que eles o *mereciam*, além disso, e que iria ajudar Danny a superar o fato de ter perdido "o Grande Jogo". Danny disse a ele: "Você sabe muito bem que não há nada para superar." Brian sabia; apenas não queria matar aula sozinho. Sexta-feira era o melhor dia: eles podiam interceptar o aviso de falta quando chegasse pelo correio, no sábado. Brian disse que estava "cobrindo todos os ângulos".

Iriam se encontrar na casa de Danny — a única onde não havia pai, *au pair* ou empregada para espioná-los —, mas ficava longe demais para C.J. e Rick irem a pé, assim escolheram um lugar eqüidistante da casa de todos: a cafeteria no shopping center, perto da esquina da Hollis com a Oak.

Sentar a uma mesa de canto e tomar o café-da-manhã fez com que se sentissem bastante maduros. Quando terminaram, ficaram surpresos ao constatar que ainda não eram nem nove horas. Estavam acostumados a um tempo mais estruturado e à forma que se movia de acordo a uma programação, de uma aula a outra, da manhã à hora do almoço, e não sabiam o que fazer com eles mesmos.

Pararam na Farmácia Grandview, compraram óculos escuros de hip-hop e passaram um bom tempo posando e fazendo caretas uns para os outros, enquanto desfilavam em frente às vitrines, pelo posto de gasolina e supermercados, até que lhes ocorreu que seria melhor não agir de forma tão suspeita.

— E se alguém que conhece nossos pais encontrar a gente? — C.J. alertou.

Geralmente, eles poderiam ficar papeando num McDonald's ou Burger King, mas até isso era arriscado. Rick queria ir ao cinema, mas era cedo demais para a primeira sessão e, além disso, o dia estava lindo, por que iriam desperdiçá-lo num lugar fechado? C.J. sugeriu que fossem ao campo de beisebol, mas não havia muito que fazer ali além de correr embaixo das arquibancadas, engolir um monte de poeira da trilha suja e procurar tranqueiras perdidas. Brian disse que o riacho Otter era o lugar, ninguém nunca ia lá; a não ser aqueles que caminhavam nas trilhas no fim de semana; podiam nadar quando ficassem com calor, "tomar sol e relaxar". Portanto, caminharam até o riacho Otter, cada garoto conectado a seu próprio walkman, carregando sua mochila e ostentando seus novos óculos de sol.

Era uma caminhada longa. Estavam com calor e cansados quando chegaram e, ao encontrarem um ponto limpo e à sombra, num aterro próximo ao riacho, tiraram a camiseta e apressaram-se em arrancar os tênis e deitar, descalços, na sombra fresca. Não fizeram muito mais além de escutar música, espantar as moscas e abelhas e conversar de forma desinteressada sobre carros, esportes, jogos de alta tecnologia e, de forma mais séria, sobre garotas e sexo.

Brian disse: — Entrei numa sala de bate-papo com uma menina e ela acha que tenho uns *vinte anos* e que estudo na Universidade de Indiana. Ela quer se encontrar comigo e tudo, mas eu fui meio: "Ah, sei lá. Você é *mesmo* tão legal quanto diz?". E ela: "Sim, sou *mesmo.*" — Ninguém acreditou nele, mas era divertido escutá-lo, além de excitante. Ele disse que entraria na internet para falar com ela num momento em que eles estivessem todos na casa dele; e eles conversaram sobre o que diriam a ela e como eles eram descolados, até se exaurirem e ficarem calados.

Quando voltaram a conversar, era sobre o que fariam depois de terminar o ensino médio. C.J. mal podia esperar para ir embora de Gilbert. Ele disse que já tinha "pensado pra caramba" e decidido que iria estudar em Yale ou Stanford e que depois iria para a Faculdade de Medicina de Harvard e "nunca mais voltaria para Gilbert nem veria meus pais, exceto no Natal ou quando eles forem bem velhinhos e estiverem babando na própria roupa".

Rick se contentaria em ir para a Universidade de Purdue. Ele se recostou, apoiado nos cotovelos, olhou para além da copa das árvores e disse que seria engenheiro e que não importava muito onde moraria.

Brian disse que Rick estava desperdiçando seu tempo, arrumando um emprego logo depois da faculdade. Que *ele* iria tirar "pelo menos um ano para viajar". O trabalho podia esperar. — Mas quando eu arrumar um emprego, vou ganhar um monte de dinheiro, morar numa mansão e ter uma esposa gostosa, todos os tipos de jogo e CDs e no mínimo três carros. Um BMW de coleção, um Mercedes SUV e um Porsche Spyder.

Rick perguntou onde Brian arrumaria o dinheiro para viajar. — Dããã! Melhor que arrume um emprego primeiro. — C.J. concordou com Rick. Danny disse que tudo dependia de quanto tempo Brian precisava. — Realmente, é uma ótima idéia. Tirar um ou *dois* anos antes de decidir sobre o que quer fazer com sua vida.

Em um aspecto, todos concordavam: não viam a hora de chegarem as férias de verão. Danny mal podia esperar para ir para o Maine e encontrar com os meninos Danver. — Eles têm seu próprio veleiro e é o máximo.

Brian também iria para o Maine. Para o programa do Outward Bound na Hurricane Island.

C.J. disse que o Outward Bound era realmente difícil. Mais difícil que qualquer coisa em Gilbert.

Brian disse que claro que era difícil, por isso ele iria fazer. Tinha certeza de que não era nada que não pudesse agüentar. — Também é uma ótima forma de mostrar para as garotas como você é descolado. — Aquilo trouxe o assunto de volta para o sexo. Mas não conseguiu entretê-los até mais que meio-dia, nem superar seu tédio.

Por algum tempo, atiraram pedras nas árvores, depois uns nos outros, abaixando-se e se desviando e correndo até estarem bastante suados e irem até o riacho, onde ficaram só de cueca e pularam na água fria.

A princípio, estavam satisfeitos em deslizar pela água e ficar nos poços com água na altura dos joelhos. Depois, seguiram a corrente até uma curva em que havia um lago mais profundo onde podiam nadar, mergulhar para apanhar pedras e puxar os outros. Não notaram que Rick havia desaparecido até que o viram em pé no aterro sob um carvalho. Havia uma corda grossa amarrada a um dos galhos, pendendo sobre a margem da água.

— Dá uma olhada — Rick gritou. — Dá uma olhada. Uma *corda*.

Os outros garotos correram até ele.

Rick gritava: — Dá uma olhada. Dá uma olhada. Podemos balançar sobre a água e nos atirar. Vai ser o *máximo*.

A corda era velha e gasta, a extremidade mofada e esfarrapada e a um metro de distância do alcance dos meninos, ainda que pulassem.

Brian balançou a cabeça. — Poderíamos se fôssemos *gorilas*. — Danny e C.J. riram e grunhiram como macacos.

Rick disse: — Não. Vai ser o *máximo*.

— Tá — disse C.J. —, apenas precisamos trepar na árvore, agarrar a corda, escorregar por ela...

— Poderíamos deixá-la mais comprida. Com algumas coisas nossas — Danny disse. Foi ele quem escalou pela árvore, subiu pelo galho e tentou prender os cintos deles à corda, mas o primeiro cinto escorregou quando ele o puxou. Tentou amarrar suas camisas, mas também não funcionou.

— Tem que haver alguma coisa em toda essa tralha por aqui — Brian disse e organizou a busca, chutando e espalhando as folhas mortas e os galhos caídos, empurrando os arbustos e os detritos pela vegetação rasteira.

C.J. encontrou um pedaço de corda de varal. Tinha pelo menos dois metros e estava enlameada.

Danny arrastou-se novamente pelo ramo da árvore, passou o varal pelo galho, mas com um nó bem forte. O varal não era muito mais comprido do que a corda velha; assim, ele amarrou o varal à corda, aproximadamente quinze centímetros acima da extremidade desfiada, e a deixou pendurada. Agora era suficientemente comprida para que eles alcançassem.

— Está bem. Agora temos corda suficiente — Brian gritou. Ele agarrou o varal, deu uma corrida até a margem e se balançou por cima do riacho, emitindo um tremendo grito de "Tarzan". Flutuou pelo ar e cantarolou: — Estou voando... —, levou os joelhos até o peito e se preparou para cair na água. Mas justo antes de atingir a altura do centro do poço de água, o varal escorregou da corda e Brian caiu, as pernas estendidas à frente, gritando: — Oh, merdaaaa — ao aterrissar na água. Quando veio à superfície, cuspindo e esbravejando, sacudia o fio de varal acima da cabeça.

— Está ferrada — ele gritou, cuspindo mais água e nadando até a margem.

Dessa vez, Danny deu nós duplos unindo o varal e a corda e Rick o testou. Mais uma vez, o varal escorregou, assim que atingiu a altura máxima do salto. Então Brian e C.J. amarraram, juntos, o varal à corda, usando um dos nós de que se lembravam dos escoteiros e Danny testou, e novamente o varal escorregou.

Danny experimentou dar seu melhor nó de marinheiro e C.J. fez um teste, e *ele* caiu na água.

— Corda idiota — Rick reclamou. Estava gasta e lisa demais e os meninos não conseguiam evitar que o varal escorregasse.

Mas Danny disse: — Grande coisa: então teremos que amarrar de novo a cada vez, é melhor que *nada*. — E assim se alternaram para amarrar o varal, um para o outro, Rick amarrando para Brian, Danny amarrando para Rick... balançando sobre o riacho, gritando, imitando ruídos de animais, berrando ao cair e espalhar água, assegurando-se de não perder o varal, nadando até a margem, reatando o varal e se balançando novamente.

Eles nadaram e pularam até ficarem tão cansados que mal podiam sair da água. Brian amarrou o varal para o salto de C.J., encontrou um canto ao sol e se deitou. C.J. disse a Danny: — Pode ir você — e se sentou perto de Brian. Mas Danny estava exausto demais para outro salto e então Rick foi, e depois todos se deitaram, cansados e quietos sob o calor do sol, não vestindo nada além de seus novos óculos escuros e as cuecas ensopadas.

— Brian — disse Rick —, sua idéia de "puro relaxamento" foi totalmente inspirada.

— *Superlegal* — disse Danny.

— Super, *superlegal* — repetiu C.J.

Brian ergueu os punhos fracamente acima da cabeça, absorvendo o cumprimento.

Por volta da uma e meia da tarde, ficaram com fome, o que os deixou impacientes e irritáveis. Brian disse que deveriam ter trazido sanduíches da cafeteria. Rick de alguma forma culpou C.J. por esse descuido. Danny disse: — Como pode ser culpa de *C.J.*? — e disse a Rick para parar de encher o saco dele. C.J. chamou Rick de idiota. Brian disse que os dois eram idiotas e que deveriam calar a boca. Continuou assim por mais uns quinze minutos, até que ouviram o triturar de folhas. A princípio, apenas a distância, e depois mais alto e parecia estar vindo na direção deles. Os garotos se ergueram nos cotovelos. O ruído parou, começou novamente e foi logo seguido por um grito e um uivo de dor, como de um animal ferido. Os garotos se sentaram, prenderam a respiração e escutaram atentamente.

— Que porra...? — Rick sussurrou.

— Pssssiu.

— É um animal.

— Um guaxinim raivoso, provavelmente — disse C.J. — É melhor sairmos daqui rapidinho.

Rick disse: — Guaxinins não saem durante o dia, idiota.

— Saem, sim, quando estão *raivosos*.

— Pssssiu — Brian disse a eles.

Outro guincho e um uivo, como um bebê chorando, e então o som de risos humanos.

Esquecendo que estavam praticamente nus, os garotos caminharam devagar, silenciosamente, ou tão silenciosamente quanto conseguiam, pelas folhas, gravetos e pedras. De repente viram o menino.

Ele estava ajoelhado no chão, ao lado de sua bicicleta. Suas mãos seguravam um saquinho de papel e parecia que ele o estava apertando, e cada vez que o fazia, o choro se seguia, enquanto o menino ria e rolava no chão agarrando o saco junto ao peito, apertando-o e rindo mais alto. Ele fez aquilo várias vezes; depois, enfiou a mão no saco, tirou um gatinho branco e cor-de-laranja e o segurou pelo pescoço, fazendo com que suas perninhas se balançassem acima do chão. Quanto mais o gatinho lutava, mais o menino ria. Ele o cutucou com um graveto, puxou suas orelhas e o sacudiu para a frente e para trás pelas patas dianteiras. O gatinho soltava miados fracos e dolorosos.

— Gato malvado — disse o menino e o agarrou pelo pescoço. — Gato malvado. — O gatinho se contorceu e lutou para se soltar.

— Ei! — Danny gritou. — Que porra você está fazendo?

O menino deu um pulo, seu rosto empalideceu, os olhos se arregalaram por trás dos óculos, mas não soltou o gatinho. — Nada — foi tudo o que disse, e talvez por puro nervosismo, ou determinação, agarrou o gatinho pela perna traseira e a torceu. A boca do animalzinho se abriu e ele soltou um grito de agonia.

— Pare com isso — Danny gritou para ele, e se levantou.

— Ele *gosta* — o menino respondeu. — Não é, gatinho? — e torceu a perna novamente.

— Pare com isso — Danny gritou novamente e correu na sua direção. Os outros garotos rapidamente o seguiram.

— Ele tem sido um gato muito malvado — o menino disse. — Tem que ser castigado.

— Você o está machucando — Danny disse. — Seu imbecil.

— É só um gato bobo...

Danny pulou sobre ele, derrubando-o de costas e fazendo-o perder o fôlego. Suas mãos se abriram, o gatinho se soltou e tentou se arrastar para longe. Danny prensou o menino no chão, apertando seus ombros com os joelhos.

— O que você acharia se alguém fizesse isso com *você*? — disse Danny.

O menino apenas riu. Era uma criança de aparência abobada, com grandes orelhas de abano, óculos grossos e cabelo cor-de-terra, com um topetinho no alto.

— Ei — Rick chamou. Ele estava em pé na frente da bicicleta. — Olha só! — Deslizou uma luva de beisebol pelo guidom. — Alguém quer esta porcaria ou posso jogar no mato?

— Ei — o menino berrou. — Ponha isso aí de volta.

— Jogue no mato — disse Brian.

— É *minha* — o menino berrou.

— *Era* — Rick jogou a luva para Brian.

— Que lixo de luva — Brian disse com ironia.

— Ponha de volta — o menino gritou para ele.

— Me obrigue — Brian disse. Jogou a luva para C.J.

— Acho que vou pegá-la para mim — disse C.J.

— A luva é *minha* — o menino gemeu.

— Agora é *dele* — C.J. jogou a luva para Rick.

— É *dele* — Rick jogou a luva de volta para C.J., que a jogou para Brian. Rick correu alguns metros, levantou as mãos como um receptador e gritou: — Manda para mim. — Brian fez um passe que Rick apanhou acima do ombro. Ele atirou a luva para C.J., que a passou a Brian. Brian a apanhou centímetros acima do nariz do menino.

— Devolva a minha luva. — O menino tentou derrubar Danny. Danny o pressionou com mais força. — Devolva minha luva — o menino exigiu.

— Certo — Brian respondeu. E jogou a luva, por trás de suas costas, para Rick.

Foi quando Rick viu o nome escrito sob a presilha do pulso. — *Lamar*? Que raio de nome é *Lamar*? — Ele jogou a luva na direção da mochila de Danny. — Pode se despedir da sua luva, *Lamar*.

— *Saia* de cima de mim — disse Lamar.

— Você não deveria tratar mal os animais — Danny lhe disse. — Você não sabe disso? Diga que sente muito e que nunca mais vai fazer isso.

Lamar não respondeu.

— Você não deve tratar mal os animais. Diga que sente muito.

— Você parece um idiota de cueca — Lamar respondeu. Ele se contorceu e se virou, mas não era suficientemente forte para tirar Danny de cima.

Brian se aproximou e começou a chutar torrões de terra no pescoço de Lamar. — Você *gosta* — Brian disse, no mesmo tom que Lamar havia usado para o gatinho.

— *Saia* de cima de mim.

Brian jogou terra na testa e queixo de Lamar.

— Pare — Lamar gritou. — Bebezão de cueca.

— O que foi que você disse?

— Que você é um bebezão de cueca.

Rick gritou: — Bebezão de cueca? Vai se *foder* — embora os garotos soubessem que pareciam tolos vestindo apenas as cuecas molhadas, pendendo do traseiro, e se constrangessem com isso, o que alimentou sua raiva.

Brian pôs o pé no peito de Lamar e pressionou.

— *Pare* — Lamar gritou.

— Mais forte — Rick pediu. — Mais forte.

Danny se levantou, mas Brian manteve o pé pressionando o peito de Lamar. Lamar lutava para empurrá-lo. — Bebezões de cueca.

— Que idiota — disse C.J.

— *Bebezões* de cueca — Lamar gritou novamente. Brian pressionou ainda mais forte.

Rick gritou: — Assuste-o até ele cagar nas calças.

Brian pressionou com mais força ainda, manteve o pé ali por mais alguns segundos e depois deixou que Lamar se levantasse. Quando ele ficou de pé, cuspiu no rosto de Danny.

Danny golpeou Lamar no peito. Lamar cuspiu de novo, dessa vez em Brian.

— Que se foda! — Brian agarrou Lamar e prendeu seus braços para trás. — Vamos mostrar para ele o que acontece quando se cospe no rosto de um "bebezão de cueca".

— Isso mesmo. Dê uma lição neste idiota — disse Rick.

— Bebezões de cueca. Bebezões de cueca ridículos. — Lamar cuspiu novamente em Brian.

Rick propôs: — Vamos dar uma sessão de chutes nele.

— Não — disse Brian. — Vamos levá-lo até a corda.

— Isso! — gritou Rick. — A corda.

— A corda... a corda... vamos colocá-lo na corda... — Brian e Rick cantarolavam.

— Não — Danny disse a eles. — Não façam isso.

Mas Brian já tinha levantado Lamar do chão e o segurava pelos pulsos, e Rick agarrou seus tornozelos. Carregaram Lamar até o aterro.

Lamar espernou e se debateu. Mas os garotos eram fortes demais. Lamar apenas conseguiu se machucar.

— A corda... a corda... — Brian e Rick cantaram novamente.

— A corda... a corda... — C.J. se uniu a eles.

Danny os chamou: — Deixem ele em paz. Já o assustamos o suficiente.

— Mas nós somos bebezões de *cueca* — Brian disse.

— E ele é um imbecil — Danny respondeu. — Mas deixem que ele vá embora, mesmo assim.

— De *jeito* nenhum.

C.J. pegou os tornozelos de Lamar enquanto Brian apanhava a ponta do varal. Ele começou a atar um laço e fez o possível para que se parecesse com uma forca. Lamar se contorceu e girou, xingou-os e chamou-os de "bebezões de cueca".

C.J. e Rick carregaram Lamar até a árvore. Brian passou o laço pela cabeça de Lamar.

— Não façam isso — Danny gritou para eles. — Não façam.

Lamar parou de xingar, parou de chamá-los de "bebezões de cueca". Parecia assustado.

— Qual é o problema? — disse Rick. — O *gato* comeu a sua língua?

Lamar gritou: — Quando eu contar para o meu pai, ele vai descobrir onde vocês moram e vai matar vocês. Ele é mil vezes mais forte que vocês.

Danny gritou para Brian: — Vamos, você já o assustou o suficiente. Deixe ele ir embora.

— Enforque-o — gritou C.J.

— Deixe-o ir embora — Danny insistiu. — Você já conseguiu o que queria. — Danny começou a se aproximar. — Vamos lá. Tire a corda dele.

— De que lado você está? — Rick o repreendeu.

Brian disse: — Ele precisa aprender a lição.

Rick sussurrou: — Vamos, Danny. Ele só vai cair e se molhar. Qual é o problema?

— Então, pelo menos, tire os tênis dele — disse Danny. — Para que não se encham de água.

— O quê?

— Tire os tênis dele para que ele possa voltar. Nem sabemos se ele sabe nadar.

— Ele que se foda — resmungou Brian.

— Tire a roupa do imbecil — exigiu Rick.

— Só os tênis — disse Danny. — Só tire os tênis para que ele possa voltar nadando. — Ele tirou os tênis de Lamar. Lamar gritou que queria ficar com eles. Chutou e se debateu, seu pé atingindo Danny no rosto e derrubando-o ao chão.

— Maldito idiota — gritou Rick.

C.J. e Brian agarraram Lamar pelos ombros e o puxaram lentamente para trás, empurrando-o em seguida para a margem, como se fosse um bebê num balanço.

Lamar balançou sobre o riacho Otter, exatamente como os garotos tinham feito menos de uma hora antes. Seu corpo pequeno parecia menor ainda ao planar pelo ar, arqueando bastante acima da água. Ele não estava dando gritos de "Tarzan", nem urros de animais. Chorava e gritava pedindo ajuda, puxava a corda, balançava os pés à frente como se estivesse tentando subir uma escada.

Os garotos esperaram que a corda escorregasse e que Lamar caísse na água. Mas a corda não escorregou. Lamar não caiu.

Agora ele não estava gritando. Suas mãos não se moviam. Seus pés se moveram sem que os joelhos se dobrassem e, depois, pararam. Seu corpo se agitou uma vez, espasmodicamente, e então perdeu a firmeza, balançando-se silenciosamente em direção ao aterro, depois de volta sobre a água, para a frente e para trás, como um pêndulo.

Danny já estava trepando pela árvore e se arrastando até o galho. Tentava freneticamente puxar Lamar e desatar o fio de varal, mas o nó de Brian se mantinha firme, ou talvez fosse a maneira como as mãos de Danny tremiam. Ele não conseguia desamarrar Lamar.

Rick, Brian e C.J. apenas olhavam, mudos, primeiro para Danny e, depois, para a forma estranha como o pescoço de Lamar estava virado, os olhos vazios e vidrados.

Danny gritou para que Brian agarrasse Lamar pelos ombros e o sacudisse, "ou qualquer coisa", e chamou o nome de Lamar várias vezes. Mas Lamar apenas pendia ali, frouxo e imóvel, os olhos vazios e sem piscar. Havia um fio de saliva escorrendo por seu queixo. A língua apontava no canto da boca. Os pés se balançavam sobre o chão como se fossem de um boneco.

— Ele está fingindo — disse Brian.

— Não, não está — Danny gritou, e desceu da árvore.

— Está *sim* — Brian insistiu e beliscou as pernas de Lamar, deu tapas na planta de seus pés. Mas Lamar sequer se moveu.

— Não está *não* — Danny lhe disse. — Ele está morto.

Com apenas um movimento, os garotos deram um passo atrás, então outro, e correram até a curva.

— Não foi culpa minha — declarou Brian. — Eu amarrei a corda do mesmo jeito que antes. Foi um acidente.

C.J. gemeu. — O que nós vamos fazer? — e começou a andar em círculos.

— Foi um acidente — Brian gritou. — Não foi culpa minha.

Danny sussurrou: — Oh, Deus. Caralho, meu Deus. — Ele se agachou no chão e começou a esfregar as mãos uma na outra, como se sentisse frio.

Rick, o rosto sem uma gota de sangue, gritou: — Que porra é essa? — e começou a bater a cabeça no tronco da árvore.

C.J. murmurou: — Eu fiz cagada... eu fiz cagada... Oh, meu Deus, fiz cagada... — uma e outra vez, andando em círculos.

Brian continuava com seu refrão: — Não foi culpa minha... Não foi culpa minha... Foi um acidente. Não foi culpa minha...

Rick começou a balançar os braços para a frente e para trás. — Que porra está acontecendo? — ele gritou para o céu.

— Nós o matamos — Danny disse baixinho, e continuou esfregando as mãos.

— Foi um acidente — Brian gritou. — Acidentes acontecem.

— Ele está *morto* — C.J. exclamou.

— Nós o matamos — repetiu Danny.

— Foi um *acidente* — Brian gritou de volta.

— Eu fiz cagada... Eu fiz cagada... Oh, meu Deus, fiz cagada... — C.J. chorava.

Danny foi o primeiro a voltar lá para olhar. Fitou o corpo frouxo de Lamar, a forma como sua cabeça pendia e a falta de expressão em seus olhos.

— Vistam-se — Brian gritou. Ele correu até Danny e o puxou. — Vamos sair daqui.

— E *ele*?

— Deixe-o aí. Vamos sair logo daqui.

— Não podemos fazer isso. Ele é um ser huma... — Mas Danny se afastou ainda mais.

— Brian tem razão — Rick gritou. Pingava suor de seu rosto. — Vamos sair logo daqui.

Danny não se moveu. Só conseguia olhar para Lamar, para seus olhos.

— Danny está certo — gemeu C.J.

— Vamos nos vestir e sair daqui de uma vez — Brian disse a eles. — Vamos, antes que alguém nos pegue. — Ele agarrou Danny pelo braço e o puxou.

Os garotos se vestiram rapidamente, mas se sentiram compelidos a dar mais uma olhada no corpo.

— Vamos *embora* — Brian gritou.

Danny lhes disse para esperar. Correu até o mato e começou a engatinhar pela vegetação rasteira, vasculhando entre os dejetos e as pedras.

— Saia daí — Brian chamou, mas Danny não estava ouvindo. — Saia daí — Brian chamou novamente. Mas Danny foi mergulhando cada vez mais na vegetação até que Brian foi até ele e o puxou e todos andaram, depois correram, até a estrada que se afastava do riacho Otter. Danny segurava o gatinho alaranjado junto ao peito.

XXIV

Foram até a casa de Danny, a única que sabiam que estaria vazia. Rick disse para ele se assegurar de que a porta estava trancada.

— Não posso trancar a porta. E se o meu pai vem para casa mais cedo?

— Ele não vai trabalhar até que terminem as aulas?

— Não vou trancar a porta.

— Por que tínhamos que matar aula? — C.J. choramingou. Seus lábios tremiam.

Eles subiram para o quarto de Danny. C.J. e Rick sentaram na cama. Brian puxou uma cadeira da escrivaninha, sentou-se e se inclinou para a frente, apoiando os cotovelos nos joelhos.

Danny colocou o gatinho na cama entre os dois garotos e sentou num canto do quarto, no chão. — Vocês viram a cara dele?

— Tente não pensar nisso — Brian lhe disse.

— Quero dizer, como seus olhos estavam...

C.J. chorava. Rick olhava fixamente para Brian.

Danny pressionou a lateral da cabeça contra a parede. — Ele era mais leve que a gente.

— O quê? — Brian respondeu-lhe.

— O quê? — Rick ecoou.

— Foi por isso que a corda não escorregou. Você amarrou o nó como tinha feito para um de nós, mas ele não pesava o suficiente.

— Eu fiz cagada — C.J. gemeu para si mesmo.

— *Eu* fiz cagada — Danny disse a ele. — Não consegui soltá-lo a tempo.

— *Ninguém* fez cagada — Brian gritou. — Foi um acidente.

Danny olhou para ele. — Nós temos que contar para alguém. Temos que fazer alguma coisa.

— Foi um *acidente* — Brian repetiu.

Rick disse: — Só estávamos tentando assustá-lo.

— Vamos todos para a cadeia — C.J. chorou.

Brian começou a dizer: — Nós não vamos...

Mas Rick interrompeu: — Vocês acham que deixamos impressões digitais?

— E *pegadas* — soluçou C.J. — Homicídio involuntário... no mínimo vinte e cinco anos. — Ele não conseguia parar de chorar.

Danny disse: — Nossos pais não vão deixar que isso aconteça com a gente. Eles saberão o que fazer.

— Meu pai saberá o que fazer — C.J. disse a ele. — Ele vai me *matar*.

Rick balançou a cabeça. — Minha mãe provavelmente...

— Não consigo acreditar — Danny disse baixinho.

— Cometemos um erro — disse Brian. — Fizemos algo errado, mas isso não significa que... Oh, merda. Será que todos podem se acalmar só por um minuto? — Ele olhou para C.J. — Principalmente *você*.

— Isso mesmo, C.J. — Rick disse. — Já nos sentimos mal o suficiente sem você ficar chorando como...

— Nós todos deveríamos estar chorando — disse Danny.

Rick começou a falar, parou e disse: — Eu sei, mas tenha dó, Danny. Não podemos...

— Temos que contar à polícia — Danny disse. — E explicar tudo.

— E eles vão nos mandar para a cadeia — C.J. uivou.

— E o que mais podemos fazer? — Danny respondeu. — Temos que contar para *alguém*. Temos que fazer *alguma* coisa.

— Você continua dizendo isso — Brian retrucou —, mas só o que quer é deixar as coisas ainda piores.

— As coisas *já estão* piores — C.J. ressaltou.

— Cale a boca — Rick gritou para ele.

— Cale a boca você — C.J. gritou de volta.

— Todos calem a boca — disse Danny.

Brian disse com firmeza: — Olha. Por enquanto, ninguém sabe que estivemos lá, certo?

— Mas e nossas impressões digitais? — perguntou C.J. — Como Rick disse. E nossas...

— Não — Rick respondeu —, Brian tem razão. Quem vai saber que são *nossas*?

— Então não vamos fazer nada — Brian disse. — Vamos esperar e ver o que acontece.

— Quando ele não voltar para casa hoje à noite, os pais dele vão chamar a polícia — disse Danny. — É isso que vai acontecer.

— Está bem — disse Brian. Ele caminhou até Danny e lançou-lhe um olhar furioso. — E se a polícia descobrir que nós é que estivemos lá...

— E contar a nossos pais que matamos aula? — chorou C.J.

— Você é idiota? — Danny o repreendeu. — Acabamos de matar um menino. E você está preocupado com o fato de ter matado *aula*?

— *Foi um acidente* — Brian repetiu e, um momento depois: — Podemos dizer que estávamos lá e que o encontramos daquele jeito, mas que ficamos com medo demais para falar sobre o assunto ou para contar para alguém. — Ele ainda olhava para Danny. — Vão acreditar na gente. Não somos *criminosos* ou coisa parecida.

— Está certo — Rick concordou. — Somos bons garotos. Vão acreditar em nós. Por que iríamos querer matar alguém?

— Exatamente — disse Brian. Voltou para a escrivaninha. — Vai ficar tudo bem. Vamos, C.J., pare de chorar. Não vamos contar para ninguém e ninguém saberá que estivemos lá. Vai ficar tudo bem. Mais duas semanas e acabarão as aulas. Quando voltarmos das férias de verão, será como se nunca tivesse acontecido.

— Eu não sei — C.J. chorou. — Não sei se consigo fazer isso.

Brian lhe disse: — Se não fizermos, vamos terminar todos na merda. Você tem que ser forte. Nós todos temos que ser fortes.

— Não consigo fazer isso — disse C.J.

— Consegue *sim* — disse Brian. — Nós todos conseguiremos. *Temos* que fazer isso. Sempre cuidamos uns dos outros e temos que nos cuidar agora.

Rick disse: — Temos que escutar o que Brian está dizendo.

— Mas nós *fizemos* — disse Danny —, não fizemos?

— Foi um *acidente* — insistiu Brian. — Cometemos um erro. Merda, Danny, não podemos deixar que isso destrua nossa vida inteira. Temos que ir à faculdade e...

— E fazer tudo aquilo que conversamos — Rick interrompeu.

— Nossos pais *esperam* isso da gente — disse Brian. — É o nosso futuro. Meus pais... nossos pais esperam que vivamos todo o nosso potencial e conquistemos... quer dizer, que merda, não é este o nosso potencial.

Rick disse: — Não podemos deixar que isso destrua nossa vida.

— Nem a deles — acrescentou Brian.

— Por que não? — Danny respondeu. — Destruiu a vida daquele menino e a vida dos pais dele. *Ele* não tem nenhum futuro.

— Porque... — começou Rick, mas ficou sem argumentos.

Danny disse: — Temos que fazer *alguma* coisa. Se esperarmos demais...

— Não vamos fazer nada nem dizer nada — Brian disse a ele. — Vamos apenas esperar e ver o que acontece.

Danny olhou para os outros garotos, mas não falou nada.

— É nosso segredo — Brian declarou. — Estamos nisso juntos.

Rick concordou: — Brian tem razão.

— Se um de nós vacilar, estaremos todos fodidos — Brian disse a eles. — Certo, C.J.?

— É nosso segredo — acrescentou C.J. Ele parou de chorar.

Danny balançou a cabeça e respirou fundo, e continuou sem dizer nada.

— Está bem — Brian disse a ele. — Conte à polícia ou ao seu pai ou... para alguém. — Os outros olharam para ele. — Não, falando sério. Admita que você matou aquele menino, e daí? Você colocará todos nós em problemas só porque *você* quis contar.

— Você quer que ele diga que fez tudo *sozinho*? — Rick perguntou.

— Não é disso que ele está falando — Danny lhe disse.

Brian disse: — Temos que permanecer juntos nisso. Como sempre. Temos que agüentar juntos. — Ele estendeu a mão com a palma virada para baixo. — Não falaremos sobre isso na escola a não ser que não haja ninguém por perto. Nem no ônibus, nem pelo telefone. Nada de e-mails — ele disse a Rick. — Sua mãe está sempre entrando no seu quarto.

— Certo. — Rick pôs a mão sobre a de Brian.

Brian se virou para C.J. — Sempre protegemos uns aos outros e vamos nos proteger agora.

C.J. colocou a mão.

— É nosso segredo — disse Brian. — Nós juramos aqui e agora que não contaremos a ninguém sobre o que aconteceu hoje. — Ele olhou para Danny.

Danny se levantou e foi até os garotos. Colocou sua mão sobre a deles.

Começou a chover naquela mesma noite, já tarde, uma chuva forte e pesada que diminuiu até uma garoa estável na manhã seguinte, de sábado, quando C.J. veio ver Danny.

C.J. disse que não tinha conseguido dormir. — Tinha medo de apagar a luz. E se meu pai não tivesse começado a me perturbar, eu teria deixado a luz acesa a noite toda.

Danny não disse nada sobre como havia dormido. Não disse nada sobre a noite anterior, nem naquele momento, nem mais tarde, quando ele e C.J. foram até a casa de Brian e se reuniram no quartinho em cima da garagem. Brian e Rick também pareciam ter tido dificuldade para dormir.

Brian disse: — Escutei no noticiário que estão procurando por ele. — Seus olhos estavam vermelhos e ele bocejava ao dizer: — Eu não pude...

— Também escutei — disse C.J.

— Eles sabem onde ele está? — Rick perguntou.

Brian retorquiu, ríspido: — Ainda estão procurando por ele, como podem saber onde ele está?

— Vai se foder — Rick respondeu. — Está bem?

— Ainda dá tempo de contar — Danny disse.

— De jeito *nenhum* — Brian lhe disse.

— É meio tétrico, não é? — disse C.J. — Sermos os únicos que sabem?

— Não é tétrico. É cruel — disse Danny. — Quer contemos para alguém ou não.

— Merda. Não é como se quiséssemos ter feito aquilo — disse Brian. — Não foi parte de um plano, nem nada. Também, por que ele teve que aparecer lá?

C.J. perguntou a Danny: — O que você fez com o gatinho?

— Nada. Tenho que levá-lo ao veterinário.

— Tem certeza que quer fazer isso? — disse Brian. — E se alguém o reconhece, sei lá, como sendo do menino?

— Não posso simplesmente deixá-lo... Deus, isso é uma merda.

Brian: — É.

Rick: — É.

Brian: — Mas o que mais podemos fazer?

— Você sabe — disse Danny.

— Não *podemos* — Brian disse a ele.

— Vamos, Danny — disse Rick. — Você sabe que não podemos.

C.J. começou a chorar. Então murmurou: — Isto é horrível. Como foi que nós...

Brian se lembrou da luva e perguntou o que Danny tinha feito com ela.

— Que luva? — Danny perguntou de volta.

— A luva de beisebol *do menino*? Na sua mochila.

— Tem uma luva na minha mochila?

— Rick a colocou lá.

— Quando?

— Puta merda — disse Brian —, onde ela está agora?

— Deve estar ainda na minha mochila.

— Seu pai ainda estava em casa quando você saiu?

— Estava.

— E se ele...

— Ele nunca mexe nas minhas coisas.

— Sempre há uma primeira vez — disse C.J.

— Temos que pegá-la — disse Rick.

Danny disse a eles: — Ele nos verá se formos lá agora. Logo ele irá para o escritório.

— Logo quando? — Brian quis saber.

— Por que você não me contou que a colocou lá?

— Pensei que você tinha visto.

— Como se eu tivesse olhos atrás da cabeça.

— Nós fizemos a maior cagada — C.J. resmungou. Ele disse que estava com medo, que já era tarde demais. — Agora seu pai provavelmente já a encontrou. — Ele disse a eles que eram um bando de cagões. — Fizemos a maior cagada do mundo.

Rick: — Pare de falar essas coisas.

Brian: — Acalmem-se. Todos vocês.

Ninguém disse nada depois daquilo. De quando em quando, um deles se levantava e olhava pela janela ou dizia: — Não é como se tivéssemos feito de propósito... — Ou: — Por que ele teve que...

Brian disse: — Se ficarmos juntos, vamos superar isso. Já passamos por coisas ruins antes.

Todos pareciam tristes e aflitos. C.J. não conseguia parar de chorar.

Em algum momento, depois do meio-dia, Danny vestiu a capa de chuva, foi para fora, subiu na sua bicicleta e se afastou em meio ao aguaceiro.

— Ei, Danny — Brian chamou da janela —, aonde você vai? Danny? — Mas Danny continuou pedalando.

Brian vestiu a jaqueta e correu lá para baixo. Rick e C.J. o seguiram. Pedalaram até a casa de Danny e o viram sentado na varanda dos fundos com Mutt.

— Seu pai está em casa? — Brian perguntou.

Danny negou com a cabeça.

— E a luva? — Rick perguntou.

— Escondi.

A chuva parou no início daquela tarde e o dia estava frio e ensolarado. Em qualquer outro momento, os garotos teriam ido até o Archer Field para jogar um pouco de basquete ou iriam de bicicleta até o shopping center para se encontrar com os amigos, ou teriam ido até o riacho Otter. Mas naquele dia sentaram na varanda dos fundos da casa de Danny, num silêncio nauseante, incapazes de tolerar a companhia de mais ninguém e não muito capazes de tolerar a companhia uns dos outros. As conversas animadoras de Brian estavam começando a irritar Danny. Rick reclamou e disse a ele que Brian sabia do que ele estava falando.

Foi a mesma coisa, no dia seguinte, quando se encontraram no quartinho em cima da garagem da casa de Brian. Era como se se sentissem obrigados a ficar juntos e não confiassem em si mesmos para estar sozinhos.

Na escola, na segunda-feira de manhã, Danny estava mais calado que o normal. C.J. não fazia nada além de ficar amuado. Não conseguia manter contato visual com ninguém. Brian conseguiu conversar com outros alunos, perto do seu armário, forçando-se a sorrir, ou talvez fosse apenas o que parecia a C.J., que ria de forma incômoda de suas piadas. Rick, ao lado de Brian, era carregado pela força da personalidade deste. Quando viram Danny,

Brian e Rick se afastaram do grupo de pessoas e os três foram para a aula. C.J. esperava por eles. Ele puxou Danny para um lado e sussurrou: — Estou enlouquecendo com esse assunto. Você não sente que explodirá se não contar para alguém?

Danny disse: — Só sei que o que fizemos está errado e que deveríamos fazer *alguma* coisa a respeito.

— Mas o quê?

— Eu não sei. É tarde demais.

— Quer dizer que vamos ser apanhados, não é?

— Não — Danny disse impacientemente. — Quero dizer que é tarde demais para mudar o que aconteceu.

— Você está com medo?

— Acho que não. É que me sinto escuro por dentro.

— Tenho medo de que Brian esteja bravo comigo.

— Não se preocupe com Brian. Se preocupe com você. Se preocupe em como vai conseguir conviver com isso.

— Estou tendo pesadelos com o que aconteceu.

— Eu não consigo sequer dormir o suficiente para ter pesadelos.

— É mesmo, a noite é o pior momento.

— Ficar sozinho no escuro — Danny disse. — Posso vê-lo ali pendurado, e como ele balançava na nossa direção e então... não consigo parar de pensar o que ele deve ter pensado quando aconteceu. Quer dizer, se você acha que está assustado, imagine como ele...

— Não quero pensar nisso. — A voz de C.J. tremia.

Na cantina da escola, os quatro garotos se sentavam juntos, esforçando-se para se manter separados dos demais alunos.

Os olhos de Rick pareciam fundos, ele estava mais intranqüilo que de costume, saltando da cadeira e rapidamente voltando a sentar-se, incapaz de manter os pés ou mãos parados. — Vocês acham que dá para perceber? — ele perguntou aos outros. — Vocês sabem, vocês acham que os outros podem perceber...

— Acho que parecemos bem — Brian disse —, normais.

Rick disse: — É que, tipo meus pais... minha mãe praticamente toma minha temperatura a cada hora. Ela acha que eu estou *apaixonado*.

— O quê?

— Ela diz que eu pareço diferente. Me perguntou se estava apaixonado. Então, dei corda para a história dela.

Brian retrucou: — Sim, eu sei. Minha mãe e meu pai acham que estou preocupado com o Outward Bound e eu respondo que "é, talvez um pouco". Eles vão me levar a Indianápolis no próximo sábado para comprar os equipamentos que vou levar para a Hurricane Island. — A voz dele parecia tensa e ele não parava de olhar em volta enquanto falava.

— Pelo menos estão prestando atenção — C.J. murmurou. — Meus pais estão totalmente alheios ao que acontece.

— Só quero que a escola termine logo para dar o fora daqui — Brian disse a eles.

— Que diabos estamos *fazendo*? — disse Danny. — Como podemos ficar aqui sentados conversando desse jeito? — Seus dentes estavam apertados. — Estamos loucos. — Ele se levantou de um salto e saiu apressadamente da cantina.

Quando Danny não apareceu no ônibus na terça-feira à tarde, Rick se perguntou se "ele poderia ter ido contar ao pai".

C.J. tinha certeza de que Danny nunca faria uma coisa dessas. — Ele provavelmente foi para casa. Só quer ficar em paz.

— E o que te torna tão sabichão? — Rick perguntou-lhe.

Brian disse para Rick "cortar essa".

Os garotos passaram pela casa de Danny, mas ele não estava lá. Foram procurar por ele, pedalando pela cidade e pelo campus. Já não havia animação por parte de Brian nem conversas corajosas, apenas o sentimento solene de irrealidade, como se estivessem vivendo de maneira muito mais perigosa do que tinham preparo para fazer.

Encontraram a bicicleta de Danny nas ruínas e viram Danny caminhando pela estrada que margeava o rio.

— O que você está fazendo por aqui? — Brian perguntou.

— Queria ficar sozinho.

— Não sei se é uma idéia muito boa — Brian disse a ele. — Ficar só...

— Preciso pensar.

— É melhor não mergulhar muito na sua própria cabeça — Rick advertiu.

— É mesmo. Vamos, Danny — disse Brian. — Vai ficar tudo bem.

— Meu pai me disse que a memória é o que mantém a moralidade das pessoas — Danny respondeu.

— O que isso quer dizer? — Rick perguntou.

C.J. disse: — Ser capaz de se lembrar das coisas ruins que você faz te impede de fazê-las de novo.

— Sim, bem, gostaria de poder esquecer, pelo menos por algum tempo — declarou Brian.

Rick assentiu com a cabeça. — Ainda assim, Danny, não acho que o seu pai iria querer que nós passássemos o resto da vida na cadeia.

— Não é disso que estou... você não percebe, não é mesmo? — disse Danny.

— Você sabe do que eu tenho medo — disse C.J. — De que seja apenas um truque para nos apanhar. Quer dizer, sabe, o fato de ainda não o terem encontrado? E se encontraram e a polícia sabe que ele foi, você sabe... e eles têm uma idéia bastante boa de quem é o culpado e tudo mais? E se...

— Dá para parar de falar essas merdas? — Brian o censurou com rispidez. — Já é difícil o suficiente sem você ficar... nós vamos ficar bem.

Mas C.J. não se deteve. — Só que eles não têm certeza. Assim, decidiram não falar nada e estão apenas esperando para nos pegar, de surpresa ou algo assim. Quando menos esperarmos, eles nos pegam na armadilha.

— *Pare com isso* — Brian gritou. — Está bem?

— Isso mesmo — Rick disse a ele. — Já estamos bastante paranóicos sem você ficar inventando merda.

— Não agüento isso — Danny resmungou e subiu pela colina.

— *Danny* — Brian o chamou.

Danny não parou; e quando subiu em sua bicicleta e saiu pedalando, os garotos pegaram suas bicicletas e foram atrás dele até sua casa.

— Me deixem sozinho — Danny gritou para eles, e subiu correndo os degraus da varanda.

— Vamos, Danny. Não fique assim. Vamos.

Danny disse: — Vocês não vêem, nós estamos errados. Fizemos algo errado.

— Eu sei — Brian respondeu. — Você não é o único que não consegue dormir, nem comer, e sei lá o que...

— É verdade — disse Rick.

— Mas só estamos preocupados que alguém conte — disse Danny — ou que alguém descubra. Vocês não podem... eu não sei... é mais do que... — Ele estava prestes a se sentar, mas caminhou até a varanda dos fundos. Os garotos o seguiram de perto. Quando Brian virou a esquina da varanda, Danny o agarrou pela camisa. Era um gesto ameaçador, mas Brian o suportou. Talvez ele estivesse espantado demais, ou assustado, para se soltar.

— Quer contemos ou não, não vai mudar nada — disse Danny baixinho. — Ele está morto e nós estamos vivos. Estamos falando sobre nossos pais, que esperam que façamos um monte de coisas boas, bem, e quanto a isto? Será que esperariam *isto*? Talvez *este* seja nosso potencial. — Danny o empurrou. — Temos que olhar nos olhos das pessoas e fingir, e só o que fazemos... que se foda, e a gente que se foda, também. — Danny sentou no degrau de cima.

— Nós sabemos disso, nós sabemos — Brian disse baixinho, e se sentou ao lado dele.

— Você também sabe. — Danny não olhou para ele, mas para o campo. — *Como* vamos sobreviver a isso, porque eu não sei. Em vez de me preocupar em ser apanhado, pergunto a mim mesmo por que *não deveríamos* ser apanhados? Nós fizemos, não fizemos? Somos responsáveis pelo que aconteceu, não somos? Matamos um menino pequeno e apenas nos preocupamos em salvar nossos rabos.

— Foi um *acidente* — disse Brian.

— Um erro — acrescentou Rick.

— Estou falando de agora.

Brian disse: — Agora é tarde demais para fazer qualquer coisa a respeito.

— O que deveríamos fazer? — Rick perguntou. — Entrar na delegacia de polícia e nos entregar?

— Existem outras maneiras. — Danny enterrou o rosto nas mãos. — De que adianta?

— Ele está chorando? — Rick perguntou a C.J.

— Não estou chorando — Danny retrucou. — Só estou frustrado.

— Nos sentimos do mesmo jeito — Brian disse. — Mas...

— Então pare de agir como se tudo fosse ficar bem — Danny replicou. — Nossa vida jamais será a mesma. E pare de fazer com que eu me sinta um imbecil apenas porque não sou capaz de agir como você.

Brian colocou a mão no ombro de Danny. — Você não é um imbecil.

— Lógico que não. — Rick agarrou o braço de Danny. — Se é assim que você se sente, nós te apoiaremos.

Danny ergueu a cabeça e assentiu.

— Você vai ficar bem? — C.J. quis saber.

Danny disse que sim, claro, ficaria bem.

— Você quer vir jantar na minha casa? — Brian perguntou.

— Meu pai vai me levar para jantar fora — Danny disse a ele.

— Tem certeza de que vai ficar...

— Estou bem.

Quando os garotos foram até suas bicicletas, Danny ficou na varanda dos fundos.

— Você não é um imbecil — Brian gritou.

O tempo esfriou na quarta-feira e, quando Danny se vestiu para ir à escola naquela manhã, colocou seu suéter. Ele disse para C.J.: — Me sinto estranho com meu blusão de beisebol. — Eles estavam em frente aos seus armários antes de as aulas começarem. Danny parecia exausto. — Sinto como se estivesse me rasgando por dentro.

— Eu sei o que você quer dizer — C.J. sussurrou de volta, mas foi só o que pôde dizer, porque Courtney Webster estava pegando seus livros e procurando por algo que, aparentemente, não encontrou. Ela piscou para C.J. e lhe disse: — Esse seu novo *look* de viciado em heroína é superlegal. — C.J. fez o possível para seguir a brincadeira sem encorajar Courtney a se unir à conversa deles, ela piscou para ele uma segunda vez e, quando foi embora, Danny disse a C.J.: — Não sei descrever, mas é como se tivesse que escolher alguma coisa, e não sei o que é.

— Como ter que escolher entre nós e o resto do mundo? — o corpo inteiro de C.J. estava tremendo.

— É mais complicado que isso. É como se eu não soubesse mais o que é certo. Como quando estou com meu pai, sinto que o estou enganando, ou algo assim. Mas é pior ainda que isso, porque eu sei que deveria agir melhor do que estamos agindo. Quer dizer... — Danny balançou a cabeça. — Acho que devo assumir a responsabilidade pelas coisas que faço. — Sua voz estava tensa e rouca. — E aqui estou eu, seguindo essa... você sabe, Brian e Rick... quando eu sei que é errado e que sempre será errado.

— Eu sei. É assim, se Brian contasse para o pai ou a mãe dele, eles inventariam desculpas para ele, pensariam numa maneira de fazer com que a culpa fosse do menino, e encontrariam uma forma de livrá-lo.

— Então fingiriam que nunca aconteceu.

— E se Rick contasse para os pais dele, a mãe encontraria uma forma de dar dinheiro ou alguma coisa para os pais do menino, de maneira anônima, é claro, e arranjaria um excelente advogado e mandaria Rick se consultar com um psiquiatra pelo resto da vida.

— E se você contasse para os seus pais?

— Minha mãe prepararia um coquetel de Prozac para si mesma e meu pai pensaria num acordo que pudesse fazer com os policiais, ou em subornar alguém, e daí transformaria minha vida num inferno para sempre.

— Se eu contasse para o meu pai — disse Danny —, ele me obrigaria a fazer o que é certo, fosse o que fosse.

— Mas ele ficaria do seu lado, e te ajudaria a enfrentar a situação. Tenho certeza disso.

Danny disse que sim, ele também tinha certeza daquilo. — Mas eu sei que ele jamais me deixaria fugir da responsabilidade. — Ele enfiou os livros na mochila. — Desde que eu era pequeno e minha mãe foi embora, é como se meu pai e eu... é difícil de explicar. É como se meu pai e eu devêssemos agir de determinada maneira, fazer determinadas coisas, ainda que não queiramos fazê-las, para que possamos ter orgulho um do outro. — Ele balançou a cabeça. — Não é isso que quero dizer, exatamente. Mas é como se houvesse um acordo de nunca decepcionar o outro.

— Eu sei o que você está falando.

— Eu descumpri isso, não foi, C.J.?

C.J. baixou os olhos para o chão e não respondeu.

— Eu preferiria morrer a fazer isso.

— Deus do céu, Danny, não fale uma coisa dessas.

— Estou sendo rasgado por dentro — Danny repetiu, como se não tivesse escutado C.J., como se estivesse ali sozinho. — Não por Brian, mas por *mim mesmo*.

C.J. desabafou: — Que merda! Como fomos nos meter nessa, hein?

— Como vamos *sair* dessa?

— Vamos esperar que Brian esteja certo e que tudo fique bem.

Na cantina naquele dia, Ian Baker, o interbase do time de beisebol, aproximou-se de Danny e lhe perguntou: — Você ainda está chateado por ter perdido o jogo na semana passada?

— Quem disse que eu estava chateado? — Danny perguntou.

— Ouvi dizer que era por isso que você estava agindo de forma tão estranha ultimamente.

— Quem é que está estranho?

— Se você quer saber a minha opinião — disse Ian —, é melhor você não levar as derrotas tão a sério ou nunca terá condições de jogar para valer. Está na hora de parar de agir como um calouro.

— Como se eu me importasse com a opinião de um idiota pedante como você, Baker. — Danny se levantou da mesa, largou a bandeja no lixo e saiu rapidamente.

— O que é que ele tem? — Ian disse e, quando ninguém respondeu, foi embora.

Da janela da cantina, os garotos podiam ver Danny andando pelas quadras de basquete, as mãos nos bolsos do suéter, a cabeça baixa. Parecia que estava falando sozinho.

C.J. disse que estava preocupado com Danny.

Brian disse: — Deus, gostaria que as aulas tivessem terminado.

— Sim — Rick respondeu.

— É melhor nos assegurarmos de que ele está bem — Brian disse aos outros, mas, quando olharam novamente pela janela, Danny havia sumido.

No ônibus de volta para casa, Danny olhou com raiva para Brian. — Que raio de mentiras você anda espalhando a meu respeito?

— Do que você está falando?

— Baker.

— Não falei nada a Baker. Eu não...

— Da próxima vez, fique de boca fechada.

Brian se inclinou para a frente, o rosto a centímetros do de Danny. — Danny, eu não disse nada para o Baker. Juro.

Quando C.J. desceu do ônibus, podia ver o rosto de Danny, tenso e carregado, olhando pela janela sem qualquer expressão.

Naquela noite, C.J. foi de bicicleta até a casa de Danny. Encontrou-o caminhando sem rumo com Mutt pelo campo, nos fundos da casa. A noite estava fria e Danny deveria ter colocado um suéter ou uma jaqueta, mas parecia inconsciente do tempo, inconsciente de que estava tremendo. C.J. mencionou que Danny parecia gelado. Danny não estava escutando. — Estou preocupado com a gente — foi o que ele disse.

— A gente?

— Nós quatro. Nós. A gente. Os garotos que mataram Lamar Coggin. — Danny continuou caminhando e tremendo. C.J. o seguiu, sem dizer nada. — Percebe — disse Danny, de forma prática —, estou aqui sozinho a noite inteira e tive bastante tempo para pensar e já resolvi tudo.

— Talvez você não devesse ficar sozinho tanto tempo — disse C.J. — Você pode vir à minha casa a qualquer momento que quiser. Como agora, até.

Danny o ignorou. — Brian vai sobreviver a isso. E isso me preocupa. Rick também vai sobreviver, porque ele faz tudo que Brian faz. E isso também me preocupa. — C.J. pensou que Danny estava fazendo uma piada, mas quando ele riu, Danny não o acompanhou. — Estou preocupado com *você*, C.J.

— Do que você está falando?

— Quando eu não estiver aqui para ficar do seu lado.

— Aonde você vai? Vai fugir de casa ou algo assim?

Danny não respondeu à pergunta. Limitou-se a dizer: — Brian disse para o Baker coisas sobre mim que não são reais. E eu estou fazendo coisas que sei que não deveria fazer mais. Ei, até rimou. — Danny riu através dos dentes, que batiam.

— Brian nunca disse nada a Baker. Danny, você está estranho.
— É o que quero dizer. Você precisa que eu te lembre de que é normal ser estranho às vezes.
— Está bem. Mas estou ficando com frio aqui fora. Vamos entrar.
— Isso me preocupa também.
— Que eu esteja ficando com frio? O que você diz não faz sentido.
— E *ele*? — Danny perguntou. — Pense só, ele está lá todo esse tempo, na chuva e tudo mais. Ele deve estar com frio e sozinho.
— Quem?
— Lamar Coggin. Ele faz sentido?
— Eu não...
— Ele ainda está lá. Ainda não o encontraram.
— Devem ter encontrado.
Danny balançou a cabeça.
— Você não voltou lá, voltou?
— Nós teríamos escutado alguma coisa. Teríamos ficado sabendo.
— Você voltou lá, Danny? — C.J. percebeu que estava gritando.
— Volto lá toda noite. Na minha mente. — Danny falava num tom monótono e baixo. — Eu o vejo ali pendurado. É como se ele estivesse dormindo lá, completamente sozinho. É engraçado. Eu não consigo dormir e ele dorme o tempo todo. É como uma troca, meu sono pelo dele. — Eles andaram um pouco mais para o meio do campo. A bruma se elevava do chão como um véu. — Nós temos discernimento suficiente, mas, ainda assim, continuamos agindo da mesma maneira. Agora você consegue ver por que estou preocupado com a gente?
— Vamos voltar para a casa, está frio aqui fora.
— Engraçado, não, como esfriou esses últimos dias? Se estivesse tão frio na sexta-feira passada, nós nunca teríamos ido até o riacho Otter. Nunca teríamos nadado.
— Não posso ficar aqui fora muito mais.
— Ele também está com frio, sabia?

— Pare de falar nele. Você está me assustando.

Danny esfregou o alto da cabeça de C.J. e riu. — Não se assuste.

Mutt encontrou alguma coisa para perseguir e Danny o chamou e assoviou.

— Jantei com meu pai hoje — Danny disse. — Ele ficou perguntando por que eu não estava comendo. Por que parecia tão cansado. Menti para ele. O que você diz para os seus pais quando eles te perguntam por que você não está comendo? Por que parece cansado?

— Eles não perguntam. Geralmente, eu faço as refeições com as gêmeas e elas não estão nem aí para ninguém. — Eles caminharam um pouco mais. — Estou preocupado com você, Danny.

— Preocupe-se com *você*. É cada um por si. — Danny assoviou para Mutt uma segunda vez, virou-se e voltou para casa.

— O que isso quer dizer? — C.J. disse, seguindo-o.

Danny acelerou o passo, andando cada vez mais rápido pelo terreno arado.

— O que quer dizer?

Mas Danny não respondeu.

Já em casa, sentaram-se no quarto de Danny, lá em cima.

— Está com vontade de assistir televisão? — C.J. perguntou.

— Estou com vontade de ficar sentado aqui.

— Eu provavelmente poderia dormir aqui, se você quiser.

— Para quê?

— Não sei.

— Você acha que estou estranho, como Baker achou?

— Não.

— Nós *deveríamos* estar estranhos. *Estamos* todos estranhos, se você parar para pensar.

— E o que mais podemos fazer? — C.J. perguntou, um minuto depois.

— Faça o que achar certo. É cada um por si.

— Gostaria que você parasse de dizer isso.
— Vá para casa. Está ficando tarde.

Na escola, no dia seguinte, Danny estava sob a escadaria chamando baixinho o nome de C.J.

— O que você está fazendo? — C.J. perguntou.

— Quero me desculpar por ontem à noite. — Os olhos de Danny pareciam escuros e inchados. — Desculpe por ter te assustado daquele jeito. — Acima da cabeça deles, os passos e ruídos dos alunos abafavam sua voz. Danny pode ter dito: — Eu não deveria ter feito aquilo. — Ou: — Estou envergonhado. — E depois ele disse: — Me desculpe.

— Tudo bem. — C.J. conseguiu dar um sorriso.

— Trouxe uma coisa para você.

— Você está bem?

Danny tirou sua camisa havaiana azul da mochila. A camisa estava embolada e cheia de rugas. Ele a empurrou para a mão de C.J. — Tome.

— O que você está fazendo?

— Pegue-a. Por favor. Quero que fique com ela. De verdade.

C.J. disse: — Obrigado — porque não sabia o que mais dizer.

Mais pisadas e barulho e vozes ecoando pelas paredes.

— Use-a no lago neste verão — Danny disse. — Será superlegal.

— É... legal...

— Prometa que você vai usá-la por mim neste verão.

— Claro, Danny. Mas por quê...

— Você tem que se defender sozinho. Tem que se virar sem a minha ajuda, C.J.

— O que você quer dizer com isso? — Danny o estava assustando de novo. Era a voz de Danny, a forma como seus olhos pousavam sobre o rosto de C.J.

— Você não pode deixar que te façam de bobo.

— Que quem me faça de bobo?

— Como eles me fazem de bobo.
— Quem está te fazendo de bobo?
— Tem que se defender sozinho. Mesmo quando machuca.
— Vamos defender um ao outro. Juntos — C.J. disse, procurando, esperando por algum conforto. Mas não havia nada ali.

Danny deu uma volta, contornando C.J, e subiu as escadas. C.J. o chamou para que o esperasse, mas Danny somente andou mais rápido.

Danny não estava na cantina na hora do almoço, e mais tarde, na aula, quando os garotos quiseram saber onde ele estivera, apenas disse: — Tive que cuidar de uma coisa.

Os garotos não conseguiram fazê-lo contar o que era a "coisa".

Quando Danny desceu do ônibus naquela tarde, os garotos o acompanharam. — Hoje não — ele disse. — Vão para a casa do C.J. ou algo assim. Tenho trabalho para fazer.

— Que tipo de trabalho? — Brian perguntou.

Danny lançou um longo olhar a Brian e disse: — Coisas. Só *coisas*. Você nunca tem coisas para fazer? Ninguém além de mim tem coisas para fazer?

Brian disse: — Pega leve.

— Você acha que vou quebrar minha palavra?

— Lógico que não. Mas você é nosso amigo e tem estado um pouco...

— *Estranho*?

— Não. Como se não...

— Tenho coisas para fazer.

— Coisas — Brian repetiu.

— Coisas — Danny disse em voz baixa, e se dirigiu para casa. — Coisas.

Os garotos mantiveram uma boa distância dele e, se Danny sabia que o estavam seguindo, não pareceu se incomodar. Não se virou nem uma vez sequer, não olhou para trás. Entrou na casa, Mutt latiu, um momento depois a porta dos fundos se abriu e fechou e fez-se silêncio.

Brian disse a C.J.: — Estou preocupado com ele.

— Eu também — respondeu C.J. Mas foi só o que ele disse. Não queria conversar sobre a noite passada ou aquela manhã. Estava tentando esquecer, tentando convencer a si mesmo de que Danny sairia daquele estado de ânimo. Conversar sobre aquilo com os outros garotos apenas tornaria tudo mais real e a realidade não era um lugar muito amistoso, ultimamente.

Brian queria entrar na casa escondido "só para dar uma olhada nele". Rick e C.J. o convenceram a não fazer isso. Em vez disso, colocaram-se no canto da varanda sob a janela da sala de estar.

— Ele vai adorar isso — Rick disse e esfregou os braços com nervosismo. — Nós o espionando.

— Não estamos espionando — disse C.J.

— Apenas queremos ter certeza de que ele está bem — Brian explicou.

— O que ele está fazendo lá dentro? — Rick sussurrou.

— Como vou saber? — Brian sussurrou de volta.

Rick começou a se levantar. Brian o puxou para baixo.

Depois de um minuto ou dois —, os garotos estavam se sentindo meio tolos agachados ali na lateral da casa. C.J. queria ir embora. Ele tinha certeza de que Danny os encontraria e ia "ficar p da vida". Mas Brian disse: — Quero ter certeza de que ele está bem — e continuaram onde estavam.

Mais alguns minutos se passaram. Então, ouviram Danny tocando piano, baixinho, delicadamente. Ele tocava de forma espontânea e relaxada, uma canção, depois outra. Isso deixou os garotos mais tranquilos, confortando-os. Sua culpa e conflito os tinham exaurido e então eles fecharam os olhos e descansaram enquanto Danny tocava. Talvez ele tivesse escolhido a música para acalmar seus próprios nervos. Talvez para dar a si mesmo coragem para o que viria.

A música, triste e solitária aos ouvidos deles, fez com que os garotos se sentissem calmos por dentro pela primeira vez desde o dia no riacho Otter; como se Danny estivesse tocando uma canção de ninar para eles. Uma canção, uma pausa momentânea, e então outra. Uma canção depois da outra.

Cada uma executada de forma cuidadosa e limpa. Os garotos sentiram um nó na garganta.

C.J. começou a soluçar, e então Rick e Brian, conforme a música tocava, envolvendo-os, conscientizando-os da coisa terrível que haviam feito até que não mais pudessem suportar o que estavam sentindo.

Primeiro Brian se levantou, depois Rick. C.J. continuou ali. Disse que queria ouvir por mais alguns minutos. Brian e Rick apenas concordaram com a cabeça, saltaram silenciosamente por cima da balaustrada e foram embora.

Danny não parou de tocar nem por um instante sequer.

C.J. ficou e escutou. Não estava preocupado que Danny o encontrasse. Mas Danny não parou de tocar. Uma canção depois da outra, nunca variando o compasso nem a intensidade. Era um som lindo e solitário. Ou seria a própria solidão de C.J.? Uma canção depois da outra, sem mais que um momento de pausa entre elas. Uma canção depois da outra. Uma canção depois da outra.

C.J. ficou até o entardecer. Quando se levantou, Danny estava à porta.

— Estava esperando que os outros fossem embora. — Danny disse baixinho, vagamente. — Você quer entrar? — Sua voz e sua presença deixaram C.J. constrangido.

— É melhor eu ir. Obrigado. — E C.J. foi para casa na escuridão, que descia rapidamente.

Na manhã seguinte, Danny não estava no ônibus escolar, nem em seu armário quando começaram as aulas, e quando C.J. telefonou para sua casa depois do primeiro período de aulas, não houve resposta.

Brian telefonou e tampouco houve resposta. — Talvez ele queira ficar um pouco sozinho.

Na hora do almoço, C.J. telefonou, e depois Rick. Cada qual acreditando que seu toque faria a diferença. Mas não houve resposta.

Quando pediram aos garotos que se encontrassem na casa dos Harrison — Hal e Vicki Clarke, acompanhados de Brian; Carl e Mandy Ainsley, acompanhados de C.J.; Rick, acompanhado por Arthur e Celeste —, eles tiveram certeza de que haviam sido descobertos. Tamborilaram os dedos nos braços das poltronas, as pernas se remexiam e balançavam nervosamente. Ninguém falava, nem mesmo os adultos, sequer por um ou dois minutos. Os garotos deduziram que estavam todos esperando por Danny.

Quando Arthur disse: — Aconteceu uma coisa terrível —, Brian olhou com severidade para Rick, cujo rosto havia ficado pálido. O estômago de C.J. revirava e ele começou a sentir ânsias de vômito. Então, Arthur contou a eles que Danny havia se matado. Os garotos desmoronaram e começaram a chorar.

— Foi um acidente — C.J. disse a Jack. — Eu deveria ter te contado... foi idéia de Brian ir até a sua casa... para ver se Danny tinha contado... quer dizer... — Ele olhava fixamente para o chão. — E quando você começou a perguntar sobre...

— Vocês cobriram suas mentiras com mais mentiras.

C.J. assentiu. — Então, ouvimos que achavam que Lamar tinha se matado e, quando voltamos das férias, ouvimos sobre o homem que prenderam e é como Brian disse. — Ele se remexeu, incomodado. — Eu não sei... quero dizer, Brian nunca vem aqui... Dr. Owens — ele perguntou —, o que você vai fazer?

— Não sei ao certo.

Jack queria ir embora e queria ficar ali o dia inteiro. Queria agarrar C.J. e abraçá-lo por sua aparência patética e alquebrada. Queria espancá-lo e também aos outros garotos. Queria assumir o controle da situação. Queria desmoronar. Queria contar aos pais dos garotos, fazer acusações, atribuir culpas. Queria decidir o que era melhor. Queria se esconder. Queria contar a Marty. Queria ficar sozinho. Queria telefonar para seu pai. Queria sonhar com cada dia bom que havia passado com Danny. Queria que tudo acontecesse simultaneamente e não queria nada daquilo. Estava sobrecarregado por tudo que havia a fazer e por quão pouco podia ser feito. Podia sentir a si mesmo sendo puxado em cem direções ao mesmo tempo — sendo dividido. Era uma sensação sufocante, como se um cobertor houvesse sido atirado sobre sua cabeça — como se um saco plástico...

Jack se levantou da cadeira. Sua camisa estava ensopada de suor e produziu um som adesivo quando ele a puxou de sua pele. — Que raio de horas são, hein? — Não esperou por uma resposta, caminhou até a porta. — Seu acidente não foi acidente coisa nenhuma, não é? Você estava tentando se matar. Já houve o suficiente disso. — Ele disse a C.J.: — Tente se lembrar de Danny como ele realmente era.

A luz do sol feriu seus olhos. Seu corpo doía. Quando andou até o carro, cada passo fez sua cabeça latejar. Se realmente existe um estado de estagnação mental, ele o havia atingido. Não experimentava qualquer tipo de cognição, não restava nada em que pensar, e se restasse, não teria servido para nenhum propósito. Ele não tinha mais nada a perder e não restava nada para salvar. Não havia nada que pudesse sentir nesse momento que não houvesse sentido durante o verão inteiro. Não havia nada mais a considerar, nenhuma percepção em que se apoiar, nenhum consolo. Não havia mais nada a desconstruir, reconstruir, remexer, dissecar ou analisar. Não havia nada além disto: seu menininho sozinho no campo gelado. Era Danny, sozinho lá fora.

XXV

O sol brilhava acima das ruínas. Jack sentiu no ar o cheiro do rio. Havia dormido no carro e agora estava desperto porque Marty o estava sacudindo. A capota do carro estava abaixada, Marty se inclinava sobre o banco do passageiro e sorria.

Jack resmungou: — Oh, merda!

Marty parecia estar sem fôlego. Ele perguntou: — O que você está fazendo aqui?

— Dormindo.

— Acho que estava mesmo. — Marty sorriu novamente.

— O que *você* está fazendo aqui? — Jack semicerrou os olhos à luz do sol.

— Correndo. Vi seu carro e... — O rosto dele estava molhado e o suor havia ensopado a camiseta. Ainda estava sem fôlego. — Você está bem?

— Estive trabalhando até tarde. Estava cansado demais para ir para casa e parei para tirar um cochilo.

— Lugar estranho para cochilar.

Jack não pareceu reconhecer o que obviamente era uma pergunta. Cobriu os olhos e observou o rosto de Marty. O rosto de seu amigo do verão.

O rosto sólido e atlético que há três meses fizera algo notável e corajoso com os olhos e com a expressão, no momento em que Jack precisava ver aquilo no rosto de qualquer pessoa que optasse por vir até sua porta. Agora o rosto escrutinava profundamente Jack e a expressão não era nem notável nem corajosa, apenas curiosa.

Marty podia ter dado um leve sorriso, à primeira vista de Jack amontoado como uma trouxa de roupa suja, mas agora o olhava devagar, tentando interpretar o que estava vendo, e não parecia estar gostando nem um pouco. Apertou fortemente os lábios, deu uma segunda examinada em Jack, embora talentosamente fizesse parecer uma simples olhadela e resmungou um "hummm", baixo e infeliz. — Acho que fiquei um pouco surpreso por te encontrar dormindo no carro, principalmente aqui.

Jack deu de ombros inocentemente e não ofereceu qualquer explicação. O sol estava quente e o ar caloroso, mas ele se sentia gelado até os ossos.

Marty enxugou a testa na manga da camiseta. — Tem certeza de que está bem? — Sua voz tinha aquele tom familiar de preocupação; e, quando Jack não respondeu, Marty se inclinou sobre a porta do carro, olhou pelo parque como se aquilo que quisesse de Jack estivesse entre os tijolos quebrados e as moitas de cenoura-brava, ou pudesse ser visto descendo pelo rio junto com os galhos caídos. — Ficar aqui faz com que se sinta mais perto de Danny, não é?

Jack respondeu que sim, fazia com que se sentisse mais perto de Danny, mas aquilo foi só o que disse.

Marty esperou um momento; então, fitou Jack por um bom tempo, descansou os braços na porta do carro, inclinou a cabeça ligeiramente à frente, olhou diretamente nos olhos de Jack, depois para suas roupas, e mais uma passada pelos olhos, porque parecia não ter sido suficiente para obter uma resposta e Marty parecia não saber o que fazer a respeito. Não que a expressão em seu rosto fosse a de alguém procurando uma mentira, ou talvez ele não houvesse tido essa intenção, inicialmente, mas acabara procurando, de qualquer forma, assim como você começa a vasculhar o sótão em busca de um anuário escolar empoeirado, cheio de fotos engraçadas e sentimentos pueris, e nota a caixa de papelão amassada e, de repente, está remexendo em roupinhas de bebê e troféus manchados. Ou está lá embaixo, no porão, tentando encontrar suas velhas anotações de aula. Só que você não conhece os perigos de sua determinação e pode não estar preparado para o que está escondido ali, que era exatamente o que Jack queria contar para Marty, seu amigo do verão que não tinha qualquer razão para pensar que algo houvesse mudado desde a semana passada, ou desde o dia anterior. Seu amigo do verão, que estava contando com velhas conclusões. Que dizia o que um amigo do verão diria. Esperava as respostas que um amigo do verão esperaria. E, quando não havia respostas, ou pelo menos do tipo que o satisfaria, Marty não podia evitar sentir alguma curiosidade.

— Imagino que com as aulas por começar você deve estar dando uma recapitulada no trabalho.

— Exatamente.

— E você está...

— Estou bem. Verdade. Apenas trabalhei até tarde.

Marty continuou observando-o, mas não podia ir embora, não sem saber mais do que soubera a princípio. Não sem ver o que fazia com que o fichário bamboleasse.

Jack se perguntou o que Marty pensaria se ele lhe contasse sua fábula de advertência sobre o que acontece se você remexer em caixas de papelão e fichários antigos; sobre encontrar mais do que se está preparado para enfrentar. O que Marty faria? Cancelaria a busca ou continuaria procurando, achando que não havia nada que não quisesses saber, nada que não estivesse preparado para enfrentar?

— Estou bem.

— Bem, tenho que dizer, você parece...

— É só trabalho excessivo — Jack disse, tentando sorrir.

— Claro. Às vezes é assim mesmo. Mas tenho que dizer que ver você aqui deste jeito me deixou preocupado por um minuto. — Marty ainda olhava, atentamente.

— Você tem coisas mais importantes com que se preocupar, ainda que só por um minuto.

— Não sei, não. — Marty disse. — Acho que tenho me sentido protetor com relação a você nos últimos meses; assim, estou ultrapassando os limites... Se voltar ao trabalho estiver sendo demais para suportar, assim tão rápido, e você sentir vontade de conversar...

— Não é nada. Nada do estilo. Eu estava cansado demais para dirigir, parei aqui e caí no sono. — Aquela era toda a verdade que podia oferecer.

— Parece justo. — Marty colocou a mão no ombro de Jack. — Mas nunca fizemos rodeios um com o outro antes; não vamos começar agora, está bem?

Marty estava pronto para ir ao resgate. Era apenas isso. Ele não havia procurado por nenhuma mentira. Apenas estava fazendo o que fizera durante o verão inteiro. Estava apenas seguindo as conclusões do verão.

Jack se perguntou se poderia contar a Marty que Danny havia matado o menino. Poderia contar a Marty sobre acidentes e expectativas? Não era para isso que serviam os amigos? Poderia contar para ele que Danny havia enlouquecido? Dizer-lhe: "Preciso da sua ajuda para proteger meu filho." Será que Marty o ajudaria a proteger Danny, ainda que na morte, principalmente na morte? Será que conheceria um jeito de sair dessa? Ajudaria ou daria uma de policial? Será que cumpriria com seu dever?

Jack sentia a compulsão de dizer: "É isto que você está olhando." Dizer-lhe: "É isto que você está vendo. É por isto que me encontrou aqui hoje de manhã."

Queria contar-lhe, porque ele era Marty, que cuidara dele durante suas compulsões. Que dissera "Pega leve", quando Jack estava se autodestruindo. Que sentara com ele na sarjeta durante a noite longa e quente. Que se sentara com ele durante almoços e drinques e conversara sobre amor e casamento e todas as coisas que podem dar errado. Jack queria se apoiar em Marty como havia feito durante todo o verão. Queria contar-lhe tudo a respeito de Danny, C.J., Rick e Brian. Não é para isso que servem os amigos? Ele diria: "Danny e seus amigos mataram Lamar Coggin." Ele diria: "Esta é sua chance de salvar Joseph Rich e dar o troco em Hopewell ao mesmo tempo. Só que dar o troco em Hopewell não tem nada a ver com isso, não é?"

Jack podia sentir as palavras e a vibração de energia que as movia: "Deixe-me contar por que você me encontrou aqui..." Talvez fosse isso que diria, ou talvez apenas tivesse pensado que seria quando se virou para Marty, que tinha um olhar de expectativa no rosto, como se fosse apenas outra manhã; uma expressão para a qual Jack havia falado desde o dia em que Marty aparecera em sua casa, uma expressão para a qual podia falar agora, se não olhasse para mais nada, se não parasse para medir suas palavras. Com menos esforço do que era necessário para *não* falar, ele podia engolir em seco e dizer: "Que se dane. Deixe eu te contar por que você me encontrou aqui", olhando apenas para a expressão, ouvindo apenas a voz que tinha o tom familiar de preocupação. — "Posso confiar em você, Marty? Posso confiar em você para proteger meu filho?"

Mas Jack não conseguia se obrigar a falar. Apenas o que podia fazer era olhar em silêncio e sentir-se azedo por dentro. Apenas o que podia fazer era sentir pena de Danny, que ficara tremendo na noite, sentindo o frio mortal de Lamar. Apenas o que podia fazer era sentir pena de Marty quando este se encostou ao carro, da maneira amigável que havia aprendido a fazer quando garoto, e deu outra olhada em Jack; porque esta não era a maneira certa de tratar um amigo. Ou, pensou Jack, era mais do que simplesmente proteger Danny? Estava também protegendo Marty? Por seu silêncio, estava protegendo Marty de ter que fazer a mesma escolha que Danny havia feito — a mesma escolha que Jack teve que fazer? Era por isso que não podia dizer, porque não queria que Marty tivesse que fazer aquela escolha? Ou era porque não sabia o que Marty escolheria e não estava disposto a testá-lo, ainda que Marty já tivesse enfrentado um verão inteiro de testes? Ou era porque

Marty também tinha um verão inteiro de expectativas, expectativas de Jack Owens e do que Jack Owens esperava de Marty Foulk e, sem dúvida, do que Marty esperava de si mesmo?

Ou, pensou Jack, estava simplesmente protegendo a si mesmo?

Marty não disse nada. Se estava dando a Jack tempo para pensar, então Jack o tomaria. Ergueu os olhos até a fileira de árvores e arbustos crescendo ao longo da estrada, as ervas daninhas que habitavam as ruínas, a grama e as flores silvestres pisoteadas no alto da colina onde Danny havia morrido.

Marty estava se preparando para ir ao resgate, mas não restava nada para salvar. Mal restava algo de Jack para sentir vergonha por seu engano. Mal restava algo que percebesse o que estava faltando — Anne dissera: "A ausência de algo, de algum elemento, cria a presença de algo mais." Jack se perguntava qual era a presença na ausência de sua vergonha. — Você não estava se intrometendo — foi o que conseguiu dizer.

Marty assentiu com a cabeça. — Escute, tenho que ir até a delegacia, mas tomo um banho rápido e te pago o café-da-manhã.

— Realmente preciso dormir um pouco.

— Onde estou com a cabeça? — Marty deu uns passos para trás. — Eu te ligo depois. Vamos conversar. — E começou a correr lentamente pelo gramado triste em direção à estrada.

Jack observou, esperando que, a qualquer momento, a luz da manhã se reduzisse e fosse lentamente se apagando, não como num filme de Chaplin, mas sim como no do samurai, somente com um punhado de arroz e seu código de honra como companhia. Ou Virgil Tibbs, saltando do trem em Sparta, Mississippi, e deixando Bill Gillespie tristemente para trás. Ou Shane, cavalgando rumo ao céu azul e o subconsciente infantil.

— Ei — Jack gritou. — Ei. Espere um pouco. — Dirigiu pela estrada e gritou: — Não posso te deixar desse jeito. Te levo até a delegacia.

Marty parou de correr e esperou por ele. — Seria ótimo — ele disse e entrou no carro.

Atravessaram os trilhos da ferrovia e desceram pela Third Street. Estavam em silêncio, como no dia em que foram à churrascaria, quando eram mais estranhos que amigos. Ficaram em silêncio até passarem pela cadeia municipal, onde uma multidão de pessoas fazia uma manifestação, carregando cartazes, bandeiras e fotos ampliadas de Lamar Coggin com os dizeres: "Ele Poderia Ter Sido Seu Filho" impressos em seu peito em grandes letras negras. E: "Ele é Filho de Todos Nós". E: "Morrer em Vão?"

— O que é isso tudo?

— Vão se assegurar de que a queima pública de Rich não encontre nenhum obstáculo — disse Marty, tristemente.

Jack pisou no acelerador e rapidamente deixou a multidão para trás. — Ele tem alguma chance?

— Se conseguir um advogado suficientemente bom, coisas mais estranhas já aconteceram. Minha opinião é que não.

— Mas ele sempre tem a opção de apelar, não? Quer dizer, se o julgarem culpado.

Marty relanceou um olhar para ele, mas não disse nada.

Quando Jack parou na frente da delegacia de polícia, Marty deslizou do assento, disse: — Obrigado pela carona — dirigiu-se para a porta de entrada, parou e disse: — E se eu der uma escapada mais tarde e aceitar seu convite para o cinema?

— Parece justo. — E Jack foi embora.

XXVI

O jornal matutino estava na varanda da frente. Havia três mensagens na secretária eletrônica. Mutt queria sair.

O mundo continuava com suas idas e vindas nas rondas diárias, entregando jornais, deixando mensagens telefônicas, latindo na porta dos fundos. Jack apenas podia observar como um estranho, como o sobrevivente de um acidente automobilístico que sai ileso, estupefato, porém alerta; absorto, porém centrado. Exceto pelo fato de que Jack não estava centrado, não estava alerta a coisa alguma.

Abriu a porta dos fundos, mas não parou para esperar que Mutt mergulhasse no terreno verdejante e pulasse a cerca. Não conseguia olhar para o campo onde Danny havia tomado a decisão de morrer.

Não reproduziu as mensagens da secretária eletrônica. Havia passado o verão inteiro com medo do que a secretária eletrônica pudesse conter, com medo de *O que virá a seguir?* Agora era incapaz de sentir medo. Não havia *a seguir*. Não havia nada no futuro de que ter medo. E não havia nada no passado para olhar, não sem seguir até o dia de hoje. Ele era o homem do passado cujo passado o abandonara e cujo futuro não tinha qualquer conseqüência. Era a manhã seguinte e tudo que restava era o que lhe restava a fazer, metodicamente, com a atenção aos detalhes pela qual o Dr. Owens era famoso. Pegue apenas as roupas que couberem em uma mala. Deixe espaço no carro para as fotografias da parede de Danny. Escolha uma dúzia de livros...

Ele subiu ao seu quarto para apanhar a caixa com o botão laranja de Anne e a carregou consigo enquanto cumpria os últimos rituais. O telefonema para a companhia telefônica pedindo para cancelarem o serviço; aos serviços públicos, para cortarem a eletricidade e o gás — parando para olhar a luz do sol quebrando-se nos peitoris amarelos das janelas da cozinha. A caminhada final, passando pelos móveis, pelo piano, pela arte, pela dispersão de sua vida, a qual não passou num flash em sua mente, como acontece com um homem que se afoga.

Ele pensou que não era assim que havia imaginado deixar sua casa. Achava que não deveria acontecer até que Danny fosse um rapaz, indo para a faculdade, mudando para algum outro lugar — Jack sempre tinha imaginado que Danny voltaria para a Costa Oeste, para Nova York, de volta ao lugar onde nascera. Danny teria uma namorada, alguém que não fosse da região, alguém que ele conhecesse depois da faculdade, sem qualquer conexão com Gilbert ou Indiana. Ela seria inteligente e doce de uma forma que nunca parecesse pretensiosa. Não tentaria impressionar Jack com o tanto que amava Danny, embora ela pudesse amá-lo muito — ele perceberia isso na forma como ela se manteria afastada da despedida entre Danny e seu pai e na despedida de Danny em relação à casa onde havia vivido e que o tinha mantido em segurança. Danny não teria vergonha de dar um abraço em Jack, e Jack o beijaria. Então, eles não mais morariam ali juntos, e seria algo tão agridoce que Jack choraria, não na frente de Danny, mas depois, quando estivesse sozinho; e novamente quando vendesse a casa e se mudasse. Jack sempre pensara que iria para o Oeste. No mapa, a terra parece infinita. Faz pensar que não se pode errar, com tanto de Estados Unidos para escolher. Ou talvez tivesse pensado em ir para o Oeste porque lá ele não tinha qualquer história, qualquer passado. Ou talvez por ser o lugar ao qual, em sua mente, você sempre se refere como "Longe".

Mas agora Jack não estava chorando: simplesmente se concentrava em seu trabalho, a tarefa final. Resgatou a luva de beisebol de Lamar Coggin do porão.

Pensou em Danny tentando decidir: "O que é mais importante, pai, honestidade ou lealdade?"

E onde ele havia aprendido aquilo? "Com você", Jack disse baixinho.

Depois de colocar as coisas no carro e ajeitar Mutt — assim como havia feito incontáveis vezes quando ele e Danny saíam de férias —, Jack largou a luva de beisebol no assento dianteiro do carro e segurou a caixa de madeira como se fosse um companheiro de viagem, como uma criança. Sentou-se em silêncio por mais um minuto, olhando para a casa, a graciosa varanda que a circundava, o balanço imóvel. A casa onde Anne não quisera morar e para a qual ele havia trazido Danny a fim de tentar desfazer o dano que lhe fora causado.

Jack escutou enquanto o vento soprava suavemente pelas árvores e os pássaros cantavam. Não podia imaginar ouvir novamente, nunca mais, aqueles pássaros cantarem fora daquelas janelas.

Dirigiu pela Main Street, onde o enxofre e a luz do sol deixavam o ar sépia, como se fosse uma fotografia antiga, em daguerreótipo, ou um filme mudo, e o matiz rosa e os cálidos tons amarronzados eram tão suaves e aconchegantes que se desejava mergulhar neles, cobrir com eles a cabeça e se esconder; onde os veteranos caminhavam a passos vacilantes, enrugados e desgastados como couro antigo. Jack guiou em direção ao rio, passando pelas ruínas e atravessando a ponte sem nome, dirigindo-se para o Oeste, afastando-se de Gilbert, afastando-se de sua casa.

À noite, em algum motel da estrada, ele se deitaria numa cama estranha, com um travesseiro desconhecido, com o cheiro desconhecido do motel no nariz, o cheiro impessoal da impermanência. Telefonaria para seu pai e diria que havia se demitido do emprego. Mentiria sobre os motivos. Mentiria porque a verdade não existia mais. Jack não telefonaria para Lois e não telefonaria para Stan. Não telefonaria para Marty, que, dentre todas as pessoas, entenderia o porquê de ele não poder lhe telefonar. Eles teriam que tirar suas próprias conclusões, já não importava.

Robbie esperaria no escritório, obedientemente, até que lhe contassem que o Dr. Owens não iria voltar mais.

O Dr. Owens não estava deixando qualquer dúvida sobre seu abandono e seu fracasso. Seu último ato seria matar o Dr. Owens, homicídio e suicídio. Matar a mitologia do Dr. Owens, que não era protegido, que não tinha sorte, e que não era capaz de desfazer os danos. Matar a mitologia de Anne Charon, sua mitologia de Anne Charon, que era, afinal, a criação de seu excesso de confiança e de seus desejos.

Mas não arruinaria a mitologia de Danny Owens, que tocava piano e arremessava por seu time nas semifinais e... E que sempre seria "o garoto que se matou perto das ruínas. Ninguém sabe por quê".

Mas Jack sabia a razão, e os três garotos sabiam, enquanto seus pais eram poupados. Enquanto Joseph Rich era levado a julgamento por sua vida.

Estavam sentados no loft da Crosby Street. Lá fora estava frio e o escuro do início de outubro começava a se impor. A iluminação pública brilhava com aquela cor alaranjada que têm as luzes das ruas em Nova York. Anne estava deitada com a cabeça sobre o peito de Jack. Ela tinha aquele excitante cheiro almiscarado, tinta e terebintina, suor e perfume.

Ela disse: — Fui ao médico hoje.

— E?

— Ele disse que, se vamos interromper a gravidez, devemos fazê-lo dentro das próximas duas semanas. — Ela virou a cabeça e olhou nos olhos de Jack. — Nós não vamos deixar de sermos nós, não é? Se o tivermos?

— Apenas seremos *mais*. — Jack correu os dedos pelos cabelos de Anne.

— É nisso que tenho pensado. O bebê será parte de nós, e não um estranho. *Nosso* bebê. — Ela tocou a mão dele com a ponta dos dedos. — E podemos criá-lo do *nosso* jeito. Não precisamos sair da cidade se não quisermos, ou mesmo deste loft. As coisas estão indo bastante bem para nós agora, você não acha? Com a galeria e o seu trabalho? Quero tê-lo, Jack. Pelo menos, tenho quase certeza que quero. — Ela não parecia nem excitada nem com medo.

— Também tenho quase certeza — ele disse. — Acho que, no fundo, sempre quis isso. Apenas precisava ter certeza de que nós dois quiséssemos a mesma coisa.

— Eu sei. — Ela afundou o rosto no pescoço dele. — Oh, Jack, da forma como nos amamos e nos damos tão bem, não teremos nenhum problema. — Ela ergueu o rosto e o beijou. — Se existem duas pessoas que podem fazer isso dar certo, somos nós. Você não acha?

AGRADECIMENTOS

Tenho a sorte de conhecer muitas pessoas especiais, que tiveram influência direta, ou indireta, na criação deste livro. Meu primeiro agradecimento vai para meu irmão Lawrence A. Saul, um homem doce e sábio. E meu amor e admiração para Joy Harris, uma grande amiga e ótima agente.

Sheron J. Daily tem sido tanto amiga quanto eterna professora. Marcia e William Braman me deram seu apoio sutil e generoso. Rose Tardiff me ensinou o que é amar um filho. Meu agradecimento a Melissa Tardiff, que compartilhou sua experiência, e sua filha, comigo. Louisa Ermelino, colega e escritora, que tem sido um ombro forte para me apoiar. O talentoso Robert Sabbag, que nunca economizou encorajamentos. Agradeço a Paul White, que faz com que seja simples ser seu amigo, sempre. Devo muito a Jane B. Supino, cujos insights são verdadeiros tesouros. Sherill Tippins foi um grande auxílio. Fico agradecido a Nancy Yost, que esteve ao meu lado no início. Holly Braman e Mary Braman, que sempre ofereceram seu estímulo e paciência. Agradeço a Jacqueline Mandia e à Little Red School House. E agradeço a Michael Morrison, um cavalheiro e verdadeiro aristocrata na área editorial.

Não tenho como agradecer o suficiente à minha extraordinária editora, Jennifer Brehl, porque não saberia por onde começar. Sinto-me incrivelmente privilegiado por tê-la encontrado e por ter sido encontrado por ela. E não sei como começar a agradecer à minha esposa, a quem dedico este livro, porque não saberia como parar.

Impresso no Brasil pelo
Sistema Cameron da Divisão Gráfica da
DISTRIBUIDORA RECORD DE SERVIÇOS DE IMPRENSA S.A.
Rua Argentina 171 – Rio de Janeiro, RJ – 20921-380 – Tel.: 2585-2000